R.P. Hahn
Der Riffgeist

R.P. Hahn stammt aus Niedersachsen und lebt heute mit seiner Familie in Fulda. Die meiste Zeit seines Lebens arbeitet er als Autor für Drehbücher bei Film und Fernsehen. Seine bekannteste Arbeit ist das Drehbuch für den Film »Das Wunder von Bern«.

R.P. Hahn

Der Riffgeist

PIPER

Mehr über unsere Autorinnen, Autoren und Bücher:
www.piper.de

Wenn Ihnen dieser Krimi gefallen hat, schreiben Sie uns unter
Nennung des Titels »Der Riffgeist«
an empfehlungen@piper.de, und wir empfehlen Ihnen
gerne vergleichbare Bücher.

Wir produzieren nachhaltig
www.piper.de

ISBN 978-3-492-50661-8

Redaktion: Sandra Lode
Satz auf Grundlage eines CSS-Layouts
von digital publishing competence (München)
mit abavo vlow (Buchloe)
Covergestaltung: Traumstoff Buchdesign traumstoff.at
Covermotiv: Bilder unter Lizenzierung von
Shutterstock.com genutzt
Printed in Germany

Triggerwarnung

Dieses Buch enthält verstörende Inhalte und thematisiert Gewalt gegen Kinder.

Teil 1

Mord ohne Spuren

Rügen wohnte ein Zauber inne. Das sagte jeder. Vielleicht stimmte es, vielleicht nicht. Mike Kramer war das gleichgültig. Seit die Polizei ihn rausgeworfen hatte, verfluchte er diesen Ort. Er verstand immer noch nicht, was er eigentlich genau getan hatte, dass man ihm einfach sein Leben wegnahm. Als Polizeihauptmeister war er zufrieden gewesen, na, vielleicht nicht ganz zufrieden, aber doch hundertmal mehr als heute. Er trug zwar immer noch eine Waffe, wenn man das merkwürdige Ding so nennen wollte, aber die durfte er nur im Bereich des Mukraner Hafengeländes einsetzen. Vor zwei Jahren hatten sie ihn hier eingestellt, nach der unseligen Schutzgeldgeschichte, die ihm bei der Polizei das Genick gebrochen hatte. Er konnte heute nicht mehr sagen, was ihn geritten hatte, sich so ein Ei zu legen. Jetzt war er nicht mehr das Auge des Gesetzes, jetzt fristete er als popeliger Wachmann sein Dasein und unter ihm rangierte nur noch das Putzpersonal.

Mike sah auf seine Uhr. Es war halb zehn durch. Gleich würde noch ein Frachter aus Klaipeda hereinkommen und seine Ladung löschen. Danach war die Spätschicht vorbei. Dann würde er heimfahren und sich ein Essen vom asiatischen Imbiss holen. Etwas, was er sich eigentlich nicht mehr leisten konnte, aber er hasste Mikrowellengerichte. Eine Zeitlang hatte Ginger für ihn gekocht. Ihr Essen hatte er mit Maggi nachwürzen müssen, aber dann war es ganz gut gewesen. Sie hatte sich die Haare damals platinblond umgefärbt, sie achtete plötzlich auf ein gepflegteres Aussehen und redete von einer Brustvergrößerung. Nur führte da kein Weg hin, dazu verdiente Mike zu wenig. Ginger selber hielt es nicht lange in einem Job aus. Sie hatte einen richtigen Knall. Obwohl sie sich im Bett verstanden hatten, war die junge Frau unzufrieden gewesen und hatte unentwegt an Mike herumgenörgelt. Und dann, von einem Tag auf den anderen, war sie verschwunden. Es war ihm nur recht gewesen, sie nervte.

Der Frachter *Sirius*, der unter der litauischen Flagge fuhr, war inzwischen in der Ferne aufgetaucht. Ein Wagen von der Bundespolizei rollte heran, die hatte ihre Dienststelle direkt am Hafen. Mit Wehmut sah Mike auf die Kollegen, die das hereinkommende Schiff erwarteten. Früher hatte er sich über die Bundespolizei lustig gemacht, sie als aufgeblasene Wichtigtuer abgetan. Aber sie waren okay. Viel zu tun hatte er nicht mit ihnen, doch hin und wieder gab es Berührungspunkte und man sprach miteinander. Es blieb an der Oberfläche, denn jeder wusste, was er getan hatte, und keiner wollte bei Mike in »schlechte Gesellschaft« geraten.

Hermann Jokisch, dem vierzigjährigen Chef des Werkschutzes war es egal, dass Kramer, der ehemalige Polizist, eine viel bessere Ausbildung und Qualifikation für seinen Job hatte, er behandelte ihn genauso mies wie die anderen vom Werkschutz. Mike schlug sich die Gedanken an seine Arbeitsstelle schleunigst aus dem Kopf. Er kam noch mieser drauf als ohnehin schon, wenn er an seinen Vorgesetzten dachte. Besser, er ging seine Runde und sah gewissenhaft nach dem Rechten. Eine Abmahnung hatte er sich schon eingehandelt, weil er einen Flüchtling übersehen hatte, der als blinder Passagier auf einem belarussischen Schiff hergekommen war. Bei einer zweiten Abmahnung war er draußen, so viel stand fest. Auch wenn er diesen Job ätzend fand, würde es schwer werden, eine ähnliche Arbeit zu finden. Dann ginge es auf der Leiter weiter nach unten. Mike zog seine Maglite-Taschenlampe heraus und setzte sich in Bewegung.

Kriminalkommissar Jens Lackner saß an seinem Schreibtisch in der Polizeiinspektion Stralsund, hatte gerade den angefallenen Papierkram erledigt und wollte sich auf den Heimweg machen, als der sommersprossige Kollege Freddy Gromball den Kopf zur Tür hereinsteckte. »Lackner, willst du schon in den Sack hauen? Das vergiss mal lieber, wir müssen los. Wir haben eine Tote in Binz!«

Jens sah Freddy, der unlängst zum Oberkommissar befördert worden war, irritiert an. »Schöner Mist! Ich bin mit meiner Frau zum Essen verabredet.«

Freddy grinste und kratzte sich ungeniert die Wampe. »Susanne wird's schon verwinden.«

Jens seufzte und zog sich den leichten Anorak an. Das war das Angenehme bei der Kripo, keine steifen, kratzigen Uniformen mehr.

Sie fuhren über die neue Schnellstraße in Richtung Bergen. Der KDD und die Spurensicherung waren bereits in Binz und untersuchten den Tatort. Jens hätte sich freuen sollen, denn er war ja in den gehobenen Polizeidienst gewechselt, eben weil er an die großen Fälle heranwollte. Jetzt aber hatte er einen unangenehmen Druck auf der Brust. Tötungsdelikte gab es nicht oft auf Rügen und nun regte sich die altbekannte Angst in ihm, auf ganzer Linie zu versagen. Diese Ambivalenz war sein ständiger Begleiter. Er wollte ein erfolgreicher Ermittler sein, gleichzeitig drehten Kapitalverbrechen ihm den Magen um.

»Halt mal an, Freddy!«

Der zivile BMW hielt am Straßenrand, Jens sprang hinaus und entließ den Inhalt seines Magens in den Graben.

»Ich sag's ja, du wärst besser Florist geworden, Lackner!«, sagte Freddy grinsend, als Jens wieder einstieg. »Können wir, oder soll ich dir die Stirn noch mit einem feuchten Lappen kühlen!«

»Jetzt fahr schon, du Idiot!«

Der Wagen hielt vor der Pestalozzi-Straße in Binz. Zwischen den Häusern sah Jens den Schmachter See glitzern. Er hatte gerade mit Susanne telefoniert und ihr mitgeteilt, dass aus ihrem gemeinsamen Dinner nichts werden würde. Viel gesagt hatte seine Frau nicht. Wahrscheinlich, weil sie wieder getrunken hatte und nicht wollte, dass er es an ihrer Aussprache merkte. Susanne hatte sich sehr verändert, seit sie ihr gemeinsames Kind im fünften Monat durch eine Frühgeburt verloren hatte. Es wäre gut gewesen, wenn Jens sich heute Abend um sie hätte kümmern können. Aber keiner hatte diesen Mordfall und die damit verbundenen Überstunden vorhersehen können.

Dass Jens jetzt Kommissar war, hatte nicht allein etwas mit günstigen Gestirnen zu tun, er hatte hart dafür gearbeitet. Sicherlich konnte man das auch auf die Förderung einiger einflussreicher Stralsunder Polizei-Granden zurückführen, doch im Endeffekt war er bei der Ausbildung hochmotiviert gewesen und hatte als Drittbester in seinem Jahrgang abgeschlossen. Was früher gewesen war, was er an Erfolgen zu verbuchen hatte, das war vorbei, er würde die Hoffnungen, die man in ihn setzte, nun neu bestätigen müssen. Seine Arbeitsstelle war jetzt die Polizeiinspektion in Stralsund. Mit KOK Gromball bildete er ein Team, mit Freddy, der Sommersprosse. Der war ein gut ausgebildeter Ermittler und konnte dazu mit überdurchschnittlicher Allgemeinbildung und einiger Erfahrung aufwarten. Dennoch war Freddy etwas tranig, er hatte einfach ein bisschen zu sehr die Ruhe weg.

Die beiden Ermittler stiegen die Treppe des Apartmenthauses in der Pestalozzistraße hoch in die dritte Etage. Ein strenger Geruch lag in der Luft. Die Männer der Spurensicherung waren bereits an der Arbeit. Hauptkommissar Gerry Konermann, ein fast sechzigjähriger Veteran bei der Spurensicherung, führte Jens und Freddy zum Tatort.

Es roch streng nach Verwesung, als sie das Zweizimmerapartment betraten. Der Anblick überraschte die Kommissare. Die Wohnung war ausgestattet wie ein Mini-Bordell. In der Ecke neben dem französischen Bett mit roséfarbenem Satin stand ein großes hölzernes X, ein Andreaskreuz. Es war mit rosafarbenen Plüschhandschellen versehen und diente offensichtlich für Sadomaso-Praktiken. Auf einer Kommode stand eine ganze Phalanx von Dildos, der Größe nach geordnet. Ein geprägtes Blechschild mit der Aufschrift *Pinot Grigio* und der Abbildung einer Weinflasche daneben lehnte dahinter an der Wand. Die Räumlichkeit machte einen überaus gepflegten und sauberen Eindruck, als wäre alles gerade frisch ausgestattet worden.

Das Mordopfer war unbekleidet bis auf einen Slip, hatte nussbraune Haare und lag bäuchlings auf dem Boden, das Gesicht zur Seite gedreht.

»Der Name der Toten ist Cordula Gaffel, zwanzig Jahre. Sie wurde stranguliert, mit einer Kordel vom Vorhang«, fasste Konermann zusammen, was er wusste. »Liegt hier schon seit einiger Zeit, locker zehn Tage, schätze ich. Die Nachbarn haben die Polizei angerufen, wegen des Verwesungsgestanks.«

»Wenn ich eins und eins zusammenzähle, sag ich mal, die hat hier angeschafft. Oder?«, überlegte Freddy.

»So weit sind wir noch nicht. Aber ich würde mal sagen, es sieht im Moment danach so aus ...«

Jens bückte sich und sah in das Gesicht der Toten. Ihr Mund war halb geöffnet und man sah die fast schwarze Zunge. Trotz der langen Zeit, die sie hier schon gelegen hatte, glaubte er, erkennen zu können, wie hübsch sie einmal gewesen war. Jens blickte sich nachdenklich um. Diese Wohnung kam ihm merkwürdig vor. »Gewerbsmäßige Prostitution in Binz?«, überlegte er laut. »Das hatten wir doch früher hier nicht.«

Konermann nickte. »Ich hab schon die Kollegen von der Sitte kontaktiert. Die meinten, es wäre schon ein paarmal vorgekommen, dass eine Hure versucht, hier Fuß zu fassen. Das sind dann eher Frauen aus dem Osten, Polen, Rumänien oder Ungarn. Und keine von denen ist geblieben. Das ist Rügen, da mögen die Einheimischen es nicht, wenn Kratzer auf die Fassade kommen. Ist schließlich eine anständige Insel!«

Freddy lachte über die Ironie des Kollegen. »Schauen wir mal, ob sie in den Datenbanken auftaucht. Wenn sie tatsächlich angeschafft hat, kennt sie vielleicht das Gesundheitsamt«.

»Was, wenn sie grad erst damit angefangen hat?«, gab Jens zu bedenken. »Zwanzig ist doch noch kein Alter!«

»Wie auch immer ...«, schnitt Freddy ihm das Wort ab und wandte sich erneut dem Spurensicherer zu. »Habt ihr Hinweise auf den oder die Täter gefunden?«

Konermann machte ein betrübtes Gesicht. »Bis jetzt gar nichts. Die Frau war zierlich, die hat ihrem Mörder nicht viel entgegenzusetzen gehabt, also hat es wohl auch keinen großen Kampf gegeben. In der Kommode haben wir Geld gefunden. Zweihundert Euro. Auch etwas Schmuck. Nicht gerade die Kronjuwelen, aber es gibt einen echten Diamantring. Also von Raubmord gehen wir nicht aus. Dafür fehlen Aktenordner aus dem Schrank im Flur. Das ist an den Staubresten gut zu erkennen.«

»Das heißt es, es gibt keine geschäftlichen Unterlagen?«

»Nicht soweit ich sehe. Vielleicht hat der Täter das mitgenommen.«

»Was ist mit dem Computer? Gibt's ein Tablet? Das Handy nicht zu vergessen!« Jens kam gerade in Fahrt.

»Eins nach dem anderen! Kommt alles«, beruhigte ihn Konermann.

»Also gut. Befragen wir am besten die Nachbarn. Wenn die Ermordete hier Männer empfangen hat, wird das bestimmt aufgefallen sein«, sagte Jens.

»Genau«, stimmte Freddy zu. »Fang schon mal an. Ich rauch erst mal eine, dann stoße ich zu dir.«

Jens nickte und ahnte bereits, dass Freddy gerade nicht die geringste Lust hatte, ihm zu helfen. Aber das war egal. Je schneller eventuelle Zeugen interviewt wurden, umso besser war die Chance, dass sie noch nicht allzu viel vergessen hatten.

»Eine Prostituierte?« Ilene Trapp, die mondgesichtige Mittfünfzigerin, die direkt neben dem Opfer wohnte, sah Jens aus ihren rotgeweinten Augen groß an. »Die Cordu? Nein! Bestimmt nicht. Das war ein ganz liebes Ding. Die war doch dafür gar nicht der Typ!«

»Sie wissen es doch, Frau Trapp, man sieht es den Leuten nicht immer an. Aber die Zeichen sind recht eindeutig. Sicherlich hatte sie immer wieder mal Besuch von einzelnen Herren.«

Ilene Trapp starrte Jens an, als müsste sie das Gesagte in ihrem Kopf erst noch dechiffrieren. »Einzelne Herren? Nein, nicht dass ich wüsste.«

»Nicht?« Nun war es an Jens, verblüfft zu sein. »Sie wohnen Wand an Wand und sagen, Sie haben nie Männer gesehen, die Frau Gaffel besucht haben?«

Ilene Trapp hatten offenbar Mühe, sich innerlich zu sortieren. Sie dachte nach und schüttelte dann den Kopf. »Also ich überwache den Flur ja nicht und deswegen kann ich nicht sagen, ob nicht doch Herren bei ihr waren, aber gesehen hab ich keine.«

»Versuchen wir's anders: Hatte Cordula Gaffel einen Freund?«

»Einen Freund?« Die Frau war überfordert, stand noch sichtlich unter Schock.

Sie tat Jens leid und er wollte die Befragung bereits abbrechen. Freddy Gromball trat zu ihnen. »Das ist mein Kollege Oberkommissar Gromball«, stellte er seinen Partner vor. »Ich habe Frau Trapp gerade gefragt, ob Frau Gaffel einen Freund hatte ...«

Die ältere Frau wirkte ratlos. »Ich weiß nichts von einem Freund. Ich glaube fast, das hätte sie mir gesagt. Obwohl ...« Sie überlegte. »Ich weiß nicht genau. Cordu war zwar immer ganz reizend, aber wenn ich recht überlege, hat sie nur wenig von sich erzählt. Sie war, wie soll ich sagen ... in sich gekehrt! Ja, das ist das richtige Wort.«

Bevor Jens eine weitere Frage stellen konnte, klingelte sein Handy. Auf dem Display leuchtete der Name von Polizeihauptkommissar Bert Rusnak auf. Jens war irritiert. Er hatte von dem Kollegen des Bergener Reviers schon seit Monaten nichts mehr gehört. Er lächelte Frau Trapp und Freddy entschuldigend zu. »Da muss ich ran!«

Er nahm das Gespräch an und ging auf den Flur hinaus. »Bert, hallo! Was kann ich für dich tun?«

»Es läuft umgekehrt: Ich werde was für dich tun. Nämlich beide Augen zudrücken.«

»Bitte?«

»Eine meiner Streifen hat den SUV deiner Gattin angehalten. Die Gute hatte über zwei Promille.«

Jens stöhnte. »Oh nein! So ein Mist!«

»Ist ja kein Weltuntergang!«, beschwichtigte Rusnak. »Sie hat euer Baby verloren, sie nimmt es schwer, glaub mir, das versteht jeder. Aber sie sollte sich besser fangen. Für heute belassen wir's bei einer Ermahnung. Beim nächsten Mal ist der Lappen weg.«

»Bert, du musst das nicht machen. Ich will nicht, dass du dafür den Kopf hinhältst ...«

»Jetzt mach mal halblang, Kleiner! Du bist mein Held, weißt du doch. Und ich entscheide, wann und wo ich den Kopf hinhalte. So, genug Small Talk. Nimm deiner Süßen die Autoschlüssel weg und schick sie zu einem Therapeuten. Okay?«

»Danke, Mann!«

»Da nicht für, Lackner. Unsere Streife hat sie nach Hause gefahren. Der SUV steht in Bergen in der Störtebeker-Straße vor dem *KiK*. Der Schlüssel ist bei uns auf dem Revier.«

Jens steckte sein Handy weg und setzte Freddy darüber ins Bild, dass er wegmusste. Er verabschiedete sich auch von Frau Trapp und eilte davon.

Mike leuchtete mit der starken Taschenlampe in jeden Winkel. Die Hafenanlage von Mukran war weitläufig. Und hier gab es für lichtscheues Gesindel durchaus einiges zu holen. Die Lagerhallen waren manchmal voll mit wertvoller Ware. Es kam nicht oft etwas davon weg, aber Mike wusste, dass auch Mitglieder der Schiffsbesatzungen gerne mal lange Finger machten. Er wollte keinem Strolch die Gelegenheit dazu geben, sich während seiner Dienstzeit zu bereichern.

»Herr Kramer!«

Mike fuhr herum. Eine strohblonde Kommissarin von der Bundespolizei hatte sich völlig lautlos genähert. Er kannte sie vom Sehen.

»Ich wollte mich mal vorstellen: Ich bin Linda Todt, ich arbeite für die Bundespolizei!«

»Natürlich. Ich weiß.«

»Ich wollte fragen, ob wir uns morgen mal unterhalten können. In meinem Büro.«

Mike starrte sie verwirrt an. Hatte er etwas falsch gemacht? Was er sich früher auf sein Gewissen geladen hatte, war kein Geheimnis, weshalb die meisten Uniformen seine Gesellschaft mieden. Für einen Moment überlegte er, ob das hier vielleicht eine Anmache war. Linda Todt war eine magere Bohnenstange, an der nicht viel dran war. Die Kerle standen höchstwahrscheinlich nicht gerade Schlange bei ihr. Andererseits wirkte sie nicht so verzweifelt, dass sie sich ausgerechnet bei der Belegschaft vom Mukraner Werkschutz ein Abenteuer suchen musste.

»Morgen? Um wie viel Uhr?«

»Wann beginnt denn Ihre Schicht?«

»Um vierzehn Uhr.«

»Könnten Sie dann um dreizehn Uhr bei mir sein?«

»Klar. Kein Ding!«

Sie lächelte und das verlieh ihr einen Hauch von Charme. »Dann freue ich mich, Herr Kramer!« Sie reichte ihm die Hand und er ergriff sie. Sie drehte sich um und ging zügig davon.

Susanne saß blass auf der Couch in ihrem gemeinsamen Wohnzimmer, als Jens eintrat. Sie hatte eine geöffnete Flasche Shiraz vor sich stehen und trank nun, da er da war, fast demonstrativ von dem Rotwein in ihrem Kristallglas.

»Hallo, Schatz!« Jens war bemüht, Kritik und Vorwürfe gar nicht erst aufkommen zu lassen. Trotzdem war die gegenwärtige Situation schwierig und belastend. Er holte sich ein Glas aus dem Schrank und setzte sich zu ihr. »Krieg ich auch was?«

Sie sah ihn skeptisch an. »Soll das jetzt ein Trick sein? Du trinkst eifrig mit, damit weniger vom Feuerwasser für mich bleibt?«

Er seufzte und schob das Glas von sich weg. »Ich trink dir nichts weg. Und ich kontrollier dich auch nicht. Aber ich soll dir die Autoschlüssel wegnehmen. Sagt Bert.«

Susanne verdrehte die Augen. »Bert kann mich mal.« Sie griff nach der Flasche und goss sich das Glas so voll, dass es überlief.

»Susanne, lass uns darüber reden, okay?«

»Was wollen wir denn reden?«

»Seit wir das Kind verloren haben, hängst du durch. Aber so allmählich verlierst du die Kontrolle, merkst du das nicht auch?«

»Ja, merk ich. Kratzt mich aber nicht.«

Als sie nach dem Glas griff, platzte Jens der Kragen. Er schlug es ihr einfach aus der Hand. Der Rotwein verteilte sich im ganzen Zimmer und das Kristall zersplitterte auf dem Parkett. »Hör auf, Susanne! Ich halt es nicht mehr aus!«, stieß er hervor. »Denkst du, mich belastet das nicht alles?«

Susanne sah ihn kalt an. »Weiß ich nicht. Tut es das?«

»Ja, verdammt! Warum tust du so, als wäre ich plötzlich dein Feind? Mir kommt es fast so vor, als würdest du mir die Schuld geben.«

»Ich weiß«, räumte sie nach einer Weile ein. »Ich behandele dich mies. Aber ich hasse auch mich selber, wenn dir das ein Trost ist.«

Jens ging, um ein Kehrblech aus der Küche zu holen. Er kam kurz darauf zurück und sammelte die Scherben vom Boden. »Weißt du, was mein Therapeut letzte Woche zu mir gesagt hat?«

Sie beugte sich vor und angelte sich sein Glas, das sie mit Rotwein auffüllte. »Was?«

»Wenn ein Paar ein Kind verliert und es nicht gemeinsam betrauert, verliert es die Grundlage für ein Fortbestehen der Beziehung.«

Sie trank und sagte nichts darauf.

»Wenn du nur trinkst und nicht trauerst, dann bleibst du mitten im Prozess stecken.«

Sie stöhnte gequält. »Ich weiß nicht, was du von mir willst. Ich bin im Eimer. Erst verlier ich meine Schwester, dann das Kind. Und jetzt erwartest du von mir, dass ich das mal eben mit einer ordnungsgemäßen Trauerphase abhake und Pläne für eine bessere Zukunft schmiede?«

Jens sah sie an und zwang sich zur Ruhe. »Das erwarte ich nicht. Wir brauchen Zeit. Wir müssen das alles verdauen, aber es ist auch keine gute Idee, jetzt aufzugeben.«

Susanne sah ihn an und lächelte traurig. »Du bist ein netter Kerl, Jens, und du hast es nicht verdient, wie ich dich behandele. Ich hasse gerade die ganze Welt, inklusive mich selbst, ich hab es ja schon gesagt.«

Jens schloss die Augen und bemühte sich um innere Gleichmut. »Wir reden morgen weiter, okay? Ich bringe dich jetzt ins Bett.«

»Ich will noch ein paar Gläser trinken.«

»Eines. Ich bleib bei dir, bist du eingeschlafen bist. Und das verhandele ich nicht.«

Jens brachte Susanne, die schon schwer Schlagseite hatte, ins Schlafzimmer. Sie trank noch das Glas Roten halb aus, legte sich aufs Bett und war schnell eingeschlafen.

Jens sah sie traurig an. Er hatte sich genauso auf das Baby gefreut wie sie. Es war eine bittere Pille gewesen, das Kind zu verlieren. Nur drohte Susanne jetzt, ebenfalls seinen Händen zu entgleiten, und er wusste nicht, was er dagegen tun konnte. Sein Leben befand sich an seinem Tiefpunkt.

Die *Sirius* hatte ihre Ladung gelöscht und allmählich kam die emsige Geschäftigkeit zum Erliegen. Mike war froh darüber, denn das hatte alles viel länger gedauert als geplant. Er wollte endlich was zwischen die Kiemen bekommen. Die Beamten der Bundespolizei hatten ihre Arbeit erledigt und waren bereits wieder fort. Mike sah auf die Uhr. Uwe Panczak, seine Ablöse, war schon zehn Minuten überfällig. Eigentlich war der Hesse ein devoter Leisetreter, nachdem man die Uhr stellen konnte. Aber dann fiel Mike ein, dass die Überwachungsanlage spann. Panczak kannte sich etwas mit IT aus, vielleicht hatte Hermann Jokisch ihn abkommandiert, das Kamerasystem wieder zum Laufen zu bringen. Dem Chef des Werkschutzes war es egal, wenn Kramer deswegen Überstunden schieben musste.

Mike blieb stehen. Was war das? Drüben am Pier hatte er eine Bewegung gesehen. Er hob die Maglite und leuchtete das Areal ab. Nichts. Er musste sich getäuscht haben. Sicher war es nur ein Lichtreflex auf dem Wasser gewesen. Er wandte sich dennoch nicht ab. Der Polizist in ihm folgte seinem Instinkt. Vorsicht war die Mutter der Porzellankiste. Es konnte nicht schaden, wenn er rüberging und sich vergewisserte, dass da wirklich niemand war.

Während er ruhig zu der Stelle lief, wo er die Bewegung wahrgenommen hatte, legte er die Hand auf seine Waffe und löste den Sicherungsriemen. Er trat unter dem Kran zum Kai und leuchtete hinunter ins Wasser. Wer immer hier gewesen war, vielleicht hatte er beschlossen, die Flucht schwimmend anzutreten.

Ein Geräusch ließ Mike herumfahren. Er sah gerade noch jemanden um das Lagerhaus laufen. Nein, er hatte sich nicht getäuscht. Der große Mann spurtete los. Die wenigstens ahnten, dass Mike nicht nur ein Muskelpaket war, er konnte auch ein extremes Tempo entwickeln. Wenige Sekunden nur und er hatte die Ecke erreicht, um die der Schemen verschwunden war. Und dann sah er die Gestalt. Sie rannte davon. Mike setzte ihr nach. Die Person, die er verfolgte, war nicht sonderlich groß. Innerhalb kürzester Zeit hatte er sie eingeholt und packte sie am Hemd.

»Hiergeblieben, Freundchen!« Dann leuchtete er seinem Gefangenen ins Gesicht. Es war ein Kind, ein Mädchen, mit völlig verdrecktem Gesicht. Große verschreckte Augen sahen ihn an. Das Mädchen zappelte und versuchte, davonzukommen. »Vergiss es, Kleine, ich hab dich! Und jetzt ...«

Weiter kam Mike nicht, es ging viel zu schnell. Etwas Metallenes blitzte, dann jagte ein heißes Brennen über seinen linken Unterarm.

»Verdammt!«, stieß er hervor und spürte, wie Blut über seine Hand strömte. Erneut stieß das Kind mit seiner Waffe nach ihm. Er sprang zurück und stolperte über die Schienen des beweglichen Krans. Er musste das Mädchen loslassen und schlug unglücklich auf seinem Ellbogen auf. Die Taschenlampe rollte über den Asphalt. Das patschende Geräusch von schnellen nackten Fußsohlen auf dem Boden entfernte sich. Mike rappelte sich auf und schnappte sich die Stablampe. Er leuchtete auf seine Wunde. Es war ein etwa fünf Zentimeter langer Schnitt, der heftig blutete. Mike fluchte laut und drückte ein Taschentuch auf die Verletzung.

Er sah dem Mädchen nach. Was, zum Teufel, war das gerade gewesen? Die Kleine war bestimmt nicht älter als zwölf und hatte ihn mit einem Messer angegriffen. War sie mit der *Sirius* aus dem litauischen Klaipeda gekommen? Nach ihren Gesichtszügen zu schließen, musste sie aus dem arabischen Raum stammen, er hatte sie aber nur kurz gesehen und sie war ziemlich verdreckt gewesen. Mike überlegte, ob er sie verfolgen sollte, entschied sich aber dagegen. Er wollte sich lieber um seine Schnittwunde kümmern. Was für einen Schaden konnte so ein Dreikäsehoch schon anrichten? Er drehte sich um und ging zurück zu den Räumlichkeiten des Wachpersonals.

Jokisch und Panczak saßen tatsächlich vor den Überwachungsbildschirmen und bastelten an der Elektronik herum. Die meisten Monitore waren schwarz und hätte es in diesem Moment einen Einbruch gegeben oder einen Großbrand, sie hätten nicht viel davon mitbekommen. Mike, der nicht verdächtig war, bei der Instandsetzung von Elektronik eine Hilfe zu sein, wurde von den Kollegen ignoriert. Also verzog er sich gleich ins Bad, wo er den Schnitt untersuchte. Das sah nicht gut aus. Es musste desinfiziert und genäht werden. Das war ein Fall für die Notaufnahme im Bergener Sana-Klinikum. Wenn die Klinge, mit der das Mädchen ihn verletzt hatte, genau so dreckig war wie ihr Gesicht, tat er gut daran, sich gleich noch eine Tetanus-Spritze verpassen zu lassen.

Mit Gewebeband verschloss er die Wunde behelfsmäßig und zog den Ärmel seiner Boston-Celtics-Jacke darüber. Dann ging er zu seinem Boss und meldete sich ab. Da die Kameras im Moment nicht liefen, erwähnte er seine Begegnung mit dem bewaffneten Kind nicht. Dass er sich fast von einer Rotznase hatte abstechen lassen, warf kein gutes Licht auf ihn. Davon brauchte keiner etwas wissen, vor allem nicht ein Blindgänger wie Hermann Jokisch. Dass das Mädchen größeren Schaden in der Hafenanlage anrichten konnte, vermutete Mike nicht, die war im Überlebensmodus und würde wahrscheinlich nur nach etwas zu essen suchen und einem trockenen Platz für die Nacht.

Wenig später saß Mike in seinem Auto mit Allradantrieb und hielt auf Bergen zu. Er trauerte seinem Motorrad nach, das er hatte verkaufen müssen. Immerhin hatte sein Onkel, der Polizeirat, ihm seinen alten Subaru Legacy für einen symbolischen Kaufpreis überlassen, was für den Job in Mukran wichtig gewesen war.

Mikes Gedanken drehten sich um das Kind. Wahrscheinlich war es ein unbegleiteter Flüchtling aus Syrien, der über die polnische Route nach Deutschland kommen wollte. Das Mädchen war so jung gewesen und trotzdem kaltblütig und entschlossen vorgegangen. Es rang Mike Respekt ab, wie es sich verhalten hatte. Wenn es wirklich mit dem Schiff aus Litauen gekommen war, würde es sich verstecken müssen. Die Mukraner Hafenanlage war gut gesichert und drumherum befanden sich keine Wohngebiete. Das Mädchen kannte sich hier bestimmt nicht aus, also würde es versuchen, irgendwo einen Unterschlupf zu finden. Wahrscheinlich irgendwo im Hafen.

Als Jens erwachte, war das Bett neben ihm leer. Das war nicht verwunderlich, weil Susanne Frühaufsteherin war. Aber das galt eigentlich nicht für solche Morgen, die auf feuchtfröhliche Nächte folgten. Und Susanne hatte letzte Nacht tief ins Glas geblickt. Jens war trotz seiner Ankündigung abstinent geblieben. Nicht, dass er nicht versucht gewesen wäre, aber er hatte gewusst, dass er den Schmerz über den Verlust seines Kindes so nicht würde ausknipsen können. Es würde noch ein langer und steiniger Weg der Trauer sein, der vor ihm und Susanne lag und so, wie es aussah, waren keine Abkürzungen in Sicht.

Anders als seine betäubte Frau hatte Jens keinen schnellen Schlaf gefunden und sich sinnloser Grübelei ergeben. Dabei hatte sich alles so vielversprechend entwickelt. Nach der Dingfestmachung des *Dünenteufels* waren die Türen für den damaligen Polizeiobermeister wie von selbst aufgesprungen. Dadurch, dass er die Hochschulreife in der Abendschule nachgeholt hatte, wurde er in die höhere Laufbahn übernommen und wechselte damit von der Schutzpolizei zur Kripo.

Eine neue Schulzeit begann. Die größten Schwierigkeiten hatte Jens mit der Nahkampfausbildung gehabt. Während er in allen theoretischen Fächern glänzen konnte, entpuppte er sich im Kampf Mann gegen Mann als wenig tauglich. Trotz des Übungscharakters der Tests zeigte er sich stets übernervös. Auch das Schießen lag ihm nicht. Er hasste die SFP9, die Pistole, die er ständig bei sich tragen musste. Gepunktet hatte er auf der taktischen Seite, von ihm geführte Teams hatten überdurchschnittlich performed. Schließlich hatte er es, trotz seiner Befürchtungen, gut zu Ende gebracht.

Zwei Tage nachdem er zum Kommissar befördert worden war, hatte Susanne ihm mitgeteilt, dass sie schwanger war. Das Baby war nicht geplant gewesen und die Eltern hatten die Nachricht erst einmal verdauen müssen. Doch der Schreck war schnell verflogen und sie sich beide einig gewesen, dass der Zeitpunkt, eine Familie zu gründen, nicht besser hätte gewählt sein können.

Jens erinnerte sich an die spontane Feier bei Richard Dreifürst, bei der auch Mike Kramer noch vorbeigeschaut hatte. Seit sie keine Kollegen mehr waren, hatten sich die Probleme zwischen ihnen aufgelöst und sie waren Freunde geworden.

Jens hatte sich glücklich und zufrieden gefühlt, denn all seine Wünsche waren wahr geworden. Er war so naiv gewesen, zu glauben, dass die Kurve weiter nach oben zeigen würde. Susanne und er hatten geheiratet, als sie bereits im dritten Monat war. Auf rosaroten Wolken hatten sie nicht lange geschwebt, dennoch gestaltete sich ihr Miteinander harmonisch. Seit dem Abgang des Fötus jedoch ging ein böser Riss durch das Leben des jungen Paares und Jens wusste nicht, wie er reagieren sollte. Bei der polizeilichen Ausbildung war Psychologie seine Joker-Disziplin gewesen und trotzdem fühlte er sich jetzt hilflos. Trauerbewältigung war ein wichtiger Prozess, nur ging es hier nicht um ihn allein. Susanne glänzte mit Tüchtigkeit und Pragmatismus, sie neigte jedoch dazu, unangenehme Emotionen zu verdrängen. Jens schob die Gedanken zur Seite. Seine Frau war in der Lage, selbst auf sich aufzupassen. Er stieg aus dem Bett, nahm seine Klamotten und ging ins Badezimmer.

Er fand Susanne im Lager, wo sie Inventur machte. Das tat sie immer, bevor sie zum Großhändler fuhr, um Vorräte für die Pension einzukaufen.

»Kann ich dich ansprechen?«

Sie sah ihn nicht an. »Sicher. Was liegt an?«

»Wenn ich jetzt zur Arbeit gehe, ist das okay? Ich meine, sie werden mir keine Steine in den Weg legen, wenn ich kurzfristig um Urlaub bitte. Ich kann auch bei dir bleiben, wenn du das möchtest.«

Sie drehte sich etwas erstaunt zu ihm. »Urlaub? Du hast doch gerade einen richtigen Fall! Dieser Mord in Binz! Da hast du doch drauf gewartet. Wenn du jetzt eine Auszeit nimmst, setzen sie einen anderen dran.«

»Ja, das werden sie. Aber meine Priorität bist du!«

Susanne sah ihn an und musste lachen. Das hatte sie lange nicht mehr getan. »Mein wackerer Prinz Eisenherz! Du bist einfach zu gut für diese Welt!«, spottete sie.

»Heißt das jetzt ja oder nein?«, kam es von Jens, schon ein bisschen säuerlich.

»Du gehst natürlich zur Arbeit!«

»Und du machst keinen Unsinn?«

Sie stand über seiner Papa-Frage. »Stand jetzt hab ich es nicht vor. Und gib dich damit zufrieden, was Besseres kommt nicht.«

Er ging zu ihr und nahm sie in die Arme. Dann löste er sich und ging.

Freddy, Jens und noch einige weitere Kommissare teilten sich in der Stralsunder Inspektion ein Großraumbüro. Der Erste Hauptkommissar Jung hatte die Anregung dazu gegeben. Er war der Meinung, dass getrennte Büros zu weniger Transparenz führten, und setzte auf Miteinander und Kommunikation. Jens und Freddy hegten allerdings die Vermutung, dass es mehr darum ging, dem Schlendrian in der Truppe vorzubeugen. Wenn alle einem bei der Arbeit zusahen, war es hier im großen Raum schwerer, eine ruhige Kugel zu schieben als im eigenen Büro.

Jens ging zügig zu seinem Schreibtisch.

»Ich hätte nicht gedacht, dass du kommst.« Freddy musterte ihn prüfend. »Wie geht's Susanne?«

»Sie tut sich schwer. Aber sie packt das schon.« Jens setzte sich auf seinen Bürostuhl. »Also, das Tötungsdelikt in Binz. Wo stehen wir?«

»Ist noch nicht viel passiert. Das Opfer ist jetzt in der Gerichtsmedizin. Frau Dr. Lange ist an ihr dran. Sie wollte sich gegen Mittag melden. Ach richtig, Konermann von der Spusi hat sich gemeldet. Sie haben im Inneren der Couch ein benutztes Brotmesser gefunden. Das muss durch die Ritze reingerutscht sein. Sie untersuchen es noch.«

»Was haben wir in der Datenbank über Cordula Gaffel?«

»Gibt nicht viel. Geboren wurde sie in Weimar. Blutgruppe null. Eltern sind beide verstorben. Einen Halbbruder gibt es. Führerschein hat sie seit zwei Jahren. Und sogar schon einen Punkt in Flensburg, weil sie mit ihrem Ferrari zu schnell gefahren ist. Was haben wir noch?« Freddy blätterte. »Hat bei den Tafeln gearbeitet auf Freiwilligenbasis. *Fridays for future*, da war sie eine Zeit wohl recht engagiert dabei. Konfession römisch-katholisch, ist aber vor einem Jahr aus der Kirche ausgetreten. Schufa, kein Eintrag. Der Schneidezahn links vorne ist ein Stiftzahn. Und das war's schon.«

»Berühmt ist das nicht. Aber die Eltern sind beide tot? Die war doch noch ganz jung.«

»Ich weiß. Aber sie ist in der Beziehung blank, wie's aussieht. Ihre Mutter, Carmen Gaffel hat sich vor drei Jahren das Leben genommen. Der Vater Hartwig ist an Krebs gestorben, da war Cordula elf Jahre alt. Ihr deutlich älterer Halbbruder Dietrich ist 2010 nach Fuerteventura ausgewandert. Aber da verliert sich seine Spur. Er ist in Spanien nicht gemeldet. Wir haben nach Telefonnummern oder Adressen gesucht, aber da ist nichts, was darauf hinweist, dass sie in Kontakt stehen.«

Jens pustete Luft aus den Backen. »Das ist ja sehr mager. Handyauswertung, Computer?«

Freddy machte eine wegwerfende Handbewegung. »Bis dato Fehlanzeige. Das Smartphone öffnet sich nicht über biometrische Daten, sondern über Symbol. Der Computer hat eine USB-Stick-Sicherung. Das heißt: Nur mit der Software auf dem Stick fährt das System hoch.«

»Und den USB-Stick haben wir nicht?«

»Ganz recht, Herr Kollege, den haben wir nicht.«

Jens war genervt. Das waren eindeutig zu viel Sackgassen für seinen Geschmack. »Aber die Spurensicherung muss doch irgendwas gefunden haben. Wenn sie sich wirklich verkauft hat, waren Freier in der Wohnung. Und wenn sie Sex hatten, sollte es von Rückständen nur so wimmeln!«

Freddy griff nach einem anderen Ordner. »Wir haben ein paar Fingerabdrücke. Aber nicht sehr viele. Acht, die sich unterschiedlichen Personen zuordnen lassen.«

»Acht nur? Entweder war sie eine Hure, die nur selten gearbeitet hat, oder sie hatte eine sehr gewissenhafte Putzfrau«, grantelte Jens. »Acht Fingerabdrücke. Ich nehm an, wir haben keinen davon im System?«

»Du bist ein Fuchs, Lackner, hast es wieder mal genau erfasst.«

Freddy musste ihn immer wieder aufziehen, um zu demonstrieren, wer hier der Dienstältere war. Jens kratzte das nicht. Er überlegte. Es war heutzutage keine Seltenheit mehr, dass Mörder sehr gut informiert waren, wenn es darum ging, Spuren an einem Tatort zu vermeiden. Dennoch hatte die Erfahrung gezeigt, dass es nahezu unmöglich war, alle Eventualitäten im Griff zu haben. »Wie viele Parteien wohnen eigentlich in dem Haus?«

»Ohne das Opfer noch dreizehn weitere.«

»Wie viele davon haben wir befragt?«

»Elf. Zwei Bewohner haben wir nicht angetroffen. Es gibt vier Stockwerke ...«, führte Freddy aus, während er bei seinen Notizen spickte. »Cordula Gaffel wohnte in der dritten Etage. Die aus den Stockwerken darüber und darunter konnten so gut wie gar nichts beitragen. Einige von ihnen wussten nicht mal ihren Namen. Ich weiß nicht, ob da was zu holen ist.«

Jens sah den Kollegen skeptisch an. »Wir befragen sie noch mal. Und zwar gleich.«

Freddy lächelte schmal. »Darf ich dich höflich darauf hinweisen, dass ich hier der Ranghöhere bin und du mir nicht die Arbeit zuteilst?«

Jens erwiderte das Lächeln frostig. »Darfst du selbstverständlich. Und, mit Verlaub, wir fahren jetzt los ... Chef!«

Mike schlenderte über das Hafengelände. Er war etwas früher gekommen, als es für seinen Termin mit der Kommissarin der Bundespolizei nötig gewesen wäre. Ulf Gunthers von der Frühschicht kam ihm entgegen, ein vollbärtiger Koloss. Was seine Kampfskills betraf, hatte er nicht viel drauf, das wusste Mike, aber er kam optisch imposant rüber.

»Alles klar, Großer?«

Gunthers verzog keine Miene. »Was machst du denn schon hier?«

»Hab noch einen Termin. Sag mal, ist dir irgendwas aufgefallen? Gestern kam ein Schiff aus Litauen. Ich hätte schwören können, dass ich da jemanden hab vom Schiff huschen sehen.«

Gunthers runzelte die Stirn und sah sich um. »Jetzt, wo du's sagst, hinten beim Kabuff vom Hafenmeister ist eine Scheibe kaputt.«

Mike schüttelte den Kopf. »Nee, die ist schon vor dem Schiff hin gewesen.«

»Ach so.«

»Na ja, ich sehe langsam Gespenster. Ich mach den Job schon zu lange.«

»Na denn, Kramer. Hau rein!«

Mike ging weiter. Er wollte sich die eingeschlagene Scheibe selbst ansehen. Das war das Mädchen gewesen, das stand außer Zweifel. Gunthers brauchte aber nichts davon zu wissen, deswegen hatte er behauptet, der Schaden sei schon länger da.

Während er zum Büro des Hafenmeisters lief, sah Mike sich aus den Augenwinkeln um. Er erwartete nicht, dass sich das Kind am helllichten Tag aus seinem Versteck wagte, wo immer das war. Aber vielleicht beobachtete es ihn.

In der Tür des Büros waren acht kleine Glasquadrate. Das Zweite von oben war herausgeschlagen worden. Das Mädchen musste versucht haben, an die Klinke innen heranzukommen und so die Tür zu öffnen. Nur hatte das nicht klappen können, da die Metalltür abgeschlossen war.

Mike holte eine eingepackte Stulle aus seinem Rucksack und wickelte sie aus. Er biss hinein und tat so, als würde es ihm nicht schmecken. Dann warf er das angebissene Butterbrot in einen fast leeren Mülleimer. Er zog eine Flasche mit stillem Wasser aus dem Backpack und warf sie hinterher. Das Letzte, was er zutage förderte, war eine Plastiktüte mit einer Decke darin. Auch sie flog in den Eimer. Mike sah auf die Uhr. Es wurde Zeit für seine Verabredung mit Oberkommissarin Linda Todt. Er nahm Kurs auf das Gebäude, vor dem die Einsatzwagen der Bundespolizei parkten.

Heiko Martens war kein sonderlich sympathischer Zeitgenosse. Er mochte die Fünfzig überschritten haben, wirkte ungepflegt und wohnte in einer typischen Messie-Wohnung. Mehr als ein halbes Dutzend Katzen schlich den Ermittlern um die Beine. Die chaotische Behausung stank scharf nach Katzenpisse und wurde wohl nicht oft gelüftet. Jens und Freddy befragten den Arbeitslosen wegen des Mordes. Wie Ilene Trapp war auch Martens ein direkter Nachbar von Cordula Gaffel.

»Hören Sie!«, ließ er sich in einem Tonfall vernehmen, der keinen Zweifel darüber offen ließ, dass er diese Unterhaltung zu einem schnellen Abschluss bringen wollte. »Ich kümmere mich nicht um andere Leute. Verstehen Sie? Die sollen mich in Ruhe lassen und im Gegenzug lass ich sie in Ruhe. Ist doch ein fairer Deal, oder?«

Freddys Mundwinkel krümmten sich etwas. Jens wusste, dass das kein gutes Zeichen war, die Geduld des Kollegen war bereits jetzt erschöpft. »Herr Martens, wir untersuchen einen Mordfall. Da kommen wir um Zeugenbefragungen nicht herum. Ich hoffe, Sie haben dafür Verständnis.«

Martens zuckte die Achseln. »Ich kannte das Mädel nicht. Ich glaube, wir haben beide nur ein einziges Wort zueinander gesagt und das war ›Hallo‹. Sicher, das ist natürlich nicht nur einmal vorgekommen. Aber das war's auch. Sind wir jetzt fertig? Ich weiß nämlich nichts.«

»Herr Martens, ich denke, es ist besser, wir setzen das Gespräch auf der Polizeiinspektion in Stralsund fort«, schlug Jens in freundschaftlichem Ton vor. »Da nehmen wir uns dann richtig Zeit und wer weiß, vielleicht erinnern Sie sich in ruhiger Umgebung doch noch an das eine oder andere, okay?«

Der Mund von Martens wurde vor Wut ganz klein, aber dann beschloss er, die Strategie zu wechseln. Natürlich hatte er keine Lust, in Stralsund verhört zu werden. »Ich sag Ihnen ja, was ich weiß. Ich hab nur keine Ahnung, was Sie hören wollen.«

Freddy nahm sich einen Stuhl und setzte sich ungefragt. »Schauen Sie, wenn man direkt neben einem anderen Menschen wohnt, bekommt man sehr viel mehr mit, als man glaubt. Die Wände hier sind nicht sehr dick. Wenn also nebenan jemand zu Besuch ist, hört man manchmal, wie Leute sich unterhalten ...«

»Ja, das schon«, gab Martens zu. »Aber man versteht nicht, was sie sagen. Außer vielleicht, man legt ein Stethoskop an die Wand. Und so was besitze ich nicht.«

»Aber da sind wir doch trotzdem schon ein Stück weiter. Können Sie mir sagen, ob Frau Gaffel öfter Besuch hatte, oder haben Sie sie nur selten gehört?«

Martens wirkte genervt, versuchte aber zu kooperieren. »Besuch? Wenn ich sie im Hausflur getroffen habe, war sie allein. Einmal war eine andere junge Frau bei ihr.«

»Können Sie sie beschreiben?« Freddy zückte seinen Stift.

»Sie war jung. Ein hübscher Käfer, ja. Aber ich hab da nicht so genau hingesehen.«

»Die Haarfarbe vielleicht?«, half Freddy dem Zeugen auf die Sprünge. »Die Größe?«

»Ich weiß nicht. Ich weiß es echt nicht, Leute.«

Jens glaubte dem Katzenmann. Der war jetzt ehrlich bemüht, die Sache hinter sich zu bringen. »Was ist mit dem Besuch, den Sie nicht gesehen haben, die Leute, die Sie nur gehört haben ...«

Martens' Kopf zuckte mit einer Vogelbewegung zu Jens herum. »Also die Kleine war oft zu Hause und dann war immer Pegel da drüben. Entweder sie hat den Fernseher laufen lassen oder sie hat telefoniert.«

»Sie konnten nichts verstehen?«, hakte Jens nach.

»Nein. Wie ich schon sagte, wenn ich das Ohr an die Wand gelegt hätte, vielleicht. Aber warum sollte ich das tun? Hat mich doch gar nicht interessiert, die Alte.«

Freddy beugte sich vor. »Gut, Sie haben keine Einzelheiten verstanden. Aber was ist mit männlichen Stimmen? Erinnern Sie sich da an was?«

Heiko Martens schien irritiert zu sein. »Ich weiß nicht. Eigentlich nicht.« Er schnipste unvermittelt mit den Fingern. »Einmal war ein Typ da, mit dem hat sie sich wohl gefetzt. Der hat rumgeschrien. Sie hat gegengehalten. Da hab ich dann mal kurz an die Wand geklopft. Die denkt wohl, sie kann sich alles erlauben, weil sie ne hübsche Larve ist. Aber nicht mit Heiko Martens! Tja, und danach war Ruhe.«

»Ein einziges Mal nur haben sie nebenan eine männliche Stimme gehört?«, fragte Freddy ungläubig nach. »Sie als Erwerbsloser sind doch die meiste Zeit daheim, nicht wahr?«

Der Katzenmann war sofort auf Krawall gebürstet. »Ja bin ich, wieso? Worauf wollen Sie denn hinaus? Dass ich der Gemeinschaft als Schmarotzer auf der Tasche liege?«

»Darum geht es nicht im Entferntesten!« Jens sah es als förderlich an, die Karten auf den Tisch zu legen. »Wir fragen, weil wir nicht ausschließen können, dass Frau Gaffel sich prostituiert hat.«

Martens starrte die Kommissare mit einem blöden Gesichtsausdruck an. Dann begann er zu lachen. Jens und Freddy wechselten einen Blick. Sie wussten nicht, was diesen Heiterkeitsausbruch bei ihrem Gegenüber ausgelöst hatte.

»Hören Sie ...«, kicherte Martens und beruhigte sich langsam. »Ich kenne Nutten. Zur Genüge. Die meisten sind verkorkste Existenzen, verstehen Sie? Ich hab die Gaffel echt nur vom Sehen gekannt, aber nie im Leben war die eine Honigbiene. Wenn du anschaffst, brauchst du Krallen, Sie verstehen, was ich meine. Die Kleine war nicht so aggro drauf. Da bin ich mir sicher.«

Jens ließ kein Auge von dem Mann. »Für jemanden, der uns gerade erzählt hat, dass er gar nichts über seine Nachbarin weiß, ist das eine starke Aussage. Können Sie uns sonst noch was sagen?«

Der Katzenmann dachte nach. »Ich glaub nicht.«

»Sie glauben?«

»Na ja, dieser Knabe, mit dem sie sich so laut gestritten hat, den hab ich im Flur gesehen, als er gegangen ist. Das war zufällig ...«

»Ach was!«, tat Freddy überrascht. »Und?«

»Der Kerl war so ein großer Lackel. Eins fünfundneunzig war der sicher.«

»Wie war er gekleidet?« Jens klappte seinen Block auf.

»Das weiß ich nicht mehr. Er trug einen Hut. So einen schwarzen Deckel. An mehr erinnere ich mich nicht.«

»Wieso waren Sie denn auf dem Flur?«, stellte Freddy eine Frage, die auch Jens interessant fand.

»Wie ich sagte, eher zufällig. Ich glaube, ich hab da gerade den Müll runtergebracht.«

Kommissarin Linda Todt war in Mikes Augen keine Frau nach seinem Geschmack. Ausgeprägte weibliche Rundungen fehlten bei ihr, ohne dass sie dabei maskulin gewirkt hätte. Sie trug eine Uniform, was Mike normalerweise immer auf Touren brachte, doch diese Vertreterin des angeblich so schönen Geschlechts ließ ihn völlig kalt. Aber was machte er sich deswegen Gedanken? Sie hatte ihn sicher nicht in ihre Diensträume gebeten, um ihn zu vernaschen.

Mike saß in ihrem schmucklosen Büro, das von einer großen Karte des Baltikums dominiert wurde. Auf ihrem ordentlich aufgeräumten Schreibtisch fanden sich keine Fotos von Familienangehörigen, wie er das von den Kollegen im Bergener Polizeirevier kannte. Hier im Mukraner Dienstbüro gab es einen Schrank mit säuberlich beschrifteten Leitzordnern und eine Garderobe. Zwei Stühle für Besucher komplettierten die Ausstattung. Immerhin hatte die Bundespolizistin einen Siebträger auf einem Beistelltisch in der Ecke, wo sie soeben zwei Cappuccini gezaubert hatte.

»Zucker?«, fragte sie, als sie die Tasse vor ihrem Besucher abstellte.

»Ja, gerne. Vier, fünf Löffel!«

Linda Todt sah erstaunt zu ihm und holte dann den Zucker. »Am besten, Sie versorgen sich selbst.«

Das tat Mike. Als er das Gebräu probierte, haute der intensive und aromatische Geschmack ihn um. Er blickte zu ihr auf. »Meine Fresse, ist der Hammer!«

Die Kommissarin lachte. »Das ist der Grund, warum ich die beliebteste Kollegin hier bin. Ich schätze, ich bin die beste Barista auf der Insel!«

Mike sah sie verblüfft an. Sie hatte ja doch Charme. Und der Kaffee war sensationell.

Genauso schnell, wie sie ihre Leutseligkeit angeknipst hatte, war dieser Ausdruck auch wieder verschwunden, als sie dienstlich wurde. »Also, Herr Kramer, ich habe mit Ihnen sprechen wollen, weil wir ein Problem haben, das wir, so wie es gerade aussieht, nicht ohne Hilfe lösen können.«

»Aha!« Mike konnte sich beim besten Willen nicht vorstellen, wobei er die Bundespolizei wohl unterstützen konnte.

»Haben Sie schon mal von der *Black Bee* gehört?«

»Der *Black Bee*? Nein, was soll das sein?«

»Das ist der Name eines Segelbootes. Es ist ein besonderes Schiff. Eine Einzelanfertigung, sehr lang, sehr schnell. Die *Black Bee* macht bei richtigem Wind dreißig Knoten. Die fährt den schnellsten Schiffen unserer Küstenwache davon. Wir fahnden schon seit einiger Zeit nach diesem Boot.«

»Moment«, hatte Mike einen Einwand. »Ich dachte, jedes Schiff, was größer ist als ein Ruderboot, hat einen AIS-Transponder. Kann man die *Black Bee* damit nicht orten?«

»Könnte man, wenn der Transponder aktiviert wäre. Ist er aber nicht. Und auch mit sonstigen Methoden tun wir uns schwer, die *Black Bee* zu orten. Sie besteht komplett aus Glasfaser und hat einen Tarnanstrich. Der Eigner des Schiffes will nicht gefunden werden. Er ist mit seinem Spezialboot überall und nirgends. Einen Spitznamen hat der Bursche bei uns auch schon. Wir nennen ihn den *Riffgeist*!«

»Den *Riffgeist*?« Mike sah die Frau ratlos an. »Also verwechseln Sie mich vielleicht mit jemandem? Ich hab's mehr so mit Motorrädern. Von Booten oder vom Segeln versteh ich eher wenig.«

»Ich brauche Sie auch nicht als Nautik-Fachmann, Herr Kramer. Es ist nur so: Ich glaube, Sie kennen unseren *Riffgeist*! Den Eigner der *Black Bee*.« Sie schob ihm ein Foto hinüber.

Mike sah sich das Bild an, das einen schlanken Mann mit Skipper-Mütze an Deck seiner grünblauen Segeljacht zeigte. Das Gesicht war nicht sehr gut zu erkennen, trotzdem wusste Mike sofort, um wen es sich handelte. »He! Das ist ja King!«

»King?«, wiederholte Linda Todt. »Wir führen ihn unter dem Namen Arvid König.«

»Arvid König, richtig. Aber in der Schule haben ihn alle nur King genannt. Sogar die Pauker haben ›King‹ gesagt. Aber ja, das ist er: Arvid König. Nur: Ein Riffgeist war er für uns damals noch nicht.«

»Es stimmt also. Sie waren früher mal befreundet.«

Mike lehnte sich zurück. »Klar. Als Kinder waren wir wie Pech und Schwefel. Aber das ist Ewigkeiten her. Obwohl wir in der Schule ziemlich dicke waren, ist danach doch irgendwann jeder seinen eigenen Weg gegangen. That's life.«

Die Kommissarin sah nicht aus, als ob sie über seine Worte sehr glücklich wäre. »Ich will offen sein. Ich hatte gehofft, dass ich über Sie vielleicht an den *Riffgeist* rankommen kann.«

Mike sah erneut auf das Foto. »An ihn rankommen? Was hat er denn angestellt?«

»Allein, dass er den Schiffstransponder der *Black Bee* deaktiviert hat, ist strafbar. Gut, das machen viele Fischer auch, weil sie ihre Fanggründe nicht verraten wollen. Aber nicht durchgehend. Zudem pflegt Arvid König einen rücksichtslosen Segelstil. Andere Schiffseigner berichten von Beinahekollisionen mit seinem Schiff. Wir wollen ihn aber aus dem Verkehr ziehen, weil er mit seinem Schiff Leute ins Land schmuggelt ...«

»Leute? Was für Leute? Geht das auch deutlicher?«

»Flüchtlinge, Kriminelle, Spione, Gefährder ... Mit ihrer Tarntechnologie fliegt die *Black Bee* gewissermaßen unter dem Radar. Wir für unseren Teil wollen, dass das so schnell wie möglich aufhört.«

Mike lehnte sich zurück. »Arvid ... hat er keinen Wohnsitz, wo man ihn festsetzen kann?«

»Doch, schon. Dummerweise ist er sehr vermögend und besitzt locker zwei, drei Dutzend Häuser und Bootshäuser auf Rügen und wir glauben, nicht alle sind auf seinen Namen eingetragen. Sicher wissen wir nur, dass er überwiegend auf seinem Boot lebt. Und es ist wie verhext, wir kommen einfach nicht an ihn ran.«

»Ich weiß nicht, ob ich Ihnen helfen kann. Ich hab King lange nicht mehr gesehen. Nicht, dass irgendwas zwischen uns vorgefallen wäre, aber wir haben einfach keinen Kontakt mehr, und das schon seit Ewigkeiten ...«

Linda Todt sagte einen Moment nichts. »Seit Ewigkeiten? Was war vor knapp drei Jahren, als Sie im Krankenhaus lagen, weil Sie von einer Bikergang fast totgeschlagen worden sind?«

Mike blieb die Spucke weg. »Wie? King war im Krankenhaus? Bei mir?«

»Da sind wir eher zufällig draufgekommen. Ein Kollege von der Bergener Schutzpolizei hat erzählt, dass er ihn im

Sanaklinikum gesehen hat. Da haben wir die Aufnahmen der Überwachungskameras gecheckt. Die Gesichtserkennung hat ihn identifiziert. Er war auf der Intensivstation, bei Ihnen.«

Mike machte eine überraschte Geste mit den Händen. »Sorry, aber davon weiß ich nichts. Ich stand da heftig unter Medikamenten. Ich erinnere mich an vieles nicht, was da gewesen ist. Der alte Richard Dreifürst war auch da und ich hab ihm wohl einen entscheidenden Tipp gegeben. Selbst davon weiß ich nichts mehr.«

Die Kommissarin lächelte. »Gut. Das muss ich so akzeptieren. Sie haben auch sonst keine Idee, wie man an Arvid König rankommen könnte? Kennen Sie andere Freunde, mit denen er vielleicht noch in Kontakt ist?«

Mike schüttelte den Kopf. »Da fällt mir auf die Schnelle nichts ein. Ich müsste mal gucken, ob ich in meinen Kruschtkisten alte Telefonnummern finde. Vielleicht fällt mir auch noch irgendwas ein. Die Eltern haben Sie schon kontaktiert?«

»Sind bereits verstorben. Aber vielleicht finden Sie ja was, das uns weiterbringt. In jedem Fall vielen Dank, dass Sie sich die Zeit genommen haben.«

»Jederzeit wieder, wenn es so einen Mörder-Cappuccino dazu gibt ...!«

Mike Kramer stempelte ein und trat seinen Dienst an. Er verließ das Gebäude und begann mit dem ersten Rundgang. Er hatte lange nicht mehr an King gedacht. Das, was er Linda Todt gesagt hatte, stimmte: Er wusste nicht, dass sein alter Schulfreund ihn im Krankenhaus besucht hatte. Und es berührte ihn. In den alten Tagen waren sie wie Tom und Huck gewesen, zwei Kumpels, die alles zusammen unternahmen. Wie es im Leben so spielte, war die Verbindung zueinander abgerissen, nachdem sie aus der Schule raus gewesen waren. Aus den Augen, aus dem Sinn. Selbst wenn Mike gewusst hätte, wie an King heranzukommen wäre, bezweifelte er, dass er den Freund ans Messer geliefert hätte. Dazu war in der Vergangenheit zu viel passiert.

Sein Klassenkamerad war eine Ausnahmeerscheinung gewesen, ein brillanter Kopf, dem der Stoff in der Schule nur so zugeflogen war. Aber nicht nur das. King war als ein regelrechtes Universalgenie aufgetreten, egal, womit er sich beschäftigte, er hatte es im Nu draufgehabt und bald besser beherrscht als jeder andere. Die Kehrseite der Medaille war, dass ein Steckenpferd ihn schnell langweilte und er sich anderen Dingen zuwandte. So vielseitig begabt Arvid König war, so wenig konnte er sich anpassen. Er hatte sich Autoritäten gegenüber stets als rebellisch gezeigt und auf Kriegsfuß mit jedweder Regel gestanden. Dass er jetzt mit seinem Tarnkappenboot das Phantom der baltischen See gab, den *Riffgeist,* passte zu allem, was Mike von ihm wusste. Es wäre vielleicht keine schlechte Idee, mal die Fühler nach seinem alten Kameraden auszustrecken.

Mike erreichte die Stelle im Mukraner Hafen, an der der Papierkorb stand. Er schaute hinein. Die Tüte mit dem angebissenen Brot war fort, ebenso die Wasserflasche und die Decke. Der Ex-Polizist lächelte. Sein kleiner blinder Passagier versteckte sich also noch auf dem Gelände.

Ilene Trapp war es sehr peinlich, dass sie sich nicht sofort erinnert hatte. »Der junge Herr von unten, ich glaube, er heißt Wingenfeld oder Wingfelder ...«

»Wingenfeld!«, half Freddy aus.

»Der Herr Wingenfeld, der hat mal an der Tür von Frau Gaffel gestanden und geklopft. Ich weiß aber nicht, ob sie daheim war. Ich bin gleich in meine Wohnung, ich wollte nicht neugierig sein.«

Jens blickte zu Freddy hinüber. »Haben wir schon eine Aussage von ihm?«

Der Oberkommissar mit den Sommersprossen blätterte seinen Block durch. »Wingenfeld, Guido Wingenfeld ... ist verreist. Wenn wir davon ausgehen, dass die Prognose von Frau Dr. Lange von der Gerichtsmedizin stimmt, dann ist er einen Tag gefahren, nachdem bei Cordula Gaffel der Tod eingetreten ist.«

»Ach! So ein Zufall.«

»Ja, so ein Zufall.«

Jens versuchte, seine Worte vorsichtig zu wählen, als er sich wieder an die ältere Frau wandte. »Frau Trapp, die Wände sind nicht sehr dick in diesem Haus. Haben sie von nebenan öfter mal Stimmen gehört, die man Männern zuordnen könnte?«

Die Frau sah zur Wand, als stünde dort die Antwort geschrieben. »Stimmen von Männern? Nein. Aber sehen Sie, ich höre auch nicht mehr so gut, selbst wenn ich mein Hörgerät drin habe. Was drüben in der Wohnung passiert, bekomme ich nicht mit.«

»Frau Trapp, vielen Dank für Ihre Zeit! Wenn wir noch Fragen haben, dürfen wir uns bei Ihnen melden, ja?«

»Aber selbstverständlich. Man weiß ja, was sich gehört!«

Susanne hatte sich erst etwas gewundert, dass Mike Kramer sie angerufen hatte. Dass er und Jens durch die Vergangenheit zu Kumpels geschmiedet worden waren, verstand sie, sich selbst sah sie bei dieser Verbindung eher als Zaungast. Inzwischen kannte man sich gut, weil einige gemeinsame Unternehmungen stattgefunden hatten. Dass sie und Mike sich aber je unter vier Augen getroffen hatten, war ihr nicht in Erinnerung. Aber im Grunde sah sie jeden Anlass als willkommen, um der Pension zu entfliehen. Emotional ging es ihr nicht gut. Am liebsten hätte sie eine Flasche Gin genommen, sich mit Richard zusammengesetzt und bis zur Bewusstlosigkeit getrunken. Eine schwarze Wolke schwebte über ihrem Haupt und ließ keine Sonnenstrahlen durch.

Sie lenkte den SUV auf den Parkplatz vor den Räumlichkeiten des Werkschutzes. Mike wartete schon auf sie, als sie ausstieg.

»Du machst es spannend! Wobei soll ich denn helfen?«

Er kam mit etwas verlegenem Gesichtsausdruck näher. »Hör zu, das mit eurem Baby wusste ich nicht, als ich dich angerufen hab, ich hab's selber erst vor einer halben Stunde von meinem Onkel Konrad erfahren. Ich hätte dich sonst echt nicht gefragt! Tut mir leid für euch!«

Susanne deutete ein Nicken an. »Das Leben geht weiter.«

»Ja, sicher.«

»Dann lass uns anfangen. Womit auch immer!«

Mike hob einen Korb mit Obst, Fanta und Keksen. »Damit fangen wir an!«

Jens und Freddy waren gerade mit ihrer Schreibarbeit beschäftigt, als ihre Handys fast gleichzeitig klingelten. »Gerichtsmedizin«, sagte Freddy nach einem Blick aufs Display und ging ran.

Jens bekam den Rückruf des jungen Mannes, der im Haus der ermordeten Cordula Gaffel im Erdgeschoss wohnte: Guido Wingenfeld, der Nachbar aus dem Parterre, der seltsamerweise genau zu dem Zeitpunkt verreist war, als die junge Frau erdrosselt worden war. »Kommissar Lackner!«

»Hallo? Wingenfeld hier. Sie wollten mich sprechen?« Die Stimme des Anrufers klang dünn und unsicher.

Jens lehnte sich zurück. »Ich habe Ihnen ein halbes Dutzend Mal auf Band gesprochen. Wenn die Polizei anruft, müssen Sie sich umgehend melden!«, belehrte er den Mann am anderen Ende und es war ihm egal, wie sehr von oben herab sich das anhörte.

»Bitte verzeihen Sie. Ich dachte, es wären ... so Telefon-Betrüger. Spamanrufe. Ich meine, wieso sollte mich die Polizei anrufen?« Er lachte, um zu zeigen, wie absurd das war. »Ich hab ja nichts getan.«

»Herr Wingenfeld, wir möchten Sie gerne sehen und zu einem aktuellen Sachverhalt befragen. Wann sind Sie wieder zurück?«

»Nun, ja ... ich komme heute in der Nacht zurück. Ich bin mit dem Auto unterwegs. Wenn ich gut durchkomme, bin ich so um zwei Uhr da.«

Jens sah auf seine Uhr. »Gut. Können Sie sich morgen um neun Uhr in der Polizeiinspektion Stralsund einfinden?«

Stille am anderen Ende. »Um neun Uhr? Aber wieso? Was ist denn los? Ich meine, ginge es nicht auch ein bisschen später? Ich hab eine lange Fahrt in den Knochen.«

»Bedaure. Es ist dringend, dass ich Sie spreche. Und den genauen Sachverhalt kann ich nicht am Telefon mit Ihnen erörtern. Wir sehen uns dann morgen!«

»Äh, ja, danke.«

Jens legte das Smartphone zur Seite. Er dachte über den Mordfall nach. Guido Wingenfeld war auf Platz eins der Verdächtigenliste, einfach weil es sehr auffällig war, zu welchem Zeitpunkt er Rügen verlassen hatte. Am Telefon hatte er nervös geklungen. Gut, er wusste nicht, worum es sich drehte, und vielleicht war er von Natur aus schnell eingeschüchtert. Heiko Martens, der Katzenmann, war schroff und abweisend gewesen. Das war nicht das klassische Verhalten, wenn man Polizisten täuschen wollte, außer man hatte sehr kaltes Blut. Oder man war unschuldig. Und dann gab es noch den mysteriösen, hochgewachsenen Mann mit dem Hut, den großen Unbekannten. Damit hatten sie recht wenig an der Hand. Wenn er es nüchtern betrachtete, hatten die Kommissare nicht den geringsten Anhaltspunkt.

»Lackner!«

Jens blickte auf. Sein Kollege grinste ihn breit an, auch er hatte sein Telefonat beendet.

»Ich bin ganz Ohr! Hat der Doc was rausgefunden?«

»Das hat er in der Tat«, begann Freddy gedehnt. »Das bringt aber eher mehr Dunkel ins Licht als umgekehrt!«

»Inwiefern?«

»Cordula Gaffel kam durch Gewaltanwendung zu Tode. Sie wurde mit der Kordel vom Vorhang stranguliert.«

Jens stöhnte. »Ist mir doch alles klar. Spul mal vor bis zu der Stelle, wo das kommt, was ich noch nicht weiß!«

»Das Opfer ist unberührt.«

Jens starrte den Kollegen irritiert an. »Unberührt?«

»Cordula war Jungfrau mit unversehrtem Jungfernhäutchen. So viel zu unserer Theorie, dass sie eine Hure war.«

Die Dämmerung hatte sich über die Küste gelegt. Mukran lag bereits im Halbdunkel, als sich die kleine Gestalt von der Mauer löste und zum Papierkorb hinüberhuschte. Das

Mädchen beugte sich über den Abfall und fischte die Fanta-Flasche heraus. Dann griff es sich die Kekse.

»Hallo!«, sagte Susanne mit möglichst sanfter Stimme. Das Kind zuckte zusammen und blickte auf. Der Schockmoment war kurz. Sie warf sich herum, ohne ihre Lebensmittel loszulassen, und preschte davon. Sie rannte Mike genau in die Arme. Er griff nach ihr, aber sie wich aus und schlug ihm die Limonade gegen den Kopf.

»Au! Verflucht!«, schimpfte er.

Das Mädchen griff an seine Hüfte und zog einen blitzenden Gegenstand, das Messer. Als sie damit nach Mike stieß, wich dieser aus und schlug ihr mit einem Fußfeger die Beine weg. Sie stürzte und wollte sich blitzschnell wieder aufrappeln. Doch da hatte er bereits ihren linken Knöchel zu fassen bekommen und zog ihn nach oben. Kopfunter hing das Kind nun an seinem starken Arm, wie in der Schlinge einer Tigerfalle. Die Kleine verlor das Messer, zappelte aber weiter herum.

Susanne kam heran und redete beruhigend auf das Mädchen ein. Irgendwann sah es ein, dass es verloren hatte, und hörte auf, sich zu wehren.

»Bleib ganz ruhig! Wir tun dir nichts! Du bist hier nicht in Gefahr!«

Die Kleine verstand offensichtlich kein Wort, aber Susannes Tonfall lullte sie ein. Mike ließ sie los und die Frau legte dem Mädchen ihre Jacke um. Dann reichte sie ihm die Fanta und ließ es trinken.

Mike hob ihr Messer vom Boden auf. Es war ein Eigenbau, die Klinge eines Teppichmessers durch Klebeband verbunden mit einem zweiteiligen hölzernen Griffstück.

Als das Mädchen sah, wie Mike ihre Waffe betrachtete, warf sie die Fanta beiseite und griff nach dem Messer.

»Hey! Hey! Süße! Piano!« Er hielt die Klinge außerhalb der Reichweite des Mädchens. Das sah ein, dass seine Lage aussichtslos war, und senkte den Kopf. Still stand das Kind da.

»Was hast du jetzt mit ihr vor?«, wollte Susanne wissen.

»Ich weiß nicht. Ich müsste sie in der Wache abliefern, bei Jokisch, meinem Boss.«

»Deine Kollegen von der Werkssicherheit sind doch überhaupt nicht qualifiziert, sich um traumatisierte Flüchtlingskinder zu kümmern.«

»Nein, die können sich nur fachgerecht um Weinbrand kümmern.« Mike sah zu dem Gebäude mit den Polizeiautos davor. »Am besten, wir bringen sie zur Bundespolizei rüber. Bei denen ist sie bestimmt in guten Händen.«

»Ja, das wird das Beste sein!«

Susanne nahm das Mädchen bei der Hand, während Mike sich mit Absicht auf Distanz hielt, um nicht bedrohlich zu wirken. Sie liefen hinüber zum Amtsgebäude der Bundespolizei. Als das Kind aber die Streifenwagen sah, stieß sie einen Laut des Entsetzens aus und wollte sich losreißen.

»Was ist denn?«

»La tujid charta! La tujid charta! Afoua! Afoua!«

Mike legte dem Kind seine große Hand auf die Schulter. »Komm mal runter, ja!«

»La tujid charta!« Das Mädchen war weit davon entfernt, sich zu beruhigen.

Susanne zog ihr Handy heraus. »Was sagtest du? Sie kommt aus Syrien?«

»Keine Ahnung. Aber ich vermute es! Die meisten Flüchtlinge, die wir aufgreifen, kommen aus Syrien.«

Susanne tippte etwas in ihr Smartphone und hielt es dann dem Mädchen hin. »Sag noch mal!«

Das Mädchen schaute verwirrt.

»La tuji ...was?«

»La tujid charta!«

Susanne drückte auf den Übersetzungsbutton. »Nicht die Polizei!«, quäkte es aus dem Handy. Die Erwachsenen wechselten einen überraschten Blick.

»Nisch die Po-lissei!«, sagte jetzt auch das Mädchen.

Die Lola in Silber stand vor Richard Dreifürst auf dem Tisch und lachte ihn an. Sie gehörte aber nicht dem ehemaligen Lehrer aus Rügen, es war eine Auszeichnung für den Produzenten Josef Zepmeisel. Sein Film »Ein abgelegener Hof« hatte zwar nur den zweiten Preis gemacht, es fühlte sich dennoch wie ein Triumph an. Richard hatte als kleiner Berater mitgewirkt und war der Annahme gewesen, dass die Preisverleihung am Hammerskjöldplatz in Berlin nur ein netter Ausflug für ihn sein würde. Am Ende hatte die Aufregung ihn doch gepackt und er konnte sich nicht erinnern, wann er sich das letzte Mal so gefreut hatte, als die Laudatoren verkündeten, dass ihrem Film der silberne Produzentenpreis zuerkannt worden war. Als Paula, Josef und die anderen auf die Bühne gingen, hatten sie ihn, Richard, einfach mitgeschleift und so war ihm dann eine Minute Applaus beschieden und er konnte für diesen kurzen Moment am echten Ruhm schnuppern.

Paula hatte ein langes schwarzes Kleid an und sah hinreißend aus. In Momenten wie diesen bedauerte Richard es, dass es nie zu mehr gekommen war als der herzlichen Freundschaft, die sie verband. Das hatte am allerwenigsten an der Drehbuchautorin gelegen, Richard war derjenige gewesen, der gekniffen hatte. Die räumliche Distanz ihrer Lebensmittelpunkte hatte ein Übriges getan.

Sylvester Horvath, der Darsteller des Serienmörders im Film, der eine Lola als bester Nebendarsteller gewonnen hatte, stand neben Paula und redete auf sie ein. Er war ein gutaussehender Bursche und grub die hübsche Stuttgarterin schon den ganzen Abend an. Und sie ließ sich das, so machte es den Eindruck, gerne gefallen.

»Komm, Richard, lass uns woanders hingehen!«, sagte Josef unvermittelt. Sein Tischnachbar sah zu ihm. Es war Richard schon aufgefallen, dass der Gewinner der silbernen Lola im Verlaufe des Abends immer stiller geworden war. Er duzte sich inzwischen mit Josef Zepmeisel und das, was zwischen ihnen entstanden war, kam einer Freundschaft schon recht nahe.

»Wo willst du hin? Ins *Borchardt*?« Richard hatte schon mitbekommen, dass die Granden der Filmbranche sich irgendwann in die Promi-Bar in der Französischen Straße verabschiedeten und sich dort zu einem elitären Zirkel zusammenfanden.

»Nein, nicht ins *Borchardt*. Gehen wir in den *Rum Trader*!«

Rum? Richard war nicht gerade begeistert. Harten Getränken ging er inzwischen lieber aus dem Weg.

»Es ist so eine Art Kultbar. Sehr eigenwillig. Ich würde sogar sagen, es ist eine der Attraktionen, die zu Berlins Weltkulturerbe gehören. Du wirst es mögen!«, beruhigte Josef ihn, erhob sich und griff nach seinem Filmpreis.

Der *Rum Trader* befand sich in der Fasanenstraße, im Stadtteil Charlottenburg. Da das Lokal sehr klein war und kaum mehr als fünfzehn Gäste fasste, war es üblich, an der Pforte zu klingeln. Offenbar suchte Josef diese Stätte nicht das erste Mal auf, denn der Wirt, ein Mann, dessen

Frack eine sehr nostalgische Note hatte, begrüßte ihn mit Namen. Er führte die neuen Gäste zu einem kleinen Tisch und fragte nach ihren Wünschen.

»Ich würde gerne von Ihren Cocktails probieren, aber ich vertrage nichts Hochprozentiges mehr«, sagte Richard und es war ihm gerade unangenehm.

Doch der Wirt, ein Mann, der in jedem britischen Kostümfilm als Butler überzeugt hätte, lächelte. »Wir haben alkoholfreien Rum. Ich werde Ihnen was mischen. Mögen Sie es eher herb oder süß?«

»Dann nehme ich süß!«

»Sehr gut. Und Sie, Herr Zepmeisel?«

»Ich nehme den Koko B. Ware.«

»Ausgezeichnet!«

Der Wirt ließ sie allein und machte sich daran, die Cocktails zu mixen. Richard sah, dass er der Einzige war, der hier bediente. Da das Lokal allerdings sehr klein war, schaffte er das wahrscheinlich ganz gut.

Er wandte sich Josef zu. »Ist irgendwas mit dir? Du wirkst niedergeschlagen.«

Der lächelte. »Ich wollte eigentlich nicht, dass man es mir ansieht. Aber du hast recht. Innerlich bin ich so ein bisschen abgestürzt, nachdem ich die silberne Lola bekommen habe.«

»Interessant«, äußerte Richard sich vorsichtig. »Und was denkst du, ist der Grund dafür?«

»Der Grund dafür?« Josef Zepmeisel musste sich innerlich fokussieren, um seine Gedanken in Worte zu fassen. »Richard, ich hab einfach das Gefühl, dass ich mein Leben vertan habe. Ich bin immer den einfachen Weg gegangen. Geld hatte meine Familie ja immer. Meine Komfortzone habe ich jedenfalls nie verlassen müssen.«

»Das verstehe ich nicht. Du hast für unseren Film eine Menge riskiert. Die Verleiher wollten Änderungen am Buch, aber du hast ihnen die Stirn geboten. Ich habe dich nicht gerade als das erlebt, was ein Fähnchen im Wind ist.«

»Das alles zählt nicht, eben weil ich vermögend bin. Ich habe nicht viel riskiert. Wäre alles schiefgegangen, ich wäre immer noch märchenhaft reich.«

»Hmm ...«, machte Richard. »Trotzdem ist es ein großartiger Film geworden. Nach deiner Vision.«

Josef machte eine wegwerfende Handbewegung. »Es geht nicht darum. Ich habe die Weichen gestellt für den *Abgelegenen Hof*, schön und gut, aber ich habe in meinem Leben nichts Eigenes erlebt. Nicht so wie du. Ich habe mich nie etwas getraut.« Der Produzent sah zu Richard, der ihm aufmerksam zuhörte. »Nach meinem Studium sind ein paar Freunde von mir zu einer Expedition nach Indien, Nepal und Sumatra aufgebrochen. Der Klassiker, ein großer Rucksack auf dem Rücken und dann mit festem Schuhwerk aufs Dach der Welt. Sie wollten, dass ich mitkomme.«

»Bist du aber nicht«, mutmaßte Richard.

»Nein. Bin ich nicht. Ich fand das viel zu riskant.« Er lachte mit einer Spur Bitterkeit. »Auf gut Deutsch: Ich hatte Schiss.«

Richard lachte. »Sagt man nicht: Wer sich in Gefahr begibt, kommt darin um?«

»Eben. Genau das sagt man. Und deswegen bin ich jeder Gefahr ausgewichen. Ich konnte mich nicht überwinden ...« Josef brach ab, weil er einen Hustenanfall bekam. Er holte ein Taschentuch heraus und hielt es sich vor den Mund. Richard sah, dass der Zellstoff sich rot färbte. Das war Blut.

»Josef, um Gottes willen! Sag mir jetzt, was los ist!«

»Im Grunde genommen ist gar nichts.«

»Gar nichts. Mach mir nichts vor. Wenn man eine einfache Grippe hat, hustet man kein Blut. Du bist ernsthaft krank.«

»Ja, ich leugne es nicht, das bin ich. Genau deswegen mache ich mir ja diese Gedanken. Ich bin endlich und denke über mein Leben nach. Ich habe keine Kinder. Es steht überhaupt nicht viel unterm Strich. Anders als bei dir.«

»Ich verstehe.« Richard nickte. »Du denkst, ich bin dir voraus, weil ich damals auf dem Kattow-Hof mein Leben riskiert habe.«

»Ja, schon. Und du hast eine Tochter. Deine Existenz hatte wenigstens einen Sinn.«

Der Wirt brachte die Drinks. Sie tranken und Richard war verblüfft, wie gut es schmeckte. Er stellte sein Glas ab und blickte zu seinem Begleiter. »Wie ernst ist es? Ich meine, hört man schon eine Uhr ticken?«

»Die hört man«, gab Josef zu. »Ich habe vielleicht noch ein Jahr, wenn's hochkommt. Der Arzt hat mir die Umstände erklärt, aber ich habe sie schon wieder vergessen.«

»Ist es zu spät für den Rucksack und den Himalaya?«, fragte Richard und bereute die Frage sofort. Er wollte nicht über seinen Freund spotten.

»Ich habe überlegt, ob ich nicht ein Ticket bei *SpaceX* buche und mir die Erde vom Weltall aus ansehe.«

»Irgendwie spirituell.«

Josef Zepmeisel schmunzelte. »Irgendwie albern.« Er nahm sein Glas und stürzte sein Getränk hinunter. »Ich glaube, ich nehme noch einen«, verkündete er dann.

Als Richard ins Hotel zurückkam, war es zwei Uhr durch. Er war beim alkoholfreien Drink geblieben, während Josef sich die Kante gegeben hatte. Der Produzent hatte sich aber nicht abgeschossen, dazu war er nicht der Typ. So einer wie er verlor nicht die Kontrolle. Sie hatten dem *Rum Trader* schließlich den Rücken gekehrt, weil sie beide müde waren. Nun, da er wieder allein war, hatte Richard noch Lust auf ein Bier. Der Nachtportier des Hilton verwies ihn auf den Zimmerkühlschrank, denn die *Piano Bar* hatte bereits geschlossen. Falls das Bier im Kühlschrank seiner Suite nicht nach seinem Geschmack war, gab es in Laufweite noch einen recht gut sortierten Späti. Richard aber war nicht nach einem weiteren Marsch. Er wollte nur ins Bett.

Als er sich in seiner großzügigen Zimmerflucht dem Kühlschrank für einen Absacker zuwenden wollte, klopfte es plötzlich. Er überlegte einen Moment. Hatte er etwas an der Rezeption liegen lassen? Er ging, öffnete die Tür und staunte. Vor ihm stand Paula.

Richard sah sie verdattert an. »Also mit dir hätte ich jetzt wirklich nicht gerechnet. Ich dachte, du und der Horvath macht Berlin unsicher.«

»Horvath? Nein. Mit dem mache ich bestimmt nicht Berlin unsicher. Der geht mir ziemlich auf die Nerven, der selbstverliebte Gockel.«

Richard grinste, plötzlich gut gelaunt. »Willst du reinkommen? Ich dachte, ich trink noch ein Bier. Zwei Flaschen habe ich und die teile ich mit dir.«

»Da sage ich nicht nein«, sagte sie grinsend und trat ein. Er wollte zur Minibar, doch sie hielt seinen Arm fest, zog ihn an sich und küsste ihn auf den Mund.

Hinter dem Haupthaus der *Pension Seerose* gab es noch einen Anbau mit zwei weiteren Gästeapartments. Hierher hatte Susanne das kleine syrische Mädchen gebracht. Obwohl sie versucht hatte, sich mit dem Kind mittels der Übersetzungs-App des Smartphones zu unterhalten, war keine rechte Kommunikation zustande gekommen. Susanne hatte nur herausgekriegt, dass das Mädchen Yslei hieß. Aber dann hatte der kleine Flüchtling dichtgemacht.

Yslei saß mit angezogenen Knien auf dem Bett, hatte die Arme um sie geschlungen und den Kopf dazwischen vergraben. Auf die angebotenen Schnittchen reagierte sie nicht, obwohl Susanne wohlweislich auf Fleisch verzichtet hatte. Irgendwann hatte sie ihre gute Freundin Carola angerufen, denn die war nun mit Lea Deventer liiert, einer pummeligen Frauenärztin. Und Susanne hatte ihre Ex gebeten, die neue Freundin mitzubringen, denn ein Arzt war gerade gefragt.

Yslei jedoch reagierte feindselig auf Lea und zischte sie an, als diese ihren Puls fühlen wollte.

»Ist ja gut!«, beruhigte die das Kind und sah dann zu Susanne und Carola. »Die ist total im Tunnel. Was immer sie unterwegs erlebt hat, es hat ihr zugesetzt. Ich finde, ihr solltet sie sofort ins Krankenhaus bringen.«

Susanne lehnte das ab. »Wenn sie im Krankenhaus aufgenommen wird, ist sofort das Jugendamt im Spiel. Die kassieren sie auf der Stelle. Das ist dann Roulette. Klar gibt's sehr gute Leute bei denen, aber auch welche von der Sorte, die immer noch auf schwarze Pädagogik schwören. Da kann sie vom Regen in die Traufe kommen.«

Carola stimmte Susanne zu. »Ich finde es für das Mädchen auch besser, wenn Susi sich um sie kümmert. Die ist eine echte Kinderflüsterin. Meine Nichte hat ihr aus der Hand gefressen.«

»Und jetzt?« Lea Deventer verschränkte die Arme. Es war offensichtlich, dass sie hier nicht allzu viel Zeit verbringen wollte.

Susanne überlegte. »Das Kind ist verstört, so viel steht fest. Aber ich glaube, körperlich fehlt ihm nichts. So, wie ich das sehe, wäre es am besten, das Mädchen ruhigzustellen. Die ist bis zum Dachstuhl voll mit Adrenalin und gleichzeitig vollkommen erschöpft.«

»Ruhigstellen?«, fragte die Frauenärztin. »Ich soll ihr ein Sedativ geben?«

»Sie muss einfach zur Ruhe kommen. Wenn sie erst mal richtig geschlafen hat, sieht die Welt sicher gleich ganz anders aus.«

»Gut«, meinte Lea. »Das sehe ich eigentlich ganz genauso. Das kann ich verantworten.«

Die Frauen sahen auf das Mädchen. Sie tat so, als würde sie die Unterhaltung ignorieren, aber wahrscheinlich war sie mit allen Fasern auf der Hut.

Carola sah ihre Freundin an. »Hast du so eine Spritze dabei?«

»Im Auto.«

»Hol sie.«

Die Frauenärztin verließ das Zimmer. Susanne wandte sich an Carola. »Ach ja, für den Fall, dass du Jens begegnest, kein Wort zu ihm!«

Carola machte ein fragendes Gesicht. »Wieso? Gibt's Probleme im Paradies?«

»Nein. Aber du weißt doch, wie überkorrekt er ist. Er hält sich gerne an seine Vorschriften. Innere Konflikte sind nicht so sein Ding, außer er sieht keinen anderen Weg.«

Susanne drehte sich um und setzte sich neben den kleinen Flüchtling aufs Bett. »Yslei!«, sprach sie die ausgemergelte Gestalt mit sanfter Stimme an. Das Kind hob nicht einmal den Kopf. Susanne berührte sie und streichelte ihre Schulter. Yslei ließ es geschehen, ohne darauf zu reagieren.

Wenig später war Lea zurück und packte eine Einwegspritze aus. Sie zog ein Sedativ auf und näherte sich dem Kind auf dem Bett. Da hob Yslei den Kopf und fauchte böse. Die Ärztin erschrak. »Verflucht, wie ist die denn drauf? Ist ja richtig unheimlich.«

Immerhin hatten sie jetzt die Aufmerksamkeit des Mädchens. Susanne streckte die Hand nach Lea aus. »Gib mir das Ding!«

Die Frauenärztin wollte etwas sagen, doch dann resignierte sie und reichte die Spritze herüber. Susanne präsentierte Yslei das Instrument und zeigte mit einer Pantomime, dass sie nach der Verabreichung schlafen würde. Das Kind schüttelte den Kopf. Doch das ließ Susanne sich nicht bieten. »Yslei! Es ist das Beste, wir müssen das machen! Vertrau mir!« Sie holte ihr Handy hervor und sprach hinein: »Vertrau mir!«

»Thaq bey!«, kam es aus dem Smartphone.

In den Augen des Kindes standen nun Angst und Unsicherheit. Dann aber holte es Luft und hielt Susanne das dünne Ärmchen hin.

Jens hatte keine Ahnung, wie die Sache mit Susanne an die Polizeioberen durchgesickert war, passiert war es dennoch. Er musste zum Rapport zum Ersten Kriminalhauptkommissar Christian Renner. Da sie gemeinsam bereits in der *Soko Düne* gearbeitet hatten, waren sie sich vertraut.

»Hör zu, Jens, ich will die Sache gar nicht an die große Glocke hängen«, begann Renner, »aber das, was der Kollege Rusnak da gemacht hat, ist ein Unding. Da, wo Vetternwirtschaft einreißt, ist der Korruption bald jede Tür geöffnet.«

»Mich musst du nicht überzeugen«, sagte Jens. »Ich bin ein gebranntes Kind.«

»Ich werde die Sache nicht weiterverfolgen, aber Bert wird intern noch eine Ansprache bekommen. Dass du keine Schuld trägst, weiß ich, aber ich will, dass du bei der Sache bist, was den Prostituiertenmord in Binz angeht. Ich war verwundert, dass du wegen deiner Frau plötzlich die Beweisaufnahme unterbrichst ...«

Jens senkte schuldbewusst den Kopf. »Das war ein Fehler, den ich bedaure. Aber was hättest du an meiner Stelle getan?«

Renner schloss die Augen und seufzte. »Ich mach dir gar keine Vorwürfe. Ihr habt euer Kind verloren und deine Frau ist aus der Bahn geworfen. Die Frage, die sich mir stellt, ist folgende: Bist du es auch? Fast möchte ich es glauben ...«

Jens sah seinen Vorgesetzten an. »Ich kann Privates und den Dienst trennen. Ich sehe mich nicht als beeinträchtigt an.«

»Genau darum geht es. Der Oberstaatsanwalt hat mich angerufen, weil die Lokalpolitik schon wieder Druck macht. Es hat gedauert, bis nach dem Serienverbrechen hier wieder Frieden eingekehrt ist in den Badeorten. Und jetzt wieder so eine Bluttat. Und dann ausgerechnet in Binz, *dem* Ostseebad schlechthin. Für den Rügener Tourismus ist das Gift. Es wäre für alle Beteiligten gut, wenn dieser Mord so schnell wie möglich aufgeklärt würde. Dazu brauch ich Ermittler, die bei hundert Prozent sind.«

»Das ist mir klar.«

Renner beugte sich vor. »Wenn du Extra-Urlaub brauchst, sag es, Jens, ich leite das in die Wege, kein Problem.«

»Christian, nein! Das wird nicht nötig sein.«

»Also gut.« Renner nickte und griff nach einem Ordner. »Was habt ihr denn bis jetzt? Das, was hier im Bericht steht, kann doch nicht alles sein.«

»So ist es aber. Die Faktenlage gibt uns Rätsel auf. Wir stehen vor einigen verschlossenen Türen. Doch das wird sich ändern. Wir befragen morgen Vormittag einen wichtigen Zeugen. Und wenn wir an die Computer- und Handydaten herankommen, wissen wir sicher mehr. Ich wäre aber vorsichtig, von einem Prostituierten-Mord zu reden.«

Renner schaute irritiert und griff nach einem Papier auf seinem Schreibtisch. »Das versteh ich nicht. Diese Cordula Gaffel hatte ein Andreaskreuz im Zimmer und einen Schrank voller Dessous. Und hier ...« Er tippte auf den Papierbogen. »Hier steht, dass ein Ferrari auf sie zugelassen ist. Dazu hatte sie Schmuck, ein Arsenal teuerster Schuhe und Handtaschen im Schrank. Wenn die nicht angeschafft hat, fress ich nen Besen.«

»Aber die Gerichtsmedizin sagt, dass sie noch Jungfrau war.«

»Jungfrau? Na und? Wenn sie als Domina gearbeitet hat oder als Masseuse, muss sie keinen Verkehr gehabt haben. Trotzdem gehört sie zum Millieu.«

Jens zögerte mit seiner Erwiderung. »Genau da hab ich meine Zweifel, ehrlich gesagt.«

»In der Ostseezeitung wird es aber morgen so stehen.«

Jens zuckte die Achseln. Es war ihm egal, was die Zeitung schrieb, das hatte mit ihm und seiner Ermittlung nichts zu tun.

»War's das?«, fragte er. Er war müde und hatte genug. Der Erste Kriminalhauptkommissar entließ ihn daraufhin. Es war nach zweiundzwanzig Uhr und auch Christian Renner wollte heim.

Jens fühlte sich denkbar mies, als er Neuendorf ansteuerte. Er war übermüdet. Das lag daran, dass er in den letzten Wochen nachts oft wach lag, an den Schicksalsschlag dachte, der ihnen ihr Kind genommen hatte, und in der Folge nur unruhig schlief. Auch die Probleme in seiner Beziehung belasteten ihn stark. In diesem Moment befürchtete er, Susanne wieder stark alkoholisiert vorzufinden. Was war nur aus ihnen geworden? Jens verstand es nicht. Ihre Partnerschaft hatte sich doch so gut entwickelt, sie waren ein wunderbares Team gewesen, bis sie den Abgang gehabt hatte. Seitdem verhielt Susanne sich wie ein verwundetes Tier, das nach einem schnappte, wenn man es nur anrühren wollte.

Jens wusste es besser, dennoch war er sauer auf seine Frau. Sie ließ sich hängen und das ging auf seine Kosten, denn nun musste er neben seiner Arbeit auf sie aufpassen und ihre Launen über sich ergehen lassen. Dabei hatte er innerlich selbst schwere Schlagseite. Wäre er wirklich ein korrekter Typ gewesen, hätte er Hauptkommissar Renner bitten müssen, ihn von der Ermittlung des Mordfalles zu entbinden. Davon hatte er abgesehen, weil die Arbeit ihn strukturierte und gerade sein einziger Halt war. Er wollte nicht in Depressionen versinken.

Als Jens die *Pension Seerose* betrat, bewahrheitete sich seine Befürchtung nicht. Susanne lag nicht abgefüllt vor dem Fernseher im Gastraum. Dass sie aber offenbar nicht zu Hause war, nährte neue Sorgen bei ihm. Er zog seine Jacke aus und legte seinen Gürtelholster mit der Dienstwaffe auf den Tresen. Er folgte einer plötzlichen Eingebung und schaute noch einmal hinaus. Vielleicht war sie doch noch ausgegangen. Doch Susannes SUV stand im Carport. Er rief nach ihr, bekam aber keine Antwort. Sie war nicht da. Das kam ihm merkwürdig vor. Er dachte nach. Vielleicht hatte Cora sie abgeholt und sie waren zu zweit auf die Piste gegangen.

Jens zog sein Telefon heraus und rief Susanne an. Die meldete sich schon nach dem zweiten Klingeln. »Wo bist du denn?«, rief er etwas emotionaler, als er wollte.

»Beruhig dich. Ich bin im Anbau.«

»Im Anbau? Wieso? Und wieso um diese Zeit?«

»Ich bleibe heute Nacht hier. Ich brauche etwas Abstand.«

»Abstand?«, wiederholte Jens ratlos. »Abstand von mir?«

»Unter anderem. Aber nein, mit dir hat es am wenigsten zu tun.«

Jens schwieg.

»Mach dir keine Sorgen. Ich hab hier nichts zu trinken. Ich bin brav, okay? Wir sehen uns dann morgen.«

»Ehm, gut …«, stotterte Jens und dann hatte sie die Verbindung bereits unterbrochen.

Wenn Susanne für sich sein wollte, dann war es eben so. Jens konnte sie sonst ganz gut loslassen, doch heute Abend war es anders. Irgendwie hatte er das Gefühl, dass sie ihn belog. Sein Instinkt sagte ihm, dass sie vielleicht nicht allein da drüben war. Caro kam ihm in den Sinn. Susannes ehemalige Partnerin hatte die Trennung nie gewollt und immer wieder signalisiert, dass sie die Uhr gerne zurückdrehen würde zu der Zeit, in der sie und Susi als lesbisches Paar glücklich gewesen waren.

Jens versuchte, diese albernen Eifersuchtsgedanken aus seinem Kopf zu vertreiben. Er putzte sich die Zähne und wollte zu Bett gehen, als er sich doch eines Besseren besann. In der zweiten Schublade des Schanktresens fand er die Schlüssel für das Gästehaus. Es war besser, wenn er sich Gewissheit verschaffte.

Er ging hinüber zum Anbau und schloss auf. Wenn überhaupt, logierte Susanne in der Wohnung neun. Die war am komfortabelsten. Jens lauschte an der Tür. Es war nichts zu hören. Er zögerte. Wenn er jetzt hineinging, wäre das ein Vertrauensbruch. Dann outete er sich als armseliger Kontrolletti. Wenn sie nicht allein war, würde er sie in eine sehr unangenehme Situation bringen. Doch egal, wie laut die Stimme der Vernunft ihn mahnte, er konnte nicht zurück.

Leise schloss er die Tür auf und betrat das Apartment. Es war dunkel, doch Susanne hatte das Fenster offen gelassen und der Mond verbreitete eine gewisse Helligkeit. Als Jens erkannte, dass zwei Personen im Bett lagen, griff eine kalte Klaue nach seinem Inneren. Er trat näher, weil er wissen wollte, mit wem Susanne ihn betrog. Zu seiner Verblüffung war es ein Kind, das neben seiner Frau schlief. Es handelte sich um ein Mädchen, das Jens noch nie zuvor gesehen hatte. In diesem Moment schlug Susanne die Augen auf.

Sie redeten kein Wort miteinander. Susanne bedeutete ihm nur mit einer Kopfbewegung, dass er wieder gehen sollte. Jens hatte keine Ahnung, was dieser mysteriöse Gast zu bedeuten hatte, aber er schämte sich nun, weil er sich wie ein Vollidiot aufgeführt hatte, der es nicht unterlassen konnte, seine eigene Frau zu stalken. Gleichzeitig war es wohltuend und erleichternd, dass Susanne einen, wie es aussah, unverfänglichen Grund hatte, sich von ihm abzusondern. Jens ging zurück ins Haupthaus, zog sich seinen Pyjama an und ging schlafen.

Als er am nächsten Morgen in die Küche kam, war Susanne bereits wach und hatte ihm ihr legendäres *Frühstück zum Verwöhnen* gezaubert. Das gab es normal nur für zahlende Gäste oder wenn Jens Geburtstag hatte. Sie trat ihm entgegen und umarmte ihn. Er war froh, dass ihn jetzt keine Vorwürfe wegen seines Verhaltens in der letzten Nacht trafen.

»Was ist das für ein Kind? Wo kommt das plötzlich her?«, brach es aus ihm heraus. »Und wo ist es jetzt überhaupt?«

»Beruhig dich, Yslei ist unten im Gastraum. Sie ist ganz brav!«

»Yslei? Wer zum Teufel ist Yslei? Ist sie aus einem Glückskeks gesprungen?«

»Um dir das zu erzählen, bin ich ja hier.« Susanne lächelte. »Setz dich!«

Während Jens das Frühstück zu sich nahm, berichtete seine Frau ihm, wie es den kleinen Flüchtling in die *Pension Seerose* verschlagen hatte. Es entging ihm nicht, dass Susanne von diesen Vorgängen in irgendeiner Form inspiriert schien, ihre Körpersprache war an diesem Morgen ganz anders als in der Zeit davor.

»Ich verstehe nur nicht, wieso du das Mädchen mitgenommen hast«, sagte Jens. »Wäre es nicht Sache des Wachdienstes gewesen, das Kind den Behörden zu übergeben?«

»Mike meint, dass seine Kollegen vom Mukraner Werkschutz für so eine Aufgabe denkbar ungeeignet sind. Yslei hat wahrscheinlich schlimme Dinge erlebt, deswegen haben wir beschlossen, dass sie erst mal bei mir bleibt.«

Jens sah sie an. Er wollte sie nicht belehren, aber in diesem Moment ging es nicht anders. »Sanni, es gibt Regeln. Und wenn man sich darüber hinwegsetzt, führt das zu Konsequenzen. Sie haben dich betrunken am Steuer erwischt. Jetzt ist das rausgekommen und Bert Rusnak aus Bergen wird eins aufs Dach kriegen. Das ist mir überaus unangenehm. Ein illegal einreisender Flüchtling muss sofort der dafür zuständigen Dienststelle übergeben werden. Da gibt's nicht den geringsten Spielraum.«

»Es ist ein Kind, Jens! Ein kleines Mädchen, das sich benimmt wie ein verwildertes Tier. Lassen wir sie doch erst mal zu sich kommen. Sie soll sich fangen. Ich denke, ich kann ihr dabei helfen. Bei mir ist sie wenigstens sicher!«

»Das bestreite ich ja auch nicht. Nur bin ich jetzt Mitwisser. Als Kriminalpolizist kann ich nicht bestehende Gesetze beugen, es sei denn, ich möchte genauso aus dem Dienst ausscheiden wie mein geschätzter Freund Mike Kramer.«

Susanne schwieg. Sie sah mit einem Mal sehr traurig aus. »Du musst mir glauben, Jens, ich hätte dem armen Ding so wahnsinnig gerne geholfen. Das wäre wenigstens mal eine Aufgabe gewesen.«

Er griff über den Tisch und nahm ihre Hand. »Hör zu, es ist meine Schuld. Wenn ich nicht diesen Eifersuchtsanfall gehabt hätte und in den Anbau rübergegangen wäre, wüsste ich von nichts. Das wäre dann noch mal was anderes. Aber jetzt bin ich im Bilde. Wir haben ... ich habe keine Wahl: Wir müssen das Kind dem Jugendamt übergeben! Und das kann ich auch nicht mit dir verhandeln.«

»Gut«, erwiderte Susanne bekümmert. »Ich will sie aber begleiten. Ich denke, sie hat schon genug mitgemacht. Jetzt kommt sie wieder zu wildfremden Leuten.«

»Einverstanden.« Jens stand auf und zog sich sein Sakko an. »Ich hab um zehn eine Zeugenbefragung, wir müssen also sofort los.«

Susanne nickte und erhob sich ebenfalls.

Als sie den Gastraum im Parterre betraten, war niemand zu sehen. Susanne sah sich irritiert um. »Yslei?« Sie ging zur Tür, die zum Garten führte und schaute hinaus. »Yslei! Wo bist du?« Es kam keine Antwort.

Jens stand freudlos lächelnd am Tresen nahe bei der Zapfanlage, als sie zurückkam. »Ich fürchte, dein kleiner Wildling hat das Weite gesucht.«

Susanne sah ihn irritiert an. »Das Weite gesucht? Blödsinn! Wie kommst du darauf?«

»Na, was denkst du wohl? Sie ist weg! Sie ist verduftet, weil sie niemandem traut. Vor allem nicht jemandem, der sie mit einer Spritze ins Land der Träume geschickt hat. Manchmal bist du echt naiv, Susanne!«

Sie konnte ihre Enttäuschung nicht verbergen. »Machst du jetzt eine Meldung?«

Jens nickte knapp. »Ich hab keine Wahl!«

Sie hielt ihn am Arm fest, als er nach seiner Jacke griff, die er auf dem Tresen abgelegt hatte. »Bitte, warte noch! Sie kommt bestimmt wieder zurück. Dann bringe ich sie persönlich nach Stralsund. Das ist besser, als wenn sie jetzt zur Fahndung ausgeschrieben wird und man sie jagt! Gib mir einfach ein paar Stunden Zeit!«

Er sah sie an und suchte nach Worten.

»Bitte!«, flehte Susanne. »Ein paar Stunden nur! Tu's mir zuliebe!«

Richard verstand das alles nicht. Was hatte er nicht alles getan und Vernunft walten lassen, um dieser aussichtslosen Affäre mit Paula aus dem Weg zu gehen. Dann war sie gekommen, hatte an seine Tür geklopft und innerhalb einer kurzen Nacht alles auf den Kopf gestellt.

Jetzt saßen sie gemeinsam im Zug nach Stralsund. Paula sah gelöst und zufrieden aus und blätterte neben ihm in einer *Brigitte*. Irgendwie ärgerte das Richard. Wie konnte man nur so unbeschwert in den Tag leben, als gäbe es keine Zukunft, in der sich das alles hier rächen würde? »Paula, seit wann hast du das geplant?«, fragte er, weil er die heile Welt gerade nicht mehr aushielt.

»Was geplant?« Der Artikel, den sie gerade las, ließ sie offenbar nicht los.

»Das mit uns. Letzte Nacht.«

Sie lächelte ihn an. »Das habe ich kein bisschen geplant. Ich wollte dich nur sehen. Und dann hab ich dich gesehen, na ja und du hast dich gefreut, dass ich da war. Das Ganze hat dann eine gewisse Eigendynamik entwickelt. Nennen wir es Spontaneität.«

»Oh, Spontaneität!«, sagte Richard gallig. »Dann ist natürlich alles bestens.«

»Hat es dir nicht gefallen?« Jetzt war sie auch noch kokett und das ärgerte ihn.

»Dass Männer im Bett zu ihrem Recht kommen, das ist nicht so kompliziert. Natürlich hat es mir gefallen. Aber was ist mit dir? Sind deine Ansprüche an einen Partner so niedrig, dass ein Greis mit Handprothese dir genügt?«

Paula war nur sehr schwer in die Defensive zu drängen, geschweige denn aus der Fassung zu bringen. »Du hast recht, Dickie, rein technisch lässt du zu wünschen übrig und natürlich ist es auch schade, dass keine Zugaben drin sind, wenn das Muster mal abgeschritten wurde ...«

»Aber ...?«

»Wenn du es mir erlaubst, antworte ich mit einem Satz von Adorno: ›Es gibt nichts Richtiges im Falschen!‹ Übersetzt heißt das, wahrscheinlich wäre der Sex mit Sylvester Horvath besser gewesen als mit dir, rein von der technischen Seite her. Aber er ist eben nicht der Richtige für mich.«

Richard seufzte verzweifelt. »Und ich ... ich bin es?«

Paula streichelte ihm über die Wangen. »Ich hab gerade eine Menge Erfolg, wie du weißt. Die Produzenten reißen sich um mich und meine kleine Schreibmaschine. Aber jetzt, in diesem Moment, bin ich zum ersten Mal seit langer Zeit ... glücklich.«

Er stöhnte neben ihr. »Paula, das geht niemals gut!«

Jens hatte unterwegs erfahren, dass Christian Renner ihn sehen wollte. Also steuerte er dessen Büro an, kaum dass er die Inspektion betreten hatte. Renner erwartete ihn bereits und wollte wissen, wie es bei der Ermittlung in Binz stand.

»Wir haben eine Menge Fragezeichen«, sagte Jens. »Könnte eine Weile dauern, bis wir alle Puzzleteilchen zusammen haben. Macht die Beletage wieder Druck?«

Renner massierte müde seine Nasenwurzel. »Na, was denkst du denn? Der Oberstaats schickt mir alle halbe Stunde eine SMS und fragt nach dem neuesten Stand bei unseren Ermittlungen. Können wir mal alles andere beiseiteschieben und uns nur auf die Aufklärung konzentrieren?«

»Das sollte hinzubekommen sein!«

»Ja schön!«, knurrte Renner. »Dann schieb deinen Arsch hier raus und versprüh ein bisschen von deinem Ermittler-Feenstaub! Ich brauch Ergebnisse.«

Jens eilte durch die Korridore der Polizeiinspektion. Es war bereits zehn nach zehn und sicher hatte Freddy bereits mit der Befragung des Zeugen Wingenfeld aus Binz begonnen. Da wäre Jens gerne von Anfang an dabei gewesen. Der Verhörraum zwei, in dem das Treffen von ihm selbst anberaumt worden war, war jedoch leer.

Nun machte sich Verunsicherung bei ihm breit. Hatte er das noch richtig im Kopf? Im Moment ging gefühlt alles drunter und drüber. Vielleicht wäre es doch besser, wenn er den Fall abgab, bevor er das zarte Pflänzchen seines guten Rufes ruinierte.

»Lackner! Du bist spät, Mann!«

Jens drehte sich um und sah Freddy Gromball auf sich zueilen. »Wo ist denn unser Zeuge?«

»Unser Zeuge? Wingenfeld? Der ist nicht gekommen.«

»Wie bitte? Der hat ja Nerven.«

»Es ist nicht so, wie du denkst. Hab gerade einen Anruf aus dem Sana-Klinikum in Bergen gehabt. Guido Wingenfeld wurde überfallen und zusammengeschlagen. Heute morgen, gerade als er aus dem Haus wollte.«

Jens kratzte seinen Haaransatz, was er häufiger tat, wenn er Sachverhalte nicht richtig begriff. »In Binz? Die Verbrechensrate da ist geringer als in Schlumpfhausen.«

»Also in Lebensgefahr ist er nicht. Aber sie haben ihm den Kiefer gebrochen. Er wird gerade operiert.«

»Na prima!« Jens schüttelte den Kopf. »Du weißt schon, dass sie von uns schnelle Erfolge erwarten, oder?«

Freddy gab einen verächtlichen Laut von sich. »Ich weiß nicht, was der Scheiß soll. Ist ja nicht so, wie wenn wir mit dem Ball an der Eckfahne stehen und Zeit schinden.«

»Wann können wir mit Wingenfeld sprechen?«

»Bei einem Kieferbruch? Keine Ahnung. Aber die Zeit wird uns nicht lang werden, wir haben Cordula Gaffels Handy geknackt.«

»Na, immerhin etwas!«

Die beiden Kommissare verbrachten den Vormittag damit, die Handydaten der Ermordeten auszuwerten. Akribisch schrieben sie alles, was sie für wichtig hielten, nieder. Dann führten sie Telefonate und riefen einige der Nummern aus Cordula Gaffels Telefonverzeichnis an. Mehrere davon hatten eine Weimarer Vorwahl, das waren Freunde aus der alten Heimat. Jedoch hatte keiner von ihnen in letzter Zeit intensiveren Kontakt zu der Toten gehabt.

Doch irgendwann hob Freddy die Hand, während er gerade mit jemandem sprach. Jens sah zu ihm.

»Wäre es möglich, dass wir zeitnah vorbeikommen können? ... Ja, gut, um drei!« Jens' Kollege legte sein Telefon zur Seite.

»Und?«

»Das war ihre Arbeitsstelle. Cordula hat in einem Nagelstudio gearbeitet.«

Jens zeigte sich überrascht. »In einem Nagelstudio? So richtig nine to five?«

»Ja. Bis auf den Mittwochnachmittag.«

»Seltsam. Wie kann sie sich als Nageldesignerin diese ganzen teuren Kinkerlitzchen leisten? Schmuck, Klamotten, den Ferrari ...«

»Vielleicht hatte sie einen Sugardaddy. Einen alten Sack, der sie mit Geld zuschüttet für die eine oder andere Streicheleinheit«, warf Freddy ein.

Jens schüttelte den Kopf. »Müsste den nicht mal jemand gesehen haben?«

»Und wenn es der große Mann mit dem Hut war? Der mit dem sie die Schreierei hatte?«

»Ich will es nicht ausschließen. Aber wenn sie sich einen reichen Gönner geangelt hätte, hätten das auch andere im Haus mitgekriegt. Die Theorie springt mich nicht an.«

»Mich schon«, meinte Freddy. »Aber warten wir's ab.«

Mike Kramer konnte über Susanne Lackner nur den Kopf schütteln. Dass sie den kleinen Flüchtling hatte ausbüxen lassen, war fast nicht zu glauben. Mike hätte der Rotznase eine Eisenkugel an den Fuß geschraubt, wenn sie in seiner Obhut geblieben wäre. Er passierte die Mukraner Traffic Control und begab sich zum Stützpunkt des Wachdienstes. In aller Ruhe legte er seine Uniform an, überprüfte seine Waffe und machte sich für seine Schicht fertig. Heute war es ruhig im Hafen, nur zwei Schiffe würden in seiner Dienstzeit anlegen.

Als er die Büros der Sicherheitsfirma verließ, stand da Oberkommissarin Linda Todt und rauchte, während ihr Blick gedankenverloren auf die See hinausging.

Mike überlegte kurz und trat dann zu ihr. »Frau Oberkommissarin, Sie rauchen? Ich dachte eigentlich, Sie wären die Tugend in Person.«

Sie drehte ihren Kopf und verzog nur knapp die Mundwinkel. Offenbar war sie kein Freund plumper Vertraulichkeiten.

Mike räusperte sich. »Also wegen Arvid König. Ich hab zu Hause nachgesehen. Da waren ein paar alte Telefonnummern, aber das ist alles ...« Er wühlte in seinen Taschen nach dem Zettel, den er vorbereitet hatte.

»Das ist nicht mehr nötig, Herr Kramer. Wir haben einen anderen Weg gefunden, um Arvid König festzusetzen.«

»Ach! Und wie?«

»Und wie? Meinen Sie die Frage ernst? Sie waren doch selbst bei der Polizei. Und bestimmt keine Plaudertasche.«

»Wohl eher nicht.«

»Na also!« Die Bundespolizistin holte eine Blechschachtel aus der Tasche und drückte die Zigarette darin aus. Dann verschloss sie sie wieder und steckte das Behältnis weg. »Aber vielen Dank für die Hilfe. Wenn Sie wissen wollen, wie es mit Arvid König weitergeht, lesen sie am Wochenende die *Ostseezeitung*. Schönen Tag noch!« Damit ließ sie ihn stehen.

Mike sah ihr nach. Sie war ein eigenartiges Frauenzimmer. So ganz und gar nicht sein Beuteschema, aber irgendwie hatte sie was.

»Was ist denn los?«, fragte Freddy ungeduldig, während Jens im Wagen herumfuhrwerkte. Sie waren gerade beim Sana-Klinikum angekommen und standen im Begriff, das Krankenhaus zu betreten. »Hast du's bald?«

»Nein, hab ich nicht. Ich finde meine Dienstwaffe nicht. Ich dachte, sie ist im Auto. Aber hier ist sie nicht«, gab er genervt zurück. »Wo zum Teufel hab ich sie nur gelassen?«

»Du bist einfach nur überdreht. Das führt zu Chaos, mein Lieber.«

»Ja, danke für den Kommentar. Nur hilft mir das jetzt auch nicht weiter.«

»Wann hattest du sie denn zum letzten Mal?«

Jens schloss die Augen und versuchte, sich innerlich zu beruhigen. Er wurde viel zu schnell hektisch, was sonst gar nicht seine Art war. »Ich hatte sie gestern noch. Im Auto hat sie mich im Rücken gedrückt, da hab ich das Holster auf den Beifahrersitz gelegt.«

»Aber auf dem Beifahrersitz liegt sie nicht.«

»Nein, aber danach weiß ich nicht mehr, was ich mit der Pistole gemacht habe. Es war auch ein scheißlanger Tag.«

»Komm!«, beruhigte Freddy ihn. »Das Schießeisen findet sich schon an. Lass uns jetzt erst mal Guido Wingenfeld befragen.«

Wingenfeld lag in einem Doppelzimmer, in dem das zweite Bett unbenutzt war. Er war übel zugerichtet. Das größte Veilchen, das Jens je gesehen hatte, leuchtete fast über die gesamte linke Gesichtshälfte des Mannes, drei Zähne waren ihm ausgeschlagen worden und um seinen Kopf war ein Verband geschlungen, aus dem oben ein blonder Schopf herausragte. Durch den Kieferbruch war er gezwungen, seine Nahrung durch einen Strohhalm zu saugen. Wingenfeld war Mitte zwanzig, ein untersetzter Mann mit adipösen Ansätzen.

»Haben Sie den Angreifer erkennen können?«, fragte Freddy Gromball den Zeugen.

»Ich weiß nicht. Es ging alles so schnell.« Wingenfeld war recht gut zu verstehen. Jens fand es erstaunlich, dass er sich mit dem gebrochenen Kiefer überhaupt artikulieren konnte. »Ich glaube, es war ein Südländer. Spanier oder so. Aber ich bin mir nicht sicher.«

»Sagen Sie uns alles, an was Sie sich erinnern!«, forderte Jens ihn auf, den Notizblock in der Hand.

»Er hat mich angesprochen, so von hinten, und als ich mich umdrehe, schlägt er zu. Mit einer Holzlatte. Ich war schon nach dem ersten Schlag alle.«

»Sie kannten den Mann also nicht?«, hakte Freddy nach.

»Nee! Noch nie gesehen. Er hat gebrochen Deutsch gesprochen, aber ich kann den Akzent nicht zuordnen. Das ist alles, was ich noch weiß.«

»Er hat mit Ihnen gesprochen?« Jens zeigte sich überrascht. »Was hat er denn gesagt?«

»Er hat gesagt, ich soll die Fresse halten, sonst kommt er wieder.«

»Die Fresse halten?«, wiederholte Freddy. »Inwiefern?«

»Wegen dem Mord. Wenn ich was sage, kommt er wieder und dann ginge es nicht so glimpflich ab ...« Der junge Mann schluchzte.

»Nicht so glimpflich?« Freddy warf seinem Kollegen einen befremdeten Blick zu. »Was wissen Sie denn über den Mord?«

»Gar nichts! Ich hab absolut keine Ahnung, was der wollte ...«, heulte Wingenfeld.

»Irgendwas werden Sie schon beitragen können!«, ermutigte ihn Jens.

Doch der Verletzte im Krankenbett schüttelte den Kopf. »Nein, ich hab Angst. Ich sag nichts. Am Ende kommt der wieder und dann gibt er mir den Rest.«

»Sie dürfen sich nicht einschüchtern lassen! Der Kollege Lackner und ich werden Sie schützen. Sagen Sie uns, was Sie wissen!«, verlangte Freddy.

»Nein. Nein! Der bringt mich um. Ich mach das nicht. Ich will nicht sterben!«

Die Kommissare sahen sich kurz an. »Hören Sie, Herr Wingenfeld. Wir lassen Sie erst mal in Ruhe, aber Sie werden schon mit uns reden müssen. Sonst nehmen wir

Sie in Beugehaft, das wollen Sie doch nicht, oder?«, versuchte Jens es noch einmal.

Der Mann im Bett weinte. »Sie können machen, was Sie wollen. Ist mir egal. Aber Sie können mich nicht beschützen. Und dann holt er mich, der Südländer!«

Mike hatte seinen Rundgang am South Terminal begonnen und wandte sich dem zweiten großen Terminal im Norden der Mukraner Hafenanlage zu. Als die *Smirna* aus Polen eingelaufen war, hatte eine Abteilung der Bundespolizei bereits am Kai gewartet und einen blinden Passagier in Empfang genommen. Es handelte sich um einen Flüchtling aus Eritrea, wie Mike erfahren hatte. Die Chancen, in ein Land wie Deutschland illegal einzureisen und hier dann Fuß zu fassen, ohne Papiere und Sprachkenntnisse, waren gering. Dementsprechend groß musste die Verzweiflung dieser Menschen sein.

»Waqef!«

Mike blieb abrupt stehen. Diese Stimme kannte er. Er drehte sich um und traute seinen Augen nicht. Aber da stand sie tatsächlich, Yslei, die kleine Syrerin, die Susanne entwischt war. Und sie hatte eine Pistole in der Hand, mit der sie auf Mikes Brust zielte.

Er hob abwehrend die offenen Hände. »Ho, ho, ho! Süße, mal ganz langsam, okay?«

»Ayn al-suqein!«, zischte das Kind.

»Was?«

»Skinn! Skinn!«, kam es drängend von dem schmächtigen Mädchen. Mike hatte genug Erfahrung, um zu wissen, wann von jemandem eine Bedrohung ausging und wann nicht. Yslei gehörte zweifelsohne zu der ersten Gruppe.

»Skinn!«, rief sie erneut.

»Ich hab keine Ahnung, was du willst, Mädchen, aber nimm jetzt die verfluchte Puste runter!« Mikes Stimme klang gepresst, während Adrenalin seinen Körper flutete.

»Niff! Niff!«, rief Yslei und als der Wachmann vor ihr immer noch kein Erkennen zeigte, ballte sie die Faust und macht damit Bewegungen, als würde sie mit einem Messer zustechen. »Niff!«

»Warte!«, rief Mike. »Niff? Knife? Messer?«

»Messee! Knife! Messee!« Sie deutete mit dem Daumen auf sich selbst. »Messee!«

»Okay, okay!« Er verstand langsam. »Du willst dein Messer zurück. Okay?«

»Okee!«, sagte das Mädchen. Die PSF9 in ihrer Hand zitterte nicht. Mike vermutete, dass es sich um die Dienstwaffe von Jens Lackner handelte. Der Dussel hatte sich von einem kleinen Kind abkochen lassen. Das sah ihm wieder mal ähnlich.

An das Messer des Mädchens hatte Mike überhaupt nicht mehr gedacht. Es steckte noch in der Tasche seiner Cargohose. Er hob langsam die Hand und drehte Yslei seine linke Seite zu. »Messer! Knife! Hier!« Er deutete auf seine Hose mit der großen Außentasche und holte das selbstgefertigte Messer des Mädchens vorsichtig hinaus. Auf der abgewandten Seite des Körpers griff er gleichzeitig nach seiner Dienstwaffe und seine Hand schloss sich um deren kleinen Kolben. Er ging langsam in die Hocke und schob das Messer auf dem Boden zu Yslei hinüber. In dem Moment, als sie sich bückte und danach griff, zog Mike seine Dienstwaffe, eine Tasergun, legte blitzschnell an und drückte ab. Die Widerhaken, die der Taser abschoss, blieben am Hemd des Mädchens hängen und dann jagte der Elektroschock durch ihren zierlichen Körper. Sie fiel in sich zusammen, als wäre sie aus Papier, mit erstaunt aufgerissenen Augen.

Mike war sofort bei ihr und nahm ihr die Pistole aus der Hand. »Tja, Süße, hast dich mit dem Falschen angelegt!«

Jens und Freddy saßen zwei Frauen gegenüber, die unterschiedlicher nicht sein konnten und sich dabei den Vornamen Mona teilten. Mona Schüller war an die sechzig, weißhaarig und klapprig, während die Jüngere, Mona de Rossi, eine brünette Schönheit mit ausgeprägten Kurven war. Sie hatte verheulte Augen, ihr ging der Tod ihrer Kollegin Cordula offenbar sehr nahe. Doch auch die Besitzerin des *Nails Island* zeigte Erschütterung über den Verlust ihrer Angestellten.

»Ja, sie kam manchmal zu spät und war oft unausgeschlafen, aber ansonsten konnte man sich nicht über sie beschweren. Nein, ich kann nichts Schlechtes über sie sagen«, versicherte sie.

Die jüngere Mona hatte ein Taschentuch herausgezogen, denn bei ihr liefen wieder die Tränen.

»Sie entschuldigen kurz!«, bat Jens und zog seinen Partner zur Seite. »Ich würde gerne mit der Kleinen unter vier Augen sprechen. Vor der Chefin ist sie vielleicht befangen, wenn es um delikate Themen wie Prostitution geht.«

Freddy nickte und bat die Chefin, ihm die Betriebsräumlichkeiten zu zeigen.

»Wenn es Ihnen nichts ausmacht, können wir vielleicht vor der Tür reden. Ich hab ein bisschen Angst vor den Lösungsmitteln, die hier in der Luft rumschwirren«, sagte Jens, dem gerade jede Begründung recht war, den Laden zu verlassen.

»Gut«, begann er, als sie ein Stückchen vom *Nails Island* weggeschlendert waren. »Ich gehe mal davon aus, dass Sie niemanden kennen, der ein Grund gehabt haben könnte, Cordula Gaffel umzubringen.«

»Nein, natürlich nicht«, antwortete Mona schüchtern.

»Aber Sie haben Ihre Kollegin doch ganz gut gekannt. Immerhin arbeiteten Sie über ein Jahr zusammen.«

»Ja, schon. Aber wir sind jetzt nicht zusammen um die Häuser. Wir haben uns nur bei der Arbeit gesehen.«

»Wissen Sie, ob Frau Gaffel einen Freund hatte?«

Mona schaute gequält. »Das weiß ich nicht. Cordu hat immer gesagt, sie kann die Typen nicht ausstehen. Also die meisten. Einer aus tausend, hat sie gemeint, ginge. Aber manchmal würde ein Leben nicht ausreichen, einen aus tausend zu treffen. Lieber wollte sie gar keinen als einen falschen.«

Jens dachte über das Gehörte nach. »Also hatte sie Ihres Wissens keine Beziehung?«

»Sie hat jedenfalls nichts in der Richtung erzählt. Aber sie war trotzdem ganz zufrieden. Hat sie jedenfalls immer gesagt. Und ich hab ihr das auch abgekauft.«

Jens blieb stehen und sah die junge Frau ernst an. »Frau De Rossi, Sie wollen doch sicher auch, dass die Person, die Frau Gaffel ermordet hat, zur Rechenschaft gezogen wird?«

»Oh ja! Das will ich!« Mona sah nun wütend aus.

»Dann will ich ganz offen sein: Wir müssen uns mit der Möglichkeit beschäftigen, dass Cordula Gaffel sich prostituiert hat.«

Mona blieb der Mund halb offen stehen. »Prostituiert? Warum ... warum sagen Sie so was? Das hätte Cordu nie getan!«

»Nicht? Wieso sind Sie da so sicher?«

»Weil sie immer über Frauenrechte geredet hat. Sie war total gegen dieses Ding ... na, wie heißt das, wenn nur Männer was zu sagen haben?«

»Patriarchat?«

»Ja, genau, Patriarchat! Das hat sie gehasst. Sie hat mich gefragt, ob ich einen Diktator oder einen Tyrannen kenne, der eine Frau gewesen ist. Die hasste die Kerle. Also, ich kann mir nicht vorstellen, dass sie mit einem Sex gehabt hätte für Geld!«

Jens lächelte. »Ich bin Ihnen sehr dankbar für Ihre Offenheit, Frau de Rossi. Ich habe noch eine Frage: Ist Ihnen aufgefallen, dass Ihre Kollegin sehr teure Dinge besaß? Sie hatte so einiges an Luxus-Marken in ihrem Schrank und besaß sogar einen Ferrari, eine Erstzulassung. Konnte sie sich so etwas von ihrem Verdienst hier leisten?«

Mona blickte zu Boden. Sie war aber nicht verunsichert, wie Jens zuerst annahm, sie musste nachdenken. Dann hob sie den Kopf. »Ich hab mich das schon auch gefragt. Frau Schüller bezahlt jetzt nicht schlecht, aber so richtig viel ist es trotzdem nicht.«

»Haben Sie Cordula nie danach gefragt?«

»Doch. Sie hat gesagt, sie hätte ein Händchen für Kryptowährungen. Bitcoin und so. Sie hat da angelegt und einen Haufen Gewinn gemacht.«

»Hm«, machte Jens und runzelte die Stirn. »Haben Sie ihr das auch abgekauft?«

»Ich weiß nicht«, gab Mona zurück. »Fand ich schon komisch, dass man da so absahnen kann. Ich kenne nur all diese Betrügerseiten im Internet. Ich habe Cordu mal gefragt, ob sie für mich auch was anlegen kann. Aber das wollte sie nicht. Sie sagte, dass da immer noch ein Restrisiko wäre und sie nicht dafür verantwortlich sein wollte, wenn ich meine paar Kröten verlieren würde.«

»Verstehe. Gibt es sonst noch etwas, was Ihnen einfällt, was für unsere Fahndungsarbeit von Wichtigkeit sein könnte?«

»In meinem Kopf schwirrt gerade alles. Tut mir leid, ich weiß gerade nichts weiter.« Die junge Frau sagte es, als müsste sie sich rechtfertigen.

»Frau de Rossi, das ist nur eine Routinefrage. Sie haben mir bereits sehr geholfen. Trotzdem, bei unserer Ermittlungsarbeit kommt es vor, dass man Dinge herausfindet, die ganz neue Fragen aufwerfen. Ich würde damit gegebenenfalls noch einmal auf Sie zukommen. Könnten Sie mir dafür Ihre Handynummer geben?«

»Natürlich, Herr Kommissar. Sehr gerne!«

Susanne fiel ein Stein vom Herzen, als der Anruf aus Mukran kam. »Und die Pistole?«

»Die ist bei mir sicher«, kam es von Mike durchs Telefon. »Aber du musst den kleinen Wildfang abholen, meine Schicht geht noch ein paar Stunden und hier kann sie nicht bleiben. Oder ich bring sie doch zur Bundespolizei. Geht auch.« Er sah durch die Scheibe des Lagerraums nach draußen über den nördlichen Terminal. Ewig lange durfte er sich hier nicht verkriechen. Auch wenn das Kamerasystem immer noch mausetot war, konnte er leicht entdeckt werden.

»Nein, Mike! Keine Polizei! Ich hole sie.«

»Na gut, aber lass es dir nicht zu lang werden.«

»Es gibt da nur ein Problem. Ich kann sie nicht zu mir nehmen. Jens wird sofort das Jugendamt anrufen. Wo wir von ihm sprechen, er darf das mit der Pistole nicht wissen, ich meine, dass Yslei sie genommen hat. Sag es ihm nicht!«

Mike wurde ungeduldig. »Mach ich nicht. Aber wo soll die Kleine jetzt hin?«

»Zu dir!«

Dem Wachmann blieb die Spucke weg. »Auf gar keinen Fall! Ich werde nicht ...«

»Mike! Schluss jetzt! Ich hab keine Kraft, mit dir zu streiten. Tu's bitte, okay?«

Mike resignierte. Irgendwie war er ihrer Autorität nicht gewachsen. Wie Lackner das nur machte? »Also gut! Aber ich hatte heute Abend noch was vor. Ich kann nicht bei ihr bleiben.«

»Das macht nichts. Ich richte es ein, dass ich ihr Gesellschaft leiste, wenn es dir recht ist.«

Es war Mike gar nicht recht, aber er hatte keine Lust, weiter zu diskutieren.

Die Kommissare hatten ihre Befragungen ausgewertet und lange über den Fall diskutiert. Irgendwann hatten sie angefangen, sich im Kreis zu drehen. »Mann Gottes! Warum geben wir nicht diese Fahndung nach dem Südländer raus? Ich könnte das einfach bestimmen!«, stellte Freddy angefressen fest.

»Ja, könntest du. Warum suchen wir nicht gleich noch einen großen Mann mit Hut? Das ist doch alles Käse. Wenn dieser Südländer mit dem Schlagring wenigstens eine Narbe quer im Gesicht hätte oder einen Goldzahn oder einen Klumpfuß, irgendwas! Wenn du mich fragst, haben wir keinen konkreten Anhaltspunkt, Mann! Mit der Beschreibung, die wir haben, können wir jeden Zweiten verhaften.«

Freddy sagte nichts. Nicht, weil er eingeschnappt war, er wusste selbst, dass sein Kollege recht hatte. Sie saßen ohne vernünftige Handhabe da. Die Spurensicherung hatte angegeben, keinerlei DNA-Spuren an der Kordel gefunden zu haben, mit der Cordula Gaffel erdrosselt worden war, und das, was man an Fingerabdrücken sichergestellt hatte, hatte zu keinem Match geführt, selbst nachdem man es durch alle Datenbanken gejagt hatte.

»Gib mir das Handy noch mal!«, verlangte Jens und streckte den Arm aus.

»Echt jetzt!«, schimpfte Freddy. »Hör endlich mal auf, dich hier als Boss aufzuspielen! Das geht mir tierisch auf die Nüsse. Du hast einen Fall gelöst, Mann, einen!«

Jens atmete tief durch. »Ja, du hast recht. Tut mir leid. Du bist der Ranghöhere und natürlich respektiere ich das.«

»Okay«, brummte Freddy halbwegs versöhnt. »Ich hab das Handy schon untersucht. Da ist nichts. Und wenn du auch nichts findest, wird ein Kasten Störtebeker Bernstein fällig.«

»Deal!« Jens reicht ihm die Hand und er schlug ein.

Yslei schaute verbiestert drein, als Susanne ihr mittels der arabischen Übersetzungs-App die neuen Spielregeln klarmachte. »Du hast die Wahl! Entweder du bleibst hier, in der Wohnung, und wir helfen dir ...« Sie wartete ab, bis das Smartphone die Übersetzung herausgeschnarrt hatte und fuhr dann fort: »... oder die Polizei übernimmt die Verantwortung für dich!« Susanne wartete ab, bis die Übersetzung bei dem Mädchen angekommen war. »Können wir uns darauf einigen? Gibst du mir dein Wort?«

Yslei antwortete nicht direkt auf die Frage, aber es war, als hätte sie sich mit den Bedingungen arrangiert. »Messee!«, sagte sie und streckte das dünne Ärmchen aus.

Mike Kramer hatte Susanne das selbstgefertigte Messer mitgegeben, aber alles in ihr sträubte sich dagegen, dem

Kind die Waffe zurückzugeben. Susanne wog das Für und Wider ab. Warum sollte Yslei sie jetzt angreifen? Sie könnte leicht aus Mikes Wohnung spazieren, sobald sie weggefahren war. Die Frau folgte ihrer Intuition und holte das Messer aus ihrem Rucksack. Sie schob es Yslei hinüber. Das Mädchen nahm die improvisierte Waffe und schien große Erleichterung zu verspüren. Sie steckte es in ihren Hosenbund.

»Freunde?«, fragte Susanne. »Sadqaa?«

Yslei sah sie an und nickte stumm.

Susanne erklärte ihr noch, dass Mike irgendwann heimkommen würde und sie ihm bitte keine Schwierigkeiten machen sollte. Sie selbst wollte zurückkehren, sobald sie sich freimachen konnte. Yslei willigte in alles ein.

Jens' Augen brannten, weil er schon mehr als eine Stunde auf Cordula Gaffels Handy gestarrt hatte. Obwohl der Tag ihn angestrengt hatte, fühlte er einen frischen Energieschub. Susanne hatte sich gemeldet und ihm mitgeteilt, dass seine Pistole im Gastraum der *Seerose* liegen geblieben war. Das hatte einen großen Felsen von seiner Seele gewälzt. Seine Dienstwaffe zu verbummeln war keine Kleinigkeit. Als er noch einfacher Polizeimeister gewesen war, da hätte er so was lockerer genommen. Auch zur Zeit der *Soko Düne* war er deutlich unbefangener gewesen. Doch jetzt hatte er den Rang eines Kommissars und das machte etwas mit ihm. Die Verantwortung war größer und Jens tunlichst bemüht, jeden Fehler zu vermeiden. Damit wurde das peinliche Befolgen der Dienstvorschriften zu seinem neuen Credo.

Dass seine Waffe den ganzen Morgen unauffindbar gewesen war, hatte ihm einen gehörigen Schrecken eingejagt. Einen Moment hatte er sogar befürchtet, dass der kleine Flüchtling sie an sich genommen hatte, was einem Supergau gleichgekommen wäre. Gut, dass sich diese Angst nicht bewahrheitet hatte. Er versuchte wieder, sich auf seine Arbeit mit Cordula Gaffels Handy zu konzentrieren. Als er schon die Hoffnung fahren lassen wollte, wurde er doch noch fündig.

»Freddy, schau mal her! Hier gibt's eine geblockte Telefonnummer!«

Der Oberkommissar am Tisch gegenüber stöhnte. »Da gibt es locker zwanzig geblockte Nummern. Das sind die üblichen Abzockeranrufe aus dem Ausland. Ich blocke die selber sofort, wenn ich die nur auf dem Display sehe. Ich meine, wieso sollte mich jemand aus dem *United Kingdom* anrufen?«

»Geb ich dir recht! Aber hier ist eine Nummer aus Wismar. Cordula hat es gemacht wie du: Sobald sie gesehen hat, dass ein Anrufer aus dem Ausland angeklingelt hat, ist sie gar nicht erst rangegangen und hat den Teilnehmer direkt danach gebannt. Die Nummer aus Wismar hat sie aber erst später geblockt. Nach dem fünften Anruf.«

»Zeig!« Freddy beugte sich vor und nahm das Handy. Er sah sich die Sache an und presste die Lippen zusammen. »Ja, was soll ich sagen, hab ich übersehen. Mist.«

»Kann passieren, Chef.« Jens lächelte fies. »Rufen wir mal an, oder?«

Freddy wählte die Nummer und stellte sein Smartphone auf laut. Eine Frauenstimme vom Band erklang. »Die gewählte Rufnummer ist nicht vergeben ...«

»War ja klar.« Freddy drückte auf den roten Hörer und legte sein Handy auf den Tisch.

»Kann ja sein, dass sie nicht vergeben ist«, meinte Jens ungerührt. »Aber bis vor Kurzem war sie es noch. Finden wir raus, wem sie gehört hat ...«

Als Mike seine Wohnungstür aufschloss, sah er in die geöffneten Augen von Yslei. Susanne hatte ihr ein Lager auf der Wohnzimmercouch hergerichtet. Wahrscheinlich hatte sie schon geschlummert. Aber jemand wie sie schlief nicht tief. Mike grinste ihr zu und bedeutete ihr, weiterzuschlafen. Er nahm sich einen Energydrink aus dem Kühlschrank und setzte sich in seinen großen Fernsehsessel. Normalerweise schaltete er die Flimmerkiste ein, wenn er von der Arbeit kam, aber aus Rücksicht dem Kind gegenüber ließ er es.

Mit seinen Gedanken war er nicht bei dem Gast auf der Couch, sondern ganz woanders. Das, was Linda Todt, die Bundespolizistin, ihm gesagt hatte, beschäftigte ihn die ganze Zeit. Sie hatten seinen alten Schulfreund Arvid König im Visier und waren sich offenbar sehr sicher, dass sie ihn würden fassen können. Es gab aber einen Anteil in Mike, dem es ein großes Anliegen war, das zu verhindern. Dafür hatte King einen entschieden zu hohen Stellenwert für ihn. Und deswegen wollte er, das hatte er schon vor Stunden entschieden, noch eine kleine Reise in den Norden antreten.

Der Sommer 2002 war besonders heiß gewesen. Es gab des Öfteren hitzefrei auf dem Ernst-Moritz-Arndt-Gymnasium in Bergen, der einzig höheren Schule auf der Insel Rügen. Das Kollegium war engagiert und hielt etwas auf sich. Die Schüler sollten es als Privileg empfinden, diese Lehranstalt besuchen zu können. Der sechzehnjährige Michael Kramer, den alle »Maiki« nannten, konnte dem Laden trotzdem nicht viel abgewinnen. Nur mit Nachhilfe hatte er in die zehnte Klasse vorrücken können. Ein Grund dafür war sein bester Freund Arvid König gewesen, oder »King«, wie ihn alle riefen. Der besaß einen ungewöhnlich scharfen Verstand, ganz anders als der naturstarke Maiki. King hatte ihn in Mathe und Physik einigermaßen auf Vordermann gebracht.

Arvid König war ein Junge, der sich von allen anderen Schülern abhob. Bei einem IQ-Test hatte er angeblich 161 Punkte erreicht, was jedoch angezweifelt wurde. Aber King unterstrich diesen Fabelwert mit seiner schnellen Auffassungsgabe und seiner universellen Begabung. Als er im Schachclub der Schule begann, schlug er nach kurzer Zeit die stärksten Gegner. Man sah bereits einen neuen Großmeister kommen, doch King verlor bald das Interesse am Spiel und hörte wieder auf. Er lernte innerhalb weniger Monate das Violinspiel, brachte es zur ersten Geige im Schulorchester, doch auch das langweilte ihn bald.

King war nicht nur eine Hochbegabung, er fiel auch sonst ständig aus dem Rahmen. Auf einer Schulparty hatte er einmal vor den Augen aller mit einem Jungen geknutscht, obwohl er nicht homosexuell veranlagt war. Dann wieder trug er plötzlich einen Nasenring. Oder er zündete sich mitten im Unterricht einen Joint an. King nahm sich vor allen Dingen Lehrern gegenüber einiges heraus und hatte bereits mehr Verweise gesammelt als alle anderen im Jahrgang zusammen.

Es erschien Maiki so, als legte sein Freund es geradezu darauf an, Ärger zu bekommen. Dabei stand er in allen Fächern auf *sehr gut*, außer in Religion. Mit seiner Stänkerei gegen den Katholizismus und den Heiligen Stuhl in Rom brachte er regelmäßig den Pfarrer gegen sich auf, der nicht in der Lage war, den Schülern Bibelinhalte nahezubringen, ohne sich von King in heftige Streitgespräche verwickeln lassen zu müssen. King war nämlich der Meinung, das Beten völlig sinnlos sei und nur weil Millionen Gläubige auf der Welt sich unentwegt das Gegenteil einredeten, wurde es auch nicht wahrer.

Über eine so wendige und schnelle Schnauze wie sein Freund verfügte Maiki nicht, aber er hatte seinen Spaß, wenn der Kumpel sich mit dem Lehrkörper anlegte.

Im Sommer 2002 passierten kurz nacheinander mehrere Dinge, die in ihrer Summe zu einer denkwürdigen Eskalation führen sollten. Das erste dieser Ereignisse war, dass King im Chemieunterricht Geschmack am Herstellen von Sprengstoff fand. Um in Eigenregie Böller zu bauen, brauchte es nicht viel, und bald testeten King und Maiki ihre Sprengsätze im Freien abseits der Behausungen. Das war aufregend und die brisanten Ladungen wurden immer größer. Sie begannen, Streusalzkisten zu sprengen, Hochsitze und Blitzlichtanlagen der Polizei. Es war ein Hobby, das sich von den vorigen unterschied, denn King wurde es nicht müde, Bomben zu basteln.

Das zweite Ereignis war, dass Anfang des Schuljahres eine neue Mitschülerin zu ihnen stieß, Vero Hoogestraat. Die war eine makellose Schönheit voller Anmut und Grazilität. Sowohl Maiki als auch King entflammten für sie. Vero war schlank, von einer Zartheit, die nahe am Untergewicht rangierte, und besaß dennoch einen unendlich süßen Liebreiz. King hatte intern schnell klargemacht, dass er Vero zuerst begehrt hatte, und Maiki akzeptierte, dass das neue »Babe« damit für ihn tabu war.

King musste keine Lehnstreue von seinem Freund einfordern, es war auch ohne Worte klar, wer hier der *Spiritius rector* war und wer der *Minion.* Schlechte Gefühle kamen bei den Freunden deswegen nicht auf, sie waren in einem Alter, wo man sich noch nicht gleich wegen hübscher Girls in die Haare bekam.

King redete ständig von Vero, aber er, der sonst vor nichts zurückschreckte, traute sich nicht so recht an sie ran. Da, wo er gegen jeden Oberstudienrat auf die Barrikaden ging, präsentierte er sich dem zierlichen Neuling gegenüber unerwartet schüchtern und unsicher.

Vero war ein stilles, introvertiertes Mädchen, das eher scheu wirkte. Sie hatte etwas von einer geheimnisvollen Prinzessin, die auf eine normale Schule ging und dennoch für alle unerreichbar war. Natürlich versuchten einige Jungs, bei ihr zu landen, doch sie zeigte kein Interesse und konnte das auch deutlich klarmachen. Vielleicht hielt King sich deswegen so zurück, er wollte durch falsches Timing keine Abfuhr kassieren.

Das dritte Ereignis, der Moment, der alles in Bewegung setzen sollte, war, dass Vero und der Direx im Unterricht unerwartet aneinandergerieten. Es lief folgendermaßen ab: Oberstudiendirektor Dr. Kaps lehrte in der 10c Deutsch und Geschichte. Er war ein gedrungener Mann, der unter kreisrundem Haarausfall litt und mit wenig Geduld ausgestattet war. Er trat gerne wie ein kleiner Napoleon auf und neigte zur Selbstherrlichkeit. Wenn Maiki es auf den Punkt brachte, mochte Kaps die Schüler nicht und die Schüler mochten ihn nicht. Selbst der unerschrockene King machte einen Bogen um diesen Mann.

Zwischen Vero und Direktor Kaps hatte es bis dahin keine Probleme gegeben. Vero Hoogestraat war eine gute Schülerin, muckte nicht auf und gab sich im Unterricht keinerlei Blöße. Sie schwätzte nicht, hatte immer ihre Aufgaben dabei und war jederzeit auf der Höhe des Geschehens. Wäre sie nicht so ein, wie King es gerne nannte, *Augendrops* gewesen, hätten er und Maiki sie als Streberin abgestempelt.

An einem Tag im Mai jedenfalls, an dem draußen in der Natur schon alles farbenprächtig blühte, keimte aus dem Nichts ein Konflikt zwischen der Schülerin und dem Direktor auf. Dr. Kaps verlangte nämlich von der Klasse, sich Gedanken über ihre Vorbilder und Idole zu machen. »Damit meine ich keine Comedians, Boygroups oder Balltreter ...«, erklärte der Direktor. »Ich meine damit Persönlichkeiten, die unsere menschliche Gemeinschaft vorangebracht und besser gemacht haben. So wie Abraham Lincoln, Mutter Theresa oder Nelson Mandela.«

Dr. Kaps, der einen Zwinkertick hatte, blickte in die Runde. Die Klasse jedoch reagierte träge auf seine Vorlage.

Er musste es verdeutlichen, also ging der Lehrer mehr in die Tiefe. »Ich zum Beispiel habe als junger Mensch über das Leben von Mahatma Gandhi gelesen und wurde von diesem Mann inspiriert. Er hat sich für die Belange der Rechtlosen eingesetzt, er hat Veränderungen in der Gesellschaft herbeigeführt und das, ohne Gewalt anzuwenden. Für mich ist er ein Vorbild, eine Ikone, ja, eine Lichtgestalt!«

Er blickte in die Klasse und wartete auf eine Reaktion. Und die sollte kommen.

»Lichtgestalt? So ein Schwachsinn! Gandhi war einfach nur ein großes Arschloch!«

Es war Veros Stimme gewesen, die, gar nicht so dünn und piepsig wie sonst, die Stille durchschnitten hatte und einen langen Moment konsternierten Schweigens folgen ließ.

Dr. Kaps blickte die Schülerin verblüfft an und glaubte wohl einen Moment, falsch gehört zu haben. »Bitte, wie war das?«

Vero stand energisch auf. »Mohandas Karamchand Gandhi, geboren 1869, gestorben 1948, war charakterlich eine höchst fragwürdige Persönlichkeit, deren Leben bis zu Unkenntlichkeit verklärt wurde! Er war rassistisch, frauenfeindlich und selbstherrlich ...«

»Halt!«, donnerte der Direktor. »Sei still, Vero! Wie kannst du es wagen, in meinem Unterricht solche Ungeheuerlichkeiten von dir zu geben? Ich ...«

Er kam nicht weiter, denn Vero fiel ihm ins Wort. »Ungeheuerlichkeiten? Das sind historisch belegte Fakten! Als Gandhi in Johannesburg lebte, bezeichnete er die Schwarzafrikaner als ›Kaffer‹ und fand es ein Unding, dass Inder auf einer Stufe mit solchen ›Untermenschen‹ gesehen wurden.«

»So, nun ist es gut, Hoogestraat! Noch ein Wort und ich spreche einen Verweis aus!«

Aber Vero war noch nicht fertig. »Und wieso verehren Sie einen Mann, der der Ansicht war, dass eine vergewaltigte Frau kein Mensch mehr sei? Und dass nur sie Schuld an der Tat hätte, während der Vergewaltiger freizusprechen sei, weil er für seine Sexualität nicht verantwortlich sei, sondern nur die Frau?«

»Das ... das ist doch Unsinn!«, keuchte Dr. Kaps entgeistert.

»Und ist es auch Unsinn, dass Gandhi seiner Frau, als sie an Malaria erkrankt war, die Medizin verbot, die sie gerettet hätte, und sie daher starb?« Vero spuckte ihm die Worte wie eine Furie ins Gesicht. »... und als er selber erkrankte, nahm er dann doch lieber das Chinin und überlebte, der zynische Bastard!«

»Verlasse augenblicklich das Klassenzimmer, Vero! Auf der Stelle, bevor ich mich vergesse!«

Dies war der Moment, als King, der neben Maiki saß, aufstand. »He, Leute, wie wär's, wenn wir uns mal beruhigen würden …«

Dr. Kaps fuhr wutbebend herum und fixierte Arvid. »Und du hältst schon mal gleich die Schnauze, König! Oder ich werfe dich achtkantig von der Schule. Wenn du willst, noch heute!«

King hielt seinem Blick stand. »Sieht ganz so aus, als wären Sie genauso ein Arschloch wie Ihr großes Vorbild, Herr Oberstudiendirektor.«

Im weiteren Verlauf dieses Tages passierte nichts mehr. Nachdem King sich ihm so offen entgegengestellt hatte, war Dr. Kaps totenblass aus dem Raum geeilt. Allen in der Klasse war klar, dass Arvid König sich um Kopf und Kragen geredet hatte. Es war nur noch eine Frage der Zeit, bis er rausflog.

Überraschenderweise sollte es dazu nicht kommen. Nicht nur Veros Mitschüler, auch der Direx begannen nach der denkwürdigen Geschichtsstunde, intensiv zu recherchieren. Selbst Maiki stöberte im Internet und fand sehr widersprüchliche Berichte über Gandhi. Während die einen das Narrativ eines Heiligen auf Erden bedienten, ohne den Hauch eines Zweifels über die Unantastbarkeit ihres Idols aufkommen zu lassen, gab es auch Quellen, die genau das bestätigten, was Vero dem Schulleiter an den Kopf geworfen hatte. Es gab noch einiges mehr an Überlieferungen, das den indischen Prominenten in ein sehr fragwürdiges Licht rückte. Was davon wirklich verbrieft war, konnte Maiki nicht sagen, im Netz stand Aussage gegen Aussage.

Veros Eltern waren Juristen, gebildete Leute von Ansehen, die zwar erst zugezogen, aber doch ernstzunehmende Persönlichkeiten waren. Dr. Kaps, der sich nach dem Eklat im Klassenzimmer informiert und einiges dazugelernt hatte, zog es im Nachhinein vor, keine Schritte folgen zu lassen, denn sein Gesichtsverlust wäre noch größer geworden, wenn es eine öffentliche Schlammschlacht gegeben hätte. Aber er bestellte Vero ins Lehrerzimmer. Sie leistete der Aufforderung Folge, bestand jedoch darauf, ihre beste Freundin Michaela mitzubringen, weil sie dem Direktor auf keinen Fall allein gegenübertreten wollte.

Dr. Kaps räumte in der Unterredung eigene Fehler ein, forderte aber im gleichen Moment eine Entschuldigung wegen Veros unangemessenem Tonfall, der Untergrabung seiner Autorität und der Störung des Unterrichts. Die Schülerin sah ihre Fehler ein und entschuldigte sich. Auch sie war nicht im Mindesten an einer weiteren Auseinandersetzung interessiert. Damit schien die Sache erledigt zu sein.

Selbst für King hatte es keine Folgen. Er musste sich für seine Beleidigung nicht entschuldigen. Aber sein Verbleib an der Schule, das war spürbar, hing an einem seidenen Faden.

Die *Gandhi-Affäre* war für einige Wochen das vorherrschende Thema an der Schule und das bekam Dr. Kaps zu spüren. Bisher war es immer ein beeindruckender Auftritt gewesen, wenn der exzentrische Schulleiter am Morgen seinen liebevoll gepflegten Sportwagen mit dem nachgestellten H im Kennzeichen, was ein »historisches Fahrzeug« bezeichnete, auf seinen Parkplatz fuhr. Sein roter Alfa Romeo Spider 2600 war ein echter Hingucker und nötigte sogar King Respekt ab. Das war ein Oldtimer, der auf ganz Rügen seinesgleichen suchte. Nun aber feixten die Schüler und spotteten hinter dem Rücken des Oberstudiendirektors. Dr. Kaps merkte, dass seine Autorität bei seinen Schützlingen massiv gelitten hatte, und er wusste nicht, wie er damit umgehen sollte. Er wurde zunehmend dünnhäutiger.

Das führte zu dem Auslöser, der dem großen Knall vorausgehen sollte. Drei Wochen nach Veros Wutrede gegen Gandhi erschien sie vollkommen kahlrasiert im Unterricht. Auch ohne Locken war sie eine Schönheit und weder King noch Maiki konnten die Augen von ihr abwenden. Sie wirkte ätherisch und zerbrechlich und sie schien noch mehr an Körpergewicht verloren zu haben. Dass sie gesundheitlich nicht in Ordnung war, vermutete King gleich. Wahrscheinlich war ihr die *Gandhi-Affäre* nähergegangen, als man hätte annehmen können. Und es war nicht ausgeschlossen, dass sie bereits vorher psychische Probleme gehabt hatte.

Als Dr. Kaps den Klassenraum betrat und Vero sah, traf es ihn sichtlich. Er hatte selbst fast keine Haare mehr und jetzt verspottete ihn dieses naseweise Mädchen mit ihrem Kahlschnitt vor der ganzen Schulgemeinschaft.

Er presste die Lippen zusammen und lächelte grimassenhaft. Dann setzte er sich und holt eine Packung mit Schulkreide heraus. Er sah Vero an. »Hoogestraat, nach vorne!«

Das dünne Mädchen stand auf und trat vor. Er hielt ihr eine Kreide hin. »Bitte schreib an die Tafel: *Ich habe dem Schulleiter Respekt zu zollen*!«

Vero sah ihn ratlos an. »Wieso? Ich zolle Ihnen doch Respekt!«

Doch er hielt ihr die Kreide direkt vor die Nase. »Quatsch mal nicht, Mädchen, schreib! Los, los!«

Sie ging kopfschüttelnd zur Tafel und schrieb den Satz auf. »Kann ich mich wieder setzen?«

Der Direx drehte sich um und sah zu ihr. »Schreib den Satz noch einmal!«

»Noch mal? Ja und dann?« Vero runzelte die Stirn.

»Dann schreibst du ihn wieder. Und wieder! Bis ich sage, dass es gut ist.«

Das blasse Mädchen war zwar eine regelrechte Kriegerin, wenn es um Unrecht gegen Dritte ging, aber sie konnte nicht gut für sich selbst kämpfen. Also schrieb sie gehorsam den Satz an die Tafel, während der Lehrer seinen Geschichtsunterricht fortführte.

Als alles vollgeschrieben war, wandte sie sich um und stand still da. Natürlich bekam Dr. Kaps mit, dass das typische Kreidequietschen hinter ihm aufgehört hatte, und drehte sich um.

»Die Tafel ist voll«, sagte Vero.

Der Direktor nickte in Richtung Waschbecken. »Da ist der Schwamm! Wisch alles aus und dann von vorn!«

Es war eine Machtdemonstration und eine Demütigung dazu. Vero tat, wie ihr befohlen, und wischte alles weg. Dann begann sie, neu zu schreiben.

Maiki hasste Dr. Kaps mit jeder Faser seines Herzens. Jeder außer dem Direktor sah, dass Vero zunehmend Schwierigkeiten bekam. Ihr ausgemergelter Körper war nicht dafür gemacht, eine dreiviertel Stunde an der Tafel zu stehen und zu schreiben.

Ihre Bewegungen wurden langsamer und ihre Hand begann zu zittern. Es ging ihr schlecht, das sah jeder. Nur Dr. Kaps nicht, der mit dem Rücken zu ihr saß.

Und wieder war es King, der aufstand. »Herr Oberstudiendirektor, ich denke, Vero hat körperliche Probleme, lassen Sie sie sich bitte wieder setzen!«

Dr. Kaps machte eine genervte Geste mit der Hand, die etwas vom Fliegenverscheuchen hatte und dem Schüler bedeutete, dass er sich setzen und seinen Mund halten sollte. King wollte noch etwas sagen, dann aber resignierte er und ließ sich wieder auf seinen Stuhl fallen.

Nach einer halben Stunde klappte Vero, fast lautlos, an der Tafel zusammen. Oberstudiendirektor Dr. Kaps merkte es erst nicht und als die Klasse ihre Schrecksekunde überwunden hatte, machte sich Unruhe breit.

»Herr Doktor! Vero ist umgefallen!«, rief Michaela.

»Ach wirklich!« Der Hohn in der Stimme des Schulleiters war unüberhörbar. Er drehte sich um und sah auf die liegende Schülerin. »Hoogestraat, steh auf. Der sterbende Schwan zieht bei mir nicht.«

King hielt es nicht länger auf seinem Stuhl. Er sprang auf, lief nach vorne und hockte sich neben Vero. Behutsam legte er seine Arme um sie und nahm sie hoch. Sie war nicht mehr bei Bewusstsein. »Maiki, renn zum Sekretariat! Wir brauchen einen Notarztwagen!«

Der Angesprochene reagierte sofort. Ebenso wie der Direx. »Michael Kramer, setz dich sofort wieder hin!«

Doch der schenkte der Anweisung keine Beachtung. Er sprang hinter seinem Pult hervor und rannte wie von Teufeln gehetzt zum Lehrerzimmer.

Zehn Minuten später holten Sanitäter Vero, die inzwischen wieder zu sich gekommen war, ab. Die Schülerin wurde, begleitet von einer weiblichen Lehrkraft, umgehend in die nahe Sana-Klinik gefahren. Offenbar hatte es sich um einen Schwächeanfall gehandelt.

Und wieder hatte alles ein Nachspiel. Vero litt, wie ihre Freundin Michaela den bestürzten Mitschülern im Nachhinein verriet, an Magersucht. Dieses Leiden ließ sich leicht an der Krankheit von Veros jüngerer Schwester Margret festmachen, bei der bereits vor einem Jahr Leukämie diagnostiziert worden war. Als Margret infolge der

Chemotherapie die Haare ausgefallen waren, hatte Vero sich aus Solidarität ebenfalls den Kopf kahl geschoren. Das war jedoch keineswegs geschehen, um den Direktor zu verspotten.

Am nächsten Tag, in der zweiten großen Pause, passierte es dann. Es gab plötzlich eine gewaltige Detonation vor der Schule auf dem Parkplatz. Alles rannte hinüber und sah, wie der Alfa Romeo des Oberstudiendirektors, oder das, was nach der Explosion davon übrig war, lichterloh in Flammen stand. Irgendjemand hatte den Oldtimer des Schulleiters einfach in die Luft gesprengt.

Mike lenkte seinen Wagen nach Norden. Er ließ Glowe hinter sich und nahm Kurs auf die Halbinsel Wittow. Zwischen der Tromper Wiek und dem großen Jasmunder Bodden jagte der Subaru des ehemaligen Polizisten über die schmale Landzunge Richtung Kap Arkona. Mike war sich sicher, wo er Arvid König alias King finden konnte. Es war schon verrückt, wie eng man in der Kindheit befreundet sein konnte, so eng sogar, dass eine Trennung nicht vorstellbar schien. Aber dann geschah es doch. Man verabschiedete sich mit einem »Bis bald!« Und hätte doch genauso gut Lebewohl sagen können.

Mikes Erinnerungen waren inzwischen etwas verschwommen. Der explodierte Alfa Romeo war von der Polizei untersucht worden und man hatte chemische Bestandteile des Sprengsatzes gefunden, die mit den selbstgemischten Substanzen identisch waren, die Arvid König in der Garage seiner Eltern gelagert hatte. King war bei den Befragungen stumm geblieben und hatte jede Aussage verweigert. Ihm drohte das Jugendgefängnis. Seine Anwälte führten Gutachten über eine Erkrankung des Gemüts ins Feld und King wurde, gerade sechzehn Jahre alt, in die Psychiatrie eingewiesen.

Oberstudiendirektor Dr. Kaps erlitt in der Folge des Anschlages auf seinen Oldtimer einen Schock. Und der war nachhaltig. Der Schulleiter kam nicht mehr zurück. Wenig später wurde er berufsunfähig geschrieben und ging in den Vorruhestand. Ein anderer Direktor kam und allmählich wuchs Gras über den *Big Bang* des Sommers 2002.

Mike erreichte Vitt, eine kleine Ortschaft am nördlichsten Punkt der Insel. Es ging über Stock und Stein, bis er einen Bungalow am Wasser erreichte. Er parkte den Wagen und sah zum Carport. Dort stand ein giftgrüner Datsun, an dem der Rost bereits genagt hatte. Mike ging zum Eingang und sah eine Kamera, die gut getarnt unter dem Dachfirst angebracht war. Wer immer zu Hause war, wusste, wer vor der Tür stand.

Mike klingelte. Es dauerte nicht lange und Schritte waren zu hören. Dann wurde die Tür geöffnet und eine schlanke Frau stand vor ihm.

»Hallo, Vero«, sagte er.

Als Maiki seinen Freund King in der Stralsunder Psychiatrie besucht hatte, es war bereits der September des Jahres 2002, erkannte er seinen Freund fast nicht wieder. Arvid hatte mindestens zehn Kilo zugenommen, seine Augen waren ohne Glanz und er wirkte apathisch.

»Es ist nichts«, sagte King und zwang sich zu einem Lächeln. »Es sind nur diese Scheißtabletten. Die verwandeln dein Hirn irgendwann in Grütze ...«

Maiki hatte ihm jede Menge Illustrierte mitgebracht, hauptsächlich welche, die von Jachten und Schifffahrt handelten. Boote aller Art waren schon immer eine Leidenschaft von King gewesen. Aber seine Freude hielt sich in Grenzen, als er die Magazine entgegennahm.

Er sah Maiki an und fragte: »Hast du kein Foto von Vero dabei?«

Aber genau das hatte sein bester Freund nicht. Denn bei diesem Thema handelte es sich um sehr schwieriges Terrain. Was King nicht wusste, war, dass Vero und Maiki sich in der Zwischenzeit nähergekommen waren. Sie gingen jetzt bereits vier Wochen miteinander. Zu Intimitäten war es zwar noch nicht gekommen, aber es lag in der Luft. Das allerdings wollte Maiki King lieber nicht auf die Nase binden. Und deswegen hatte er auch kein Foto mitgebracht, er hoffte, dass sein Freund Vero einfach vergaß. Leider klappte das nicht. King hielt hartnäckig an seiner Vision fest.

»Sie und ich, wir werden zusammenkommen, Maiki!«, versicherte er ihm unentwegt. »Vero und ich werden ein Paar. Und wir werden Kinder haben! Das ist ganz sicher, Junge!«

Hätte King gewusst, was sich außerhalb der Psychiatriemauern wirklich abspielte, wäre er wohl kaum erfreut gewesen. Mit schlechtem Gewissen plauderte Maiki konfus über jede Menge belangloses Zeug, ehe er die geschlossene Abteilung wieder verließ, erleichtert, den Besuch hinter sich gebracht zu haben.

Im Zug auf dem Weg zurück nach Bergen grübelte er vor sich hin. King war so auf dem Hund, dass er vielleicht wirklich eine besondere Aufmunterung brauchte, um wieder Lebensmut zu bekommen. Vero musste sich ein Herz fassen und ihn in der Klinik besuchen.

»Arvid besuchen? Bist du verrückt? Das mach ich auf gar keinen Fall!« Vero hatte die Arme verschränkt und einen ganz kleinen Mund bekommen. Damit war die ganze romantische Stimmung beim Teufel.

Schon als Maiki eingetreten war, hatte er das Wachs gerochen. Veros Eltern waren auf einem Symposium in Schwerin und sie hatte sturmfreie Bude. Also hatte sie alles gemütlich hergerichtet, Kerzen aufgestellt und Neil Diamond aufgelegt. Sie trug ein weißes Hemd und Bluejeans, hatte ihre Haare frisiert, dezent Parfüm aufgelegt und sah auf eine natürliche Art hinreißend aus. Sie hatte wieder etwas zugenommen, seit ihre Schwester Margret gestorben war. Vero hatte sich wieder dem Leben zugewendet, so sehr, dass sie nun bereit war, Maiki ihre Unschuld zu schenken. Es hätte perfekt sein können, doch dann machte er alles kaputt mit seiner Bitte, dass sie ihn bei der nächsten Fahrt nach Stralsund doch begleiten sollte.

»Die pumpen ihn da mit Medikamenten voll wie nichts Gutes, Vero, er geht da ein. Und er fragt jedes Mal nach dir!«

»Na und? Wieso sollte mich das kümmern?« Das Mädchen verschränkte trotzig die Arme. »Er ist gemeingefährlich! Wenn ich nur an ihn denke, krieg ich schon eine Gänsehaut. Ich hoffe, sie lassen den nie wieder raus, den durchgeknallten Spinner!«

Maiki sagte nichts.

Vero legte die Hand auf seine Schulter. »Tut mir leid. Ich wollte dich nicht so anfahren. Es ist nett von dir, dass du dich so für Arvid einsetzt. Komm, reden wir nicht mehr von ihm. Heute soll unser Tag sein.«

Sie küsste ihn und zog ihm sein Hemd aus. Doch Maiki war nicht bei der Sache. Er konnte jetzt nicht einfach

Kings Gesicht ausblenden und mit Vero unschuldigen süßen Sex haben. Es ging nicht. Er drückte sie zurück und sah ihr ins Gesicht. »Du kennst nicht die ganze Wahrheit, Baby!«

Sie legte den Kopf schief. »Die ganze Wahrheit? He? Wie meinst du das?«

Er druckste herum. Aber es musste raus. Jetzt oder nie. »Es war nicht King, der den Alfa vom Direx in die Luft gejagt hat.«

Vero starrte ihn an, als hätte er etwas auf Latein gesagt und sie es erst mal mühselig in ihre Muttersprache übersetzen müssen. »Wieso? Sie haben die Zünder bei ihm gefunden. Und die Sprengmischung aus der Garage seiner Eltern ... Natürlich war er's ...!«

»Nein. War er nicht. Ich war's.«

Das Mädchen starrte ihn mit offenem Mund an. »Du? Was redest du denn? Erfindest du das gerade, damit ich mitkomme, ihn zu besuchen?«

»Ich erfinde gar nichts. King und ich haben doch die ganze Zeit auf einem Haufen gesessen. Wir haben ohne Ende mit Sprengladungen rumexperimentiert. Ich wusste ebenso wie er, wie's geht. Also bin ich zu seiner Garage und hab die Bombe zusammengebaut. King hatte keine Ahnung von meinem Plan. Ich hab das Ding unter den Alfa geklebt und die Zeitschaltuhr auf eine Stunde gestellt. Die Ladung sollte zur großen Pause hochgehen. Ich wollte, dass es jeder mitkriegt.«

Vero wich von ihm zurück und schüttelte verneinend den Kopf, als könnte sie so das Gesagte rückgängig machen. »Das ist nicht wahr ...«, sagte sie mit schwacher Stimme.

»Mann, Vero, glaub's mir halt. Es ist wahr!«

»Dann ... dann wäre Arvid ja völlig unschuldig?«

»Na, was denn sonst? Das hab ich doch grad gesagt.«

Vero schlug die Hände vors Gesicht und starrte Maiki entsetzt an. Sie lief aufgescheucht im Zimmer herum und begann zu weinen. »Warum? Warum hast du das getan? Da hätten doch Menschen sterben können. Da musste doch nur jemand im falschen Moment vorbeigehen und ... und ...«

Er machte eine hilflose Geste. »Ich hab nicht nachgedacht, Vero, ich war so wütend auf den Direx, nachdem, was er dir angetan hat. Ich wollte ihm einfach wehtun, dem Schwein!«

Er streckte die Arme nach ihr aus, doch sie wehrte seine Hände ab. »Nicht! Ich will das nicht! Fass mich nicht an.« Sie atmete durch und hatte Mühe, ihre Gedanken zu ordnen. »Warum?«, fragte sie. »Warum hat Arvid nichts gesagt?«

Das war eine gute Frage. Nur konnte Maiki sie nicht mit endgültiger Gewissheit beantworten, er konnte es nur vermuten. »King wusste, dass ich es war. Aber er hing sowieso mit drin, weil die Zünder von ihm waren und der Sprengstoff aus seiner Garage. Also hat er es allein auf sich genommen. Er wollte mich schützen, wollte verhindern, dass ich von der Schule flieg. Ich war doch sein bester Freund. Dass er in der Klapse landen würde und das alles, das hat er nicht kommen sehen. Er dachte, sie schmeißen ihn von der Schule und damit hat sich's. Er wusste, mit seinen Talenten würde er locker seinen Weg machen. Wir haben beide nicht gewusst, worauf wir uns einlassen.« Nun war es Maiki, dem die Tränen kamen. »Es tut mir leid, Vero. Ich war ein Idiot.«

Nur wenige Tage später hatte Vero King in der Psychiatrie besucht. Und dann war sie wenigstens zweimal in der Woche zu ihm gefahren. Mit Maiki aber hatte sie danach jede Verbindung abgebrochen.

Vero stellte Mike einen Kaffee hin und setzte sich ihm gegenüber. Das Wohnzimmer des Bungalows hatte einen wunderbaren Seeblick. Alles hier war schlicht eingerichtet. Das rustikale Holzmobiliar harmonierte mit den großen Treibholzbildern an den Wänden, die Vero selbst gestaltet hatte. Die Rot- und Brauntöne der Vorhänge verliehen der Wohnung eine warme Ausstrahlung. Es gab weder einen Fernseher noch eine Stereoanlage. Vero bevorzugte Bücher. Eine ganze Schrankwand davon besaß sie und Maiki war sich sicher, dass sie jedes davon gelesen hatte. Vero war noch attraktiv, aber nicht mehr die Schönheit, die sie mit sechzehn gewesen war. Die Mühsale des Daseins hatten sich in ihr Gesicht gegraben und ihr viel vom Zauber der Jugend genommen. Dennoch hatte sie immer noch etwas von einer verwunschenen Prinzessin.

»Wie geht es dir?« Mikes Dummheit von damals schien sie ihm vergeben zu haben, da war keine Feindseligkeit mehr in ihrem Blick.

»Ich bin der gleiche Schwachmat wie früher. Ich bring mich immer noch gerne in Schwierigkeiten.« Er lächelte verlegen. »Aber ich denke, es könnte mir schlechter gehen. Und ihr? Was ist mit euch?«

Vero lächelte traurig. »Na ja, es ist nicht recht, sich zu beschweren. Es gibt viele Menschen, die es schlechter getroffen haben als wir.«

Mike mochte das nicht glauben. »Ist das so? Ich hab gehört, dass King ein gefragter Ingenieur ist und sich die Leute darum reißen, von ihm ihre Jachten gebaut zu bekommen, oder? Seinen Schnitt hat er auch gemacht, erzählt man sich.«

Vero hatte ein Glas Rosé-Wein in ihrer Hand, das sie fast zwanghaft in den Fingern drehte. »Oh ja! Sie haben ihm jeden Preis gezahlt, sich gegenseitig überboten. Aber dadurch ist er nicht so reich geworden. Arvid hat Tarntechnologie entwickelt, für das Militär. Er besitzt Dutzende Patente. Die waren es, die ihn zum steinreichen Mann gemacht haben. Also ja, Geld haben wir. Aber sind wir glücklich? Ich bezweifle es.«

Mike schaute sie ungläubig an. »Aber ihr wart glücklich, damals. Vero, das habt ihr doch nicht vorgespielt.«

»Vielleicht damals nicht.« Sie nahm einen Schluck von ihrem Rosé. »Sie haben Arvid in der Psychiatrie mit starken Medikamenten behandelt. Wie wir wissen, völlig ohne Not. Dadurch ist er tablettenabhängig geworden. Letztlich ist er von dem Zeug nie wieder losgekommen. Gerade von den Antidepressiva nicht. Als er endlich draußen war, haben alle zu ihm gesagt, er soll was machen aus seinem Talent. Einen Einser-Notenschnitt, den müsste er doch nutzen, hieß es. Also hat er angefangen, Medizin zu studieren. Ihm gefiel die Idee, Chirurg zu werden. Da hat er sich voll reingehängt. Aber es ging ihm alles viel zu langsam. Du weißt ja, was für eine schnelle Auffassungsgabe er hat. Er wollte operieren, obwohl es viel zu früh dafür war. Ständig gab es Zoff mit den Professoren. Er war frustriert und hat wieder mit den Tabletten angefangen. Irgendwann haben sie ihn am Giftschrank der Intensivstation erwischt und achtkantig rausgeschmissen.«

»Wie? Und das war's dann mit der Medizin?«

»Sie haben schon versucht, ihm Brücken zu bauen, aber du kennst ihn, er kriecht vor niemandem. Er fing an, Maschinenbau zu studieren, etwas später dann Schiffsbau. Während des Studiums hat er bereits für eine Werft Jachten entworfen. Ja, der Erfolg kam. Aber dann wurde er zum Workaholic. Zu den Tabletten kam das Kokain. Ich wundere mich, wie lange er das alles durchgehalten hat. Er hat es nach ganz oben geschafft, Maiki, aber er hat auch den Preis gezahlt. Wir haben den Preis gezahlt.«

»Mensch, Vero! Ihr habt euch geliebt! Was ist denn nur passiert zwischen euch?«

Ihr Glas war leer und sie schenkte sich nach. »Er wollte so gern ein Kind haben.«

»Wie?«, fragte Mike zögernd. »Und du nicht?«

»Ich auch. Vielleicht noch mehr als er.«

In seinem Gesicht stand eine große unausgesprochene Frage.

Vero sah durch ihn hindurch. »Es hat nicht sein sollen. Wie sich rausgestellt hat, leide ich unter dem Asherman-Syndrom. Das bezeichnet Verwachsungen im Unterleib, die eine Schwangerschaft unmöglich machen.«

»Das tut mir leid, Vero, das wusste ich nicht.«

»Arvid hat mir nie einen Vorwurf gemacht. Aber tief in seiner Seele hat es ihn schwer getroffen. Ich glaube, er fühlte sich vom Leben betrogen. Das war klar zu spüren. Er hat sich von mir zurückgezogen. Erst körperlich, dann seelisch.«

Mike sah seine alte Schulfreundin betroffen an.

Sie trank und lächelte dann, als würde das Gesagte alles nichts bedeuten. »Jetzt ist Arvid nur noch ein Geist, der manchmal hier rumspukt. Er ist ein Verlorener, segelt mit seiner geliebten *Black Bee* im baltischen Meer herum und lebt dort in seiner eigenen Traumwelt. Als ich mich in ihn verliebt habe, damals in der Psychiatrie, da war er noch ganz normal. Doch den Arvid von damals, den gibt es nicht mehr ...«

Mike fühlte sich miserabel, als er das hörte. »Vero, das tut mir so leid. Und ich hab das Gefühl, als wäre ich an allem schuld!«

Die zierliche Frau sah Mike nachdenklich an. »Vielleicht ist da was dran. Aber er sieht das nicht so. Arvid liebt dich. Weißt du, dass er dich im Krankenhaus besucht hat?«

Mike nickte betrübt. »Ich hab davon erfahren. Nur hab ich es damals nicht mitbekommen, im Koma.«

In diesem Augenblick gab es ein Geräusch. Dann ging ein Schlüssel in der Tür. Im nächsten Moment trat ein schlaksiger Mann mit schlohweißem schulterlangem Haar ein, bekleidet mit einer Skipper-Jacke aus Goretex. Sein Gesicht war braun und voller Furchen, seine Körpersprache kraftvoll. Er kam näher und sah Mike lächelnd an. »Na, wenn das mal kein seltener Besuch ist!«

Mike stand auf. »King!«

Arvid König ging auf ihn zu und umarmte ihn. »Maiki, du alter Casanova!« Er packte ihn mit schwieligen Händen an den Schultern und drückte ihn zurück. »Was führt dich her, Alter?«

»Ich ... na ja, eigentlich wollte ich dich warnen!«

»Warnen? Vor wem?«

»Ich arbeite im Mukraner Hafen. Wie du sicher weißt, sitzt da auch die Bundespolizei. Die haben einen Narren an dir gefressen und suchen dich.«

»Warte!«, unterbrach King. »Redest du von dieser blonden Hexe Todt, dieser Bundeskommissarin?«

»Linda Todt. Ja, das ist sie.«

»Die Alte ist schon lange hinter mir her. Aber sie kriegt mich nicht. Was hast du mit ihr zu schaffen?«

Mike sah seinen alten Freund an. »Irgendwie hat sie spitzgekriegt, dass wir früher eine enge Verbindung hatten. Ich hab natürlich dichtgehalten, aber jetzt hat sie durchblicken lassen, dass die Bundespolizei dich bald schnappen wird.«

King stutzte, warf dann seinen Schlüsselbund auf den Tisch und seine dichten Augenbrauen zogen sich ärgerlich zusammen. »Wie bitte? Und da fällt dir nichts Besseres ein, als hierher zu kommen?«

»Wieso nicht?«

»Ist dir nicht vielleicht in den Sinn gekommen, dass das Bullenweib genau das wollte?«

Mike kratzte sich am Kopf. »Wie jetzt? Du meinst, die hat mich geködert?« Seine Augen weiteten sich begreifend. »Und am Ende mein Auto verwanzt?« Er starrte Arvid König alarmiert an.

Doch nun stutzte King. Als Nächstes zogen sich seine Mundwinkel grinsend nach oben. »Maiki, du verdammtes kleines Arschloch! Fast hättest du mich drangekriegt!«

Mike zog die Wanze, die er von seiner Stoßstange geklaubt hatte, grinsend aus der Tasche und warf sie King zu. »Die Kollegen von der Bundespolizei haben mich tatsächlich verwanzt. Nur ist mir der kleine Mistkäfer doch blöderweise runtergefallen und kaputt gegangen. War echt Pech!«

King lachte. »Du ausgekochter alter Drecksack! Komm her, Mann!«

Sie umarmten sich erneut und es fühlte sich gut an.

Es war fast dreiundzwanzig Uhr, als Jens von der Arbeit nach Hause in die *Seerose* kam. Wieder rief er vergeblich nach Susanne. Eigentlich hatte er mit ihr klären wollen, wie sie weiter mit dem Flüchtlingsmädchen verfuhren.

Seinen Plan, Yslei dem Jugendamt zu melden, hatte er nicht durchführen können. Und das war nicht zuletzt auf die Bitte von Hauptkommissar Renner zurückzuführen, alles, was nicht zu den Mordermittlungen gehörte, zurückzustellen. Das hatte Jens getan und wenn Yslei im Laufe des Tages wirklich wieder aufgetaucht war, wie Susanne es prophezeit hatte, hätte eine Anzeige nur zu einem Sturm im Wasserglas geführt.

Jens sah sich um, doch auch im Anbau gab es keine Spur von seiner Frau oder dem Mädchen. Also war das Kind nicht zurückgekommen. Er hatte es schon geahnt. So wie er Susanne kannte, hätte sie ihm eine SMS geschickt und ihn unterrichtet. Gerade als er ihre Nummer wählen wollte, bemerkte er den Zettel, den sie für ihn auf den Tresen gelegt hatte. Darauf teilte sie ihm mit, dass sie bei Caro in Bergen war und dort auch über Nacht bleiben wollte. Dazu gab es den Hinweis, dass seine Dienstpistole im Hinterzimmer in der abgeschlossenen Schreibtischschublade lag.

Jens wusste, wo sie den Schlüssel dafür aufbewahrte, und holte sich seine Waffe zurück. Er verspürte Erleichterung, als er die PSF9 wieder in der Hand hielt. Mit Skepsis sah er die Automatik an. Wie hatte er das Ding nur übersehen können? Ließ er so eine gefährliche Schusswaffe inzwischen gedankenlos überall herumliegen? Er schnupperte an der Mündung und prüfte dann das Magazin. Die Patronen waren vollzählig vorhanden. Es roch auch nicht so, als wäre ein Schuss abgefeuert worden.

Jens war sauer auf sich selbst. Im Grunde hätte er in seinem Alter absolut auf der Höhe sein müssen. Doch innerlich war er gestresst, nervös und aufgewühlt. Das konnte aber nicht als Entschuldigung gelten. Unkonzentriertheiten dieser Art würden sich irgendwann rächen.

Wenigstens eine gute Nachricht hatte es am Ende eines langen Tages noch gegeben. Zu der Telefonnummer, die Cordula Gaffel auf ihrem Telefon geblockt hatte, war ein Teilnehmer gefunden worden, ein gewisser Willi Hauff aus Wismar. Nach derzeitiger Aktenlage gab es zwischen ihm und Cordula Gaffel keinerlei sonstige Verbindung. Aber vielleicht war er der Gönner, der ihr den Kauf ihrer luxuriösen Pretiosen und des Ferraris ermöglicht hatte. Hauff war Besitzer eines Autohauses, vertrieb japanische Marken und konnte als vermögend bezeichnet werden. Er hatte eine Ehefrau und drei Kinder. Gut möglich, dass er noch andere Bedürfnisse hatte, solche, die zum Beispiel eine Domina mit einem Andreaskreuz befriedigen konnte.

Jens konnte sich des Gefühls nicht erwehren, dass er vielleicht die große Gestalt mit Hut war, die der »Katzenmann« Heiko Martens nach dem lautstarken Streit in der Nebenwohnung im Flur gesehen hatte. Man hatte nur die Mailbox erreichen können und Hauff aufgefordert, sich am kommenden Tag bei der Polizei zu melden. So wie Jens das sah, war der Mann aus Wismar die beste Chance für sie, endlich Licht ins Dunkel des Mordfalles zu bringen.

Er überlegte, ob er Susanne noch anrufen sollte, entschied sich dann aber dagegen. Im Moment lief es am Ende immer auf sinnlose Streitereien hinaus, wenn sie versuchten zu reden. Es war spät und er hatte bereits Kopfweh vor Müdigkeit. Jens entschied, dass es eine gute Idee war, ein Gespräch auf den folgenden Tag zu verschieben.

Mike hatte den Besuch bei King und Vero nicht ausufern lassen. Sie hatten einen getrunken und über alte Zeiten geredet. Es war nicht zu übersehen gewesen, wie zynisch und bitter Arvid über all die Jahre geworden war. Er prangerte die Dummheit der Menschen an, beklagte den Klimawandel und redete sich immer mehr in Rage. Vero war immer schweigsamer geworden, konzentrierte sich auf den Inhalt ihres Weinglases und irgendwann redete nur noch King. Pausen machte er nur, wenn er sich eine Line Kokain durch die Nase zog, ein offensichtlich tief verinnerlichtes Ritual.

Mike hatte sich kurz vor Mitternacht verabschiedet. King hatte Protest eingelegt, wollte nicht, dass sein Schulfreund schon wieder ging, und schlug vor, dass man sich bald wieder treffen sollte. Mike signalisierte großes Interesse, riss sich dann aber trotzdem los und war auf direktem Wege zurück nach Bergen gefahren.

Er hatte sich nie Gedanken über die Vergangenheit gemacht, aber jetzt überlegte er schon, was passiert wäre, wenn er den Wagen von Dr. Kaps damals nicht in einen Feuerball verwandelt hätte. Kings und Veros Leben wäre zweifellos in ganz anderen Bahnen verlaufen. Sein Freund wäre nicht in der Psychiatrie gelandet und Vero hätte sich nicht für ihn aufopfern müssen.

Als Mike in seiner Wohnung ankam, fand er Susanne und Yslei in seinem französischen Bett. Sie hatten sich gemeinsam etwas im Atlas angeschaut. Susanne war dabei wohl eingeschlafen. Das Mädchen lag still neben ihr und hatte die Augen geöffnet, als Mike ins Zimmer schaute. So hatte er sich die Sache nicht vorgestellt, dass er nicht in seinem Bett schlafen konnte. Aber er war zu geschafft, um jetzt noch ein Fass aufzumachen und legte sich auf die Couch im Wohnzimmer.

Jens kam einigermaßen gut ausgeschlafen zum Dienst. Er hatte sich den Wecker extra früh gestellt, damit er den Tag in der Polizeiinspektion ohne Hetze antreten konnte.

Dennoch war Freddy bereits da, als er um kurz vor neun das Großraumbüro betrat. Und der sommersprossige Kollege hatte bereits Ergebnisse vorzuweisen. »Ich hab mit Hauff telefoniert. Er hat gleich heute morgen zurückgerufen.«

»Und?« Jens hängte seine Windjacke über den Stuhl.

»Er wollte mich erst abwimmeln, er kenne keine Cordula Gaffel. Aber dann hab ich ihm klargemacht, dass wir ihn auch gerne in seinem Autohaus abholen kommen, als Tatverdächtigen, wenn er das so will ...«

Jens grinste. »So weit sind wir wohl noch nicht, oder?«

»Das weiß er aber nicht. Er hat gefragt: Wieso tatverdächtig? Da hab ich gesagt, dass Cordula Gaffel ermordet wurde. Das war dann merkwürdig. Plötzlich wurde er ganz still. Danach schwenkte er plötzlich komplett um und sagte, er würde direkt zu uns fahren. Und jetzt kommt's: Er hat mich gebeten, nicht bei ihm daheim anzurufen. Seine Frau müsse gar nichts von der Angelegenheit erfahren. Angeblich sei sie nicht gesund und rege sich schnell auf.«

Jens war beeindruckt. »Donnerwetter. Nicht schlecht. Warum sollte er extra herkommen, wenn er in der Sache nicht mit drinsteckt? Und die Ehefrau, die außen vor bleiben soll, weil sie sich unnötig aufregen könnte, ist ein Klassiker.«

»Du sagst es. Ich habe ...« Freddy lächelte spöttisch. »... mit deiner Erlaubnis, Renner gesagt, dass wir eine Spur haben.«

»Ja, Erlaubnis erteilt.«

Sie lachten beide. Jens suchte schnell wieder seinen Fokus. »Hast du die Personalien von Hauff schon?«

»Ja, ich hab dich auch schon verlinkt.«

Jens schaltete seinen Computer ein und rief die Daten des Unternehmers auf.

»Er ist achtundfünfzig und damit zwanzig Jahre älter als seine Frau, wenn du das wissen willst.«

»Nein, das wollte ich nicht wissen. Ich such was anderes ...«, gab Jens zurück. »Ich hab's schon gefunden. Willi Hauff ist nur eins zweiundsiebzig groß.«

Freddy sah ihn irritiert an.

»Na komm, der große Mann mit Hut, den der Katzenmann im Flur gesehen haben will. Groß fängt für mich bei eins fünfundachtzig an.«

»Hm, das ist natürlich wahr. Wie bedauerlich. Wär mal schön gewesen, wenn zwei Mosaiksteine zusammengepasst hätten.«

»Es schließt ihn trotzdem nicht als Verdächtigen aus.«

Freddy stimmte dem zu.

Jens begann, laut zu überlegen. »Nehmen wir mal an, Hauff ist in den Mordfall verwickelt. Vielleicht ist er der Mann, der Guido Wingenfeld hat zusammenschlagen lassen. Geld hat er und er macht sich doch sicher nicht selbst die Hände schmutzig.«

»Die Frage ist nur: warum?«, warf Freddy ein. »Hat der Junge Hauff dabei gesehen, wie er die Gaffel erwürgt hat? Oder ihn zumindest auf frischer Tat ertappt? Ich meine, was könnte Hauff wollen, das Wingenfeld uns nicht sagen soll?«

Die Frage konnte Jens nicht beantworten. »Gut, ein anderer Ansatz: Guido Wingenfeld verreist einen Tag, nachdem der Mord geschehen ist. Mir kommt das so vor, als hätte er Panik gekriegt, so wie etwa nach einem Mord, und versucht, sich abzusetzen.«

Freddy musterte den Kollegen interessiert. »Du denkst, Guido Wingenfeld ist der Mörder?«

Jens war unschlüssig. »Das würde ich vielleicht denken, wenn ich irgendwo ein Motiv dafür erkennen könnte. Nur fällt mir dazu gar nichts ein ...«

»Dann überlegen wir doch einfach mal ins Blaue!«, schlug Freddy vor. »Was könnte er für ein Motiv haben? Laut Aussage der Nachbarn pflegten Guido Wingenfeld und Cordula Gaffel keinen Umgang miteinander.«

Jens sah ins Protokoll. »Warte! Einmal wurde er gesehen, wie er vor ihrer Tür gestanden hat.«

»Das sagt doch nichts. Da könnte er sich auch ein Stück Butter oder ein Ei geliehen haben.«

»Und dafür geht er vom ersten in den dritten Stock? Überzeugt mich nicht.« Jens trommelte mit seinem Kugelschreiber auf der Tischkante herum.

»Dann war's vielleicht ein Päckchen von Amazon, das er für sie angenommen hat.«

»Das reicht doch nicht«, stöhnte Jens. »Überhaupt hab ich den Eindruck, dass die in dem Mietshaus ganz gut übereinander Bescheid wissen. Und sie sagen alle aus, dass Wingenfeld und die Gaffel keinen Kontakt miteinander pflegten.«

Freddy sah frustriert aus. »Was bleibt dann noch als Motiv? Raubmord kann man ausschließen, bei dem, was da an Wertsachen in ihrer Wohnung zurückgeblieben ist. Aus welchem gottverdammten Grund sollte dieses blasse Bübchen eine junge Frau umbringen?«

Jens verschränkte die Arme hinter dem Kopf. »Wieso besuchen wir ihn nicht noch mal? Wir ziehen unser berühmtes Kreuzverhör auf, zack, zack, zack! Vielleicht verwickelt er sich in Widersprüche.«

Freddy stieß ein gekünsteltes Lachen aus. »Schöner Gedanke! Aber das kannst du gleich knicken! Hier, hab ich ganz vergessen, das ist vorhin auch ganz frisch reingekommen ...« Er reichte Jens ein Papier.

Der nahm es und sah es irritiert an. »Was ist das?«

»Ein medizinisches Gutachten von Professor Dr. Ebru Korkmaz, ihres Zeichens Diplompsychologin in Stralsund. Sie hat Guido Wingenfeld für vernehmungsunfähig erklärt, er stehe unter Schock, und hat ihn auf seinen Wunsch hin in die Psychiatrie am Knieperdamm einliefern lassen. Dort hat man ihm wohl gleich starke Beruhigungsmittel verabreicht.«

Jens konnte es kaum glauben. »Das ist ja ein starkes Stück.« Er sah seinen Partner an. »Hat er auf dich so einen desolaten Eindruck gemacht?«

Freddy zuckte die Achseln. »Eigentlich nicht. Aber gut, ich bin noch nie überfallen und mit gebrochenem Kiefer ins Krankenhaus eingeliefert worden. Manche sollen auf so was ja sehr empfindlich reagieren.«

»Tja, dann bleibt uns erst mal nichts übrig, als auf eine erhellende Aussage von Willi Hauff zu hoffen ...«

Als Susanne aufwachte, fand sie Mike auf dem Balkon vor. Er hatte eine Flasche Bier in der Hand und starrte nachdenklich über die Dächer von Bergen.

»Hi!«, sagte sie und sah auf das Getränk in seiner Hand. »Du fängst ja früh an.«

»Ist alkoholfrei«, erwiderte er grinsend.

»Hör zu, Mike, ich muss dringend mit dir reden. Ich hab gestern den ganzen Abend mit Yslei geredet und ...«

»Bitte, Susanne! Das muss jetzt warten, okay?«

Sie sah ihn erstaunt an.

»Setz dich kurz. Ich will dich was fragen.« Er deutete auf den freien Stuhl neben sich.

»Sicher.« Sie nahm Platz.

»Susanne, wir müssen nicht so tun, als wären wir die allerbesten Freunde. Ich weiß, du bist nie richtig warm mit mir geworden, aber immerhin kennen wir uns vielleicht so gut, dass du bereit bist, mir in den nächsten drei Minuten die Wahrheit zu sagen ...«

»Die Wahrheit? In welcher Beziehung?«

»Es geht um mich. Ich würde gerne wissen, wie du mich so siehst. Du hast genug über mich mitgekriegt und konntest dir in den letzten Jahren ein eigenes Bild machen. Ich bin schließlich oft genug mit Jens unterwegs.«

Susanne war amüsiert. »Wie ich dich sehe? Du bist ein Original, ein Unikum ...«

»Hör auf!«, rief er ärgerlich. »Genauso so einen Small-Talk-Scheiß will ich nicht hören. Was würdest du über mich erzählen, wenn die Polizei ein Profil von mir anfertigen müsste und sie hätten nur dich dazu? Was denkst du von mir, mal ganz ehrlich! Wie schätzt du mich charakterlich ein ...?«

Susanne nahm sich einen Moment, um nachzudenken. »Und du bist sicher, dass du das hören willst? So eine hohe Meinung hab ich jetzt ehrlich gesagt nicht von dir.«

»Dann sind wir auf der richtigen Spur! Sprich frei, du brauchst mich nicht zu schonen.«

»Na gut. Dann ohne Glacé-Handschuhe.« Sie überlegte kurz, wie sie anfangen sollte. »Du bist ein ziemlicher Schaumschläger, Mike. Du hast eine riesige Klappe, aber nicht wirklich viel zu bieten. Ich würde jetzt nicht sagen, du bist dumm, aber das bisschen, was du da an Verstand unterm Pony hast, überschätzt du maßlos. Jens sieht das nicht ganz so wie ich, er denkt, dass du ein ganz guter Polizist gewesen bist.«

»Ja, gut«, sagte Mike. »Red weiter!«

»So viel mehr kann ich dir nicht sagen. Ich halte dich für einen Kindskopf, der nie erwachsen geworden ist. Irgendwie ist für dich alles nur ein Spiel. Du stürmst immer drauflos, ohne nachzudenken. Dir geht jede Reife ab, so was wie Verantwortung kennst du gar nicht. Du bist wie eine männliche Ausgabe von Pippi Langstrumpf und machst dir die Welt, wie sie dir gefällt. Also kurz gesagt, du bist ein Arschloch.«

Mike hatte die Augen geschlossen und Susanne glaubte, nicht richtig zu sehen, als sie erkannte, dass Tränen über sein Gesicht liefen. »Okay, warte! Ich nehm das Arschloch zurück, das war gemein.«

Da legte er seine Hand auf ihren Arm. »Nein. Tust du nicht. Ich danke dir für deine Ehrlichkeit. Ich bin genau, was du sagst. Aber ich musste es mal von jemandem hören, dem ich glauben kann.«

»Was ist denn los mit dir? Ist irgendwas passiert?« Susanne sah ihn besorgt an, denn Selbstreflexion hatte bisher nicht zu Kramers Werkzeugkasten gehört.

»Ja, es ist was passiert, aber das gehört jetzt nicht hierher.« Er sah sie an und lächelte. »Du bist dran, du wolltest mir was sagen. Etwas über unseren kleinen blinden Passagier!«

Susanne musste innerlich erst einmal umschalten. »Ja, das stimmt. Ich würde damit nicht zu dir kommen, aber Jens ist zu sehr Polizist, er kann seine Vorschriften nicht ignorieren und ich versteh das auch. Aber im Moment hilft es mir gerade gar nicht. Das, was ich aus Yslei rausbekommen habe, ist entsetzlich.«

Mike straffte sich und stand auf. »Warte einen Moment! Das hört sich spannend an. Nur, ich hab grad frischen Kaffee gemacht. Ich hol für jeden eine Tasse und dann erzählst du mir alles ...«

Mühsam trugen Jens und Freddy die Puzzlestückchen zusammen. Sie kontaktierten weitere der telefonischen Kontakte von Cordula Gaffel und befragten die Leute nach der Ermordeten. Es zeichnete sich das Bild einer ganz normalen jungen Frau. Sie wurde als still, freundlich und zurückhaltend beschrieben, hatte von einer Familie geträumt und von einer Karriere als Visagistin. Aber man sagte ihr auch eine gewisse Eigensinnigkeit nach und dass sie Freundschaften nicht gut bedienen konnte. Deswegen wurde sie eher als Einzelgängerin gesehen.

Während Freddy und Jens sich den Kopf über das Mordopfer zerbrachen, kam ein Anruf von Kommissar Gerry Konermann von der Spurensicherung. Freddy nahm den Anruf entgegen und legte nach einem kurzen Wortwechsel wieder auf.

»Was war?«, erkundigte sich Jens.

»Das Brotmesser aus der Couchritze. Es gibt darauf eine unbekannte DNA.«

»Hmm, vielleicht freuen wir uns irgendwann darüber. Im Moment hilft es uns nicht.«

»Was ist mit dem Halbbruder?«, fragte Freddy unvermittelt. »Der kann doch nicht komplett von der Bildfläche verschwunden sein.«

»Ich hab die Adresse in Fuerteventura gecheckt. Hab da den Namen des Vaters versucht und den der Mutter«, gab Jens zurück. »Fehlanzeige. Er wohnt da nicht mehr. Es heißt, er ist aufs Festland gezogen ist. Aber wohin, wissen wir nicht.«

»So, wie ich dich kenne, hast du das polizeiliche Führungszeugnis angefordert.«

Jens lächelte. »Der Bruder ist den Unterlagen nach achtzehn Jahre älter als Cordula. Hat nicht viel auf dem Kerbholz. Nur Kleinkram. Einmal wurde er beim Zoll mit zwei Stangen Zigaretten erwischt und dann hat er mal den Lappen eingebüßt, wegen einer Alkoholfahrt. Das ist aber kalter Kaffee, das war 2011.«

Freddy stöhnte. »Der Oberstaatsanwalt könnte sich mal melden. Ich meine, es ist immerhin ein Mord. Wir müssen an Gaffels verdammtes Bankkonto ran!«

Jens verschränkte die Arme gähnend hinter dem Kopf. »Du weißt doch, was für eine Schnecke Richter Scheepers ist und wie er sich immer anstellt. Für den ist das Bankgeheimnis heilig und wir sitzen noch keine zweiundsiebzig Stunden an dem Fall.«

Freddy schlug ärgerlich mit der flachen Hand auf den Tisch. »Scheißladen hier!« Er schaute auf die Uhr. »Jetzt ist es halb zwölf! Wo bleibt dein gottverdammter Hauff? Selbst bei Stau braucht er doch von Wismar nicht mehr als anderthalb Stunden hierher. Der ist jetzt zwei Stunden überfällig.«

»Ruf doch an. Vielleicht hatte er eine Panne.«

Freddy zog ein Gesicht. »Müsste er in so einem Fall nicht zuerst uns anrufen?« Er griff trotzdem zu seinem Telefon und tippte auf dem Display herum. Dann hatte er die Nummer gefunden. Doch nach dem ersten Versuch warf er das Handy wieder auf die Papiere vor ihm auf den Tisch. »Der Teilnehmer ist nicht zu erreichen.«

»Warum schreiben wir ihn nicht zur Fahndung aus?«, fragte Jens harmlos.

»Ich würd das glatt machen, aber wer muss dann am Ende den Kopf hinhalten, wenn das nach hinten losgeht? Ich. Der Hauff hat mehrere Autohäuser und bestimmt die Anwälte des Todes!«

»Ich weiß. War auch nicht ernst gemeint. Cordula Gaffel hat ihn auf ihrem Handy geblockt, das ist noch keine heiße Spur.«

»Ich hab die Schnauze voll. Komm, wir holen uns was zu essen.« Freddy stand auf und nahm seine Jacke.

»Ich muss noch ein Anruf tätigen. Geh ruhig vor!«

Freddy war schon im nächsten Moment zur Tür hinaus.

Jens zog sein Telefon heraus. Er rief Susanne an. Doch er erreichte nur die Mailbox. Schon wieder.

»Schatz, ich bin's«, sagte er und versuchte, die Säuerlichkeit, die in ihm gärte, nicht durchklingen zu lassen. »Ich dachte, wir hätten verabredet, dass du dich wegen dieses Mädchens meldest. Ich nehme mal nicht an, dass sie zurückgekommen ist. Also müssen wir sie zur Fahndung ausschreiben. Das hätte ich eigentlich schon gestern schon tun sollen. Also bitte melde dich doch, wenn du nicht möchtest, dass ich hier großen Ärger bekomme.«

Er drückte das einseitige Gespräch weg und spürte, wie allein er sich gerade fühlte. Vielleicht sollte er etwas essen, damit das miese Gefühl endlich wegging, das ihn den ganzen Tag schon nicht losließ.

Richard Dreifürst war keineswegs begeistert gewesen, als Susanne Lackner sich bei ihm gemeldet und um ein sofortiges Gespräch gebeten hatte. Er und Paula hatten es sich in der Poggenburgstraße gemütlich gemacht und genossen ihren Honeymoon. Ob sie jetzt richtig zusammen waren, wusste Richard nicht. Er wollte Paula auch nicht fragen. Vielleicht war es nur ein Intermezzo und vorbei, wenn die junge Autorin wieder abreiste. Doch so schätzte er sie nicht ein, sie war alles andere als sprunghaft. Wie dem auch sein mochte, er hatte beschlossen, im Moment zu leben und sich nicht darum zu kümmern, was morgen oder übermorgen sein würde.

Heute hatten sie einen Ausflug nach Stralsund geplant und wollten ein wenig durch die Stadt bummeln. Nun hatte Susanne ihnen einen Strich durch die Rechnung gemacht. Richard wollte noch versuchen, die Sache abzubiegen, doch die resolute Wirtin war hartnäckig geblieben. Das Gespräch, so hatte sie eindringlich versichert, dulde keinen Aufschub.

Paula war deutlich flexibler als Richard. Sie hatte bereits Kaffee aufgesetzt und Kekse und Schnittchen für die Gäste hergerichtet. Und die stellten sich schneller ein als erwartet. Dass Mike Kramer mit von der Partie sein würde, hatte Susanne angekündigt, aber als dann auch noch ein kleines südländisch aussehendes Mädchen mit schwarzbraunen Augen über die Schwelle trat, waren die Gastgeber überrascht.

Der Small Talk, der ernsten Gesprächen üblicherweise voranging, wurde übersprungen. Sie setzten sich zusammen und Susanne und Mike berichteten, wie alles am Mukraner Hafen angefangen hatte und das syrische Kind ihnen »zugelaufen« war.

»Nimm's mir nicht übel«, begann Richard, der sich nicht den geringsten Reim darauf machen konnte, wieso sie mit dieser Geschichte zu ihm kamen. »Aber sollte man das Kind nicht dem Jugendamt übergeben?«

Mike griente zu Susanne hinüber. »Ich hab's dir ja gesagt: Das werden seine ersten Worte sein.«

Sie reagierte nicht auf den Einwurf und blickte ernst von Richard zu Paula und zurück. »Das hier ist alles andere als ein Spaß. Ich hab mich gestern Abend mal ausführlich mit Yslei unterhalten. Also jedenfalls so gut, wie das mit der Deutsch-Arabisch-App von meinem Smartphone ging. Aber auf das, was sie mir dann erzählt hat, war ich in keinster Weise vorbereitet. Das hat mich ziemlich kalt erwischt. Ich ... ich ...« Susanne brach ab und wischte sie Tränen aus dem Gesicht.

Paula beugte sich vor und legte ihre Hand auf Susannes. »Alles gut. Erzähl einfach. Wir hören zu!«

Susanne riss sich zusammen und nahm einen neuen Anlauf. »Yslei und ihre Familie sind aus Syrien geflohen. Ihr Vater war Physiker und wurde politisch verfolgt. Der erste Teil von der Geschichte ihrer Familie unterscheidet sich gar nicht groß von dem, was wir so normal als Flüchtlingsschicksal kennen. Es war eine Odyssee, bei der sie schließlich in der Türkei in einem Auffanglager landeten. Die Familie war zu fünft. Mit dabei waren noch Ysleis Schwestern Marua und Hala. Hala ist zwei Jahre älter gewesen, Marua ein Jahr jünger. Die Eltern haben versucht, aus dem türkischen Lager rauszukommen. Sie haben Kontakt zu einer Schleuserbande aufgenommen. Der Vater von Yslei hat noch Wertsachen gehabt und damit diese Leute bezahlt. Sie haben die Familie tatsächlich aus dem Lager geschmuggelt und sind wohl Richtung Bulgarien gefahren, der Vater konnte durch das Fenster an einem Verkehrsschild erkennen, dass man auf Plowdiw in Bulgarien zufuhr. Wenig später hielt der Pkw in einem Waldstück, die Eltern wurden aus dem Auto gezerrt und einfach erschossen.«

»Oh nein! Ist das wahr?«, rief Paula bestürzt und starrte das Kind entsetzt an.

Susanne nickte. »Ich glaube Yslei jedenfalls. Die weitere Fahrt dauerte nicht lange. Ich nehme an, dass die drei Schwestern in Plowdiw an einen Mittelsmann übergeben wurden, einen Mann, der weitere kleine Mädchen in seiner Gewalt hatte.« Susanne blickte zu Yslei, die neben ihr saß und schenkte ihr einen aufmunternden Blick. Dann sah sie wieder zu Richard und Paula. »Es vergingen einige Tage, weitere Mädchen trafen ein und dann kam ein neuer, größerer Transporter, diesmal ohne Fenster. Mit dem ging es dann weiter.«

»Wie furchtbar!«, sagte Richard betroffen. »Wohin hat man sie gebracht?«

»Nach Ysleis Beschreibung sind sie an einen Ort gebracht worden, eine Hafenstadt, in der es Schriftzeichen gab, die ihr unbekannt waren. Ich habe ihr unter anderem auch kyrillische Buchstaben gezeigt und sie hat die Schrift wiedererkannt. Da die Mädchen nur zwei Tage gefahren sind, müsste es sich, wenn man vom Ausgangspunkt Plowdiw ausgeht, um die russische Exklave Kaliningrad gehandelt haben.«

»Was ist dann passiert?«, fragte Paula.

»Die Mädchen, das waren wohl ein Dutzend aus allen möglichen Herkunftsländern, wurden mit einem Motorboot zu einem Schiff gebracht, das draußen vor der Küste vor Anker lag. Yslei hörte mehrfach den Namen des Schiffes: *Kaiphas*!«

»Kaiphas? Das war doch der Name des Hohepriesters, der Jesus von Nazareth wegen Gotteslästerung an die Römer ausgeliefert hat«, überlegte Richard, aber dann hob er entschuldigend die offene Hand. »Tut mir leid, ich wollte dich nicht unterbrechen, Susanne. Bitte fahr fort!«

»Als sie das Deck der *Kaiphas* betraten, waren die Kinder völlig verängstigt. Eines der Mädchen ist dann durchgedreht und in Panik über Bord gesprungen. Ein weiteres hat es ihr nachgemacht. Es gab dadurch eine große Verwirrung. Yslei hier war hellwach und hat die Chance genutzt, sich an Deck der *Kaiphas* zu verstecken. Man fischte die beiden Kinder aus dem Wasser und brachte die Gruppe unter Deck. Es ist in der ganzen Hektik nicht aufgefallen, dass eins der Mädchen fehlte. Oder die Verantwortlichen haben es vertuscht. Egal. Yslei hat sich den ganzen Tag versteckt gehalten und sich in der Nacht dann auf dem Schiff umgesehen. Sie sagt, dort waren viele böse Männer. Sie trugen Revolver und Maschinenpistolen.«

»Aber sie hatten keine Uniformen an, oder?«, fragte Paula nach. »Ich meine, es war kein Schiff der russischen Marine?«

Susanne schüttelte den Kopf. »Yslei dachte, sie hätte eine US-amerikanische Fahne am Heck des Schiffes gesehen. Aber sie hat es mit der Flagge von Liberia verwechselt, die *Kaiphas* ist dort registriert.«

»Liberia ist ein Billigflaggenland, das würde passen«, sagte Richard. »Und was ist dann passiert?«

»Yslei dachte, man würde nach ihr suchen, aber das ist nicht passiert. Den bösen Männern ist gar nicht aufgefallen, dass ein Kind fehlte. Vielleicht haben sie aber auch gedacht, dass noch eine über Bord gesprungen und ertrunken ist.«

»Wieso hat Yslei sich so lange auf dem Schiff versteckt? Hätte sie nicht einfach an Land schwimmen können?«, fragte Paula.

»Nein. Das Schiff ankert zu weit draußen vor der Küste. Yslei hat ein paar Tage auf der *Kaiphas* zugebracht, hat versucht, ihre Schwestern zu finden, aber es war zu riskant, sich unten im Schiff zu bewegen. Sie sagt, sie hätte die Mädchen manchmal schreien gehört. Und dann ...« Susanne unterbrach und nahm einen Schluck aus dem Wasserglas vor sich auf dem Tisch. »Dann, in der vierten oder fünften Nacht, wurden drei Säcke nach oben gebracht und neben der Reling abgelegt. Yslei hatte furchtbaren Hunger, sie dachte, sie findet was zu essen. Deswegen hat sie einen der Säcke aufgemacht. In dem Sack lag ihre ältere Schwester Hala. Sie war tot. Und blutüberströmt. Man hatte sie ermordet.«

Paula sah geschockt zu dem Kind hinüber. »Wie schrecklich. Oh Gott, das hat sie mitbekommen? Ich mag mir das gar nicht vorstellen …«

»Hat Yslei auch in den anderen Säcken nachgeschaut?«, hakte Richard nach.

»Es ist ihr schwergefallen, aber sie musste wissen, ob Marua, ihre jüngere Schwester, auch tot war. Doch in den anderen Säcken waren Mädchen, die sie nicht kannte. Alle waren tot und entsetzlich zugerichtet.«

Paula wedelte mit der Hand, während Tränen in ihren Augen standen. »Ich weiß nicht, ob ich noch länger zuhören kann, sorry …«

»Es geht nicht viel weiter«, beruhigte sie Susanne. »Yslei hat eines der toten Mädchen mit einem Gewicht beschwert und über Bord geworfen. Dann hat sie sich selbst in den Leichensack gelegt. Am nächsten Morgen wurde sie dann auf ein Boot verladen und an Land gebracht. Yslei hat einen unbeobachteten Moment erwischt und konnte fliehen. Als blinder Passagier konnte sie sich nach Klaipeda in Litauen durchschlagen und dort gelang es ihr, sich auf einen Frachter zu schleichen. Jetzt will sie weiter nach Frankreich.«

Richard sah das Kind verwirrt an. »Frankreich?«

Susanne nickte. »Der jüngere Bruder ihres Vaters hat sich bereits vor zwei Jahren aus Syrien abgesetzt und in Frankreich Asyl gefunden. Yslei hofft, dass dieser Onkel ihr helfen kann.«

»Weiß sie denn seine Adresse?«, fragte Paula.

»Bedauerlicherweise nicht. Ihr Vater hat die Stadt, in der sein Bruder jetzt lebt, zwar öfters erwähnt, aber Yslei hat es sich nicht gemerkt. Sie kennt nur den Namen ihres Onkels: Mohamed Al-Fayed.«

Richard verzog das Gesicht. »Na Glückwunsch! Mohamed ist der häufigste Name im arabischen Raum.«

»Das stimmt«, bestätigte Susanne. »Und Al-Fayed ist ebenfalls weit verbreitet. Wir haben über Social Media versucht, diesen Onkel zu finden, aber es ist aussichtslos. Allein auf Facebook gibt es hundert Einträge, die meisten ohne Foto. Ich hab versucht, Yslei Frankreich auszureden. Dass sie es überhaupt bis nach Deutschland geschafft hat, ist schon ein kleines Wunder.«

Paula sagte lange nichts. Richard musterte das syrische Kind genau. »Ich möchte jetzt nicht gefühllos erscheinen, Susanne, aber besteht nicht die Möglichkeit, dass das Mädchen sich das alles ausgedacht hat? Sie scheint mir ausgesprochen intelligent zu sein. Und manchmal ist eine gute Geschichte das beste Mittel zum Zweck ...«

Mike ergriff das Wort. »So, wie ich das sehe, lügt Yslei nicht. Sie ist durch das, was sie erlebt hat, psychisch total im Arsch. Aber sie hat einen verdammt starken Willen. Sie ist im Überlebensmodus und das macht sie verdammt gut, hab ich am eigenen Leib erlebt. Aber sie denkt sich nichts aus.«

»Bist du dir da so sicher?«, meldete Richard Zweifel an.

Mike war jedoch nicht in Verlegenheit zu bringen. »Ich sag mal: Wenn man so lange als Bulle gearbeitet hat wie ich, merkt man schnell, ob sich einer was zusammenspinnt. Meine Ansicht: Sie sagt die Wahrheit.«

Susanne griff den Faden wieder auf. »Yslei hat nur eines im Sinn. Sie will Hilfe holen und zurück zur *Kaiphas*, um ihre kleine Schwester zu retten. Marua ist alles, was noch von ihrer Familie übriggeblieben ist. Und, schlagt mich tot, ich würde ihr gerne dabei helfen!«

Ohne großen Appetit hatte Jens mit Freddy im Restaurant *Suppenmacher* etwas zu sich genommen. Die beiden Kommissare gingen öfter hierher. Einerseits hatte das mit den schmackhaften Suppen zu tun, andererseits waren es hierher nur ein paar Schritte von ihrer Arbeitsstelle. Sie redeten nicht viel. Die Stimmung war bei ihnen beiden etwas unten, was neben der Tatsache, dass sie bei ihrer Mordermittlung auf der Stelle traten, sicherlich auch damit zu tun hatte, dass Jens schon seit längerem knapp an der Depression vorbeischrammte.

Sie hatten die Kollegen in der Dienststelle gebeten, sie sofort anzurufen, falls Willi Hauff aus Wismar tatsächlich noch in der Inspektion aufschlug. Aber es hatte bis jetzt keinen Anruf gegeben. Sie konnten also in Ruhe essen und zahlten dann. Gemeinsam traten sie vor die Tür.

»Warte, ich hol mir eben noch Kippen!« Ohne die Antwort des Kollegen abzuwarten, lief Freddy hinüber zum Zigarettenautomaten auf der anderen Straßenseite.

Jens musterte sich der spiegelnden Scheibe des Restaurants. Aber da reflektierten sich noch andere im Fenster. Das waren zwei Personen auf der gegenüberliegenden Straßenseite. Ein Mann und eine deutlich jüngere Frau näherten sich, ohne auf den Polizisten in Zivil zu achten. Jens musste zweimal hinschauen, denn er kannte die Leute. Nur hatte er sie noch nie zusammen gesehen. Bei der platinblonden Frau handelte es sich um Dagmar Kleinknecht, die die Rügener Polizei besser unter ihrem Spitznamen »Ginger« kannte. Sie hatte früher neonrote Haare gehabt, was ihr einen punkigen Touch gegeben hatte. Der Mann an ihrer Seite war Werner Lukoschek, ein ehemaliger Schwerverbrecher, der auf Rügen in Lancken-Granitz wohnte. Jens hatte beim Fall des *Dünenteufels* bereits mit ihm zu tun gehabt, wenn auch nicht persönlich.

Das Paar ging zügig an ihm vorbei in Richtung Hafen. Waren sie vielleicht zusammen? Wie frisch Verliebte wirkten sie eigentlich nicht. Jens dehnte sich. Was ging es ihn an? Solange sie nicht gegen irgendwelche Gesetze verstießen, konnte es ihm egal sein, was sie taten. Ungeduldig drehte er sich zu Freddy um. Der stand immer noch auf der anderen Straßenseite. Er war jedoch nicht mit dem Zigarettenautomaten zugange, sondern telefonierte. Jens merkte auf, das konnte der Anruf der Kollegen sein. Er überquerte eilig die Straße und erreichte Freddy, als er gerade sein Smartphone einsteckte.

»Und, ist er endlich da, der Hauff?«

»Nein. Ist er nicht, mein Lieber«, gab Freddy schmallippig zurück. »Und er kommt auch nicht mehr.«

»Wie jetzt? Und wann will er dann kommen?«

»Er kommt überhaupt nicht mehr. Er hatte kurz hinter Wismar eine Frontalkollision mit einem Fahranfänger in einem Mustang. All die verdammten Airbags in seiner Kiste haben ihm nicht geholfen. Willi Hauff ist tot.«

Die Gruppe um Richard saß immer noch unverändert zusammen.

Paula nahm die Geschichte besonders mit. »Ich verstehe den Sinn dahinter nicht. Sie verschleppen kleine Mädchen und bringen sie dann um? Was soll das?«

Susanne sah sie an. »Yslei hat neben den Bewaffneten noch andere Männer auf dem Schiff gesehen. Die sind eher älter, besser gekleidet und tragen auch keine Waffen. Die bösen Männer behandeln sie mit größtem Respekt. Sie werden mit dem Hubschrauber gebracht. Wenn sie ankommen oder wenn sie von Bord gehen, haben sie immer Gepäck dabei. Was genau sie da tun auf dem Schiff, weiß Yslei nicht.«

»Liegt das nicht auf der Hand?«, fragte Richard. »Das ist zahlende Kundschaft. Wahrscheinlich werden die Mädchen missbraucht.«

Paula gab einen unwilligen Laut von sich. »Aber wieso gibt es dann Tote? Wieso schlachten sie die Kuh, die sie noch melken wollen?«

»Wir wissen es nicht«, sagte Susanne. »Und vielleicht wollen wir es gar nicht wissen.«

»Was für Schweine es doch gibt!« Paula lehnte sich mit aschfahlem Gesicht zurück in die Couch. »Da sollte man doch sofort einschreiten!«

»Oh, glaub mir, Paula, das würde ich gerne. Fragt sich nur: wie? Mike und ich haben uns darüber unterhalten, aber wir kommen nicht weiter. In jedem Fall glauben wir Yslei. Deswegen sind wir hierhergekommen, zu dir, Richard. Ich zögere, mit dieser Geschichte zu Jens zu gehen. Es ist im Moment kompliziert zwischen uns. Ich dachte, dass du vielleicht mit ihm reden könntest. Du hast Einfluss auf ihn.« Sie brach ab und sah ihn an.

Richard schaute etwas sparsam. »Habe ich das? Das weiß ich nicht. Außerdem bezweifle ich, dass man bei so einem Sachverhalt überhaupt einschreiten kann. Das scheint mir fast unmöglich zu sein.«

»Fast unmöglich heißt, es ist nicht unmöglich ...«, entgegnete Susanne vorsichtig.

Richard trommelte nachdenklich mit den Fingern auf der Tischplatte herum. Dann hob er den Kopf. »Man muss sich klarmachen, dass es da nicht viele Optionen gibt. Das Schiff, die *Kaiphas,* liegt vor Kaliningrad. Also in russischem Hoheitsgewässer. Und im Hoheitsgebiet von denen kann man nicht machen, was man will. Was immer diese schlimmen Leute auf dem Schiff da für ein Geschäftsmodell betreiben, sie betreiben es mit der Billigung offizieller russischer Stellen. Wer immer auf der Seite das Sagen hat, bekommt Geld fürs Wegschauen.«

»Das würde ich auch so sehen«, bestätigte Mike. »Nehmen wir an, wir unterrichten unser Außenministerium oder meinetwegen Interpol und die gehen auf die Russen zu, was passiert dann? Die in Kaliningrad werden sich dumm stellen und mauern. Dann werden sie sagen, dass da kein Schiff liegt, auf dem kleine Mädchen gefangen gehalten werden. Und dass der Westen einer Lügenpropaganda aufgesessen ist. Ende Gelände.«

Richard sah zu Mike hinüber. »Vielleicht wissen die Russen wirklich nicht, was auf der *Kaiphas* passiert. Nicht ausgeschlossen, dass sie es beenden, wenn sie davon wüssten.«

Paula war nicht überzeugt. »Autokratische Staaten neigen in der Regel dazu, solche faulen Äpfel unter den Teppich zu kehren. Alles, was ihre Weste beflecken könnte, leugnen sie. Denkt doch nur mal an Tschernobyl. Die haben bis zum Schluss so getan, als handelte es sich nur um einen unbedeutenden Störfall. Ich glaube, denen, die das Sagen haben, ist das Leben von ein paar Kindern völlig gleichgültig.«

»Wenn man diese Mädchen also retten will, gibt es nur noch eine Alternative: eine gewaltsame Befreiung«, stellte Susanne fest. »Oder sehe ich das falsch?«

»Susanne, bitte! Wie stellst du dir das vor?« Richard lehnte sich zurück. »Kein Land schickt eine bewaffnete Einheit in russisches Hoheitsgebiet. Das würde einen internationalen Konflikt lostreten.«

Susanne hob die Hand, weil sie es anders gemeint hatte. »Davon rede ich auch nicht. Was wäre mit einer Söldnertruppe? Könnte die es nicht theoretisch schaffen, die Kinder in einem Handstreich rauszuhauen?«

Paula lachte. »James Bond, der kriegt so was locker hin, würde ich sagen. Aber in der Realität gibt's so was nicht.«

Mike verschränkte die Arme. »Ich weiß nicht. Die *Kaiphas* dümpelt da in russischem Küstengewässer. Die Leute an Bord fühlen sich bestimmt sehr sicher. Ich denke, ein paar entschlossene Männer könnten da bestimmt was ausrichten.«

Richard rang gequält seine Hände. »Mike, entschuldige! Egal, wie entschlossen deine Männer wären, müssten sie erst mal an dieses Schiff rankommen. Das geht im Grunde nur über den Seeweg. Und das, ohne von der russischen Aufklärung geortet zu werden. Das ist unmöglich. Und selbst wenn eure Söldner hinschwimmen, und wir wissen, dass auch das nicht geht, wüssten sie gar nicht, wo genau dieses Schiff vor Anker liegt. Die baltische See ist kein Weltmeer, aber ohne die genaue Position zu kennen, wäre es die Suche nach der Nadel im Heuhaufen.«

Susanne wandte sich an Yslei. »Ezar al-Sukein!«

Das Kind blickte zu ihr auf. Sie zog die Überreste ihres selbstgefertigten Messers aus dem Hosenbund. Sie hatte das Klebeband, mit dem der provisorische Griff umwickelt gewesen war, aufgeschnitten. Dazwischen steckte ein zusammengefaltetes Stück Papier. Es war die Hälfte eines Faxes. Yslei reichte den Fetzen zu Richard hinüber.

Der sah es an. »Das ist ein Fax. Und hier sind Zahlen. Warte mal ... das sind die Länge und die Breite. Das ... das muss die Position des Schiffes sein!«

Es hatte keinen Sinn. Jens hatte die Ehefrau des verunglückten Willi Hauff am Telefon, doch sie schluchzte unentwegt und es war nur jedes dritte Wort zu verstehen. Er fragte sie, einer Eingebung folgend, ob er sie am nächsten Tag in Wismar aufsuchen könnte. Sie willigte ein. Sigrit

Hauff hatte keine Ahnung gehabt, dass ihr Ehemann mit dem Auto nach Rügen unterwegs gewesen war, so viel hatte Jens aus dem Gespräch mitnehmen können. Die Frau stand unter Schock und aufgrund der Tatsache, dass sie nur kryptische Informationen über Hauffs Beteiligung am Mord in Binz hatte, wollte er ihr nicht weiter zusetzen.

Bevor Jens mit Freddy das weitere Vorgehen abstimmen konnte, war Susanne mit Yslei, dem kleinen syrischen Mädchen im Stralsunder Großraumbüro aufgetaucht. Auch wenn es ihr schwerfiel, übergab sie das Kind nun doch den Behörden. Niemand war erleichterter darüber als Jens, der nicht erwartete, dass man ihm nun die Frage stellen würde, wieso er nicht früher Meldung gemacht hatte.

Yslei war nicht wie andere Kinder. Sie lachte nicht, sie blieb in sich gekehrt und der düstere Ausdruck verschwand nicht aus ihrem Gesicht. Als Susanne sich von ihr verabschiedete, bevor eine Polizistin das Mädchen nach Rostock überführte, nahm es die Erwachsene mehr mit als das Kind. Yslei fügte sich fast klaglos in ihr Schicksal und sträubte sich nicht, als die Frau in Uniform ihr die Einzelbestandteile ihres Messers abnahm.

»Einen Moment noch!«, bat Susanne und zog ein kleines Päckchen aus der Tasche. Sie reichte es Yslei. »Mach es auf! Ich muss dir noch was einstellen.«

Das Mädchen öffnete das Geschenk und förderte ein Smartphone zutage. »Komm, es hat eine Gesichtserkennung. Das richten wir mal kurz ein.« Es dauerte zwar länger als einen Moment, für den Flüchtling war es aber, das sah man seinem Gesicht an, ein willkommenes Geschenk.

»So, jetzt viel Glück, Yslei!«

Das Mädchen umarmte sie. Dann drehte Susanne sich weg und ging schnell davon. Die Polizistin geleitete das Mädchen zum Wagen, der sie nach Rostock bringen sollte.

Freddy nahm Jens beiseite. »Hör zu, Mann, ich hab hier alles im Griff. Es brennt ja gerade nichts an. Deine Frau dreht am Rad, das sieht jeder, also kümmere dich besser um sie, bevor sie den nächsten Absturz hinlegt.«

»Ja«, sagte Jens und schaute den Gang hinunter. Susanne war schon aus seinem Blickfeld verschwunden. »Ist wohl besser. Ruf mich an, wenn was ist, okay?« Dann rannte er los.

Die schöne Stimmung war restlos dahin. Susanne und Mike hatten mit ihrem Auftritt bei Richard und Paula für große Beklemmung gesorgt. Der ehemalige Lehrer hatte vorgeschlagen, dass sie vielleicht doch noch nach Stralsund fuhren, war aber bei Paula auf Ablehnung gestoßen.

»Es ist was anderes, sich grauenvolle Geschichten auszudenken und aufzuschreiben, als das zu ertragen, was sich in der Realität abspielt. Vor allen Dingen ist die Tatsache erschreckend, dass man völlig ohnmächtig ist.«

»Sicher«, stimmte Richard abwesend zu.

»Ich glaube auch nicht, dass es für Yslei das Beste ist, wenn sie jetzt ... na ja, abgewickelt wird. Susanne hat sich sehr liebvoll um sie gekümmert.«

Richard schaute zu Paula hinüber, die sich mit einer Flasche Weißwein abmühte, bei der der Korken ziemlich festsaß. »Susanne hat mit sich selbst zu tun, Paula. Hast du nicht gemerkt, wie verzweifelt sie ist?«

Die Autorin stellte die Flasche ungeöffnet auf den Tisch. »Ist mir nicht so aufgefallen. Ich dachte, dass sie die Geschichte von Yslei und ihrer Familie so mitgenommen hat. Du spielst auf die Fehlgeburt an?«

»Ja, die Fehlgeburt. Susanne hat gehörig daran zu knabbern. Es tut mir so leid für die beiden. Ich glaube, Jens und sie stecken in einer richtigen Krise. Womit ich ausdrücken will: Wenn du selbst bis zum Hals im Schlamassel steckst, übernimmst du besser nicht noch die Verantwortung für eine weitere Seele.«

Paula schwieg einen Moment. »Denkst du wirklich, dass man gar nichts tun kann?«

Richard sah sie überrascht an. »Komisch, ich dachte, du bist von uns beiden die pragmatischere Person. Ich meine, in welche Richtung denkst du denn?«

»Ich weiß auch nicht ...« Paula fuchtelte auf ihre typische drollige Art mit den Händen herum. »Könnte man Ysleis Schwester nicht aus ihrer Misere rauskaufen? Oder so?«

Richard reagierte amüsiert. »Die Drehbuchautorin spricht. Zugegeben, man sagt, alles und jedes hätte seinen Preis. In diesem Fall weiß ich nur nicht, wie so etwas rein logistisch vonstattengehen sollte. Ich schätze mal nicht, dass man diese *Kaiphas*-Leute einfach so kontaktieren kann. Wenn ich die wäre, würde ich möglichst komplett unter dem Radar bleiben.«

Paula stand auf und ging durch den Raum, lief hin und her, etwas, was sie gerne tat, wenn sie Ideen ausbrütete. Dann blieb sie stehen und drehte sich um. »Sie können sich nicht komplett unsichtbar machen!«

»Ach! Worauf willst du hinaus?«

»Na, ihr Geschäftsmodell. Sie verschleppen kleine Mädchen, damit sie sie irgendwelchen reichen Kerlen zum Fraß vorwerfen können, für was auch immer. Aber diese

Kunden und ihre Kohle brauchen sie, also müssen sie für ihre Klientel erreichbar sein.«

Richard überlegte. Der Gedanke war nachvollziehbar. »Du hast recht. Wenn ich so ein abartiger Typ bin, der gerne ein paar Tage auf der *Kaiphas* verbringen will, für was auch immer, muss ich mich an deren Reisebüro wenden, um es mal flapsig auszudrücken.«

»Und wie mache ich das?«

»Das Internet. Genauer: das Darknet. Egal, wie abartig die Dienstleistung ist, nach der dir der Sinn steht, dort wirst du fündig.«

»Wir haben den Namen des Schiffes, denkst du nicht, das reicht für eine Suche?«

»Nein, so einfach googlen kann man diese Brüder sicher nicht. Aber du bringst mich auf eine Idee.« Richard stand auf, ging zum Telefon und wählte eine Nummer.

Jens hatte spontan in Rambin gehalten und Susanne einen Spaziergang am Ufer vorgeschlagen. Unweit von Gurwitz hatte man einen wunderbaren Blick über den Kubitzer Bodden. Der junge Kommissar wollte seiner Frau die Gelegenheit geben, ihre Seele zu erleichtern. Vielleicht war ein Dammbruch für sie das Beste. Sie sollte mal alles aus sich herausheulen. »Willst du mir nicht erzählen, was dich so bedrückt, Sanni?«, hatte er ihr vorgeschlagen. Sie war dem auch gefolgt. Obwohl sie erst gezögert hatte, gab sie die ganze Geschichte an ihn weiter.

Jens wunderte sich. »Du gehst damit zu Richard? Wieso? Das versteh ich nicht.«

Susanne sah aufs Wasser hinaus und sagte eine Weile nichts. »Weil du Polizist bist. Du klebst an deinen Vorschriften und Gesetzen«

»Na hör mal!«, empörte sich Jens. »Und was war mit dem *Dünenteufel*? Den Fall haben du und ich, wenn man so will, zusammen gelöst und ich war ungefähr so weit weg vom Gesetz wie Robin Hood vom Sheriff von Nottingham.«

»Ja, wenn es sich um deine Spürnase handelt, dann machst du dir deine eigenen Regeln. Aber anderen gegenüber hast du nicht die gleiche Toleranz.«

Er stöhnte. Sie waren wieder auf dem besten Wege, sich zu zoffen. »Vielleicht hast du recht, aber ich bin doch nicht nur Polizist. Ich bin auch dein Mann. Dein Ehemann! Dem sehr viel an dir liegt und der sich Sorgen um dich macht.«

Sie drehte sich gereizt zu ihm. »Du machst dir Sorgen um mich, ganz genau. Ich bin hier das Problem, ich komme nicht in die Spur. Das ist mir doch selber klar. Aber was ist mit dir? Ist deine Performance so perfekt? Bist du hier der vorbildliche Schmerz-Aufarbeiter? Du machst dir vor, dass du okay bist, ich seh das aber nicht.«

»Susanne, was soll das? Was wirfst du mir denn vor?«

Sie zeigte mit dem Finger auf ihn. »Siehst du? Jetzt ziehst du sofort einen Flunsch, weil ich andeute, dass mit dir auch was nicht stimmen könnte.«

»Na, dann red endlich Klartext, Herrgott noch mal!«, brach es aus ihm heraus.

»Du hast gerade gesagt, du bist auch mein Ehemann, mein Partner. Aber seitdem wir unser Baby verloren haben, bist du nur noch der Polizist. Den privaten Jens gibt's doch gar nicht mehr. Da, wo ich mir die Kante gebe und die Kontrolle verliere, da praktizierst du genau das Gegenteil. Du gehst in deiner Bullenidentität auf, das ist deine Überlebensstrategie. Deine Arbeit, die gibt dir Halt. Aber der Beamte kommt dann auch abends nach Hause und bleibt die ganze Nacht. Du bist pausenlos so korrekt, so diszipliniert, so scheißvernünftig! Du kannst selbst nicht loslassen. Also ist es am einfachsten, wenn ich das Kummerkind bin. Oder nicht?«

Sie standen wieder auf dünnem Eis und Jens wusste erst einmal nicht, was er darauf antworten sollte. Eigentlich war ihm nach einer heftigen Entgegnung, aber er hielt inne. Was, wenn sie recht hatte? Dass er niemanden sehen ließ, wie sehr er neben sich stand, konnte er nicht leugnen. Das hatte er in Krisen schon immer so gehalten. Er merkte, dass er gerade überfordert war, nicht objektiv. Und so atmete er tief durch.

»Susanne, ich weiß nicht, wo ich stehe. Ich weiß gerade nicht einmal, wer ich wirklich bin ... Ich ...« Und dann stieg die Hitze in ihm hoch und die Tränen begannen zu fließen. Verzweiflung und Trauer überwältigten ihn und er konnte die Kontrolle nicht länger aufrechterhalten. Er weinte haltlos.

Susanne betrachtete ihn einen Moment. Dann trat sie langsam vor und nahm ihn in die Arme.

Teil 2

Ungute Entwicklungen

Hermann Jokisch stand irritiert vor Mike. »Was soll das heißen? Das geht nicht?«

»Das soll heißen, dass es nicht geht. Ich hab am Wochenende schon was vor.«

Jokisch legte das Klemmbrett beiseite und massierte sich die Nasenwurzeln, während im Hintergrund Panczak saß und gelangweilt auf die inzwischen wieder laufenden Überwachungsmonitore schaute.

Der Leiter des Wachdienstes hob den Blick und fixierte Mike. »Du scheinst es nicht verstanden zu haben, Kramer. Das war keine höfliche Anfrage, ich hab dich gerade zum Wochenenddienst eingeteilt. Das ist also fix!«

Mike verdrehte die Augen. »Wir scheinen hier wirklich ein Kommunikationsproblem zu haben. Ich kann am Wochenende nicht. Und deswegen wirst du dir irgendwo anders einen herholen müssen, der die Schicht übernimmt. Ich mach's jedenfalls nicht!«

Jokischs Miene verfinsterte sich. »Du willst mir also so kommen? Du denkst, es ist eine gute Idee, die Hand zu beißen, die dich füttert?«

Mike sah auf die Uhr, es war Zeit, dass er seinen Rundgang machte. Es brauchte ein anderes Kaliber als ein Männeken wie Hermann Jokisch, um ihn einzuschüchtern. Also wurde er deutlicher. »Ich hab hier einen Vertrag, Boss, da steht genau drin, was ich muss und was nicht. Das Kapitel mit der Hand, die einen füttert und die man nicht beißen soll, kenn ich nicht. Also stell einfach einen Mann mehr ein, dann sind wie hier auch nicht so unterbesetzt, dass der ganze Laden stillsteht, wenn mal einer krank ist. So, ich muss los.«

Mike ließ seinen Vorgesetzten einfach stehen und verließ den Raum. Vielleicht hätte er sich sogar auf die Extraschicht eingelassen, doch er hatte wirklich Pläne für das Wochenende. Als King ihm angeboten hatte, ihn auf einen Törn mit seinem Segelboot mitzunehmen, hatte er nicht gezögert. So wie Mike es sah, war sein alter Freund schwer zu fassen. Nach Veros Worten blieb er manchmal für Wochen auf See. So eine Chance, so ein Angebot kam vielleicht nicht wieder. Mike trat aus der Tür und genoss die frische Seeluft.

»Herr Kramer!«

Er drehte sich um und sah in das Gesicht von Linda Todt. »Frau Oberkommissarin! Wie nett, Sie zu sehen. Was macht die Kunst?«

Die Bundespolizistin ging nicht auf sein Geplänkel ein. Sie kam einige Schritte auf ihn zu, bis sie direkt vor ihm stand, für Mikes Geschmack einen Hauch zu nah. »Sie haben mich ausgetrickst, Kramer!«

»Hab ich das? Ich weiß nicht, für mich erscheint es gerade andersherum. Sie haben versucht, mich auszutricksen, und ich hab nicht mitgespielt.« Er schaute ihr ungerührt ins Gesicht.

»Herr Kramer, lassen wir die Spielchen. Wenn Sie einen gesuchten Verbrecher wie Arvid König decken, ist das eine Straftat. Sie glauben gar nicht, wie schnell ich Sie bei den Eiern hab.«

Mike verlor die Geduld. »Frau Todt, ich kann es Ihnen nicht verdenken, dass Sie mich für einen Blödmann halten. Wenn ich auf die letzten Jahre zurückschaue, schäme ich mich für all meine Dummheiten. Aber es hat auch Vorteile, wenn man die Intelligenz nicht mit Löffeln gefressen hat. Dazu gehört, dass ich mich nicht einschüchtern lasse. Und ich hab auch, so wie's aussieht, andere Prioritäten als Sie. Ich liefere zum Beispiel nicht meinen besten Freund ans Messer, nur weil ein ehrgeiziger Bulle es von mir verlangt. Oder würden Sie so was tun? Nein, sagen Sie's mir, ich kann Sie da wirklich nicht einschätzen.«

Linda Todt hielt seinem Blick erst stand, doch dann schaute sie weg. »Okay, Kramer, Sie haben recht. Ich würde es wahrscheinlich auch nicht tun.«

»Na also, Frau Oberkommissarin.«

Sie lachte unvermittelt. »Ich habe Ihren Wagen verwanzt, weil ich sicher war, dass Sie mein Manöver nicht durchschauen würden. Ich hab Sie unterschätzt. Das spricht nicht für mich.«

»Wie eng sind Sie Arvid König wirklich auf den Fersen?« Mike wollte wissen, wo er mit ihr stand.

Die blonde Bundespolizistin deckte ihr Blatt auf. »Gar nicht. Er spielt Katz und Maus mit uns. Er ist ein Genie auf seinem Gebiet und verfügt über eine Technologie, die sogar Elon Musk blass werden ließe. Jedenfalls hält er uns mit seinen Täuschungen vollkommen zum Narren. Wir haben keine Ahnung, wie er es macht. Scheint ihm aber großen Spaß zu bereiten. Ich dachte, es wäre an der Zeit, mal andere Wege auszuprobieren.«

»Hat nicht funktioniert«, drehte Mike das Messer in ihrer Wunde um.

»Nein, hat es nicht. Der Versuch, Sie zu manipulieren, war ein Fehler. Ich entschuldige mich dafür.«

Er reagierte mit Erstaunen und sah ihr ins Gesicht. Er spürte, dass Linda Todt es ernst meinte, und sein Gefühl trog ihn selten.

»Ich lasse Sie jetzt mal Ihre Arbeit machen, Herr Kramer. Schönen Tag noch.« Sie rang sich ein Lächeln ab, drehte sich um und ging davon.

Mike sah ihr nach. Und dann tat er etwas, was er selbst nicht verstand. »Linda?«

Sie schaute über die Schulter zurück.

»Haben Sie Lust, heute Abend mit mir einen trinken zu gehen?«

Die Frau blickte ihn irritiert an und überlegte dann kurz. »Warum eigentlich nicht?«

»Polizeiobermeister Sinkiewicz ist so was wie der IT-Experte im Bergener Revier«, stellte Richard Paula den jungen Polizisten mit den drei blauen Sternen auf den Schulterklappen vor. »Er war in ganz jungen Jahren sogar mal Mitglied des Chaos-Computer-Clubs!«

Der semmelblonde, jungenhaft wirkende Sinkiewicz reichte ihr die Hand. »Sagen Sie einfach Chris!«

»Ich bin die Paula!«

»Kommt, setzen wir uns doch!« Richard führte den Polizeiobermeister in sein Wohnzimmer, wo sie Platz nahmen. »Wir kennen uns seit einigen Jahren, Chris und ich, und er hat mir einige Male bei Computerproblemen geholfen.«

Paula sah den Beamten interessiert an. »So jemanden würde ich in Stuttgart auch gerne kennen.«

»Sie müssen nur ein bisschen suchen. Leute wie mich gibt's wie Sand am Meer«, gab Chris bescheiden zurück.

Richard schilderte dem Beamten nun stichwortartig das Problem mit dem Schiff, das vor Kaliningrad vor Anker lag. Und dass sie die Absicht hatten, die Adresse im Netz ausfindig zu machen, über die Kunden Kontakt mit den Besitzern der *Kaiphas* aufnehmen konnten. »Wir beide sind keine Experten, aber wir vermuten, dass wir an diese Leute nur im Darknet herankommen können«, schloss Richard seinen Bericht.

»Da dürften Sie ganz richtig liegen, Herr Dreifürst«, bestätigte Chris. »Aber einfach wird das nicht. Im Darknet gibt es keine Suchmaschinen wie Google oder Bing. Die Teilnehmer, die dort verkehren, wollen auch nicht, dass es leicht ist, sie zu finden.«

»Warten Sie einen Moment, Chris!«, sagte Paula. »Ich hab leider keine Ahnung, wie das Darknet überhaupt funktioniert. Wie stell ich mir das vor? Wie kommt man da überhaupt hin?«

Der junge Beamte lächelte verständnisvoll. »Das Darknet ist ein bisschen anders, als die meisten es sich vorstellen. Man ist dort anonym unterwegs. Um reinzukommen, muss man seine Identität verschlüsseln.«

»Das hört sich ja sehr kompliziert an. Da muss man doch bestimmt Vorkenntnisse haben, oder?«

»Iwo!«, lachte Chris entspannt. »Eigentlich braucht man nur eine Applikation. Die nennt sich *TOR*. Damit kann man seine IP-Adresse verschlüsseln. Es ist wie eine Tarnkappe, die man sich über den Kopf zieht, und schon ist man drinnen. Dann wird's aber schwierig. Nehmen wir mal an, Sie wollen sich eine scharfe Pistole kaufen, nur so als Beispiel, dann findet man im Darknet Anbieter. Nur muss man da etwas herumsuchen. Es ist in etwa so, wie wenn Sie in eine dunkle Stadt gehen und es gibt keine Straßennamen. Und auch keine Geschäftsschilder oder

Neonreklame. Und selbstverständlich existiert kein Kartenwerk. Sie müssen überall herumlaufen und in jedes Fenster schauen. Wenn man das jeden Tag macht, monatelang, jahrelang, kennt man irgendwann die ganze Stadt.«

Richard schaute wenig erfreut drein. »Das heißt, es könnte Jahre dauern, bis man das gefunden hat, was man sucht.«

»Ganz genau. Ich bin schon neunzehn Jahre im Darknet unterwegs und kenne weniger als ein Prozent des Netzwerks. Aber ich muss trotzdem nicht bei null anfangen. Welche konkreten Informationen haben Sie denn über das Schiff?«

»Wir wissen nur, dass es *Kaiphas* heißt«, sagte Paula.

»Immerhin etwas.«

»Wie groß ist denn die Chance, dass Sie den Kontakt zu diesen Verbrechern herstellen können?«

Chris zuckte die Achseln. »Das kann ich nicht sagen. Das Darknet ist ein Tummelplatz für illegalen Handel. Waffen, Drogen, Kinderpornografie, sogar Auftragskiller, das alles kann man hier finden. Gezahlt wird in Bitcoin, weil die Kryptowährung an den Banken vorbeiläuft und, wie schon erwähnt, Anonymität das Wichtigste für die Teilnehmer ist. Aber in Frankfurt haben die Kollegen von der Kripo eine Spezialeinheit, die sich auf das Darknet spezialisiert hat. Ich kenne da ein paar Kollegen. Wenn die sich bereit erklären, mir zu helfen, dann könnte es schnell gehen.«

»Wie schnell?«, wollte Richard wissen.

»Ein paar Tage vielleicht. Je nachdem, wie viel dringendere Sachen sie zu tun haben. Ich kann auch selbst mal mein Glück versuchen, vielleicht krieg ich was raus, vielleicht eiere ich in sechs Monaten noch herum, das kann ich nicht einschätzen.«

Richard sah zu Paula und dann wieder zu Chris. »Tun Sie alles, was Sie können. Wir würden das Elend dieser Mädchen gerne beenden.«

»Na klar!«, stimmte der POM zu. »Das würde ich auch gerne.«

Jens fühlte sich ziemlich erschlagen, als er am nächsten Morgen aufstand. Nach dem tränenreichen Moment des Vortages verspürte er aber auch eine innere Erleichterung. Es war schon bezeichnend, wie wichtig es ihm gewesen war, niemanden seine innere Schwäche sehen zu lassen. Im ersten Moment hatte er sich geschämt, vor Susanne derartig die Fassung zu verlieren, am Ende waren sie aber wieder mehr zusammengerückt. Jens konnte sich nicht mehr in die Tasche lügen, er fühlte sich ausgelaugt und kaputt. Das kam nicht von ungefähr. Er hatte sich in den letzten Jahren stark für seinen beruflichen Aufstieg engagiert und sich nur wenige Pausen gegönnt. Die Signale, die anzeigten, wie ausgebrannt er war, hatte er ignoriert. Auch die Tragödie ihres verlorenen Kindes wollte verkraftet werden. Es war alles zu viel.

»Vielleicht sollte ich ja doch eine Auszeit nehmen? Hauptkommissar Renner hat es mir angeboten. Was denkst du?« Jens sah prüfend zu Susanne, die mit wenig Appetit an einem Vollkornbrot herumnagte.

»Ich bin nicht maßgeblich«, stellte sie fest. »Und ich kann dir die Entscheidung nicht abnehmen. Aus dem Bauch raus würde ich meinen, dass du besser dabeibleibst. Leute ohne Aufgaben entwickeln nachweislich schnell Depressionen. Was willst du den ganzen Tag mit dir anfangen?«

»Ich weiß es nicht.«

»Dann stell dir die Frage jeden Morgen aufs Neue und wenn du merkst, dass der Tag gekommen ist, wo es keinen Sinn mehr macht, legst du eine Pause ein.«

Jens lächelte dünn. »Also gut. Ist vielleicht gar kein schlechter Plan. Aber heute will ich nach Wismar und die Witwe des Mannes aufsuchen, der gestern verunglückt ist. Das heißt, heute mach ich in jedem Fall noch weiter.«

»Na, dann wär das ja geklärt.«

Mike holte sich im REWE ein paar Rindersteaks für das Wochenende. Wenn er mit King und der *Black Bee* hinausfuhr, wollte er gescheiten Proviant mit sich führen, denn er war nicht so für Fisch. Seine Gedanken indes drehten sich ständig um die Ereignisse des gestrigen Abends. Er und Linda Todt waren in Bergen in der urigen Kneipe *Pup up'n Balken* eingekehrt. Sie hatten gut gegessen und auch ganz schön gebechert. Ohne Uniform war Linda eine völlig andere Person. Erstaunlicherweise hatten sie den gleichen Humor.

Sie sprachen an diesem Abend nicht über die Arbeit und das war gut so. Ehe Mike es versah, war die Frau ihm ans Herz gewachsen. Sie zeigte sich von ihrem Wesen her als eine verblüffend schräge Person. Linda erzählte, dass sie es in ihrer Schulzeit nicht leicht gehabt hatte. Sie war die Bohnenstange gewesen, die alle Jungs um einen Kopf überragte, und einen richtigen Busen hatte sie auch nicht bekommen. Allgemeiner Spott war in ihrer Teenagerzeit ein ständiger Begleiter gewesen. Erst als sie angefangen hatte, Judo zu trainieren, entwickelte sich bei ihr Selbstbewusstsein. Sie wurde richtig gut und legte die Jungs im Kampf reihenweise auf die Bretter. So rückte sie zunehmend in den Fokus männlichen Interesses. Es wurde Linda dann zu einer regelrechten Passion, Verehrer zappeln zu lassen. Sie ließ keinen an sich ran, köderte die Jungmannen aber immer wieder geschickt, wenn sie im Begriff waren, sich frustriert abzuwenden.

»Du hast also früh angefangen, unsereins zu manipulieren«, hatte Mike konstatiert, nachdem sie sich das »Du« angeboten hatten.

»Oh ja. Weil es so einfach ist. Es hat mir geschmeichelt, wenn sie bei mir gegraben haben, aber für Sex war ich noch viel zu unsicher. Irgendwann, da war ich schon zwanzig, hab ich dann einen Tantra-Workshop in Griechenland mitgemacht«, erzählte Linda, die zu diesem Zeitpunkt schon den dritten *Screwdriver* runtergekippt hatte.

»Und was ist ein Tantra-Workshop? Ist das so Papierbögen zu Schwänen zu falten?«

»Das ist Origami, mein unwissender Freund. Tantra ist was Sexuelles.«

»Ups! Jetzt wird's spannend. Wie funktioniert das genau?«

»Man zieht sich nackt aus, sucht sich einen Partner und fummelt, einfach ausgerückt, aneinander herum. Halt auf einem etwas höheren Niveau als beim gemeinen Petting. Ist ein bisschen, wie wenn man lernt, Harfe zu spielen.« Linda winkte dem Kellner und deutete auf ihr leeres Glas.

»Wie war das? Man sucht sich einen Partner?«, fragte Mike nach. »Aber wie? In dieser Gruppe? Irgendjemanden?«

»Damals in Griechenland ja.«

»Und wozu macht man das?« Er verstand den tieferen Sinn des Prozederes nicht.

»Na, um das alles zu lernen. Zärtlichkeit, Stimulierung, Lust. Sagte ich nicht, dass es ein Workshop war?«

»Doch, mir war so, als hättest du das erwähnt.«

»Eben. Ich war unsicher. Nervös. Ich wollte nicht eher mit einem Typen ins Bett gehen, bevor ich von Tuten und Blasen wenigstens etwas Ahnung hatte.«

Mike grinste. »Nein, das leuchtet mir sofort ein. Wenigstens das kleine Einmaleins des Tutens sollte man draufhaben.«

Sie boxte ihn kräftig, weil er sich über sie lustig machte. »Nicht so von oben herab, mein Lieber! Der Workshop hat sich gelohnt. Beim Tantra hab ich nach und nach ein Gefühl für Männer entwickelt und für das, was ihnen gefällt. Sogar mich selbst habe ich danach besser verstanden.«

»Da hast also auf Griechenland deine Unschuld verloren?«

»Nein«, sagte sie. »Gevögelt wurde da nicht. Man hat sich gestreichelt und versucht, nicht zum Höhepunkt zu kommen.«

Mike stürzte den Rest seines Bieres herunter. »Nicht gevögelt? Das kommt jetzt etwas unerwartet. War das ein Miesfühl-Workshop?«

»Ich hätte gar nicht davon anfangen sollen«, sagte Linda abwinkend. »Perlen vor die Säue, sag ich nur.«

»Jetzt warte!« Mike hob beschwörend die Hände. »Jeder soll nach seiner Fasson glücklich werden. Ist mein Wahlspruch. Wirklich! Ich bin da tolerant. Aber mir persönlich ist das zu verdreht. Das wär nichts für mich.«

»Wäre es doch!«, widersprach Linda. »Das ist doch das Wesen des Tantra: Man tastet sich auf den Gipfel vor und versucht, nicht zu kommen und den Orgasmus so lange hinauszuzögern wie möglich. Und glaub mir, das kann schon eine sehr tiefgehende Erfahrung sein.«

Er sah sie nicht ohne Faszination an. »Kannst du mir das beibringen?«

Sie waren eine gute halbe Stunde später in ihrer Wohnung gelandet und hatten Sex gehabt. Für Mike war das eine neue Erfahrung. Zum ersten Mal war er mit einer Frau intim, die ihm auf diesem Feld turmhoch überlegen war.

Und jetzt? Obwohl sie von ihrem Äußeren nicht in sein Beuteschema passte, war er hin und weg von Oberkommissarin Linda Todt. Mike hatte mal irgendwo gelesen, dass eine Frau, die ihren Partner im Bett richtig zufriedenstellte, alles von ihm bekommen könnte. Die auf den ersten Blick so reizlose Bundespolizistin beherrschte diese Disziplin meisterhaft. Und das nach nur einem Workshop! Der Wahnsinn! Mike musste sich zusammenreißen und seine Tagträume abwürgen. Er war doch kein hirnloser Neandertaler. Er ging zur Kasse des REWE und bezahlte seine Steaks.

Von wegen Freddy hatte alles im Griff. Heute Vormittag hatte sich der Kollege prompt mit Zahnschmerzen abgemeldet. Ein sterbender Weisheitszahn machte den Gang zum Zahnarzt unvermeidlich. Hauptkommissar Christian Renner hatte Jens gefragt, ob er einen Ersatzmann zur Seite gestellt haben wollte, doch das wollte der auf gar keinen Fall. Das wäre auf einen ranghöheren Aufpasser hinausgelaufen. Davon gab es in der Inspektion Stralsund angenehmere und unangenehmere Kandidaten. Jens würde die Befragung in Wismar lieber allein durchführen. Im Moment war das eine Routinebefragung, deren Wichtigkeit wahrscheinlich nachrangig war.

Jens hatte mit der Witwe Sigrit Hauff verabredet, sie zu befragen, wenn die Kinder in der Schule waren. Und so saß er bei ihr im großzügigen Wohnzimmer des Hauff'schen Hauses. Er hatte noch nie so zahlreiche gerahmte Fotografien an den Wänden gesehen. Ganz viele davon zeigten Gruppenaufnahmen der glücklichen Familie, die sie bis gestern noch gewesen waren.

Sigrit Hauff war eine ungewöhnlich schöne Frau, die die Vierzig noch nicht erreicht hatte. Sie erzählte, dass sie ihren Willi bei der Wahl zur Miss Mecklenburg-Vorpommern in Rostock kennengelernt hatte. Er hatte bei dieser Veranstaltung den Jury-Vorsitz innegehabt. Sie musste amüsiert schmunzeln, als sie erwähnte, dass ihr Mann eine andere Bewerberin gekrönt hatte. Erst nach der Wahl war er auf Sigrit aufmerksam geworden. Er hatte ihr frech in die Augen geblickt, mit ihr geschäkert und sie zum Lachen gebracht.

Dann war alles sehr schnell gegangen. Die kurze, aber intensive Kennenlernphase hatte gleich zu einer Schwangerschaft geführt. Kurzerhand wurde aus der Not eine Tugend gemacht und sie heirateten. Dass Willi zwanzig Jahre älter war als Sigrit, hatte sie beide nicht gestört. Natürlich war sie gewarnt worden, sich auf einen Mann einzulassen, den bisher noch keine hatte einfangen können, aber zusammen hatten sie alle Mahner Lügen gestraft und eine recht harmonische Beziehung geführt.

»Willi war immer stolz darauf, ein Selfmademan zu sein. Er hat sich alles selber aufgebaut. Dabei musste er sich oft gegen Stärkere durchsetzen«, erklärte Sigrit Hauff ihren verunglückten Gatten. »Deshalb hat er sich manchmal wie ein Feldwebel aufgeführt. Aber den Zahn habe ich ihm schnell gezogen. Ich hatte keine Lust, mich von ihm herumkommandieren zulassen wie die Angestellten in seinem Autohaus.«

Jens lächelte freundlich zu ihren Ausführungen. Er fand jedoch, dass die Zeit für den nostalgischen Small Talk vorbei war. Jetzt waren seine Fragen dran, egal, wie weh sie der Hinterbliebenen vielleicht taten.

»Frau Hauff, ich will Ihnen die Wahrheit sagen. Wir haben Ihren Mann kontaktiert, weil wir in Rügen einen Mordfall bearbeiten. Wir wollten ihn aus einem konkreten Grund befragen. Das Mordopfer war nämlich ein Telefonkontakt von ihm.« Er machte eine Pause, denn jetzt kam das Schwerste. »Und aus genau diesem Grunde ist er gestern nach Rügen gefahren.«

Die Frau schluckte. »Was?«

»Eine junge Frau ist ermordet worden. Die Tote und Ihr Ehemann hatten eine Verbindung zueinander, wir wissen nicht, welcher Natur. Natürlich bedauern wir, dass unsere Vorladung letztendlich zum Tod ihres Mannes beigetragen hat.

»Ja, vielleicht hat sie das«, sagte Sigrit Hauff dann. »Aber es ist, wie es ist. Ich gebe Ihnen keine Schuld an Willis Tod. Das war eben Schicksal.«

»Ich bin froh, dass Sie es so sehen.«

»Und wer ist ermordet worden? Eine junge Frau, sagen Sie?«

Jens fiel diese Unterhaltung schwerer als gedacht. »Ja, eine sehr attraktive junge Frau. Nach unseren derzeitigen Erkenntnissen können wir nicht ausschließen, dass sie sexuelle Dienstleistungen angeboten hat. Wobei ich das nicht annehme. Natürlich kann ich mich irren.«

Sigrit Hauff zeigte Verwirrung. »Wie? Sie denken, er ... er hatte etwas mit dieser Frau?«

»Wir wissen nur sehr wenig. Es gab einige Telefonate zwischen den beiden.«

»Könnte sie nicht eine Kundin von Willi gewesen sein?«, überlegte Sigrit Hauff.

»Ja, ist möglich. Vielleicht war sie eine Kundin. Gibt es im Autohaus ihres Mannes auch Ferraris?«

Die Frau schüttelte den Kopf. »Nein. Früher ist es mal vorgekommen, dass Willi einen Gebrauchten in Kommission genommen hat, wenn man einen Neuwagen gekauft hat. Aber seit einigen Jahren gehen Kommissionäre direkt zu einem Partner von uns, einem Gebrauchtwarenhändler. Das Geschäft ist seit längerer Zeit ausgelagert.«

»Frau Hauff, das muss Ihnen jetzt schrecklich pietätlos vorkommen, aber kann es sein, dass Ihr Mann mit dieser Frau in irgendeiner persönlichen, vielleicht sogar intimen Beziehung stand?«

Sie überlegte kurz. »Ich kann es mir eigentlich nicht vorstellen ...« Sie dachte nach. »Nein! Ich denke nicht, dass es so gewesen ist.«

»Ach ja? Was macht Sie da so sicher?«

»Wissen Sie, Herr Kommissar, ich habe da eine ganz gute Antenne. Schon als Teenager hatte ich meine ersten Freunde, nicht nur ein paar. Wenn die fremdgingen, wusste ich es immer sofort. Was ich damit sagen will: Ich hätte es sicher gemerkt, wenn Willi etwas mit einer anderen angefangen hätte.«

Jens glaubte ihr. Sie war eine charismatische Persönlichkeit und machte Eindruck auf ihn, so viel war sicher. »Ich bin sehr froh, das zu hören. Die Sache ist die, Cordula Gaffel, das ist der Name des Opfers, hat die Telefonnummer ihres Mannes geblockt. Das sieht so aus, als hätte es irgendein Problem zwischen ihnen gegeben. Frau Gaffel hat den Kontakt abgebrochen. Etwa drei Wochen später wurde sie ermordet.«

Sigrit Hauff reagierte ruhig. »Mein Willi hat sie nicht getötet. Nie im Leben! Sehen Sie, in einer Beziehung ist intensiver Kontakt und Austausch alles. So war das bei uns auch. Ich kannte ihn, ich hätte das mitgekriegt. Da müsste er ja schon eiskalt gewesen sein, jemanden umzubringen und dann im Anschluss hier mit uns ein Familienleben zu führen, ohne mit der Wimper zu zucken.«

»Ich will offen sein, Frau Hauff, mich haben Sie überzeugt. Dennoch wäre es gut, wenn ich in meinem Bericht jeden Verdacht ausräumen könnte. Ich müsste herausfinden, was zwischen dieser jungen Frau und ihrem Mann gewesen ist.«

»Wie kann ich dabei helfen?«

»Er hatte doch sicher einen Computer.«

»Mehrere. Den Laptop hatte er im Auto dabei. Der ist zerstört worden. Es gibt noch einen zweiten. Ich denke, der ist im Autohaus. In seinem Arbeitszimmer steht der große PC. Wenn Sie möchten, können Sie sich ihn gerne in Ruhe ansehen, Herr Kommissar!«

»Ich bräuchte dazu das Passwort. Und wenn Ihr Mann das Internetbanking genutzt hat, eine EC-Karte und das TAN-Lesegerät.«

»Das Passwort kann ich Ihnen geben. Aber ob die EC-Karte im Büro liegt, weiß ich nicht.«

An dieser Stelle hatte der Kommissar Glück. Die EC-Karte des Autohändlers steckte im Lesegerät. Nur damit bekam man Zugang zu einem Konto. Wenn Willi Hauff mehrere Bankverbindungen hatte, wurde es schon wieder kompliziert.

Jens fuhr den Computer hoch und gab das Administratorkennwort ein, das die Witwe ihm gegeben hatte. Ein versierter Computerexperte war er nicht, mit Kollegen wie Hauptkommissar Döllbach oder POM Chris Sinkiewicz aus Bergen konnte er sich nicht messen. Aber mit den Jahren hatte er sich einen eigenen Modus operandi angeeignet. Zuerst rief er den Browserverlauf auf. Da der Computer jede aufgerufene Website dokumentierte, hatte man an dieser Stelle einen ganz guten Einblick. Doch hier war erst mal nichts zu finden. Willi Hauff hatte es sich offenbar angewöhnt, den Browserverlauf nach jeder Nutzung zu löschen.

Jens probierte es über die Favoriten. Einige davon waren Erotik-Webseiten wie *xHamster*, *Youporn* oder *Ladies.de*. Letzteres war eine Suchmaschine für Prostituierte. Die Aussagekraft war ohne eine Historie der besuchten Seiten natürlich gering. Als Nächstes checkte Jens die Mails. Doch er fand keine für den Fall verwertbaren Hinweise. Und je länger er vor diesem Computer saß, desto mehr sank ihm der Mut.

Mike hatte mehrfach versucht, Linda zu erreichen, doch es war immer nur die Mailbox dran. Gegen Mittag hatte er seinen Dienst in Mukran angetreten. Hermann Jokisch grüßte ihn nicht und sah durch ihn hindurch, als er sich in der Zentrale umzog. Mike musste unwillkürlich schmunzeln. Mit Liebesentzug konnte sein tumber Boss ihn nicht beeindrucken.

Als er aus dem Haus trat und seine Runde begann, blickte er zum Gebäude der Bundespolizei hinüber. Er widerstand der Versuchung, Linda Todt einen spontanen Besuch abzustatten. Mike hatte selbst wenig Verständnis gezeigt, wenn es einer seiner Gespielinnen eingefallen war, ihm nach einem kurzweiligen Intermezzo nachzulaufen. Keiner mochte es, wenn der Sexpartner des letzten One-Night-Stands klettig wurde.

Als Mike den North Terminal erreichte, wanderten seine Gedanken zu Yslei. Er hatte nicht so eine enge Beziehung zu dem Mädchen geknüpft wie Susanne, aber er fühlte mit ihm. Die Psyche der Menschen war so leicht durcheinanderzubringen, die eines Kindes besonders. Auch wenn Yslei nach außen hin taff auftrat, war sie innerlich eine zerstörte Seele. Nichts würde ihr die Familie zurückbringen können, ein normales Leben schien komplett außer Reichweite zu sein.

Das Telefon in Mikes Tasche begann zu vibrieren. Es war Linda. »Mike, du hast mich angerufen. Was gibt's?«

»Was es gibt?« Er musste lachen. »Du bist der Hammer, Baby, das gibt's. Tja und ich dachte, wir könnten den Abend von gestern wiederholen. Sonntag zum Beispiel.«

Am anderen Ende war Stille. Als Mike schon dachte, die Verbindung sei abgerissen, hörte er Lindas Stimme. »Nein. Das denke ich weniger.«

Er verstand nicht richtig. »Du kannst am Sonntag nicht?«

»Doch, ich kann schon, aber ich hab nicht vor, dich wieder zu treffen.«

»Ups. Ich ... ich ...« Das war eine Premiere. Eine Frau, die keine Zugabe wollte. Mike suchte belämmert nach Worten. »Hab ich ... hab ich irgendwas falsch gemacht?«

Ein Lachen am anderen Ende. »Nein, du nicht. Aber ich.«

»Oh. Sorry, ich steh auf dem Schlauch. Inwiefern?«

»Mike, ich war gestern ziemlich betrunken. Ja, und irgendwie hat sich alles einfach so ergeben. Ich hab halt das böse Mädchen rausgelassen. Das war auch in Ordnung so. Das passiert eben. Aber ich hab kein Interesse an losen Swingerbeziehungen. Ich komm mit solchen Affären nicht so gut klar.«

Mike wollte das so nicht stehen lassen. »Was meinst du mit Affäre? Wer sagt dir, dass ich es nicht ernst mit dir meine? Wieso wirst du nicht meine Freundin? Spätere Heirat nicht ausgeschlossen.«

Wieder ein amüsiertes Lachen am anderen Ende. »Das würde nicht gutgehen. Ich möchte dir nicht zunahetreten, aber ich habe andere Ansprüche an einen Partner.«

»Mann«, stieß Mike hervor und fühlte sich plötzlich ganz grauenvoll. Er wurde soeben abserviert. Das war scheußliches Neuland. »Okay, danke für deine Offenheit. Gewogen und zu leicht befunden. Geht klar. Ist okay …! War ich Scheiße im Bett?«

»Mike, allein dass du so eine Frage stellst, beweist eigentlich schon, dass uns Welten trennen. Körperchemie ist für mich kein zentrales Kriterium bei der Partnerwahl. Ich bin sechsunddreißig und ja, vielleicht möchte ich noch mal eine Familie gründen. Ich brauche dazu ein klares inneres ›Ja‹ und das hab ich bei dir nicht. Sorry, ist nicht bös gemeint. Ich mag dich nämlich ganz gerne.«

»Nein, alles gut. Ist ja dein gutes Recht, deine eigenen Entscheidungen zu treffen. Ich hatte jetzt nur nicht mit einem so schnellen *Game over* gerechnet.«

»Ich sag jetzt mal einen ganz schlimmen Satz, Mike, okay?«

»Ja, mach.«

»Wir können ja Freunde bleiben.«

Er fühlte plötzlich eine große Niedergeschlagenheit in sich. »Das ist wirklich ein schlimmer Satz.«

»Du möchtest es lieber nicht? Wäre für mich okay.«

Er brauchte eine kurze Zeit. »Nein, wir bleiben Freunde.«

»Aber spekulier nicht darauf, dass sich gestern Abend wiederholt. Wird es nicht.«

»Nein«, sagte Mike. »Das hab ich kapiert. War deutlich genug …«

Als Jens an seinen Schreibtisch zurückkam, saß Freddy schon am Platz gegenüber. Er hatte eine geschwollene linke Backe und sah nicht sonderlich glücklich aus.

»Da schau her! Welcome back, Ahörnchen!«

Freddy lächelte säuerlich, brach das aber ab, weil ihm alles wehtat.

»Tut mir leid, Alter, ich wollte nicht gemein sein. Wie geht's dem Zahn?«

»Geht scho«, nuschelte der Kollege. »Und wie warsch in Wischmar? Lasch misch raten: Fehlanscheige?«

»Jein«, sagte Jens und setzte sich. »Ich habe mit Frau Hauff gesprochen und dann den Computer gecheckt. Da war nichts zu entdecken, was ihren Mann mit Binz in Verbindung gebracht hätte. Doch als ich schon abbrechen wollte, hab ich in seinem Online-Banking eine Überweisung entdeckt. Willi Hauff hat vor ungefähr vier Wochen einen Betrag von zweitausend Euro überwiesen.«

»Sag nisch an Cordula Gaffel!«

»Das sag ich auch nicht. Rate weiter!«

Freddy stöhnte unwillig auf. »Isch will nisch raten. Schpuck schon ausch!«

»Das Geld ging an Heiko Martens!« Jens sah seinen Vorgesetzten erwartungsvoll an.

»Heiko Martensch? Der Katschenmann?«

»Der Katzenmann!«

»Leckomio!«

»Das trifft es! Wir sollten uns den Burschen noch mal zur Brust nehmen. Und zwar gleich. Wie sieht's aus? Bist du fit?«

»Da kannscht du Gift drauf nehmen!«

Jens stand auf und steckte sich seine Dienstpistole an.

»Warte, Lackner! Isch muss noch kurtsch tschu Renner. Kannscht du nisch die Kollegen in Wischmar anrufen? Wir müschten die DNA von Willi Hauff haben.«

»Du denkst an das Messer aus Cordula Gaffels Wohnung?«

»Gansch genau. Wenn die DNA auf dem Mescher nisch mit der von Hauff übereinschtimmt, wischen wir, dasch noch jemand anderesch in der Wohnung war.«

»Ist gut, Kollege Gromball!« Jens schaltete seinen Computer an, um die Nummer der Gerichtsmedizin in Wismar herauszusuchen. Er bekam eine freundliche Kollegin ans Rohr und bat um die Feststellung der DNA von Willi Hauff. Dann hatte er spontan eine Idee und tätigte noch einen weiteren Anruf.

Erst beim dritten Versuch erreichte Susanne die Jugendhilfe der Diakonie in Rostock. Eine Frau Gläser meldete sich.

»Guten Tag, Susanne Lackner ist mein Name. Ich wollte mich nach einem Mädchen erkundigen, das gestern zu Ihnen gebracht wurde. Ihr Name ist Yslei Al-Fayed. Sie ist zwölf Jahre alt.«

»Yslei?« Am anderen Ende hörte man Papier rascheln. »Darf ich fragen, wer Sie sind? Wir dürfen nämlich am Telefon keine Auskünfte geben.«

Susanne runzelte die Stirn. »Ich sagte ja, mein Name ist Susanne Lackner. Ich habe Yslei in den letzten Tagen betreut. Und ich wollte mich nur erkundigen, ob es ihr gut geht. Können Sie mir das sagen?«

»Leider nein, ich bedaure! Keine Auskünfte am Telefon, das ist hier Vorschrift.«

»So!«, schnaubte Susanne, der die Frau schon jetzt gewaltig auf den Keks ging. »Das hiesige Jugendamt hat mir gesagt, ich könne jederzeit bei Ihnen anrufen. Mein Mann ist Kommissar hier bei der Stralsunder Kripo. Möchten Sie, dass *er* bei Ihnen anruft?«

Frau Gläser schwieg.

»Also bitte, wenn Sie nicht autorisiert sind zu reden, holen Sie mir bitte jemanden von der Leitung!«

Die Frau antwortete nicht, aber Susanne vernahm, wie sie den Telefonhörer ablegte und Schritte sich entfernten.

Lange passierte nichts, dann waren Schuhe auf Linoleum zu hören. »Jasmin Ortuner, ich bin die Leiterin hier!«

Susanne sagte noch einmal ihr Verslein auf. »Ich bin nicht an Interna interessiert, ich hatte Yslei in meiner Obhut und weiß, dass sie schlimme Erlebnisse hatte. Ich möchte nur wissen, ob es ihr einigermaßen gut geht.«

»Nun«, begann Frau Ortuner zögernd. »Das weiß ich leider nicht.«

»Sie wissen es nicht? Soll das ein Witz sein?«

»Die Sache ist die, Frau Lackner. Yslei hat einen akuten Blinddarm beklagt. Wir haben sie ins Krankenhaus gebracht, na ja, und da war sie dann plötzlich spurlos verschwunden.«

»Verschwunden? Sie meinen, sie hat sich aus dem Staub gemacht?«

»Ich fürchte ja. Wir haben sie überall gesucht und auch die örtliche Polizei eingeschaltet, aber sie ist wie vom Erdboden verschluckt.«

Heiko Martens, der Katzenmann, war ziemlich blass um die Nasenspitze geworden, als die beiden Kommissare ihn mit seiner Falschaussage konfrontiert hatten.

»Den groschen Mann mit Hut, den gab esch natürlich nisch!«, sagte Freddy dem Messie auf den Kopf zu.

»Herrgott, was soll ich sagen? Okay, ja. Es gab ihn nicht. Aber Sie haben mich ja so unter Druck gesetzt. Sie wollten doch irgendwas in der Art hören«, verteidigte sich Martens und schubste eine dicke schwarze Katze weg, die ihm gerade auf den Schoß gesprungen war.

»Also: Zweitausend Euro hat Willi Hauff Ihnen überwiesen. Dürften wir erfahren, wofür?«, wollte Jens wissen.

Der Katzenfreund blickte finster zwischen den beiden Beamten durch. »Er wollte, dass ich gucke, was die Alte so macht. Wer zu ihr kommt und so.«

»Mit *die Alte* isch Frau Gaffel gemeint?«

»Na, wer denn sonst?«

»Warum schollten Schie Cordula Gaffel überwachen? Herr Hauff wird doch irgendwasch daschu geschagt haben«, vermutete Freddy.

»Zufällig hat er das aber nicht«, tat Martens patzig kund. »Er hat mit der Alten ... mit Frau Gaffel gestritten, das hatte ich Ihnen ja erzählt. Aber ich hab nicht gehört, worum es bei dem Gezanke ging. Ich bin dann auf den Flur, als er beim Gehen die Tür zugeknallt hat. Da stand er vor dem Lift und hat mich gesehen. Und dann ist er plötzlich auf mich zugekommen.«

»Und wie ging's weiter?«, fragte Jens nachdenklich, denn das alles hier erhellte die Situation kein bisschen.

»Er hat mich gefragt, ob ich Geld gebrauchen könnte. Tja, sicher, wer braucht kein Geld? Ich mein, die Katzen fressen mich bei lebendigem Leibe. Gut, sagt er, führen Sie Buch darüber, wer bei Cordula ein- und ausgeht. So Frauen, hat er gesagt, die interessierten ihn nicht. Er wollte wissen, welche Kerle zu ihr kommen.«

»Aha!«, ging Freddy dazwischen. »Schetsch wird esch intereschant: Wo isch Ihre Lischte?«

»Hä?«, machte Martens. »Was für eine Liste?«

»Na, die über Ihre männlischen Beschucher!«

Der Katzenmann winkte ab. »Hab ich doch schon gesagt. Es kam niemand. Einmal war der Jungspunt von unten, vom Erdgeschoss, da ... wie heißt er noch... Strutz oder Strutzmann ... Strutzinger ...?«

»Guido Wingenfeld?«, kam Jens ihm zu Hilfe.

»Ja, genau! Wingenfeld!«

Freddy schaute ungläubig. »Dasch war alles? Eine einschige Perschon? Und dafür hat Hauff Ihnen schwei Rieschen beschahlt?«

Heiko Martens reckte sein Kinn angriffslustig nach vorne, er hatte wieder Oberwasser. »Ich hab jedenfalls nichts Unrechtes getan!«

Jens resignierte. »Komm, Freddy, es reicht echt. Gehen wir!«

Auf der Fahrt von Binz zurück sagten die beiden Ermittler lange Zeit nichts. Dann ergriff Freddy das Wort. »Isch kapier das nisch. Wir drehen unsch im Kreisch.«

»Warum will Willi Hauff wissen, wer das Mädchen besucht?«, hing Jens seinen eigenen Fragen nach.

»Aus Eiferschucht, isch doch klar.«

»Du glaubst also, er hatte mit ihr eine Affäre?«

»Wasch schonscht? Du nisch? Er hat schie auschgehalten und ihr den Ferrari gekauft.«

»Sie ist Jungfrau, schon vergessen.«

»Na und. Vielleischt hat schie ihm den Popo verschohlt oder auschgepeitscht. Oder irgendwasch anderesch Krankesch ...«

»Sigrit Hauff sagt, sie hätte es gewusst, wenn er fremdgegangen wäre.«

Freddy gab einen verzweifelten Laut von sich. »Schur Hölle mit all dieschen Idioten!«

In Jens' Kopf kristallisierte sich ein neuer Gedanke heraus. »Hör zu, Freddy, warum holen wir am Montag nicht das alte Team von der *Soko Düne* zusammen? Wir erzählen denen, was wir haben, und brainstormen gemeinsam.«

»Bischu verrückt?« In Freddys Augen lag richtige Bestürzung. »Lackner, escht, dasch machen wir auf gar keinen Fall!«

»Wieso nicht?«

Der Kollege verdrehte gequält die Augen. »Weil wir dann unscher Unvermögen eingeschtehen. Dasch ischt idiotisch!«

»Heißt das jetzt nein?«

»Natürlisch. Wasch schonscht?«

»Gut. Wenn du nicht mitmachst, zieh ich es allein durch.«

Freddy schlug die Hand vor die Stirn. »Du bischt scho ein Aaschloch! Isch hab schon bei der Schoko geschehen, dasch du ein gottverdammter Quertreiber bischt.«

Jens musste amüsiert lachen. »Ach, so früh warst du schon im Bild. Nein, jetzt ganz im Ernst, Freddy, vergiss mal unseren Ruf. Der ist sowieso komplett unten durch, wenn wir den Mord nicht aufklären. Aber was, wenn einer von unseren Soko-Kumpels eine Idee hat? Und wenn wir dadurch den Mörder finden, ziehen die alle den Hut vor uns!«

»Du hascht escht so dermaschen einen Vogel, Lackner!«

»Wir drehen uns im Kreis, Freddy, hast du selbst gesagt. Wir haben tausend Puzzlestücke und nichts davon will zusammenpassen. Irgendwas müssen wir doch tun. Also bist du jetzt dabei oder nicht?«

»Ach scheisch doch der Hund drauf.«

Mike hatte einen weiteren, sehr unerfreulichen Zusammenstoß mit Hermann Jokisch gehabt. Nach der Freitagsschicht hatte der einen Kopf kleinere Mann sich in der Zentrale vor Mike aufgebaut. »Kramer, ich habe keinen Ersatz fürs Wochenende gefunden. Es führt kein Weg daran vorbei, du musst einspringen.«

»Wenn du kurz Stift und Papier hast, Chef, schreib ich es dir einfach mal auf!«

»Was schreibst du auf?«

»Dass ich am Wochenende Pläne habe, die ich nicht verschieben kann. Keine Ahnung, ob du an Alzheimer leidest, aber immer, wenn du denkst, du solltest mich wegen der Schicht noch mal ansprechen, guckst du auf den Zettel und weißt wieder Bescheid.«

Mikes Spott brachte Jokisch in Rage. »Was bist du denn für ein Kameradenschwein, Mann? Soll Panczak am Wochenende vier Schichten machen?«

»Nein«, sagte Mike. »Mach du einfach deinen Job und heuer einen zusätzlichen Mann an.«

Jokisch ballte die Faust. »Kramer, wenn du jetzt abhaust, sag ich dir, dein Verhalten wird Konsequenzen haben. Und die werden dir ganz und gar nicht gefallen!«

»Geh mir jetzt besser aus dem Weg, wenn du selbst keine Konsequenzen willst, die dir nicht gefallen.« Mike sah entspannt auf sein wutbebendes Gegenüber. Dann trat Jokisch zähneknirschend zur Seite und musste zusehen, wie sein widerspenstiger Untergebener seiner Wege ging.

Auf dem Berliner Hauptbahnhof verabschiedeten sich Richard Dreifürst und Paula Kirner mit einer langen Umarmung. »Wir sehen uns bald wieder, Dickie!«, versicherte die Autorin. »Okay?«

Richard lächelte. »Da sag ich nicht nein. Aber jetzt muss ich erst mal ein paar Tage unters Sauerstoffzelt.«

Sie schlug ihn auf den Arm. »Sag nicht immer so doofe Sachen. Damit zerstörst du die ganze Romantik.«

»Das will ich natürlich nicht. Es waren sehr schöne Tage mit dir.«

»Das hört sich schon besser an. Also, schnell und schmerzlos, tschüss!« Sie drehte sich um und ging davon.

Richard blickte hoch zur Uhr der Zuganzeige. Es war kurz vor siebzehn Uhr. Er musste sich beeilen, denn zu seinem anstehenden Termin wollte er nicht zu spät kommen. Dass er sich mit Josef Zepmeisel treffen wollte, wusste außer Paula nur Susanne, der er sich mit seinen Plänen im Vorfeld anvertraut hatte. Jens gegenüber hatte er sich lieber nicht öffnen wollen, denn so, wie er seinen jungen Freund kannte, hätte der zu viele, wahrscheinlich sogar berechtigte Vorbehalte gehabt und ihm die ganze Angelegenheit am Ende noch ausgeredet. Und das hatte er lieber vermeiden wollen.

Josef Zepmeisel hörte Richards Schilderungen mit unbehaglichem Gesichtsausdruck zu. Sie saßen im Restaurant des *Kempinski* und nahmen einen Snack zu sich. Der Produzent war extra für dieses Treffen nach Berlin geflogen, um Richard auf halbem Wege entgegenzukommen.

»Ich weiß, dass das vielleicht sehr viel verlangt ist, aber ich habe immer noch unser Gespräch in Erinnerung, als wir im *Rum-Trader* zusammensaßen. Du sagtest doch, dass du noch nie, wie hast du es ausgedrückt, etwas Eigenes erlebt hättest, dass du noch nie deine Komfortzone verlassen hättest.«

Josef sah jetzt beunruhigt aus. »Und was stellst du dir vor, was ich tun soll? Auf dieses Schiff gehen und die dort gefangenen Kinder befreien? Läuft es nicht darauf hinaus?«

Richard winkte ab. »Wo denkst du hin? Natürlich nicht. Ich will schon, dass diesen Kindern geholfen wird, aber dazu müssen wir keine Gewalt anwenden.«

Der Produzent zeigte ein unsicheres Grinsen. »Ich soll aber auf dieses Schiff! Das hast du doch gesagt. Ich weiß nur nicht, ob ich das will. Ob ich das kann. Allein der Gedanke daran jagt mir eine Todesangst ein. Hast du es nicht etwas kleiner?«

»Nein, das habe ich nicht.«

Josef stieß einen Seufzer aus. »Also gut, nehmen wir mal ganz hypothetisch an, ich gehe auf die *Kaiphas*, was kann jemand wie ich schon ausrichten?«

»Eine ganze Menge!«, versicherte Richard. »Ich habe gedacht, dass du vielleicht etwas Elektronik dabei hast, Spionagetechnologie. Eine Brille mit integrierter Kamera zum Beispiel. Mit der würdest du aufzeichnen, was an diesem Ort vor sich geht. Wenn wir Bildmaterial von der Kaiphas hätten, eindeutiges Bildmaterial, das beweisen würde, was für schreckliche Dinge dort passieren, könnten wir das unserem Außenministerium zuspielen, oder Den Haag oder der Washington Post. Wenn solche Belege für ein derartig ungeheuerliches Verbrechen veröffentlich werden, wird das Geschäftsmodell ›Kaiphas‹ nicht mehr haltbar sein. Selbst die Russen können und wollen sich einen solchen Schandfleck nicht leisten.«

Josef hatte seine Hände vor der Nase gefaltet. »Nicht, dass ich dir nicht folgen könnte, aber sobald die Filmaufnahmen, von denen du sprichst, öffentlich gemacht werden, werden sie da den Laden nicht gleich runterfahren? Dabei würden sie doch die Mädchen, die sie verschleppt haben, nicht laufen lassen. Das wäre gleichbedeutend mit einem Todesurteil für die Kinder.«

»Ich kann nichts ausschließen, Josef, aber sollte diesen Vorgängen nicht ein Ende gesetzt werden? Wie viele unschuldige Mädchen sollen noch sterben?«

Der Filmproduzent hüllte sich einen Moment in Schweigen. »Ich weiß nicht, ob ich der richtige Mann dafür bin«, sagte er dann. »Warum kommst du ausgerechnet zu mir damit? Nur weil ich in einem Anfall von Wehleidigkeit fehlenden Abenteuern hinterhergeheult habe?«

»Das ist es nicht allein. Schau, ein Bekannter von mir, Chris, hat sich im Darknet umgeschaut und eine Plattform gefunden, die sich Aquarius nennt. Dort kann man die Pauschalreise der etwas anderen Art buchen. Für ein Ein-Wochen-Ticket, sie nennen das einen ›Zyklus‹, auf der Kaiphas werden dort sechzig Bitcoin aufgerufen.«

Josef Zepmeisel sackte der Unterkiefer weg. »Sechzig Bitcoin? Hast du eine Ahnung, wie viel das ist?«

»Nicht wenig, soviel weiß ich.«

»Nicht wenig? Das sind eins Komma zwei Millionen Euro!«

Richard versuchte, sich nicht anmerken zu lassen, wie genervt er gerade war. »Was denkst du, wieso ich dich frage? Weil du steinreich bist. Und auf dieses Schiff kommt nur eine sehr exklusive Klientel. Mein Bekannter Chris sagt, dass jeder, der einen Zyklus auf diesem Seelenverkäufer buchen will, überprüft wird. Wenn man als Multimillionär verifiziert ist, gehen die Veranstalter davon aus, dass der Kunde selbst allerhöchste Diskretion erwartet. Mit solch pervertierten Attraktionen in Verbindung gebracht zu werden, dürfte für jeden Kandidaten die soziale Enthauptung bedeuten.«

Richards Freund nickte langsam. »Ich verstehe. Wenn ich auf der *Kaiphas* einchecke, haben sie mich in der Hand. Ich kann nichts gegen sie unternehmen, ohne mich selbst als Partizipient zu outen.« Josef sah ihm in die Augen. »Trotzdem dürfte so eine Aktion, wie du sie planst, doch höchst gefährlich sein. Ich meine, wenn ich dabei auffliegen sollte, dann ist mein Leben doch keinen Penny mehr wert?«

»Nein«, bestätigte Richard trocken. »Das ist es dann nicht. Andererseits, wie hoch ist deine Lebenserwartung noch? Wie viel riskierst du wirklich? Und was ist mit deinem Bedürfnis, am Ende doch auf etwas zurückblicken zu können, was eine Bedeutung hat?«

Josef Zepmeisel schloss gedemütigt die Augen. »Richard, vergiss alles, was ich gesagt habe. Ich kann das nicht machen!«

»Das bringt doch nichts, Susanne! Wo willst du das Mädchen denn überhaupt suchen? Sie kann überall sein und nirgends!« Jens versuchte, seine Frau zu beruhigen. Doch die war viel zu aufgewühlt.

»Ich weiß genau, wo sie ist, Jens! Sie ist auf dem Weg nach Kaliningrad und wird versuchen, ihre Schwester zu befreien!«

»So ein Unsinn! Wie soll sie das denn schaffen? Das sind über tausend Kilometer und zwei Staatsgrenzen. Und sie ist noch ein Kind!«

Susanne schüttelte mit Nachdruck den Kopf. »Das ist sie eben nicht. Yslei musste schnell erwachsen werden, um zu überleben. Sie ist außergewöhnlich. Ich kenne sie nicht gut, aber gut genug, um zu wissen, was sie vorhat.«

Jens schob seinen Frühstücksteller zur Seite und ergriff die Hände seiner Frau. »Es wird überall nach Yslei gefahndet. Der Zoll und die Bundespolizei haben ihr Foto. Sie hat kein Geld und spricht unsere Sprache nicht. Früher oder später geht sie unseren Sicherheitskräften ins Netz.«

Susanne entzog ihm ihre Hände. »Oh, verzeih bitte, dass mein Vertrauen in unsere Sicherheitskräfte gerade etwas angeschlagen ist. Yslei ist ihnen in Rostock entwischt, ohne sich sonderlich anstrengen zu müssen. Ich mein, wie blöd kann man sein?«

Jens angelte sich einen Apfel und teilte ihn mit dem Messer. »Wenn du schon die Leute in Wismar kritisierst, darfst du aber auch nicht vergessen, dass du dem Mädchen eine sehr verlockende Vorlage zugespielt hast ...«

»Inwiefern?«

»Du hast ihr ein Smartphone in die Hand gedrückt. Das verbessert ihre Aussichten erheblich. Sie kann damit navigieren, googlen und hat eine Übersetzungsfunktion. Wer weiß, ob sie ohne das Handy überhaupt die Flucht angetreten hätte ...«

Von Susanne kam keine scharfe Erwiderung. Stattdessen blickte sie stumm vor sich hin. »Oh Gott. Du hast recht. Ich hab sie auch noch ermutigt.«

Jens wollte etwas loswerden, das er für eine wichtige Wahrheit hielt. »Vielleicht solltest du dir auch klarmachen, dass Yslei nicht dein Kind ist.«

Susanne hob den Kopf und wurde augenblicklich wütend. »Hör auf, mich ständig zu belehren. Ich weiß, dass sie nicht mein Kind ist.« Sie erhob sich und ging.

Mike hatte seinen Wagen gewissenhaft untersucht. So wie er Linda Todt einschätzte, glaubte er nicht, dass sie sein Fahrzeug ein zweites Mal verwanzt hatte, aber sicher wissen konnte er es nicht. Er stellte fest, dass alles sauber war, und fuhr nach Lobbe, das anderthalb Kilometer südlich von Göhren lag. Hier würde King ihn mit der *Black Bee* abholen. Natürlich erst, nachdem die Dämmerung der Nacht gewichen war. Das getarnte Schiff fuhr nicht bei Tageslicht, denn sein Skipper brauchte die Dunkelheit, um unsichtbar zu bleiben.

Mike parkte seinen Wagen in der Nähe des Strandes und schnallte seinen Rucksack auf den Rücken. Er tastete in seiner Tasche nach den Tabletten gegen Seekrankheit. Wenn er vierundzwanzig Stunden auf Kings Segelboot zubrachte, wollte er nicht die meiste Zeit über der Reling hängen und die Ostseefische mit seinem Halbverdauten erfreuen.

Während er darauf wartete, dass sich irgendwo am dunkler werdenden Horizont ein Segel zeigte, dachte er an Linda. Sie hatte sein ohnehin angeschlagenes Ego weiter erschüttert. Allmählich sah sich Mike so, wie er wirklich war: ein Gernegroß, ein Maulheld, der sich allein über seine überdurchschnittliche Körperkraft definierte. Verantwortung? Nein, die hatte er immer gescheut. Er hatte sich gerne über andere erhoben, hatte die Mädels, die ihn gewähren ließen, in den Wind geschossen, sobald er ihrer überdrüssig war. Eigentlich war ihm immer alles am Arsch vorbeigegangen.

Linda und Susanne hatten ihm sehr klar signalisiert, welche Meinung sie von ihm hatten. Dieses Mal konnte er es sich nicht schönreden. Was immer er auch tat, es hatte Konsequenzen. Und das war besonders erschreckend im Falle von Vero Hoogestraat und Arvid König. Was er sich selbst eingebrockt hatte, die Tatsache, dass er bei der Polizei rausgeschmissen worden war, wog für ihn bei weitem nicht so schwer wie die Lebenslinien seiner Schulfreunde, die durch sein Zutun eine fatale Neuausrichtung erfahren hatten. Es musste sich etwas ändern. Als ewiger Lausbub in den Tag zu leben und ohne jeden Reifeprozess zu altern, empfand er in diesem Moment als peinlich. Dabei hatte ihm sein Onkel Konrad oft genug ins Gewissen geredet und ihn ermahnt, endlich mal zur Vernunft zu kommen. Er hatte den alten Deppen reden lassen und seine Ohren auf Durchzug gestellt.

Linda Todt. Die Bundespolizistin hatte was. Aber ein kleines Licht wie er kam nicht für sie infrage. Na klar, sie war Oberkommissarin, sie brauchte keinen Wachmann mit einer armseligen Taserpistole als Lebenspartner. Sie wollte etwas Besseres und er konnte es ihr nicht einmal verdenken.

Während Mike grübelte und mit seinen Lebensentscheidungen haderte, schälte sich vor ihm ein grünblaues Segel aus der Schwärze der Nacht.

King hatte auf die Einführung für Gäste, die auf einem Segelboot eigentlich Vorschrift war, verzichtet und gleich den Edel-Rum ausgepackt. Es war ein teurer *Botucal* aus Venezuela, von dem Mike in eine Minitasse aus Emaille eingeschenkt bekam.

»Sollten Bootsführer nicht einen Bogen um Alkohol machen?«

Der Skipper lachte. »Nicht lange schnakken, Kopp in den Nacken!«

Sie exten den Rum, der sich im Magen warm und schmeichelnd anfühlte.

Während King Kurs auf die offene See nahm, sah Mike sich auf der *Black Bee* um. Das Schiff war ein ungewöhnlich langer Zweimaster mit Tarnanstrich, der komplett aus Fiberglas bestand. Es hatte unter Deck ein Innenleben, das vier bis sechs Mitreisenden Obdach bot. Im Zentrum lag ein Raum mit Tisch und Küche, an den eine Schlafkabine, eine Nasszelle und ein WC angegliedert waren. Die winzige Toilette hatte keine Spülung, wie man sie vom Festland kannte, ein Griff neben der Schüssel diente dazu, die Fäkalien wegzupumpen. Viel Wert auf Ordnung und Ästhetik legte King in seinem Boot nicht. Der einzige Schmuck in der Messe war ein verblichenes Bild von Vero an der Wand, ein Schnappschuss aus früherer Zeit.

»Was machst du eigentlich, wenn du der Küstenwache begegnest?«, fragte Mike, nachdem er über die steile Treppe wieder an Deck geentert war.

»Die haben scharfes Glas, die Bullen, aber ich seh sie trotzdem immer eher als sie mich, das glaub mir man. Und die blonde Hexe, die sich an dich rangeschmissen hat, muss früher aufstehen, wenn sie die *Black Bee* aufbringen will. Und die Alte legt's drauf an. Das spür ich.«

»Was meinst du damit? Linda ist doch eher harmlos ...«

Der Skipper schüttelte den Kopf. »Nee, das glaub mal nicht. Die ist brandgefährlich. Ich sag dir, irgendwann begegnen wir uns und dann geht es Spitz auf Knopf!«

Mike sah seinen alten Freund tadelnd an. »Man kann sich auch in was reinsteigern.«

»Wie auch immer. Die Hexe und ihre Bötchenfahrer von der Küstenwache werden dieses Schiff nie in die Finger kriegen. Eher versenke ich es.«

»Wie machst du das? Auf die gute alte Art, mit Dynamit?«

»Dynamit? Nein. Da sind wir heute weiter. Ich hab Tauchzellen integriert. Innerhalb von zehn Minuten kann die *Bee* auf Grund sinken.«

Für Mike ergab das wenig Sinn. »Aber dann ist ein sündteures Schiff verloren.«

»Kommt drauf an, wo sie sinkt. Wenn es in Ufernähe passiert, kann ich sie auch wieder bergen. Ich tauche mit Pressluftflaschen runter und blase die Nasszellen aus. Dann kriegt sie wieder Auftrieb.«

»Und wenn es nicht in Ufernähe passiert?«

»Dann wird das Schiff irgendwann vom Wasserdruck zu einer Kugel zusammengeknüllt. Das wäre suboptimal.«

»Verstehe.«

»So!« King klatschte gut gelaunt in die Hände und sprang vom rechten Ruderrad an das linke. »Jetzt luv ich noch etwas an und dann mach dir mal ein zweites Bein!«

Ehe Mike nachfragen konnte, trat sein Freund heran und goss ihnen einen weiteren Rum ein.

Josef Zepmeisel hatte um halb vier an Richards Hoteltür im *Kempinsky* geklopft und ihn geweckt. Er hatte getrunken, so viel, wie es gebraucht hatte, um seine Meinung zu ändern.

»Ich bin ...«, erklärte er, »... das liegt in meiner Natur, ein Angsthase, Richard. Mut, Mut habe ich nie aufgebracht. Aber du hast recht: Ich kann nicht jammern und mich dann weigern, meine Komfortzone zu verlassen.«

»Ich will dich nicht in etwas hineinreden, was du am Ende bereust«, versicherte Richard, ohne es wirklich zu meinen.

»Oh, ich bin fest davon überzeugt, dass ich es bereuen werde, aber es ist bedeutungslos, wie bange ich bin.« Der Produzent straffte sich. »Ich werde es tun.«

»Ich bin froh, das zu hören, Josef«, bekundete Richard erleichtert. Komischerweise gelüstete es ihn nun selbst nach einem Bier. Er holte sich eines aus der Minibar.

»Natürlich habe auch ich eins Komma zwei Millionen nicht bar herumliegen«, erklärte der Filmproduzent. »Aber ich denke, ich werde die Mittel morgen im Laufe des Tages bereitstellen können. Ich rufe meinen Banker an. Wir mussten in der Vergangenheit schon des Öfteren schnelle Transaktionen abwickeln, das wird klargehen.«

»Ja, ist ein Haufen Geld.«

»Ich habe eine Bedingung, wenn ich mich auf diese Operation einlasse.«

Richard nahm einen großen Schluck von dem gut gekühlten Bier. »Ich höre ...«

»Ich will, dass du mich nach Kaliningrad begleitest!«

Josef Zepmeisel erntete einen entgeisterten Blick. »Ich soll mit aufs Schiff?«

»Nein«, wies Josef diese Idee entrüstet von sich. »Denkst du, ich will zwei von diesen Irrsinns-Tickets kaufen? Man bleibt nicht lange Millionär, wenn man sein Geld sinnlos verprasst, glaub mir!«

»Okay. Ich dachte schon ...« Richard konnte sich einer gewissen Erleichterung nicht erwehren.

»Ich will, dass du dabei bist und mir Mut machst, bis die Barkasse ablegt, die mich auf die *Kaiphas* bringt. Ganz ehrlich, ich fürchte, dass ich ohne Aufpasser am Ende noch den Schwanz einziehe.«

»Das ist alles?«

»Erst mal.«

Richard nickte und streckte die Hand aus. Josef seufzte und schlug ein.

»Wenn die Winde günstig sind, macht mein Schätzchen schon mal zweiunddreißig Knoten!«, grinste King, während ihm und Mike die Gischt der aufgewühlten See ins Gesicht peitschte.

»Zweiunddreißig Knoten? Was ist das in Stundenkilometern? Fünfzig?«

»Fast sechzig. Das ist sogar zu schnell für die gottverdammte Küstenwache.«

Mike konnte die Fahrt durchaus genießen. Mit erhabener Grandezza glitt die *Black Bee* über die Wellen. Er sah zu King, der breitbeinig am linken Ruder stand und wie der König der Welt aussah.

»Warum suchen sie dich eigentlich? Die von der Bundespolizei? Angeblich schleust du illegale Einwanderer ins Land.«

Der Skipper winkte ab. »Ach was! Das ist ein-, zweimal vorgekommen. Da hab ich nicht mal Geld für genommen. Dummerweise war da ein gesuchter radikaler Islamist dabei. Wusste ich aber nicht. Und soll ich dir was sagen? Ist mir auch egal. Der Grenzschutz hat bei der Flüchtlingskrise selbst genug von diesen Galgenvögeln ins Land gelassen.«

Mike blieb skeptisch. »Und wegen dem einen krummen Typen wollen sie dich einknasten?«

King grinste amüsiert. »Nein. Sie halten mich für eine Gefahr für die christliche Seefahrt. Sie denken, ich bin verrückt!«

Mike schaute amüsiert. »Das denken sie? Die kennen dich nicht besonders gut, oder? Ich meine, du bist ein Ingenieur! Ein Erfinder und ein Visionär!«

»Das sind Bullen. Die haben ihre Personalakten und das war's schon. Die wissen gar nichts über mich. Und noch weniger kennen sie meine *Bee*!«

»Deine *Bee*. Wie sich das anhört ... So als hätte sie ein eigenes Leben«

»Für mich hat sie das! Die *Black Bee* ist meine Inspiration, meine Muse! Sie ist ... mein besseres Ich!« Er streichelte das Ruder fast zärtlich.

Sie glitten weiter durch die Nacht, ohne eingeschaltete Positionslichter und ohne aktivierten AIS-Transponder, der ihre Position der Allgemeinheit offenbar gemacht hätte.

»King?«

»Was?«

»Ich weiß nicht, wie ich's sagen soll, aber es liegt mir da was auf der Seele. Ich hab ein ... schlechtes Gewissen.«

»Ein schlechtes Gewissen? Sag bloß! Weswegen?«

»Weil ich schuld daran war, dass sie dich seinerzeit in die Klapse gesteckt haben.«

Mike konnte im Gesicht des Skippers keine direkte Reaktion ablesen. Dann schüttelte Arvid den Kopf. »Da lass dir mal bloß keine grauen Haare wachsen. War ja meine Entscheidung, dass ich damals die Schuld auf mich genommen habe. Außerdem fand ich es goldrichtig, dass du den Alfa vom Direx in die Luft gejagt hast. Hast mir aus der Seele gesprochen damit. Und wenn ich dich nicht so professionell zum Sprengmeister ausgebildet hätte, hättest du dir am Ende nur selbst den Schwanz weggeböllert.«

Sie lachten beide.

»Aber wo du schon davon anfängst, Maiki, für mich stellt sich die Sache vollkommen anders dar.« Er sah seinen Freund auf seltsame Weise an. »Ich halte dich nämlich für den anständigsten Menschen, den ich je getroffen habe!«

Mike sah verblüfft auf. »Mich? Jetzt hör aber auf ...!«

»Vero hat mir alles erzählt von damals. Du hattest sie schon, sie wollte mit dir schlafen. Und als es so weit ist, fällt dir nichts Besseres ein, als ihr die Wahrheit zu sagen. Weil du mich bei ihr rehabilitieren wolltest. Du hast dich selbst abgeschossen, damit Vero zu mir in die Psychiatrie kommt. Du bist ein Mann, dem seine Integrität wichtiger ist als sein Schwanz. Für mich bist du ein Heiliger, Alter!«

Mike schwieg berührt. »Ich weiß nicht, ob ich das bin. Als ich Vero damals alles erzählt habe, war das vielleicht eine meiner wenigen besseren Entscheidungen ... Aber dass ich den Wagen von Kaps hab hochgehen lassen, das ist vollkommen idiotisch gewesen. Und du hast die Suppe auslöffeln müssen.«

»Ich sagte schon, das war meine Entscheidung. Und jeder Weg führt in die Zukunft. Im Psychoknast hab ich jedenfalls eine Menge gelernt.«

»Als da wäre?«

»Zum Beispiel über die Menschen. Die Psychologen sollten eigentlich am besten wissen, wie sie sich Patienten gegenüber zu verhalten haben. Sie verinnerlichen die Blaupause einer respektvollen Kommunikation, bleiben stets bei sich und sollen die Übergeschnappten spiegeln.« King lachte abfällig. »Der Plan ist grundsätzlich gut, funktioniert aber nicht. Keiner von den Psychiatern, oder den *Psychologischen Psychotherapeuten*, wie sie sich schimpfen, hat sich für was anderes interessiert als sich selbst. Therapeuten sind ehrgeizig und geil auf Erfolg. Ein Patient, der Fortschritte macht, der zählt. Jemand, der seelisch zu zerrüttet ist, um sich schnell in so was wie eine Normalität zurückzukämpfen, so ein hoffnungsloser Fall, der bringt nur Frustration. So einer wird dann eben mit Medikamenten ruhiggestellt. Und glaub mir, das ist derbe Chemie, die sie da einsetzen und das Tag für Tag. Das ätzt den Insassen zwar den letzten Verstand weg, aber so sind sie wenigstens still.«

Mike seufzte bekümmert. Kings Worte vertieften sein Schuldgefühl nur noch.

»Es gibt noch was, was gar nicht hingehauen hat ...«, fuhr King fort. »Damit die Beziehung zwischen Patient und Arzt funktioniert, muss der Therapeut sich selbst schützen und auf angemessenen Abstand zum Patienten achten, damit er seine Objektivität nicht verliert und am Ende co-abhängig wird. Aber in dem Narrenhaus, in dem ich war, gab es überhaupt keinen Kontakt mehr. Das war keine angemessene Distanz mehr, das war nur Gleichgültigkeit und Gefühlskälte uns armen Schweinen gegenüber.« Er griff nach dem Rum, zog den Korken ab und trank einen Schluck aus der Flasche. Dann reichte er sie Mike weiter. Der aber winkte ab und der Skipper stellte den *Botucal* wieder an seinen Platz.

»Du warst lange da«, reflektierte Mike. »Und es gab unter all den studierten Leuten keinen, der erkannt hätte, was wirklich mit dir los war?«

»Doch. Einen gab es. Einen einzigen. Aber studiert hatte der nicht ...«

King grinste selbstgefällig und Mike verstand.

»Das warst du selbst.«

»Ja. Zeit gab's ja genug. Also hab ich einen Haufen Fachbücher gelesen, mich in die Materie reingearbeitet und mich am Ende selbst analysiert. Und voilà: Ich habe bei mir eine bipolare Störung diagnostiziert.«

»Bipolare Störung ...? Gehört hab ich das schon. Aber ich weiß nicht genau, was das ist«, gab Mike zu.

»Das sind extreme Gefühlsschwankungen. Ich habe lange manische Phasen und auch depressive. Die Krankheit ist erst in der Psychiatrie aufgetreten. Nach einer Zeit hab ich da richtig am Rad gedreht. Und eines Tages hab ich Idiot versucht, mich umzubringen.«

Mike zog zischend die Luft ein. »Oh, Mann! Hör auf!«

»Danach haben sie mich so dermaßen vollgepumpt mit ihrem Dreck, dass ich nicht mehr wusste, wer ich war. Die haben mich mit der Chemiekeule fast zu einem sabbernden Idioten gemacht. Ich wollte da dann nur noch raus. Also habe ich ihnen gegeben, was sie wollten: einen Patienten, der Fortschritte macht und irgendwann als geheilt entlassen wird. Ich hab es ihnen nur vorgespielt, das war anstrengend, weil blöd sind die nicht. Aber es gelang mir, sie zu täuschen. In Wahrheit ging es mir jeden Tag schlechter. Eben weil ich in diesem Irrenhaus saß.«

»Aber du hast es geschafft rauszukommen.«

»War wichtig, dass ich es hab durchgeziehen können, weil irgendwann ist man zu ballaballa im Kopf. Als ich raus war, wollte ich einen Neuanfang. Ich hab alle Medikamente abgesetzt und fing an, Medizin zu studieren.«

»Und du hattest keine Entzugsprobleme?«

»Anfangs nicht. Die Medizin war interessant, ich hab nur noch in den Büchern gesteckt. Das war eine lange manische Phase. Die Theorie hatte ich in Windeseile drauf, ich hätte nach einem halben Jahr das Physikum ablegen können. Aber das Studium ist nun mal auf zwölf Semester angelegt. Das hat mich wahnsinnig gemacht ... und dann, plötzlich, ging es nicht mehr ohne Medikamente ...«

»Vero hat mir davon erzählt ... Sie haben dich am Giftschrank erwischt, wie du vom Laudanum genascht hast ...«

King schaute auf und lachte. »Das ist die Version, die ich Vero erzählt hab, weil sie die Wahrheit nicht gepackt hätte ...«

Mike runzelte die Stirn. »Jetzt machst du mich neugierig ...«

»Ich wusste sehr schnell, dass ich mich auf Chirurgie spezialisieren wollte. Aber natürlich geben sie den Studenten in den ersten Jahren kein Skalpell in die Hand. Beim Praktikum sind wir eines Tages in der Pathologie gewesen, da hat dann so ein Professor für die Studenten eine Leiche aufgemacht. Einige der Kommilitonen haben das nicht gut aufgenommen.« King lachte bei der Erinnerung. »Für mich war es aber eine Offenbarung. Danach hab ich mir die Schlüssel für die Pathologie organisiert und dann nachts an den Toten rumoperiert.«

Mike wurde schlecht. Ob es vom Schaukeln des Schiffes kam oder von Kings Erzählungen konnte er gerade nicht sagen.

King entging die betretene Miene seines Freundes nicht. »Ich hab das ganz seriös gemacht, Maiki, das kannst du mir glauben. Meine Eingriffe waren streng nach Lehrbuch und verdammt: Ich war gut! Ich weiß, ich soll mich nicht loben, aber ich war ein Paganini am Skalpell!«

»Kann ja sein. Und wieso hast du dann aufgehört?«

»Weil ich unvorsichtig war. Jemandem ist aufgefallen, dass eine Krebstote plötzlich keinen Blinddarm mehr hatte. Tja, beim Verwischen meiner Spuren war ich ein Stümper. Ich bin jedenfalls aufgeflogen und die Uni hat nicht lange gefackelt. Kopf ab, Arvid König! Das war's dann mit der Chirurgie.«

»Oh Mann! Du hast echt einen Knall.«

»Möglich. Aber ich lerne aus Fehlern. Beim Ingenieursstudium ist es besser gelaufen. Das alte Problem: Ich war wieder mal zu gut. Ich hab geschuftet wie ein Maulesel. Ich weiß eben nie, wann ich aufhören muss. Gut, hat eine Menge Geld gebracht.« King schaute betrübt übers Wasser. »Aber irgendwann kapiert man, dass Geld ein Blender ist. Ich wurde nur immer dösiger im Hirn. Da hab ich in den Sack gehauen, Maiki! Schluss! Finito! Und jetzt will ich leben. Richtig leben! Hier auf See, da geht das. Mit meinem Schätzchen geht das, mit meiner *Bee*! Der ist es scheißegal, dass ich bipolar bin. Und deswegen bin ich hier draußen.«

»Richtig leben?« Mike blickte zweifelnd über das dunkle Wasser. »Da muss man der Typ dafür sein, oder? Ich weiß nicht, ob hoher Seegang für mich gleichbedeutend mit Leben wäre.«

King lachte dröhnend. »Das meine ich auch nicht, du Spast! Willst du wissen, worum es dabei wirklich geht?«

»Klar!«, sagte Mike arglos. »Warum nicht?«

Der Skipper warf ihm eine Schwimmweste zu. »Zieh über, Maiki!« Er fischte einen winzigen Behälter aus seiner Brusttasche und schraubte ihn auf. Im Deckel war ein kleiner Löffel eingearbeitet. King schaufelte sich eine gute Ladung Koks in jedes Nasenloch und zog dann schnaufend Luft ein.

»Was tust du denn?«, machte Mike sich bemerkbar, denn Kings Verhalten beunruhigte ihn ein wenig.

»Nur ein kleiner Energie-Booster!« Dann beugte er den Kopf und schloss die Augen. Er wippte vor und zurück und Mike konnte sich überhaupt keinen Reim darauf machen.

»Was genau tust du da, Mann?«

King sah verschmitzt auf. »Ich halte Zwiesprache mit meinem Baby, verstehst du? Die *Black Bee* und ich, wir haben eine besondere Verbindung …«

»Na klar! Du hast sie gebaut. Du bist ihr Papa!«

Der Skipper lachte breit. »Das war ich, aber inzwischen hat sich das Blatt gedreht, verstehst du? Inzwischen ist sie oben! Sie ist die Queen!«

»Sie ist die Queen?«, wiederholte Mike, dem das alles ein bisschen Banane vorkam.

King verlor seine aufgekratzte Stimmung nicht und deutete nach Lee in die Dunkelheit. »Siehst du das da vorne?«

Mike starrte in die Dämmerung, während er die Schwimmweste an seinem Oberkörper festzurrte. »Was denn?«

»Na da, auf neun Uhr, du Blindfisch!«

Dann sah Mike, was King meinte. »Ist das ein Schiff?«

»Oh ja! Ein Schiff! Das ist es sicher. Das ist ein Fährschiff! Kommt aus Malmö, Zielhafen Travemünde!«

Mike konnte die Fähre nun besser sehen. »Ganz schön groß, das Teil!«

»Genau!«, sagte King und hielt genau darauf zu.

Sein Passagier stutzte. Was wurde das jetzt? »Was hast du vor, King? Willst du den Goliath da zu den Fischen rammen?«

»Keine Spur! Die *Black Bee* und ich werden nur versuchen, dem Kameraden den Weg abzuschneiden.«

Mike verstand kein Wort. Sie näherten sich der Fähre schnell. Jetzt war das wuchtige Linienschiff gut zu erkennen. Wie ein Berg wuchs es vor ihnen aus dem Meer und eine kalte Hand griff nach Mikes Brust. »King, was tust du? Mach jetzt bloß keinen Scheiß!«

Das darauffolgende Lachen seines alten Freundes lehrte ihn das Gruseln. Doch King hielt den Kurs mit fester Hand und sie schossen mit Höchstgeschwindigkeit auf den Bug der Fähre zu.

»Neiiiin!«, brüllte Mike in Panik. »King! Wir werden draufgehen! Um Himmels willen, dreh bei!«

Selbst wenn King das noch gekonnt hätte, war die Geschwindigkeit der *Black Bee* zu hoch. Alles passierte viel zu schnell. Mike sah nun dem Tod direkt ins Auge. Da hörte er den Skipper hinter sich brüllen und fiel in das Geschrei mit ein, aus schlichter Panik. Der Steuermann der Fähre hatte das Segelschiff auf Kollisionskurs entdeckt und betätigte warnend das Schiffshorn. Das infernalische Tuten ging Mike durch Mark und Bein. Während sich eine Wasserwand vor ihnen auftürmte und ihm fast den Kopf abriss, glitt das Segelschiff unmittelbar vor der Fähre vorbei. Hätte er die Hand ausgestreckt, er hätte den Bug des Linienschiffs berühren können.

Dann waren sie vorbei. Als Nächstes erwischte sie die Bugwelle des Giganten und hob sie weit aus dem Wasser. Für einen Moment war es Schwerelosigkeit. Mit einem Donnern krachten sie dann wieder hinunter und Mikes Wirbelsäule erlitt einen brutalen Hieb, als der Kiel auf dem Wasser aufschlug.

Hinter ihm hörte King nicht auf, sich auszuschütten vor Lachen. »Verstehst du jetzt, Maiki?«, rief er ihm in sichtlicher Hochstimmung zu. »*Das* ist Leben! Das ist meine *Black Bee*!«

Jens hatte viele Telefonate geführt, weil er sichergehen wollte, dass möglichst viele Kollegen aus der inzwischen aufgelösten *Soko Düne* am Montag mit von der Partie sein würden. Er versprach allen ein leckeres Buffet. Es gab auch Bier und Wein, denn Jens hatte die Zusammenkunft nach achtzehn Uhr angesetzt. Da hatten die meisten Dienstschluss. Nicht alle würden mittrinken können, denn der Großteil war auf den Wagen angewiesen, um nach Hause zu kommen. Dennoch würde die Aussicht auf Häppchen und Freibier die Kollegen verlocken, zahlreich zu kommen.

Nur Susanne machte ihm Sorgen. Sie hatte bereits am Vormittag angefangen zu trinken. Seine Versuche, zu ihr durchzudringen, waren gescheitert. Sie blockte ihn ab und wollte in Ruhe gelassen werden. Jens merkte, dass er selber dabei war, sich von ihr zu entfernen. Es war erstaunlich, wie fremd einem eine vertraute Person in so kurzer Zeit werden konnte. Auf welchem Weg auch immer sie war, sie brauchte ihn nicht dabei und sie würde sich, so wie es aussah, nicht aufhalten lassen. Es war Jens bereits egal. Sollte sie ihm doch den Buckel runterrutschen.

Josef Zepmeisel hatte den geforderten Bitcoin-Betrag an die Darknet-Adresse von *Aquarius* überwiesen. Nun teilte man ihm mit, dass er überprüft werde. Wer immer diese Plattform betrieb, schien auf Kundenfreundlichkeit bedacht zu sein. Schon am Sonntagnachmittag kamen eine Bestätigung und ein Token, den er im Darknet einsetzen sollte, wenn er sich in Warschau eingefunden hatte. Der Plan sah vor, dass er von dort mit einem gecharterten Jet nach Kaliningrad geflogen werden würde.

Vor zwei Stunden war ein gewisser Kilian Kerscher, seines Zeichens Privatdetektiv, ins Berliner Nobelhotel gekommen. Er hatte einen Koffer mit Spionage-Elektronik dabei. Zuerst überreichte er Josef Zepmeisel ein *Iridium-Extreme*-Satellitentelefon.

»Ich habe die Sim bereits aktiviert, das Telefon ist einsatzbereit. Es ist ein Prepaid-Handy, die Gültigkeit geht über ein Jahr plus zehn Bonus-Stunden. Das Ding hat einen Echtzeit-Tracker und eine SOS-Funktion.«

Josef drehte das Telefon in seinen Händen. »Eine SOS-Funktion? Das dürfte in Russland wohl kaum von Nutzen sein.«

»Was ist mit den Aufzeichnungsmöglichkeiten?«, schnitt Richard ein Thema an, das ihm viel wichtiger erschien.

Kerscher zog eine längliche Schachtel hervor und öffnete sie. »Das hier ist eine Brille mit einem eingebauten Videoauge. Das benutzen Reporter gerne bei Ermittlungen vor Ort. Ob man das gegen organisierte Kriminalität einsetzen will, muss man sich überlegen. Berufsverbrecher kennen sich mit derlei Technik grundsätzlich besser aus als gierige Industrielle und Firmenchefs.«

»Kann ich die mal aufsetzen?«, bat Richard. Kerscher reichte ihm die schwarze Brille, die auf den ersten Blick recht harmlos daherkam.

»Das ist Fensterglas, oder?«, erkundigte Richard sich.

»Man kann auch geschliffene Gläser einsetzen, aber das dauert natürlich seine Zeit.«

»Ich glaube, die Brille ist nichts für mich. Was, wenn da ein anderer durchgucken will? Nein, das ist mir zu riskant«, sagte Josef. »Haben Sie noch was anderes?«

Der Privatdetektiv förderte einen Kugelschreiber zutage. »Ein Stift, in dem ebenfalls eine Kamera verbaut ist. Hat auch eine Infrarotfunktion und einen Bewegungsmelder. Den kann man aktivieren und auf den Tisch legen. Er fängt an aufzuzeichnen, sobald der Bewegungsmelder auslöst. Maximale Funktionszeit zwanzig Minuten.«

Josef Zepmeisel machte ein skeptisches Gesicht. »Ich weiß nicht. Ich kann mir nicht vorstellen, dass es unverfänglich ist, dort bei einer Abendveranstaltung mit einem Kugelschreiber rumzufuchteln.«

Kerscher war nicht aus der Fassung zu bringen. Er packte ein weiteres Kästchen aus.

»Was ist das?«, fragte der Filmproduzent mit sichtlichem Unbehagen.

»Das ist eine echte Rolex! Etwas modifiziert.« Der Privatdetektiv packte eine schwere silberne Uhr aus.

»Ach! Und die hat auch eine Kamera?« Richard beugte sich interessiert vor.

»Selbstverständlich. Es ist eine Spezialanfertigung, deswegen kann ich Sie ihnen nur leihen. Sie müssen mir fünfzigtausend Euro Kaution hinterlegen. Der Vorteil ist, dass man durch den Markennamen nicht auf die Idee kommt, dass es ein Spionage-Tool ist und …«

»Ich nehme sie! Das ist perfekt!« Josef lächelte zum ersten Mal, hielt dann inne und spuckte dann etwas Blut in ein Taschentuch.

»Alles okay?«, erkundigte sich Richard.

Sein Freund zeigte einen nach oben gerichteten Daumen. »Alles okay! Buchen wir jetzt den Flug nach Warschau.«

Kramer parkte hinter Susannes SUV vor der *Pension Seerose*. Er nahm eine große blaue Ikea-Tasche vom Beifahrersitz und klingelte. Es war Jens, der ihm aufmachte. »Mike! Na, das ist mal eine Überraschung!« Sein ehemaliger Kollege sah erfreut aus.

Mike grinste. »Du weißt doch, dass man mich nie abschreiben soll!«

»Willst du nicht reinkommen?«

Jens trat beiseite und ging mit dem unerwarteten Besucher in den Schankraum. »Warum bist du hier?«

Mike stellte die Ikea-Tasche auf einem der Tische ab. »Susanne war doch mit dem Syrer-Mädchen bei mir. Das ist ihr ganzer Kram, den sie noch nicht abgeholt hat. Und weil sie mir gesagt hat, dass sie grad nicht fahren darf, dachte ich, ich bring das Zeug kurz vorbei. Ist sie da?«

Jens schaute betrübt. »Oben in ihrem Zimmer. Ich weiß aber nicht, ob sie empfängt.«

»Gut. Ich will nicht stören. Dann mach ich mich wieder auf den Weg.« Er wollte schon wieder gehen, doch sein alter Partner hielt ihn am Arm fest.

»Warte. Nur mal so: Mit dir hat sie im Moment keine Probleme, oder?«

»Glaub nicht. Ich würde sogar sagen, so gut wie jetzt war die Beziehung zu ihr noch nie. Also auf freundschaftlicher Ebene. Du weißt ja, mein Typ ist sie nicht.«

»Ich frage, weil sie so desolat ist. Du weißt, dass Yslei sich abgesetzt hat?«

»Yslei? Wie? Die ist schon wieder weg?« Mike lachte. »Wusste ich nicht, wundert mich aber auch nicht. Das ist eine verdammt taffe kleine Kröte. Hier!« Er zeigte Jens seinen immer noch verbundenen Arm. »Da hat sie mich mit dem Messer erwischt. Musste mit fünf Stichen genäht werden. Also, meinen Respekt hat sie jedenfalls.«

»Hör zu, Mike, seit das Mädchen entkommen ist, hängt Susanne völlig durch. Es wäre mir recht, wenn du hochgehst und mal nach ihr siehst. Ich bin gerade ein rotes Tuch für sie.«

»Klar, kein Ding!« Mike nahm die Ikea-Tasche und ging zur Treppe.

»Ich will meine Ruhe!«, kam es gereizt von innen, als Mike an die Tür klopfte.

»Ich bin's, Susanne! Ich bring dir die Sachen, die du in meiner Wohnung vergessen hast.«

»Mike?«

»Ja, wer denn sonst?«

Susanne öffnete die Tür. Sie sah fertig aus. Aber sie hatte ein Lächeln für ihn übrig. »Komm rein. Du bist gerade der einzige Mensch, der mir nicht auf den Keks geht.« Sie ging zum Schrank und holte ein Glas heraus. »Ich hab mir gerade einen Rosé aufgemacht. Trink einen Schluck mit mir.« Sie schenkte sich und dem Besuch ein.

Mike stellte die Ikea-Tasche auf den Stuhl, als sein Blick auf den Monitor ihres Computers fiel. Er stutzte und sah dann genauer hin. »Zehn Methoden, sich selbst zu töten?« Er drehte sich zu Susanne und sah sie geschockt an. »Du willst das Licht ausknipsen? Ist das dein Ernst?«

Sie blickte finster. »Ich korrigiere mich, Mike, du gehst mir doch auf den Keks!«

Er lachte, ging zu ihr und nahm ihr ein Glas Rosé aus der Hand. »Entspann dich. Ich halt's mit der Devise: Reisende soll man nicht aufhalten. Wenn du ableben willst, werd ich dir bestimmt nicht im Weg stehen.«

Sie sah ihn an, seufzte und setzte sich auf die Couch. »Ich hab einfach alles so satt. Wenn ich mir diese Welt anschaue und den ganzen Wahnsinn, den es darin gibt, frage ich mich, was das überhaupt noch alles soll.«

»Also, wenn ich mir den Faden durchschneiden wollte, würd ich mich wahrscheinlich totsaufen! Cheers!« Er prostete ihr zu und trank.

»Mich totsaufen? Das hört sich verlockend an. Aber das kann ich Jens nicht antun. Der arme Kerl hat schon genug Brassel mit mir.« Sie trank ihr Glas leer und füllte es erneut. »Ich bin einfach so voller Hass auf diese Leute. Am liebsten würd ich mir eine Schrotflinte kaufen, auf dieses Schiff und ihnen allen ins Gesicht schießen.«

Mike lachte, als er sich das vorstellte.

Susanne aber runzelte die Stirn. »Du lachst mich aus? Hast du vergessen, was ich vor drei Jahren in Sagard gemacht habe? Da bin ich auch in die Höhle des Löwen und frag nicht wie, Mann!«

»Oh, ich lach dich nicht aus, Susanne. Ich dachte nur gerade an meinen alten Freund Arvid König. Ich war mit ihm draußen auf See, auf einem kleinen Segeltörn. Wir haben einiges gebechert und da hab ich ihm von der *Kaiphas* erzählt und von der Idee, da einfach hinzufahren und aufzuräumen. Ich weiß nicht wieso, aber er war sofort Feuer und Flamme. Warum fahren wir nicht hin und jagen das ganze Drecksschiff in die Luft? Das waren seine Worte, ich schwör's.«

Susanne sah Mike irritiert an. »Warum sollte er das tun?«

»Warum? Weil er einen an der Waffel hat. Für einen Moment hab ich an seinem Verstand gezweifelt. Er hat beinahe ein gigantisches Fährschiff gerammt mit seinem Segelboot, mit mir an Bord. Das Schiff trägt übrigens den Namen *Black Bee* und King redet mit ihm, als wäre es ein lebendiges Wesen. Er hat uns mit voller Absicht auf Kollisionskurs mit dieser Fähre gebracht. Mein alter Schulfreund ist ein koksender Adrenalinjunkie und wenn mich nicht alles täuscht, mit einer gewissen Todessehnsucht unterwegs.«

»Jetzt warte mal! Du meinst, der würde das tatsächlich machen? Mit Leuten nach Kaliningrad fahren und dort die *Kaiphas* angreifen?«

»Wie ich schon sagte, ich hab ihn lange nicht gesehen und er verhält sich, gelinde gesagt, sehr sonderbar.« Mike grinste schelmisch. »Wenn du dich wirklich umbringen willst, dann vergiss die Website auf deinem PC und tu dich mit King zusammen, das geht am allerschnellsten.« Er lachte seinem Witz hinterher und stellte das Glas ab. »Nein, aber mal im Ernst. Ich kann dich inzwischen gut leiden, Susanne. Überleg dir noch mal, ob du wirklich abtreten willst. Wäre schade um dich.«

Sie schenkte ihm einen warmen Blick. »Danke!«, sagte sie dann, ging zu ihm und umarmte ihn.

Jens war überrascht, als Susanne sich an diesem Abend noch zeigte. Sie wirkte auch nicht sonderlich betrunken, obwohl sie sicher schon einiges konsumiert hatte. »Es ist noch Auflauf im Kühlschrank. Den könnte ich uns warmmachen«, schlug sie vor.

Obwohl Jens schon ein Brot gegessen hatte, zeigte er sich interessiert. Susanne hantierte am Herd. »Hat Mike irgendwas gesagt?«, fragte sie beiläufig.

»Nein. Wieso? Hätte er was sagen sollen?«

Sie überspielte lachend. »Na ja, er hat mir den Kopf zurechtgerückt. Ausgerechnet er, der kleine Neandertaler.«

Jens blickte sie an und war erleichtert. Sie wirkte nicht mehr so düster wie noch vor einigen Stunden. Das kam ihm tröstlich vor. »Übrigens: Ich werde morgen nach dem Weg fragen«, kündigte er mit einem heiteren Lächeln an.

»Nach dem Weg fragen? Du fragst doch nie jemanden nach dem Weg.«

»Ich lerne eben dazu, mein Teure. Nein, im Ernst, unser Mordfall ist so verdreht, dass ich die alte Truppe von der Soko für morgen zusammengerufen habe. Vielleicht hat einer eine Idee. Der Hauptkommissar wird uns den Fall entziehen, wenn wir nicht bald was liefern.«

»Und was sagt Freddy dazu?«

»Dem schmeckt das natürlich nicht. Dass wir uns hinstellen und jedem erzählen, dass wir in der Sackgasse feststecken.« Jens deckte den Tisch.

»Ich finde die Idee gut. Was für ein Anspruch, jeden Fall allein lösen zu wollen. Nein, wenn ich dir damit nicht zu nahetrete, ich bin stolz auf dich.«

»Danke. Du trittst mir nicht zu nahe.«

Sie rührte den Auflauf um, den sie gerade in der Pfanne erhitzte. »Weißt du, wen ich heute im Kaufland gesehen hab? Ginger!«

»Ginger?« Jens sah auf. »War sie alleine?«

»Ja, war sie. Man erkennt sie schon von Weitem mit ihren schreiend roten Haaren.«

»Rot? Nein, sie hat jetzt weiß-blonde Haare.«

Susanne drehte sich verwundert um. »Hat sie nicht. Neonrot war sie, wie immer.«

»Echt? Das ist komisch. Mir ist sie vor einigen Tagen auch über den Weg gelaufen. Da war sie wasserstoffblond.«

»Dann hat es ihr wohl nicht gefallen und sie hat sich wieder umgefärbt. Ich sag dir, wenn sie dreißig ist, hat sie gar keine Haare mehr, so wie sie ihre malträtiert.«

Sie setzten sich zusammen und aßen.

Der Flug verlief ruhig, dennoch trank Josef Zepmeisel zu viel. Die Stewardess der LOT brachte ihm bereits den dritten Gin-Tonic. Richard verbiss sich die Bemerkungen, die ihm auf der Zunge lagen. Es hatte sich herausgestellt, dass sein Begleiter nicht nur in Bezug auf seine Mission sehr nervös war, er litt auch unter Flugangst. Allmählich fragte Richard sich, ob es eine gute Idee gewesen war, dem hinfälligen Filmproduzenten dieses Ei ins Nest zu legen. Sollte er die ganze Sache abblasen?

Wenn Richard die kurze Lebensspanne, die Josef noch blieb, gegen das Schreckensszenario abwog, das die Kinder auf der *Kaiphas* durchleiden mussten, war die Antwort einfach. Sie mussten die Sache durchziehen. Es war auch machbar. Josef brauchte nur die Kamera in der Rolex zu aktivieren, das war seine einzige Aufgabe. Er würde es schon hinbekommen. Der Pilot meldete sich über Lautsprecher und kündigte das Verlassen der Reiseflughöhe an. In wenigen Minuten würden sie auf dem Chopin-Airport in Warschau landen.

Am Montag saß Jens sehr früh hinter seinem Schreibtisch. Es galt, für heute so einiges vorzubereiten. Er hatte bis tief in die Nacht an seinem Referat gesessen, das er heute um achtzehn Uhr den Kollegen vortragen wollte. Dass er nicht nur ein nettes Zusammensein plante, sondern ein gemeinsames Brainstorming erwartete, hatte er durchsickern lassen. Er wollte die Gruppe nicht verprellen, indem er sie mit seinem Vorhaben überrumpelte. Jens hatte auch daran gedacht, Hauptkommissar Renner ein Memo zu schicken und ihn von seinem Soko-Revival in Kenntnis zu setzen. Der Vorgesetzte hatte bis jetzt keine Vorbehalte signalisiert.

Jens dachte an Susanne. Gestern Abend war sie in deutlich gemäßigter Stimmung unterwegs gewesen. Sie war fast wieder die Alte. Er wusste nicht, was Mike mit ihr angestellt hatte, aber er war dem alten Mitstreiter dankbar. Dass Susanne Gefühle für Mike entwickelt haben könnte, schloss er aus. Kramer war immer ein Hallodri gewesen und er würde es bleiben. Er war die Sorte Mann, auf die Jens' Frau sich nie im Leben einlassen würde. Aber dass sie sich über die Sache mit Yslei näher angefreundet hatten, konnte angehen. In jedem Fall war es gut, eine Baustelle weniger zu haben.

Freddy kam um zehn. Seine Backe sah nicht mehr so aus, als würde er darin Haselnüsse für den Winter horten, und seine Aussprache war deutlich verständlicher.

»Ich werd dich nicht weiter nerven, aber willst du das wirklich machen, heute Abend? Auf dem Flur hat mich Robert Schadt angesprochen und schon seine Witzchen über uns gerissen. Also ich mein ja nur: Wenn wir heute Abend gar nichts machen und nur Small Talk abziehen, dann ist nichts passiert.«

»Das stimmt«, gab Jens zu. »Aber dann passiert auch nichts mit unserem Mordfall.«

»Also gut, wie du meinst«, maulte Freddy und griff zum Telefon. »Ich ruf mal die Gerichtsmedizin in Wismar an, wegen der Hauff-DNA ...«

»Brauchst du nicht. Hab ich schon gemacht.«

»Ach! Und? Matcht sie mit der DNA auf dem Messer in der Gaffel-Wohnung?«

»Nein.« Jens schüttelte den Kopf. »Keine Übereinstimmung.«

Freddy verdrehte die Augen. »Ist ja wirklich wie verhext. So einen Scheißfall habe ich noch nie erlebt.«

Jens lächelte hintergründig. Die Sommersprosse bemerkte das und legte die Stirn in Falten. »Was? Du hast doch irgendwas auf der Pfanne.«

»Habe ich das?«, fragte Jens unschuldig.

»Ja, Mann. Dieses dämliche Grinsen kommt immer, kurz bevor du einem mit deinem Genie auf den Geist gehst.«

»Upsi. Da hab ich mich wohl verraten.«

Freddy wedelte mit der Hand ungeduldig in der Luft. »Na komm! Ich werde nicht jünger.«

Jens zog ein Fax zu sich heran. »Ich hab vorsichtshalber noch eine zweite DNA-Überprüfung machen lassen. Und es gibt tatsächlich ein Match.«

»Es gibt eine Übereinstimmung? Wie das?«

Jens schob Freddy das Fax rüber. »Zwischen der DNA von Cordula Gaffel und der von Willi Hauff.«

»Warte mal! Das heißt ja ...«

»Oh ja, mein Freund, das heißt es: Sie sind Vater und Tochter.«

Freddy ließ das Papier sinken und starrte sein Gegenüber verwirrt an. »Nicht, dass es kein Hammer wäre, aber bringt uns das irgendwie weiter?«

»Leider nur unwesentlich«, bedauerte Jens und angelte sich das Fax zurück. »Aber zumindest haben wir jetzt Klarheit, dass die zwei keine Affäre hatten oder so was in der Art. Und was mich betrifft, scheidet Hauff damit auch als Tatverdächtiger aus.«

»Halt, Lackner, das geht mir zu schnell. Hast du schon vergessen, was sie uns auf der Polizeischule beigebracht haben? Mord ist *das* große Familiendelikt.«

Jens winkte ab. »Ich sehe weit und breit kein Motiv. Gut, wenn er Muslim wäre, dann könnte es da vielleicht Gründe für einen Ehrenmord geben, aber so ist es nicht.«

Freddy wühlte in seinem Papierverhau und förderte eine blaue Mappe zutage. Er klappte sie auf und schaute hinein. »Was ist mit Cordula Gaffels Geburtsurkunde? Hier, da ist ein Hartwig Gaffel als Vater eingetragen.«

»Papier ist geduldig«, konstatierte Jens. »Weißt du doch. Cordulas Mutter und Willi Hauff müssen eine Affäre gehabt haben. Sie wurde schwanger und das Ehepaar hat beschlossen, es unter den Teppich zu kehren, um nicht in Verruf zu geraten.«

Freddy rieb sich den offenbar immer noch schmerzenden Kiefer. »Warum taucht er ausgerechnet jetzt bei ihr auf und zankt sich mit ihr?«

»Das wissen wir nicht. Ich sag dir aber, was wahrscheinlich ist: Willi Hauff hatte keine Ahnung, dass er mit Carmen Gaffel ein Kind in die Welt gesetzt hat. Cordula weiß es aber. Wahrscheinlich hat sie ihre Mutter beizeiten gelöchert und die hat irgendwann geredet. Cordula beschließt, Kontakt mit ihm aufzunehmen und ihn kennenzulernen. Gesagt, getan. Hauffs Ehefrau Sigrit beschreibt unseren Willi als kleinen Despoten. Wahrscheinlich wollte er sich in Cordulas Leben einmischen. Vielleicht haben sie aber auch nur angefangen, sich darüber zu unterhalten, welche Partei sie wählen, und festgestellt, dass sie politisch weit auseinanderliegen. Was auch immer. Aber wenn dir ein Grund einfallen sollte, warum er sie umgebracht hat, ich bin ganz Ohr!«

Freddy schaute finster drein. »Da sag ich doch mal, er hat eine intakte Familie. Er will nicht, dass seine Frau von dem Kuckuckskind erfährt. Er möchte, dass alles so bleibt, wie es ist, und beseitigt seine Tochter. So was in der Art?«

Jens schüttelte entschieden den Kopf. »Das ergibt für mich überhaupt keinen Sinn, Freddy. Cordula wurde gezeugt, bevor Willi Hauff seiner Frau begegnet ist. Ich hab sie kennengelernt, die ist selbstbewusst. So was wirft die nicht aus der Bahn. Ich schlage vor, wir nehmen Hauff aus der Rechnung raus. Der hat mit dem Mord nichts zu tun. Oder hast du Vorbehalte dagegen?«

Freddy stöhnte deprimiert. »Mach doch, was du willst, Mann.«

Mike steuerte den Subaru auf den für die Belegschaft reservierten Mukraner Parkplatz. Er holte seine Tasche aus dem Heck und machte sich auf den Weg in die Wachzentrale. Er dachte an Yslei und überlegte, wo in aller Welt sie sich gerade herumtreiben mochte. Sicher, sie war clever und durchsetzungsfähig, das hatte sie bewiesen. Trotzdem hoffte Mike, dass sie bald von der Polizei aufgegriffen wurde. Es gab einiges, was sie würde verarbeiten müssen und sicher stellte das Schicksal ihrer Familie eine schwere

Bürde auf ihren schmalen Schultern dar. Andererseits sprach für sie, dass sie noch jung war, sie hatte das ganze Leben noch vor sich.

Als Mike die Zentrale betrat, sah er zuerst das böse Grinsen im Gesicht von Hermann Jokisch. Neben ihm standen Linda Todt und ein weiterer Beamter, der seinen Rangabzeichen nach Polizeihauptmeister war.

Mike stellte überrascht seine Tasche ab. Das sah nach Ärger aus. Aber er konnte sich nicht vorstellen, was Jokisch so Gewichtiges gegen ihn in der Hand haben konnte, dass hier die Bundespolizei auftauchte.

Linda trat ihm entgegen und nichts in ihrem Gesicht ließ darauf schließen, dass sie eine sehr frische gemeinsame Vergangenheit hatten. »Herr Kramer! Ich muss Sie bitten, uns zu begleiten. Es ist Anzeige gegen Sie erstattet worden.«

Mike schaute zu Jokisch hinüber. Diese kleine Ratte! Was hatte der denn jetzt aus dem Hut gezaubert? Der Chef des Werkschutzes stand mit verschränkten Armen da und schien vor Genugtuung fast zu platzen.

»Anzeige? Das ist ja wohl ein Scherz«, schnaubte Mike. »Ich hab mir absolut nichts zuschulden kommen lassen.«

Linda verzog keine Miene. Sie drehte sich zu Jokisch. »Ich weiß nicht, ob ich drüben bei uns auf die Schnelle Zugriff auf unsere Elektronik habe. Darf ich Sie kurz bitten?«

»Selbstverständlich!«, antwortete der Wachchef und trat zu seinem Schaltpult. Er drückte auf eine Taste und einer der beiden großen Monitore in der Mitte der Überwachungswand flammte auf. Und dann sah Mike sich selbst. Und da war auch Yslei. Sie bedrohte ihn mit einer Pistole, das war deutlich zu erkennen. Im nächsten Moment schob er dem Mädchen sein Eigenbaumesser hinüber, um sie dann mit einer schnellen Bewegung zu tasern.

»Das reicht schon, Herr Jokisch.«

Das Bild fiel in sich zusammen und Mike starrte geschockt ins Leere. Die verfluchten Kameras! Sie waren doch nicht die ganze Zeit außer Betrieb gewesen. Zumindest hatte er das angenommen. Was Hermann Jokisch am vergangenen Freitag hatte durchblicken lassen, war also keine leere Drohung gewesen.

»Herr Kramer, Sie haben ein Kind betäubt und es, ohne Ihrem Dienstherrn Meldung zu machen, vom Hafengelände gebracht. Des Weiteren haben Sie rechtswidrig eine Schusswaffe unterschlagen. Wenn ich richtig unterrichtet bin, haben Sie das Recht, eine Waffe zu besitzen oder bei sich zu tragen, nach Ihrer Entfernung aus dem Polizeidienst verloren. Ist das korrekt?«

Mike atmete durch. »Ja, das trifft es wohl«

»Ich habe bedauerlicherweise keine Wahl, Herr Kramer! Sie sind vorläufig festgenommen!« Die Oberkommissarin nickt dem Hauptmeister an ihrer Seite zu. Der setzte sich in Bewegung und legte Mike Handschellen an.

Susanne hatte beschlossen, sich zusammenzureißen. Früher war es ihr Rezept gewesen, sich zu beschäftigen, wenn sie schlecht drauf gewesen war. Wären Feriengäste da gewesen, hätten die sie sowieso auf Trab gehalten. Aber nach dem ungewollten Abbruch der Schwangerschaft hatte es keine andere Möglichkeit gegeben, als die Saison abzusagen. Susanne war gut vernetzt und so hatte sie ihre Stammkundschaft auf befreundete Pensionen in der Region verteilen können und das ohne Aufpreis. Die Leute hatten Verständnis gezeigt. Alle diesbezüglichen Telefonate waren komplett von Jens geführt worden und er hatte aus dem tatsächlichen Grund für die Betriebspause kein Geheimnis gemacht, weil er wollte, dass die Freunde der *Pension Seerose* im nächsten Jahr wieder bei Susanne buchten.

Das Haus war picobello, wenn man mal von Susannes persönlichem Zimmer absah, in dem ein Tohuwabohu herrschte, wie sie es von sich selbst gar nicht kannte. Doch im Garten war einiges zu tun und sie hatte sich robuste Klamotten angezogen, um dem Wildwuchs Herr zu werden. Alsbald stand sie auf einer Leiter und rückte den Büschen mit ihrer geliebten Felfri-Gartenschere zu Leibe. Das Beschneiden der Sträucher und Rosen erfüllte sie bald mit einer meditativen Gleichmut.

Es war kurz nach siebzehn Uhr, als ihr einfiel, Jens für sein »Fragen nach dem Weg« Glück zu wünschen. Doch sie hatte das Handy auf dem Tresen liegen lassen. Sie wusch sich am Gartenwasserhahn die Hände und ging ins Haus. Bevor sie die Nummer ihres Mannes wählen konnte, fiel ihr auf, dass sie Nachrichten hatte. Zwei davon waren unwichtig, doch die dritte versetzte ihr einen heißen Schock. Es war eine SMS von Yslei.

Beim Abschied hatte sie dem Mädchen auf dem Handy extra die Funktion für Kurznachrichten gezeigt. Da das Handy nicht für arabische Zeichen eingerichtet war, hatte Yslei sich die Mühe gemacht, ein paar Zeilen in Deutsch zu schreiben. Es waren nur wenige Sätze, aber jeder davon war wie ein Dolchstoß in Susannes Herz: *»Liebe Susanne! Ich danke dir für alles. Ich kehre zurück zur Kaiphas. Meine Schwester soll dort nicht alleine sterben. Bitte sei nicht traurig. Ich bin nicht wichtig. Lebewohl! Yslei«*

Es kamen mehr Personen, als Jens gedacht hatte. Die Kommissare Morten Wollniak und Carsten Ziemer waren als Erste eingetroffen. Victor Simeon war dafür bekannt, dass er keine Party ausließ, und bediente sich gleich an der Bierzapfanlage. Markus Reiter und die Kollegin Catrin Hanfstaengl, die man in letzter Zeit sehr oft miteinander sah, waren gemeinsam eingetroffen. Auch die Hauptkommissarin Isabel Nettelbeck und Mikes Onkel, Polizeirat Konrad Kramer, hatten es sich nicht nehmen lassen, dieser Veranstaltung beizuwohnen. Der Erste Kriminalhauptkommissar Christian Renner, der gespannt war, wohin diese Veranstaltung wohl führen sollte, kam »nur auf einen Sprung« vorbei. Ein halbes Dutzend Kollegen, das nicht zur *Soko Düne* gehört hatte, war der offenen Einladung zum zwanglosen Beisammensein trotzdem gefolgt. Die Veranstaltung bekam allmählich Event-Charakter.

Freddy Gromball war anzusehen, wie unwohl er sich fühlte. Er stand nicht gerne vor der versammelten Mannschaft, um sich von allen anstarren zu lassen. In Jens stieg die Anspannung ebenfalls. Was ihn zudem unter Druck setzte, war die Erkenntnis, dass hier keiner gekommen war, um ihn scheitern zu sehen. Es wirkte, wie wenn sie ihm alle den Rücken stärken wollten, und er blickte nur in wohlwollende Gesichter.

Zehn Minuten nach achtzehn Uhr begrüßte er die Anwesenden und begann mit seinem Vortrag. Im Laufe seiner Powerpoint-Präsentation, die er mit allen wichtigen Bildmaterialien ausgestattet hatte, trudelten noch die Kommissare Robert Schadt, Oscar Vogel und Titus Weber ein. Man kannte diese Kollegen, sie hatten noch nie zu den Pünktlichsten gehört.

»Wir sind an einem Punkt der Ermittlungen, an dem wir uns im Kreis drehen«, schloss Jens seinen Vortrag. »Und ich habe damals bei der *Soko Düne* die Erfahrung gemacht, dass Teamarbeit ein großer Vorteil sein kann.

Deswegen frage ich euch, ob ihr eine Idee habt, welchen Aspekt man vielleicht noch einmal genauer unter die Lupe nehmen sollte. Vielleicht habt ihr auch eigene Fälle, die mit dem Mord an Cordula Gaffel in Verbindung stehen können. Sagt einfach, was ihr denkt. Ich versuche, mitzunotieren.«

Es folgte eine seltsame Stille, die Jens zuerst nicht einordnen konnte. Aber dann begriff er, dass es heute anders war als unter der Soko von Erich Strelka. Der Polizeidirektor hatte eine eingespielte Truppe mitgebracht, die keine Angst hatte, sich mit Schnellschüssen vor den anderen zu blamieren. Die Gemeinschaft, die sich heute versammelt hatte, war aber nicht eingespielt.

Jens beschloss, eine Vorlage zu geben. »Sicherlich merkwürdig ist das Verhalten unseres Verdächtigen Guido Wingenfeld. Er verreist direkt nach dem Mord, natürlich behauptet er, dass das reiner Zufall war, und wird dann, direkt nach seiner Rückkehr von einem Unbekannten verprügelt, der verhindern will, dass er bei uns eine Aussage macht.«

»Das kommt mir auch sehr merkwürdig vor!«, rief Morten Wollniak. »Ein Südländer mit Schiebermütze. Das kling, wie von Nick Knatterton abgeschrieben. Ich würde darauf tippen, dass er es selbst gewesen ist ...«

»Aber sein Kieferbruch war Folge einer Fremdeinwirkung«, schaltete Freddy Gromball sich ein. »Das hat die Gerichtsmedizin bestätigt. Das kann er nicht selbst gemacht haben.«

»Dann hatte er einen Helfer. Das wird schwer, denoder diejenige zu finden, die dafür verantwortlich ist«, meinte Isabel Nettelbeck. »Wenn ihr noch andere Ermittlungsansätze habt, konzentriert euch besser darauf.«

Die Oberkommissarin Catrin Hanfstaengl meldete sich. »Das Opfer, Cordula Gaffel, war eine Brünette. Hab ich das richtig verstanden, nussbraune Haare?«

Jens lächelte etwas verlegen. »Nagelt mich nicht darauf fest, mir kam es nussbraun vor. Ich weiß nicht, ob ein Fachmann von der Friseurinnung das bestätigen würde.«

»Also ich hatte vor drei Wochen einen Fall hier in Stralsund«, berichtete die Oberkommissarin. »Ein Mann hat bei uns einen Beischlafdiebstahl zur Anzeige gebracht. Eine Frau mit nussbraunen Haaren – er hat die gleiche Beschreibung verwendet wie Sie, Herr Kollege – hätte sich im Ozeaneum an ihn herangemacht und sich mehr oder weniger für ein amouröses Abenteuer angeboten. Der Mann hat sie dann mit nach Hause genommen und ist mit der Frau intim geworden. Als er wieder aufgewacht ist, waren seine wertvolle Münzsammlung weg und mehrere tausend Euro in bar.«

»Das ist wirklich sehr hilfreich. Bringt uns möglicherweise weiter!«, bedankte sich Jens, obwohl er und die Kollegin Hanfstaengl nie miteinander warm geworden waren. »Wir haben bei Cordula Gaffel bisher keine Hinweise auf Prostitution gefunden, aber ich würde Ihre Unterlagen gerne einsehen, wenn ich darf, Frau Kollegin.«

»Gerne. Nur der Vollständigkeit halber: Die Anzeige wurde später wieder zurückgezogen. Angeblich hatte der Mann seine Münzsammlung und sein Geld nur verlegt. Das kam mir zwar sehr merkwürdig vor, aber ich hatte kein Mandat mehr, dem nachzugehen.«

»Vielen Dank, Frau Oberkommissarin. Ich komme später auf Sie zu.«

Titus Weber meldete sich zu Wort. Der schlaksige Kommissar mit dem ausgeprägten Adamsapfel hatte früher einen Vollbart getragen, doch jetzt war sein Gesicht glattrasiert. Er und Jens kannten sich gut. »Ich bin leider etwas später gekommen. Du hast gesagt, sie hatte ein Andreaskreuz im Zimmer?«

»Ja, warte!« Jens rief aus der Powerpoint-Präsentation die Fotos von Cordula Gaffels Wohnung wieder auf und projizierte die Bilder in schneller Folge an die Wand.

»Dacht ich mir's doch!«, ließ Weber verlauten. »Für mich sieht dieses Apartment wie ein Chatroom aus!«

Alle sahen noch mal auf das Bild. Wie viele andere verstand Jens den Hinweis nicht. »Ein Chatroom?«

»Na, das ist so eine Internetsparte. Gibt es noch nicht so ewig lange. Männer, Frauen, Paare, Transgender treten da in eigenen Shows auf. Man braucht nur das Videoauge von seinem Computer und macht sich nackig. Je nachdem, wie hübsch man ist oder wie gut man sich in Szene setzt, schalten die Chatraum-Kunden bei einem Anbieter rein und, na ja, lassen den Voyeur von der Leine ...«

Jens war diese Spielart der Erotik unbekannt. »Cordula Gaffel hatte einen Ferrari und ziemlich teure Klamotten im Schrank. Kann man mit so was denn Geld verdienen?«

»Aber hallo!«, lachte Titus Weber. »Man kauft sich sogenannte Token über Paypal und verteilt die als Trinkgeld an die Darsteller oder Darstellerinnen, die einem am besten gefallen. Es gibt da richtige Dienstleistungslisten. Für fünfzehn Token zeigt eine Frau den Busen, für fünfzig zieht sie alles aus und für zweihundert fasst sie sich an. Es gibt Akteure im Netz, die haben mehrere Tausend Zuschauer, wenn sie ihre Show machen. Manche von diesen Erotikstars verdienen wie doof.«

Jens wechselte einen kurzen Blick mit Freddy. Das war die Information, die ihnen gefehlt hatte. »Weißt du, wie viele von diesen Internet-Sexarbeitern es gibt?«

»Tausende, Zehntausende! Tendenz steigend«, schätzte Titus Weber. »Kannst du auch machen, wenn du willst. Kaufst dir eine hautenge Lederklamotte, einen Kajalstift und, na ja, Handschellen hast du ja schon …« Ein Lachen ging durch den Saal.

Jens hob die Hand und schnell stellte sich wieder Ruhe ein. »Wenn ich das richtig verstehe, passiert das alles live. Oder werden die Shows aufgezeichnet?«

Titus Weber zuckte die Achseln. »Da bin ich überfragt. Aber es gibt Dutzende von diesen Plattformen und die Leute, die sich da zeigen, die sind über den ganzen Erdball verstreut, Südamerika, Afrika, Asien, Europa, ist alles dabei.«

»Ich frage das, weil ich natürlich gerne zusätzliches Beweismaterial hätte. Und diese Selbstdarsteller, die werden doch sicher nicht unter ihrem Klarnamen arbeiten, oder?«

»Natürlich nicht. Die haben alle Künstlernamen, so was wie Tequila Sunrise, Sexy Kitten oder Heiße Hütte.«

»Also ich weiß, dass wenn man den Namen des Performers hat, man auf anderen Plattformen im Netz aufgezeichnete Shows von fast jedem für eine Gebühr noch mal anschauen kann«, ergänzte Kommissar Carsten Ziemer.

Jens zog ein Gesicht. »Den Künstlernamen von Cordula Gaffel haben wir leider nicht.«

Titus lachte. »Was redest du da, Lackner? Na klar habt ihr den Namen. Da steht er doch groß und breit.« Er deutete auf die Projektion an der Wand.

Jens sah hin und wusste erst nicht, was der Kollege meinte, doch dann fiel sein Blick auf die Dildos und das Blechschild dahinter mit der Weinflasche. Er pfiff durch die Zähne. »Da soll mich doch der Teufel holen! *Pinot Grigio*!«

Linda Todt hatte zum Fall Mike Kramer eine gründliche Untersuchung angestellt. Da die Behörden in Stralsund bestätigten, dass ihnen Yslei Al-Fayed kurz nach Aufzeichnung der Überwachungskameras in Mukran überstellt worden war, konnte man den Vorwurf gegen Mike, ein Kind verschleppt zu haben, im Wesentlichen entkräften. Weil auch die Pistole, die im Besitz des Kindes gewesen war, zeitnah an Kommissar Jens Lackner zurückgegangen war, sprach man nun von einem geringfügigen Vergehen. Die Bundespolizei kam zu dem Schluss, dass Mike unter Auflagen entlassen werden konnte. Ob er sich vor einem Gericht würde verantworten müssen, lag in der Verantwortung der Staatsanwaltschaft. Nur seinen Job bei der Mukraner Hafenwachgesellschaft war der ehemalige Polizist los. Man hatte seitens des Werkschutzes die fristlose Kündigung ausgesprochen.

Als Mike endlich zurück nach Bergen fahren wollte, waren alle vier Reifen seines Subarus platt. Er konnte sich denken, dass dies der Abschiedsgruß von Hermann Jokisch und seiner Truppe war. Mike rief seinen Onkel an und berichtete ihm von seiner misslichen Lage.

Wenig später kam der Polizeirat mit seinem BMW vorgefahren und sammelte seinen Neffen auf. Konrad Kramer war so angefressen, wie Mike ihn selten erlebt hatte.

»Was stimmt nicht mit dir, Michael? Wieso musst du immer alles und jedes in den Sand setzen? Wo ist dein Verstand, Junge? Wie soll das denn jetzt mit dir weitergehen? Nach der Nummer in Mukran, wer nimmt dich denn jetzt noch? Keine Wachgesellschaft fasst dich noch mit der Kneifzange an.«

»Es tut mir wirklich leid, Onkel, aber was hier im Hafen passiert ist, ist einfach nur blöd gelaufen. Ich hatte überhaupt keine linke Tour vor, das hat sich nur selten dämlich entwickelt. Der Boss vom Wachdienst, der hatte mich auf dem Kieker …«

»Oh, hör bloß auf!«, fiel der Polizeirat ihm ins Wort. »Du hast immer Ausreden parat. Nicht du bist schuld, die anderen haben den Karren an die Wand gefahren! Hörst du dir überhaupt zu? Gott, du bist so ein verdammter Nichtsnutz, dass man sich nur noch schämen kann. Das sag ich nicht gerne, weil ich davon überzeugt bin, dass du einen guten Kern hast, aber jetzt seh ich wirklich rabenschwarz für deine Zukunft.«

Der Alte war wütend und Mike konnte es ihm nicht verdenken. »Ich will ehrlich sein, Michael, ich hab die Nase voll. Wenn du in Zukunft wieder Ärger hast, und glaub mir, den wirst du haben, wenn du nicht endlich das Ruder rumreißt, komm bitte nicht mehr zu mir. Das Maß ist voll.«

Danach wurde nicht mehr viel gesprochen. Mike Kramer war kein Mann, der zur Weinerlichkeit neigte, aber in diesem Moment konnte er die Tränen nur mit Mühe zurückhalten. Dass er sich das Wohlwollen seines Onkels verscherzt hatte, war der bittere Tiefpunkt seines Lebens.

Richard hatte Josef mit sanfter Gewalt ins Bett gepackt. Der Filmproduzent hatte für sie im *Crowne Plaza* zwei Suiten gebucht. In Warschau war so etwas nicht ganz so teuer wie in den westlichen Ländern Europas, aber der Grund für den Luxus, den die beiden älteren Herren in Anspruch nahmen, war keineswegs Dekadenz. Man wollte vielmehr vor den Betreibern des *Aquarius*-Unternehmens das typische Verhalten der schwerreichen Kundschaft ausstrahlen, die gewöhnlich die Dienstleistungen auf der *Kaiphas* in Anspruch nahmen.

Wie im Ablaufplan der verbrecherischen Veranstalter festgelegt, hatte man den Computer angestellt und im Darknet den Token eingesetzt. Kurz darauf war ein Anruf gekommen, den Josef mit schon etwas schwerer Zunge entgegengenommen hatte. Darin kündigte ein gewisser Oleg Kiwibin die Übergabe eines Koffers an. Den würde ein Kurier zeitnah zu ihrer Suite bringen. Nach dem Telefonat hatte Josef Zepmeisel weitere Drinks zur Beruhigung seiner Nerven gebraucht.

Als der nächste Anruf einging, schlief der kranke Mann bereits und Richard telefonierte mit dem Kurier. Der war unten im Foyer eingetroffen und schickte sich nun an hochzukommen. Der alte Lehrer stand nun selber unter Druck und merkte, dass er für solche Unternehmungen nicht mehr gemacht war. Er gab dem Kurier dennoch ein telefonisches Go.

Da klingelte sein Handy erneut und zu seiner Überraschung war Susanne Lackner am Rohr. Sie erkundigte sich nach der Telefonnummer von Chris Sinkiewicz, von dem Richard ihr kurz vor seiner Abreise erzählt hatte. Da er im Moment keinen Nerv für Small Talk hatte, versprach er ihr, die Nummer in einer SMS zu schicken und wimmelte sie dann ab. Das war gut, denn eine Minute später klopfte es an die Tür. Draußen stand ein kahlgeschorener Mann mit Sonnenbrille und Lederjacke. »Mista Dzepmaisee?«

Richard war keineswegs Josef Zepmeisel, aber er wollte sich lange Diskussionen ersparen und sagte einfach nur »Ja«. Der Mann übergab ihm einen Samsonite-Koffer. Dann hob der Kurier sein Handy und fotografierte Richard. Danach drehte er sich ohne weitere Erklärung um und ging davon.

Richard schloss die Tür und brachte den Koffer zum Tisch am Fenster. Er öffnete ihn. Darin befanden sich ein Handy, eine Rolle fabrikneuer Spieljetons und ein Aktenordner. Auffällig war eine große kupferne Münze, auf der eine Figur mit Narrenkappe, ein Joker, abgebildet war. Auf der Rückseite stand ein Name: *Josef Zepmeisel.* Diese Münze stellte wohl so etwas wie die Eintrittskarte dar. Was immer die Besucher des ominösen Schiffes vor der Küste Kaliningrads wissen mussten, war im beiliegenden Aktenordner in acht verschiedenen Sprachen niedergelegt. Auch Anweisungen in Japanisch, Chinesisch und der arabischen Sprache fanden sich hier. Eine deutsche Version gab es nicht, aber Richard und Josef würden sich mit der englischen Fassung zurechtfinden. Der Flug mit dem Charterjet nach Kaliningrad war für den kommenden Tag um vierzehn Uhr geplant. Richard ging zur Zimmerbar und genehmigte sich nun selbst einen Drink. Es wurde allmählich ernst.

»Du kennst solche Internetseiten wirklich nicht?«, fragte Freddy, während er mit Jens gemeinsam den Besprechungsraum aufräumte, in dem das Soko-Revival stattgefunden hatte. »Das glaub ich dir nicht. Jeder Mann tummelt sich doch ab und wann in ... einschlägigen Pfründen.«

»Ja, gut, Freddy, erwischt! Aber ich bin kein Dauergast und vieles von dem Kram im Netz will ich auch gar nicht sehen. Ich bin eher so der Blümchensex-Typ und es gibt da viel zu viele Spielarten, die mir eine Gänsehaut über den Rücken jagen.«

»Ach Gottchen! Du Ärmster. Wusste nicht, dass du so zart besaitet bist.«

Jens stellte benutzte Gläser auf einem Tablett zusammen. »Was denkst du, warum ich kotzen muss, wenn ich zu einem Mord gerufen werde? Weil ich eben ein überaus sensibler Zeitgenosse bin.«

»Also, es war doch eine gute Idee, die Kollegen mit einzubeziehen, im Nachhinein gesehen. Du hast das souverän präsentiert«, musste Freddy anerkennen.

»Danke. Jetzt erklärt sich für mich auch das Verhalten von Willi Hauff. Seine Tochter nimmt Kontakt zu ihm auf. Sie lernen sich kennen und als er sie besucht, wundert er sich darüber, wie ihr Zimmer aussieht. Sie, als eine moderne junge Frau, die sich nackt einer anonymen Öffentlichkeit präsentiert, ist selbstbewusst genug, ihm davon zu erzählen, was sie macht. Sie sieht sich nicht als Flittchen, sondern als Künstlerin.«

Freddy konnte sich mit dieser Theorie arrangieren. »Ja, da gehe ich mit. Es würde den heftigen Streit erklären. Aber wieso gibt Hauff dem Katzenmann Geld, um ihr hinterherzuspionieren?«

Jens dachte kurz nach. »Cordula hatte einen Ferrari vor der Tür stehen. Vielleicht hatte ihr Vater die gleiche Idee wie wir am Anfang. Dass es nicht beim Striptease vor der Computerkamera bleibt, dass sie vielleicht als exklusives Luxusweibchen anschaffen könnte.«

»Gut, hätten wir das abgehakt. Den Mörder haben wir aber immer noch nicht.«

»Damit hatte ich auch nicht gerechnet. Aber wenigstens haben wir jetzt eine gute Grundlage, um weiter zu ermitteln. Ich sag nur *Pinot Grigio*!«

Freddy lachte. »Nein, du hast jetzt eine Rechtfertigung, mal richtig ausgiebig Schweineseiten anzugucken.«

Jens musste lachen. Seine Stimmung war gelöst. Er war froh, dass er einen Schritt weiter war.

»Herr Kollege Lackner!«

Der Angesprochene drehte sich um. In der Tür stand Hauptkommissar Rainer Jung.

»Ja?«

»Ich muss Sie bitten, mit mir mitzukommen. Gleich! Lassen Sie alles stehen und liegen!«

Das klang ungewöhnlich formell und Jens hatte sofort ein ungutes Gefühl. Ein kurzer Blick in Freddys Augen zeigte ihm, dass auch der Kollege irritiert war.

»Natürlich«, sagte Jens. »Ich komme!«

Es lag nicht Gutes in der Luft, als der junge Kommissar im Büro vom Ersten KHK Jung in der Besprechungsecke Platz nahm. Auch Jens' direkter Vorgesetzter Christian Renner saß mit am Tisch. Fieberhaft überlegte er, was er falsch gemacht haben könnte, aber ihm fiel nur das Brainstorming mit den Kollegen am frühen Abend ein. Sollte das für größeres Missfallen gesorgt haben? Er konnte es sich nicht vorstellen.

Der Erste Hauptkommissar Jung kam mit einem Laptop von seinem Arbeitsplatz herüber und stellte den Computer vor Jens ab. »Ich möchte Sie bitten, sich das hier kurz anzusehen und sich nachher dazu zu äußern!« Er betätigte den Abspielbutton.

Was nun kam, waren die Aufnahmen von Überwachungskameras auf dem Hafengelände von Mukran. Und da war Mike Kramer. Jens wollte schon aufatmen, so schlimm konnte es nicht werden, denn er war ja dort gar nicht vor Ort gewesen. Doch dann war plötzlich ein Kind im Bild. Jens erkannte Yslei sofort. Im nächsten Moment wurde ihm heiß und kalt zugleich. Das Mädchen hatte eine Pistole auf Mike gerichtet. Nicht dass die Waffe auf der grobkörnigen Aufnahme genau zu erkennen gewesen wäre, aber Jens wusste sofort, dass das seine SFP9 sein musste. Und jetzt dämmerte es ihm.

Er hatte die Waffe irgendwo im Gastraum der *Seerose* abgelegt. Da aber keine Gäste da waren und er nur Susanne im Haus vermutet hatte, war das nicht einmal fahrlässig gewesen. Das Kind hatte sich anderntags die Pistole geschnappt und war damit auf und davon. Auch wenn er wenig Anteil an diesen Vorgängen gehabt hatte, war er nun in Teufels Küche.

»Es wäre schön, wenn Sie sich dazu äußern, Herr Kollege Lackner!«, hob Jung an, als der Filmschnipsel abgespielt war.

Jens hatte keinen Plan, wie er aus der Nummer wieder herauskam. »Ich hatte meine Dienstwaffe an diesem Tag nicht gefunden. Ich dachte, ich hätte sie verlegt. Später hat meine Frau mir die SFP9 gegeben und gesagt, dass sie sie im Gastraum gefunden hätte. Ich hatte keine Ahnung, dass dieses Mädchen sie genommen hat.«

»Nach der Aussage von Werkschutzmann Michael Kramer, haben Ihre Frau Susanne und er das Mädchen am 2. Juni eingefangen. Das Mädchen, Yslei Al-Fayed, war ein illegaler Einwanderer. Das Kind blieb Kramers Angaben nach in der *Pension Seerose*, genau dort, wo Sie ebenfalls wohnen. Haben Sie davon gewusst?«

In Jens stieg dumpfe Verzweiflung auf. Er hatte keine Ahnung, ob sie Susanne bereits befragt hatten, er konnte sich also keine Aussage leisten, die im Widerspruch zu dem stand, was sie vielleicht bereits geantwortet hatte. Er hatte keine andere Wahl, als Farbe zu bekennen. »Ja, ich wusste, dass das Kind da war.«

»Mensch, Jens!«, stieß Christian Renner ärgerlich hervor. »Was hast du dir dabei gedacht? Wieso hast du das Mädchen nicht sofort den Behörden übergeben?«

»Es war natürlich ein Fehler«, räumte Jens zerknirscht ein. »Das Kind war traumatisiert und meine Frau bat darum, es erst einmal unter ihre Fittiche nehmen zu dürfen. Es war Susanne ein großes Anliegen und angesichts der speziellen Situation, in der sie sich gerade befindet, habe ich nachgegeben.«

Fassungslosigkeit auch beim Ersten Hauptkommissar Jung. »Am folgenden Tag hat das Mädchen sich dann abgesetzt, mit Ihrer Dienstwaffe.«

Jens ließ mutlos den Kopf hängen. »Dass sie plötzlich auf und davon war, das hab ich noch mitbekommen, aber dass meine Pistole fehlte, ist mir erst nicht aufgefallen.«

»Und Sie haben nicht eins und eins zusammengezählt?«

»Bedauerlicherweise nicht. Ich war mit den Gedanken bei meinem Mordfall.«

Die Vorgesetzten sahen sich an. Beide sympathisierten mit Jens Lackner, der die *Soko Düne* fast im Alleingang zum Erfolg geführt hatte. Doch jetzt sah die Sache anders aus.

»Kollege Lackner, das ist ein überaus ernster Vorfall. Ich anerkenne, dass es eine Verkettung unglücklicher Umstände war, die dazu geführt hat, dass ein zwölfjähriges syrisches Mädchen hier mit einer scharfen Waffe unterwegs war, und ich gestehe ihrer Frau eine emotionale Ausnahmesituation zu. Aber Sie haben sich gleich zwei fatale Schnitzer geleistet: Sie haben das Kind nicht ausgeliefert und Sie haben den Verlust ihrer Dienstwaffe nicht gemeldet. Sind Ihnen Ihre Erfolge zu Kopf gestiegen? Denken Sie bitte nicht, dass Sie über dem Gesetz stehen. Auch heute, diese Versammlung der Kollegen, die Sie wegen Ihrer Ermittlung zu Rate gezogen haben, scheint mir ein Beweis dafür zu sein, dass Sie glauben, hier unbegrenzten Spielraum für sich beanspruchen zu können.«

Christian Renner gab einen protestierenden Laut von sich. »Jetzt komm, Rainer, der Junge zeigt wenigstens Initiative. Das ist nicht in Ordnung, ihm daraus einen Strick zu drehen, zumal es die Ermittlungen im Mordfall Binz ein deutliches Stück nach vorne gebracht hat.«

Jung verschränkte verdrossen die Arme. »Na gut, lassen wir diese Eskapade mal außen vor. Trotzdem kommen wir um eine sofortige Suspendierung nicht herum.«

»Eine Suspendierung?« Das hatte Jens nicht erwartet.

Christian Renner ergriff das Wort. »Der Leiter des Wachschutzes hat Mike Kramer angezeigt. Zwischen den beiden läuft wohl irgendwas Persönliches. Die Bundespolizei ist im Bilde. Fatal ist nur, dass diese Videoaufnahmen aus Mukran auch der Presse zugespielt worden sind. Morgen werden die Zeitungen voll davon sein. Die ersten Internetportale haben den Überwachungsschnipsel schon online gestellt. Wir haben gar keine Wahl, wir müssen reagieren.«

»Wir haben bereits mit dem Oberstaatsanwalt telefoniert«, sagte Jung. »Er ist der gleichen Meinung wie wir. Es muss die sofortige Suspendierung erfolgen und eine umfassende Untersuchung in die Wege geleitet werden.«

»Na prima«, kam es tonlos von Jens. »Das war's dann wohl. Das heißt, ich bin draußen. Ich war die längste Zeit Polizist.«

»Sagen wir mal so«, resümierte Jung. »Nach Lage der Dinge sieht es nicht gut für Sie aus.«

Susanne hatte einen Anruf von Mike erhalten, der sie über die jüngsten Entwicklungen in Kenntnis setzte. Ihr wurde heiß und kalt zugleich. Nicht nur, dass Mike gefeuert worden war, jetzt war es nur noch eine Frage der Zeit, bis Jens erfuhr, dass sie ihm gegenüber nicht ehrlich gewesen war, dass sie ihm verschwiegen hatte, wo seine Pistole zwischenzeitlich abgeblieben war. Er würde verdammt sauer sein. Nicht, dass ihr Mann nicht gutmütig und geduldig mit ihr gewesen wäre, aber sie hatte bereits erlebt, wie unangenehm er werden konnte, wenn man empfindliche Punkte bei ihm triggerte. Und genau das hatte sie in den vergangenen Tagen getan. Die Pistole würde nun der Tropfen sein, der das Fass unweigerlich zum Überlaufen brachte.

Mike saß in seiner Bergener Wohnung und fühlte sich grauenhaft. Nicht nur der Einlauf seines Onkels war dafür verantwortlich, er machte sich selbst die größten Vorwürfe. Er hätte jetzt einen Freund brauchen können, aber Freundschaften zu pflegen, hatte er nie für nötig gehalten. Jens wäre ein guter Gesprächspartner gewesen, doch der musste gerade einen Mörder-Hals auf ihn haben. Mike hätte sogar mit dem alten Pauker Dreifürst vorliebgenommen, der bei genauerem Hinsehen ja kein unrechter Typ war, doch sich dem zu dieser fortgeschrittenen Stunde aufzudrängen, traute er sich nicht. Der Tag war sowieso nicht mehr zu retten und irgendwo stand noch eine halbe Flasche Jägermeister herum.

Als er sich gerade ein Glas von dem süßen Gesöff einschenken wollte, klingelte es an der Tür. Mike vermutete, dass ein Nachbar irgendetwas von Amazon angenommen hatte, eine Bestellung, die ihm inzwischen, wie es so oft passierte, vollkommen entfallen war. Er öffnete und war perplex, als er Linda Todt sah.

»Hallo, Mike!«, sagte sie. Sie trug keine Uniform, was bedeutete, dass sie privat da war.

»Oh … äh … hi, Linda«, stotterte er. »Kann ich irgendwas für dich tun?«

»Eigentlich bin ich hier, um was für dich zu tun. Kann ich kurz reinkommen?«

»Sicher.«

Er wollte ihr keinen süßen Kräuterlikör anbieten, das war zu arm. »Ich hab nur Sekt oder Wasser.«

»Ich brauche nichts«, winkte sie ab und setzte sich auf einen der Küchenstühle. »Ich will dir nur sagen, dass mir die Geschichte heute sehr unangenehm war. Aber ich war im Dienst, ich musste so distanziert auftreten.«

»Alles gut. Du brauchst dich nicht zu rechtfertigen.«

»Aber jetzt bin ich privat. Und wenn mich nicht alles täuscht, war der letzte Stand der Dinge, dass wir Freunde sind, oder?«

»Ich weiß nicht. Ist es so?«

»Also für mich gilt das noch. Und nachdem ich mir ein Bild gemacht habe, von dem ganzen Unglück da im Hafen, bin ich ziemlich sauer auf deinen Chef Hermann Jokisch. Mann, ist das eine Kanaille! Dem ist fast einer abgegangen, als wir dich verhaftet haben.«

»Typen wie den gibt's an jeder Ecke«, winkte Mike ab. »Die sterben nicht aus.«

»Wie auch immer. Ich kenne dich nicht so gut, aber ich denke, dass es dir im Moment gerade ziemlich dreckig gehen muss.«

Er sah sie an und seine Augen brannten. Vielleicht war Linda genau der Freund, den er jetzt brauchte. Mike traute sich, nun loszulassen, und begann zu schluchzen.

»Wie konntest du das nur tun, Sanni? Wieso hast du mir das mit der Scheißpistole verschwiegen?« Jens stapfte geladen um den Tisch in ihrem Wohnzimmer herum, während Susanne still dasaß und den Ausbruch ihres Mannes über sich ergehen ließ.

»Jetzt äußer dich mal, verdammt!«, schrie er sie an. »Ich bin suspendiert und kann mir gerade kein Szenario vorstellen, bei dem sich die ganze Sache am Ende wieder einrenken könnte! Ich bin am Arsch, auf gut Deutsch!«

»Dass Yslei die Pistole hatte, hab ich selbst erst erfahren, als Mike sie ihr in Mukran weggenommen hat«, begann Susanne. »Warum hätte ich dir davon erzählen sollen? Das Kind war doch schon in den Brunnen gefallen und wir hatten die Pistole ja wieder. Ich konnte doch nicht ahnen, dass es eine Videoaufzeichnung geben würde.«

»Nein, das konnte keiner.« Jens ließ sich schwer auf den Stuhl fallen. »Die haben gar keine andere Wahl, als mich rauszuschmeißen. Bestenfalls versetzen sie mich in irgendwelche Badlands von Meckpomm!«

»Jens, warte doch mal! So schlimm kann es doch nicht sein, oder?«

Er zog sein Smartphone heraus, schaltete es an und zeigte ihr einen Einspieler auf ZDF online. Es war das Überwachungsvideo mit Mike und Yslei. »Das Filmchen geht gerade viral. Und die Polizei steht damit massiv unter Druck. Ich bin für die jetzt ein Krebsgeschwür und glaub mir, sie werden es rausschneiden, ganz egal, welche Heldentaten ich in der Vergangenheit vollbracht habe.«

»Es tut mir so leid. Bitte glaub mir, dass ich das nicht wollte.« Susanne liefen Tränen über die Wange.

Das besänftigte Jens jedoch nicht. »Dafür kann ich mir jetzt auch nichts mehr kaufen. Also, wenn es dir recht ist, würde ich jetzt gerne eine Zeitlang für mich sein.«

Das waren harte Worte, die Susanne so von ihrem Mann nicht gewohnt war. »Was heißt das? Ich darf dich nicht ansprechen und soll einen Bogen um dich machen?«

»Ja, das war in etwa, was ich sagen wollte. Ich muss erst mal ausdampfen und in ein paar Tagen können wir uns dann überlegen, wie's weitergeht. Und ob es weitergeht.« Damit machte er auf dem Absatz kehrt und verließ das Zimmer.

In dieser Nacht schlief keiner von ihnen. Mike und Linda redeten die ganze Nacht, Susanne lief in der Dunkelheit am Bodden entlang, um den Kopf freizubekommen, und auch Richard im fernen Warschau kam nicht zur Ruhe. Am emsigsten aber war Jens. Sein Weg bei der Polizei war nun zu Ende, er war dennoch nicht fertig. Diesen letzten Fall, den Mord an Cordula Gaffel, wollte er nicht ungelöst zurücklassen. Deshalb loggte er sich ins Internet ein und setzte seine Nachforschungen fort, als wäre eine Suspendierung gegen ihn nie ausgesprochen worden.

Erst am späten Vormittag des nächsten Tages gelang es Freddy Gromball, telefonisch zu seinem vom Platz gestellten Kollegen durchzukommen. »Mensch, Lackner, so ein Riesenpech! Wie können die so was machen? Haben wir echt so viele, die so gut sind wie du? Ich weiß ja nicht.«

Jens, den das Handygebimmel aus dem Schlaf gerissen hatte, musste lächeln. »Sie haben ja noch dich, Sommersprosse! Das beste Pferd im Stall!«

Freddy lachte nicht, obwohl er wusste, dass es Frotzelei war. »Jens, ehrlich, du nervst mich manchmal wie'n Mosquito im totenstillen Hotelzimmer, aber wenigstens hast du immer einen Kompass in der Tasche.«

»Ja, so ist es. Willst du wissen, welche Richtung er gerade anzeigt?«

Freddy brauchte etwas. »Warte mal, hast du irgendwas auf der Pfanne, Mann?«

»Ich hab mir die Nacht um die Ohren geschlagen und endlich mal gemacht, was ich immer schon mal machen wollte: stundenlang nackte Frauen anschauen.«

»Pinot Grigio?«, riet Freddy ins Blaue.

»Pinot Grigio. Ich musste Abos für zweihundert Mäuse abschließen, um all diese Mitschnitte von Cordula Gaffel zu gucken, die es im Internet gibt.«

»Wozu denn?«

»Wozu? Weißt du es nicht mehr? Trophäen! Mörder kehren nicht nur gerne an den Tatort zurück, nein, sie haben auch alle den Hang zu Trophäen. Der Klassiker!«

»Okay, ich kann dir folgen!«, versicherte Freddy. »Sprich weiter!«

»Weißt du, was Liebeskugeln sind?«

»Oh gut, ich nehm mal an, weibliche Brüste ist als Antwort zu naheliegend ...«

»Sehr witzig«, spottete Jens. »Liebeskugeln sind einfach nur Silikonkugeln, die in die Vagina eingeführt werden. Die haben irgendein raffiniertes Innenleben, ich hab aber nicht verstanden, wie genau das funktioniert. Nun gibt es Frauen, die da voll drauf stehen. Cordula Gaffel alias *Pinot Grigio* hatte auch welche, und zwar in grün. Die sind im Angebotsportfolio ihres Chatrooms aufgeführt. Heißt, jeder der sie dort online besucht und hundertzehn Token zahlt, kann zuschauen, wie sie sie benutzt.«

»Hab's verstanden«, drängelte Freddy. »Mach's nicht so episch!«

»Die Kugeln waren nicht im Apartment, als wir Cordulas Leiche gefunden haben. Die Dildos waren komplett, die Negligés und Mieder auch, sogar die Paddel, mit denen sie sich selbst den Hintern versohlt hat. Aber wir haben keine grünen Kugeln auf unserer Inventurliste!«

»Alles klar«, meinte Freddy, der nicht das Geringste verstand.

»Hol dir einen Durchsuchungsbeschluss für Guido Wingenfelds Wohnung. Haltet nach den grünen Kugeln Ausschau. Und nach einer kleinen neunschwänzigen Katze! In allen Videos, die ich gesichtet habe, hing die Peitsche hinten an der Wand, die fehlt in der Inventarliste der Spusi auch.«

»Du denkst, Wingenfeld war's?«

»Wenn nicht, würde es mir gewaltig den Abgang versauen.«

»Gut, ich ruf sofort den Oberstaats an. Ich denke, einen Schuss hab ich noch frei.«

»Aber sag nicht, dass es von mir kommt. Die sind grad mies auf mich zu sprechen.«

»Ist gut, Mann!«

Auch Susanne wurde vom Telefon aus dem Schlaf gerissen. Am anderen Ende erkannte sie die Stimme von Richard. »Susanne? Hallo!«

»Richard! Mensch, wo steckst du?«

»In Warschau. Heute geht es von hier aus nach Kaliningrad.«

»Oh Mann! Dein Freund Josef macht das wirklich?«

Die Stille, die nun folgte, dauerte etwas länger. Dann räusperte sich Richard. »Das glaube ich im Moment eher weniger.«

»Wieso? Kneift er?«

»So könnte man es ausdrücken. Josef hat heute in den frühen Morgenstunden einen Schlaganfall erlitten.«

»Oh nein!«, rief Susanne entsetzt. »Wie geht's ihm?«

»Gut«, sagte Richard mit belegter Stimme. »Er ist tot.«

In ihrem Hals bildete sich ein dicker Kloß. »Oh wie furchtbar! Das tut mir so leid, Richard.«

»Und mir erst.«

»Du hast es versucht. Das ist höhere Gewalt. Da kann man nichts machen.«

»Susanne, ich werde an seiner Stelle gehen.«

Sie hielt die Luft an. »Nein! Nein, Richard, das ist Quatsch, das machst du nicht!«, beschwor sie ihn, nachdem sie sich von ihrem ersten Schrecken erholt hatte.

»Es geht nicht anders. Ich habe die Eintrittskarte, eine gut getarnte Kamera und diese Kinder können auf niemanden sonst hoffen. Also, ich wollte nur, dass du Bescheid weißt. Ich nehme ein satellitengestütztes Handy mit, das Josef extra für diese Exkursion angeschafft hat. Schreib dir mal die Nummer auf, oder wird sie angezeigt?«

»Nein. Ist unterdrückt.«

»Dann notier sie dir ...«

Susanne fummelte einen Kuli aus dem Köcher für Stifte, der tadellos schrieb, was sie kurz verblüffte. »Richard, hör mir zu ...«

»Nein. Hör du mir zu! Es ist entschieden. Sei einfach so lieb und ruf Paula an. Ich hab es nicht übers Herz gebracht. Sag ihr, dass sie wunderbar ist. Und jetzt mach ich Schluss, sonst überleg ich mir alles noch mal. Also, Ade, Susanne!«

»Ade, Richard«, hauchte sie. »Viel Glück!«

Dann hatte er aufgelegt.

Dan Novotny, der Oberstaatsanwalt hatte sich die Ausführungen der Kommissare Freddy Gromball und Christian Renner zum Mordfall Cordula Gaffel angehört. Der

Gedankengang schien ihm zwingend, als er die Fotos vom Tatort mit den Videos aus dem Internet verglich. Er versprach eine richterliche Anordnung für eine Durchsuchung bei Guido Wingenfeld einzuholen. Es war etwas, was er ganz oben auf seine Agenda setzte, und er war zuversichtlich, die Kriminalpolizei sehr schnell mit einem entsprechenden Dokument bedienen zu können.

Jens war nach seiner Arbeit am Computer in ein tiefes Loch gefallen. Der Groll auf Susanne war dabei nur unwesentlich kleiner geworden. Er hatte bei seinem Vorgehen in Sachen Yslei Al-Fayed seinen Ermessensspielraum bestimmt nicht fahrlässig ausgenutzt, aber, da biss die Maus keinen Faden ab, er trug einen Teil der Verantwortung für seine derzeitige Misere. Seit dem Verlust ihres gemeinsamen Kindes war alles für Jens und seine Frau nur bergab gegangen, das war mehr Pech, als man normalerweise haben konnte. Seltsamerweise gab es auch einen Teil in ihm, der erleichtert war. Die Polizeiarbeit war in der Realität keineswegs mit irgendeinem Zauber oder Charme behaftet, wie es einem in deutschen Fernsehkrimis gerne suggeriert wurde. Gerade im Bereich der Kapitalverbrechen war es eine Hypothek, die schwer auf dem Gemüt lasten konnte, und das düstere Flair von Gewalt und Mord zog Zartbesaitete wie ihn unentwegt nach unten.

Jens hatte versucht, Richard anzurufen, denn ein Gespräch mit dem alten Freund wäre jetzt genau das Richtige gewesen. Doch auf dem Anrufbeantworter hatte sein alter Mentor die Nachricht hinterlassen, dass er für einige Zeit nicht im Lande war. Es war nicht schwer, eins und eins zusammenzuzählen: die Liebelei mit Paula Kirner erlebte gerade eine überraschende Renaissance. Sicher fuhren die irgendwo in der Weltgeschichte herum und feierten gemeinsam ihr Glück. Jens gönnte es ihnen. Er beschloss, dass eine Luftveränderung ihm ebenfalls ganz guttun würde, und deswegen wollte er seine Mutter in Rostock besuchen. Er packte ein paar Sachen ein, schrieb eine Notiz für Susanne und machte sich dann auf den Weg.

Mike war Linda dankbar gewesen, dafür, dass sie ihm in der vergangenen Nacht zur Seite gestanden hatte. Sie hatte sich als Freund in der Not gezeigt, das rechnete er ihr hoch an. Gleichzeitig wuchs sein Verlangen nach ihr. Leider hatte sie sehr klar ausgedrückt, dass sie nicht mit ihm plante. Er würde ihr also nicht mehr auf die Pelle rücken. Mike überlegte, Jens anzurufen, doch es war besser, wenn etwas mehr Gras über die Affäre wuchs. Er beschloss, beim Arbeitsamt vorstellig zu werden. Ein neuer Job war bald vonnöten, denn große Rücklagen hatte er nicht. Gerade als er aus dem Haus wollte, rief Susanne an und bat ihn um eine Unterredung. Er sagte sofort zu, das Arbeitsamt würde ihm schon nicht weglaufen.

Richards Innenleben war in Aufruhr. Er hatte niemals geplant, selbst an die vorderste Front zu rücken, nun passierte genau das. Josef Zepmeisels Ängstlichkeit war ihm in den vergangenen Tagen auf den Geist gegangen, nun war er es, der den Druck kaum ertrug. Ja, er hätte alles auf sich beruhen lassen und nach Deutschland zurückkehren können, aber eine Chance wie diese würde nicht wiederkommen, das war ganz sicher. Richards Risiko war ungleich größer als das seines toten Freundes. Er hatte keine andere Wahl, als sich für Josef Zepmeisel auszugeben. Die Münze, mit der er an Bord der *Kaiphas* kam, trug diesen Namen. Wenn es eine genaue Überprüfung geben würde, musste er auffliegen. Dann würde er sich dumm stellen und erzählen, dass sein guter Freund Zepmeisel gestorben war und er dessen Platz eingenommen habe, weil er neugierig war und damit die Million Euro Eintrittsgeld nicht umsonst geflossen waren.

Das Charterflugzeug hatte ihn zum Flughafen *Chrabrowo Elisabeth Petrowna* bei Kaliningrad gebracht. Bereits auf dem Rollfeld hatte ihn ein drahtiger junger Mann im seidenen Anzug abgeholt, der ihn auf Deutsch ansprach.

»Herr Zepmeisel, willkommen in der russischen Föderation. Mein Name ist August Kohout, Sie können aber Gustl zu mir sagen. Ich bin während Ihres Aufenthaltes Ihr persönlicher Steward!«

Kohout war Österreicher und sein Wienerischer Akzent war unüberhörbar. Er konnte noch keine dreißig Jahre alt sein und sah aus wie ein Model. Der Mann hatte ein Klemmbrett dabei. Auf dem Deckblatt erkannte Richard überrascht sein Konterfei. Das musste das Foto sein, das der Kurier im Warschauer *Crowne Plaza* von ihm gemacht hatte. Dem Steward reichte die Übereinstimmung des Bildes mit seinem Gegenüber. Er verzichtete darauf, sich Richards Papiere zeigen zu lassen, bat aber um die Münze mit der Namensprägung. Er nahm sie an sich und führte den Gast zu einem Mercedes, der in der Nähe wartete.

»Bitte steigen Sie ein, Herr Zepmeisel. Ich werde Sie nun zum Hafen bringen!«

Richard stieg ein und Kohout setzte sich hinters Steuer. Auf der Fahrt erklärte er dem Deutschen, dass jeder Besucher von *Aquarius* einen Steward zugeteilt bekam, der der Muttersprache des Gastes mächtig war. Der Steward war eine Synthese aus Privatsekretär, Auskunftei und Bodyguard. Was immer der Gast wünschte, der Steward machte es möglich, wenn es möglich zu machen war.

»Wie ist es hier?«, erkundigte sich Richard. »Wer hat da das Sagen? Der Kapitän?«

»Es gibt einen Kapitän, aber er hat keine Autorität im Gästebereich, der Gastronomie und dem Showroom. Das alles ist Direktor Wu unterstellt.«

»Direktor Wu?«

»Ja. Der Direktor ist gewissermaßen der Kopf von *Aquarius* und für das operative Geschäft zuständig. Er sorgt dafür, dass alles diskret und reibungslos abläuft.«

»Es gibt also kein Kapitäns-Dinner, sondern ein Essen am Tisch des Direktors?«

Kohout verneinte lachend. »So eine Tradition wird an Bord nicht gepflegt. Es ist höchst unwahrscheinlich, dass Sie Direktor Wu zu Gesicht bekommen. Er verlässt sein Zentralbüro für gewöhnlich nicht und zieht es vor, im Hintergrund zu bleiben.«

»Das heißt, dass man ihm auch nicht zufällig über den Weg laufen kann? So groß wird das Schiff doch nicht sein.«

»Ausschließen kann ich es nicht. Aber ich bin recht häufig auf der *Kaiphas* und ich habe Direktor Wu bisher noch nicht zu Gesicht bekommen.«

Hatte Richard angenommen, dass er mit einem Boot hinaus zur *Kaiphas* gebracht werden würde, sah er sich getäuscht. Bei Svetlogorsk stiegen August Kohout und er in einen Hubschrauber um. Der Pilot sprach kein Deutsch, der Steward unterhielt sich auf Russisch mit ihm, eine weitere Sprache, die der Österreicher beherrschte.

Richard sah hinunter auf die Oblast Kaliningrad. Wenn er sein Wissen über diesen Ort zusammenkratzte, erinnerte er sich, dass Kaliningrad früher die Hauptstadt Königsberg gewesen war. Das hatte sich geändert, als die Russen die Metropole im Laufe des Zweiten Weltkriegs erobert hatten. Trotz der gewaltigen Größe der alten Sowjetunion besaß das Land keinen eisfreien Hafen, also hatte Stalin Königsberg kurzerhand annektiert. Und es war keiner da, der ihm in jener Zeit diesen Schritt verwehrt hätte. Wenig später wurde aus Königsberg Kaliningrad und heute hatte man schon fast vergessen, dass dieser Flecken Erde einmal zu Deutschland gehört hatte.

Der Flug dauerte nicht lange, dann erschien die *Kaiphas* unter ihnen. Bei dem Schiff handelte es sich um eine Motorjacht von imposanter Größe, die aber bereits etwas in die Jahre gekommen war.

»Die *Kaiphas* hat eine Länge von hundertsechsundzwanzig Metern«, verriet Kohout. »Sie macht zweiundzwanzig Knoten und verfügt über fünf Decks. Unter anderem gibt es zwölf Suiten für Gäste wie Sie, Herr Zepmeisel. Wir haben eine Bar, die rund um die Uhr geöffnet ist, einen Wellness-Bereich und ein Kino. Wenn Sie mal übers Wasser jagen wollen, stehen zehn Jetski zur Verfügung. Möchten Sie an Land, gibt es am Anlandemodul der *Kaiphas* drei Barkassen, die Sie jederzeit nach Kaliningrad bringen.«

Der Steward deutete nach oben. »Die Decks vier und fünf sind für die Mannschaft und die Sicherheitsabteilung vorbehalten, die beiden unteren Decks mit dem Foyer, dem Fitnessbereich und der *Red Rooster Lounge* stehen zur Verfügung unserer Gäste. Wenn Sie Hunger haben, bestellen Sie à la carte, natürlich vierundzwanzig-sieben, ist ja klar. Die Auswahl ist nicht so groß, es gibt täglich nur drei Gerichte, aber die Speisen sind erlesen und werden Sie zufriedenstellen. Ach ja, es gibt im Foyer auch Tische für Blackjack und Poker, da findet sich in der Regel am Abend immer eine gesellige Runde zusammen.«

Der Helikopter senkte sich langsam auf den Hubschrauberlandeplatz am Heck der Jacht hinunter.

»Sie erwähnten eine ›Sicherheitsabteilung‹. Sind das bewaffnete Männer, eine Art Bord-Security?«, erkundigte Richard sich und war um ein harmloses Gesicht bemüht.

»Genau, es ist eine Bord-Security.«

»Brauchen Sie die denn? Ich meine hier, in den Hoheitsgewässern der Russischen Föderation?«

August Kohout drehte den Kopf zu seinem Schützling und musterte ihn lächelnd. »Sie haben ganz recht, wir sind hier gewissermaßen unantastbar. Keiner, der bei Trost ist, nähert sich diesem Schiff. Die Security fungiert im Grunde als Bordpolizei. Die Gäste, die hier bei uns buchen, sind charakterlich nicht immer von der angenehmsten Sorte. Es passiert, dass sie über den Durst trinken und dann aufeinander losgehen. Gerade an den Spieltischen kommt es mitunter zu Differenzen. Das legt unsere Sicherheit aber immer schnell bei. Das sind Profis. Unser bewaffnetes Personal besteht nicht aus irgendwelchen Halsabschneidern oder Galgenvögeln. Das sind ein gutes Dutzend Ehemalige von der Fremdenlegion unter der Leitung eines erfahrenen Colonels. Ich kann Ihnen also versichern, da brennt nichts an.«

Der Hubschrauber hatte aufgesetzt. August Kohout grinste dem Deutschen neben sich breit ins Gesicht. »Darf ich Sie auf die Liste für die Soiree am Mittwoch setzen, Herr Zepmeisel?«

»Die Soiree ...«, wiederholte Richard gedehnt.

»Die Abendveranstaltung ... die Hauptattraktion, die Soiree eben«, erklärte der Steward. »Ich meine, deswegen sind Sie doch hier.«

Richard lächelte. »Aber ja, sicher! Natürlich möchte ich auf die Liste gesetzt werden.«

»Betrachten Sie es bereits als erledigt.«

Der Erste Hauptkommissar Christian Renner schob Freddy mit leuchtenden Augen in sein Büro, wo bereits seine Kollegin Isabel Nettelbeck wartete. »Der Goldjunge hat's geschafft! Ich könnte mir keinen besseren Moment vorstellen, nach dem Mukran-Skandal.«

»Sie haben den Fall gelöst, Herr Kollege?«

Freddy Gromball lächelte bescheiden. »Wir haben heute Vormittag Guido Wingenfeld verhaftet. Er hat bereits ein Geständnis abgelegt.«

»Interessant. Was hatte er für ein Motiv?«

»Moment! Warten Sie! Herr Novotny ist noch nicht da. Die Staatsanwaltschaft will heute noch eine Pressekonferenz geben.« Renner wandte sich an Freddy. »Kaffee, Cappuccino, Espresso?«

Christian Renner war auf seinen Kaffeeautomaten sehr stolz. Seinen Espresso betrachtete er als sein Aushängeschild und er nötigte jeden Gast, ihn zu kosten.

»Sehr nett, Herr Hauptkommissar. Aber ich hatte heute schon viel zu viel. Noch mehr und ich krieg einen Herzinfarkt.«

»Also ich könnte direkt vor dem Zubettgehen noch einen doppelten Mokka trinken, ich würde trotzdem wie ein Baby schlafen«, behauptete Renner versonnen.

In diesem Moment betrat Dan Novotny das Büro. Er war nicht mehr der Koloss, der er vor einigen Jahren noch gewesen war. Ein Magenbypass hatte ihn erschlanken lassen. Gut fünfzig Kilo waren nach der Operation auf der Strecke geblieben. »Tut mir leid, dass ich wieder mal zu spät bin. Ist eine absolute Berufskrankheit.«

»Herr Oberstaatsanwalt, wie wär's mit einem Espresso?«

Seit es die zuverlässigen Kalender-Apps in den Smartphones gab, verpasste Jens Lackner keinen Geburtstag mehr. Obwohl er nicht vorgehabt hatte, Richard während seiner gemeinsamen Zeit mit Paula zu stören, wollte er für einen kleinen Glückwunsch eine Ausnahme machen. Er saß auf der Terrasse seiner Mutter in ihrer Rostocker Wohnung und wählte Richards Nummer. Da er seinen ehemaligen Lehrer auf dessen Handy nicht erreichte, rief er bei Paula Kirner auf dem Festnetz an.

Nach dem dritten Klingeln hob sie ab. »Kirner.«

»Jens Lackner, bitte entschuldige, Paula, ich wollte nur meinem alten Klassenlehrer zum Geburtstag gratulieren. Ist er zufällig in der Nähe?«

Sie antwortete nicht. Sie sagte gar nichts.

»Paula?« Er war sich nicht sicher, ob sie noch dran war.

»Du weißt es gar nicht?«

»Was weiß ich nicht?«

»Er ist nicht hier. Er ist nach Kaliningrad gefahren. Mit unserem Filmproduzenten Josef Zepmeisel.«

Jens musste irgendwas verpasst haben. »Recherchieren sie für einen neuen Film?«

»Zepmeisel hat ein Ticket für die *Kaiphas* gebucht. Er wollte mit einer versteckten Kamera auf dem Schiff filmen, damit die Öffentlichkeit erfährt, was dort mit den Kindern geschieht. Richard hat gar nicht mit dir darüber gesprochen?«

Jens war wie vom Donner gerührt. »Nein. Hat er nicht. Er hat nicht mit mir gesprochen, weil ich es garantiert verhindert hätte. Also, ich hätte es zumindest versucht. Dieser Zepmeisel geht ein unkalkulierbares Risiko ein.«

Paula atmete schwer am anderen Ende. »Tja, wenn du überhaupt nichts weißt, dann muss ich dir leider sagen, das Schlimmste kommt noch: Josef Zepmeisel hatte einen Schlaganfall und ist an dessen Folgen gestorben. Jetzt hat Richard seinen Platz eingenommen. Und er dürfte in diesem Moment schon auf der *Kaiphas* sein.«

Eine Ladung Blei legte sich auf Jens' Herz. »Dieser verdammte Narr! Wieso hast du ihn denn nicht davon abgehalten, Paula?«

Ein Lachen voller Bitterkeit am anderen Ende. »Oh, das hätte ich getan, wenn ich informiert gewesen wäre. Aber Richard, der Feigling, hat Susanne angerufen, von der weiß ich es. Und jetzt ist er nicht mehr zu erreichen. Oder er hebt nicht ab. Keine Ahnung.«

»Ich bin grad wirklich etwas sprachlos ... Susanne wusste also auch Bescheid?«

»Ja, das hat sich wohl so ergeben, weil sie ja die kleine Syrerin, Yslei, nach Garz mitgebracht hat.«

»Paula, sorry, ich werd mal Schluss machen. Ich muss diese Neuigkeiten erst mal verdauen.«

»Versteh ich gut. Sei so nett und halt mich mal auf dem Laufenden. Ich meine, falls du was von Richard hörst.

»Ja, mach ich!«

»Die Durchsuchung der Wohnung von Guido Wingenfeld war ein Volltreffer. Er hatte die grünen Liebeskugeln und die kleine neunschwänzige Katze im Gehäuse eines alten Fernsehers versteckt. Wir sind dann sofort los und haben ihn aus der Psychiatrie rausgeholt. Er ist aus allen Wolken gefallen. Wir haben ihn mit den neuen Beweisen konfrontiert. Da war der Widerstand dann schnell gebrochen und er hat uns alles erzählt.«

Freddy Gromball schlürfte von dem Kaffee, den Renner ihm hingestellt hatte, unter gleichgültiger Missachtung des Herzinfarktrisikos für seinen Oberkommissar.

»Es war Mord aus Leidenschaft. Guido Wingenfeld hatte beim Surfen im Internet zufällig den Chatroom von *Pinot Grigio* entdeckt. Er hat seine Nachbarin Cordula Gaffel natürlich sofort erkannt. Erst mal hat es ihn eher amüsiert, was es doch für Zufälle gibt. Die Models auf diesen Erotikplattformen legen Wert auf Anonymität. Die allerwenigsten von denen wollen die gaffende Kundschaft persönlich treffen.«

»Das hört sich jetzt nicht nach großer Leidenschaft an«, warf Isabell Nettelbeck ein.

»Nein, tut es nicht«, stimmte Freddy ihr zu. »Zuerst jedenfalls nicht. Aber Wingenfeld schaltete immer öfter auf ihren Kanal, wenn sie mit ihrer Show online war. Je mehr er ihr zusah, desto faszinierter war er von ihr. Er begegnete ihr ja ständig in der Realität, in seinem Alltag. Am Morgen stand er extra auf, um ganz zufällig aus seiner Tür zu kommen, wenn auch sie sich auf den Weg zu Arbeit machte. Irgendwann hat sie sein ganzes Denken ausgefüllt. Er fing dann an, ihr in ihrem Chatroom üppige Token-Trinkgelder zu geben. Dazu schrieb er ihr Nachrichten, sie solle sich doch mit ihm verabreden. So was kommt bei diesen Plattformen schon mal vor, es heißt, dass manche Models schwach werden, wenn die Kohle stimmt. Cordula Gaffel gehörte nicht zu dieser Sorte, sie hat Wingenfeld abblitzen lassen. Selbst großzügige Offerten von ihm schlug sie aus. Es hat sich bei ihm dann immer mehr zu einer Obsession entwickelt. Er hat angefangen, sie zu stalken. Irgendwann hat er es nicht mehr ausgehalten und lauerte ihr auf, als sie von ihrer Arbeit kam. Sie hat verstört und erschreckt reagiert. Da hat er sie unter Druck gesetzt, gemeint, dass er unbedingt private Aktfotos von ihr machen wollte, gegen Honorar, einmal nur, dann würde er sie in Ruhe lassen. Andernfalls würde er jedem erzählen, was sie da im Internet machte.«

»So ein erbärmlicher Wicht!«, kam es von Novotny, der mit seinem typischen finsteren Gesicht neben Christian Renner saß.

»Cordula Gaffel war überrumpelt, sie hat sich auf die Fotos eingelassen. Doch als sie sich in ihrer Wohnung vor ihm ausgezogen hat, sind ihm wohl die Drähte durchgebrannt und er ist über sie hergefallen. Nur für den Fall, dass Sie es nicht mehr auf dem Schirm haben, sie war noch Jungfrau. In ihrer Panik hat sie ihm dann zwischen die Beine getreten. Daraufhin hat er endgültig die Kontrolle verloren. Er hat die Kordel vom Fenster gerissen und sie damit erdrosselt.«

»Die Arme«, sagte Isabell Nettelbeck mitfühlend.

»Und er hat gedacht, wenn er sich am nächsten Tag einfach aus dem Staub macht, ist das eine gute Idee?«, wollte Dan Novotny wissen.

Freddy zuckte mit den Schultern. »Er stand vollkommen neben sich. Er war so in seinem Wahnsinn gefangen, dass er in Panik verfallen ist. Und als wir ihn dann vorgeladen haben, hat er einen Freund gebeten, dass der ihn mit einer Holzlatte verprügelt.«

»Ich bin wirklich froh, dass Sie den Fall geknackt haben, Kollege Gromball«, versicherte Renner. »Wie brauchen jetzt nichts so dringend wie einen Erfolg. Ich werde Sie und Ihre erfolgreiche Ermittlung ausführlich zu würdigen wissen.«

»Überaus freundlich von ihnen«, sagte Freddy. »Nur ist das leider nicht auf meinem Mist gewachsen.«

»Wie bitte? Wie soll ich das verstehen?«

»Das alles kommt von Lackner. Er hat das mit den Trophäen rausgefunden.«

»Wie? Aber er ist doch suspendiert!«, staunte Christian Renner.

»Sie kennen doch Jens. Das ist der Bluthund schlechthin. Der hat zu Hause weitergemacht und die Sache zu Ende gebracht. Er hat sogar gemeint, Sie bräuchten nichts von seiner Mitwirkung zu erfahren, das würde alles nur verkomplizieren. Aber die Nummer muss ich ja jetzt nicht mitmachen.«

Der Oberstaatsanwalt grummelte. »Dieser Lackner! Eines Tages erschlag ich den noch.«

»Na, na, Dan! Das geht zu weit«, rüffelte ihn Hauptkommissarin Nettelbeck.

Novotny ruderte zurück. »Es ist genau, wie Lackner sagt. Dass er den Fall gelöst hat, verkompliziert alles.«

»Ich bin auch nicht dafür, den Leuten alles durchgehen zu lassen, Herr Oberstaatsanwalt«, schaltete sich Christian Renner ein. »Aber könnte in diesem besonderen Fall die Dienststelle den Fall nicht einfach intern regeln.«

Novotny schüttelte entschieden den Kopf. »Kommissar Lackner verbummelt seine Dienstwaffe und die Folge davon ist, dass ein ausländisches Kind mit einer scharfen Pistole durch die Gegend irrlichtert. Da ist die rote Linie mehr als überschritten. Ich habe keine Wahl, ich muss ihn wegen grober Fahrlässigkeit und Verletzung der Dienstvorschriften anklagen.«

Jens war ohne Pause zurück nach Neuendorf gefahren. Er konnte sich kaum beruhigen. Waren denn alle inzwischen komplett übergeschnappt? Dass Richard tat, was er tat, war seine Sache. Er wusste am allerbesten, wie es sich in der Höhle des Löwen anfühlte, und er war alt genug, eigene Entscheidungen zu treffen. Was Susanne sich geleistet hatte, stand auf einem anderen Blatt. Die ganze Yslei-Affäre war ein klares Anzeichen dafür, dass sie nicht mehr im Vollbesitz ihrer geistigen Kräfte war. Möglicherweise hatte sich durch das unglückliche Ende ihrer Schwangerschaft eine Psychose entwickelt. Jens würde versuchen, sie davon zu überzeugen, sich in eine psychosomatische Klinik einweisen zu lassen.

Als er vor der *Pension Seerose* ankam, sah er seine Frau, die mit einem älteren Paar vor dem Haus stand, mehrfach darauf deutete und ihnen etwas dazu zu erklären schien. Jens hatte den Mann schon einmal gesehen. Er glaubte, sich erinnern zu können, dass es bei einer Gemeinderatsitzung im Bürgermeisteramt gewesen war.

Er stieg aus dem Wagen, als Susanne ihre Besucher gerade verabschiedete. Jens hielt sich zurück, bis das Paar gegangen war. Natürlich hatte seine Frau ihn bemerkt und kam zu ihm herüber.

»Schon zurück? Wolltest du nicht bis Freitag bleiben?« Sie gab ihm einen flüchtigen Kuss.

Jens sah dem Ehepaar nach, das in einen nagelneuen Audi A4 stieg und abfuhr. »War das nicht der stellvertretende Bürgermeister von Putbus?«

»Ja, das war Thomas Fiebig.«

»Was wollte er hier?«

»Er kauft die Pension.«

»Er kauft ... Wie bitte?«

»Er zahlt mir einen sehr guten Preis, anderthalb Millionen. Ich hab auf die Schnelle mit deutlich weniger gerechnet.«

»Bitte, Susanne, das kannst du nicht tun! Das … das lass ich nicht zu!«

Sie bekam harte Kerben um die Mundwinkel. »Du redest da gar nicht mit. Das ist mein Haus!«

Wie hatte es anders sein können, als dass ihr Dialog wieder in einem furchtbaren Krach mündete? Susanne hatte die Sache dann beendet, indem sie feststellte, dass sie Jens keine Rechenschaft schuldig war und sich nur dann weiter mit ihm unterhalten wollte, wenn das in einem sachlichen und respektvollen Ton geschehen würde. Dass er sich aufgeregt hatte, konnte man verstehen, denn die Pension war jetzt auch sein Zuhause. Susanne hatte ihn in ihre Entscheidung, zu verkaufen, nicht einbezogen. Sie hatte ihn einfach aufgefordert, ihr eine SMS zu schreiben, wenn er auf normale Temperatur heruntergekühlt war. Dann war sie gegangen.

Das Herunterkühlen brauchte eine geraume Weile, denn Jens war verletzt. So einige Dinge waren zwischen Susanne und ihm vorgefallen, die nicht einfach mit einem *Schwamm drüber!* aus der Welt zu schaffen sein würden. Jens spazierte die Uferstraße entlang und versuchte, sich über seine Gefühle klarzuwerden. Ein Blinder konnte erkennen, dass seine Beziehung in Scherben lag. Nun verkaufte Susanne auch noch die Pension. Das war ein starkes Indiz dafür, dass sie nicht mehr mit ihm plante.

Jens zog sein Handy heraus und aktivierte eine medizinische Atem-App. Er setzte sich ans Wasser und atmete in Zyklen ein und aus, die die Grafik der App diktierte. Nach etwa zehn Minuten wurde er deutlich ruhiger. Nun erst spürte er, wie ausgelaugt und müde er war. Die Vernunft gebot, mit Susanne zu reden, und wenn sie ihrer Wege gehen wollte, dann würde er das akzeptieren. Wenigstens wollte er wissen, was er getan hatte, dass sie ihm auf diese Art den Rücken zuwandte. Er stand auf und steckte das Smartphone ein. Er war nun bereit.

Die *Black Bee* glitt fast lautlos über die Wellen. »Mensch, fier doch die Vorschot!«, rief King ungeduldig. »Wir stehen ja schon fast auf der Stelle ...!«

Mike drehte sich herum. »Was war jetzt gleich fieren?«

Der Skipper verdrehte die Augen. »Leine geben! Die Großschot sollte sich so frei bewegen wie möglich. Aber lass das Segel nicht killen!«

»Killen war flattern, oder?«

»Aye, Seemann! Und dann gehst du besser nach Luv, damit die Rah dich nicht vom Boot fegt.«

Diesmal brauchte Mike keine Nachhilfe. Luv war immer die Seite, von der der Wind kam. Er gab dem Großsegel Leine, hatte aber das Gefühl, dass er es nie lernen würden, diesen Kahn zu steuern. Es war nett von King, dass er ihm alles beibringen wollte, aber es war furchtbar kompliziert. Kein Vergleich zu einer Fahrt in einem Auto mit Automatikgetriebe.

»Anbrassen, Maiki! Anbrassen! Merkst du nicht, dass der Wind jetzt von vörn kommt!«

Mike reckte verzweifelt die Hände gen Himmel. »Und was zum Henker bedeutet gleich *anbrassen*?«

»Herrgott, du sollst die Rah anluven, du Genie! Bring die Großschot an den Wind. Das hatten wir doch schon.«

Mike erinnerte sich schwach und tat, wie ihm geheißen. Irgendetwas hatte er dieses Mal richtig gemacht, denn King reckte anerkennend den Daumen hoch.

Der Ex-Polizist musste sich setzen.

»Was ist jetzt schon wieder, Mann?«

»Mir ist plötzlich übel.«

»Jetzt komm, Maiki, wir sind grade mal zwei Stunden auf See. Du bist echt ein Süßwassermatrose wie aus dem Bilderbuch.«

Das war Mikes Magen gerade herzlich egal und er katapultierte alles, was in ihm war, noch oben. Erst als alles draußen war, wurde es besser. Aber nur ein wenig.

Jens hatte die Hände vors Gesicht geschlagen. »Ich will das nicht glauben, Susanne. Das ist, gelinde gesagt, kafkaesk! Das könnt ihr doch nicht wirklich vorhaben ...«

Das Paar saß zusammen auf dem Bett in Susannes Schlafzimmer. Sie blieb ruhig. »Ich kenne dich ja gut genug. Ich wusste, dass dir das nicht gefallen würde, Jens. Aber es geht nicht um dich. Es ist in den letzten Wochen eigentlich nie um dich gegangen. Sprich, du bist nicht der Grund für das, was ich tue.«

»Hörst du dir überhaupt zu, Sanni? Ist dir klar, wie das klingt: Ihr wollt mit einem Segelboot durch die baltische See nach Kaliningrad segeln und dort ein Schiff entern, um diese Mädchen da rauszuholen? Da sind Verbrecher an Bord, denen nichts heilig ist. Die reißen euch in Stücke, was denkst du denn? Und wenn die es nicht tun, schießt euch die russische Küstenwache zu Klump. Das ist Selbstmord!« Er fuchtelte hilflos mit den Händen herum. »Oder übersehe ich hier irgendwas?«

Susanne versuchte sich in einer Erklärung. »Schau, Mike hat mir einen Kontakt zu Arvid König gemacht, dem Besitzer der *Black Bee*. Er ist einer der besten Segler. Hast du schon mal vom *Riffgeist* gehört?«

»Der *Riffgeist*? Das ist ein gesuchter Verbrecher. Die Kollegen von der Küstenwache sind hinter ihm her ...«

»Sie sind hinter ihm her, aber sie kriegen ihn nicht. Denn er hat die *Black Bee* selbst entworfen. Das ist ein getarntes, hochmodernes Schiff und superschnell dazu. König sagt, dass er uns mit fünfundneunzig Prozent Wahrscheinlichkeit unentdeckt bis zur *Kaiphas* bringen kann. Eine Flaute wäre ein Problem. Das wollen wir aber riskieren. Mike kommt auch mit. Er hat es von sich aus angeboten. Wir werden zusätzlich ein paar kampferfahrene Männer dabeihaben und dann dieses Unglücksschiff entern …«

»Warte!«, rief Jens. »Jetzt bitte ganz langsam, ich komm sonst echt nicht mehr mit. Du sagst: kampferfahrene Männer? Wer bitte soll das denn sein?«

Susanne holte tief Luft, denn jetzt würde ihr Mann ihr endgültig ins Gesicht springen. »Ich hab Kontakt zu einer britischen Söldnertruppe aufgenommen. Deswegen verkaufe ich auch das Haus. Dass die Mission schwierig ist, wissen sie, aber sie halten sie für möglich. Wenn die Bezahlung stimmt.«

Wie erwartet, verschlug es Jens für einen Moment die Sprache. »Söldner? Ich kann es überhaupt nicht glauben. So was gibt's noch? Wie in aller Welt bist du an die rangekommen?«

»Dein Kollege Chris Sinkiewicz hat mir gezeigt, wie ich mich im Darknet zurechtfinde. Es gibt da ein paar Plattformen, wo man Kontakt mit Ex-Soldaten aufnehmen kann. Man sieht, wo sie bereits gekämpft und welche Auszeichnungen sie bekommen haben.«

Jens wollte heftig aufbegehren, doch dann ließ er seine bereits erhobenen Arme sinken. Aufregung und Lautstärke waren nicht zielführend. Er versuchte, sich mehr auf seinen Atem zu konzentrieren. Jetzt war Sachlichkeit gefragt, sonst war es vielleicht die letzte Unterhaltung, die er in diesem Leben mit Susanne führte. »Ich frag dich nur mal so: Ist dir bewusst, dass ihr dabei wahrscheinlich sterben werdet?«

Sie hob den Kopf und sah ihn an. »Ja«, sagte sie mit klarer Stimme.

»Wow!«, rief Jens. »Du kennst diese Kinder nicht mal. Du willst helfen, versteh ich. Aber warum fährst du dann nicht nach Afrika und baust für dasselbe Geld Zisternen? Das wäre ein Plan mit Hand und Fuß und du rettest damit wahrscheinlich zehnmal so viele Leben!«

Susanne zog ihr Handy heraus und öffnete es. Dann reichte sie es ihm. »Das ist eine Nachricht, die Yslei mir geschickt hat.«

Jens las die wenigen Zeilen des kleinen Flüchtlings und musste schlucken. *Ich bin nicht wichtig!* Diese Aussage traf ihn mitten ins Herz. Dann reichte er seiner Frau ihr Telefon betroffen zurück. »Die Wahrscheinlichkeit, dass Yslei es zurück auf die *Kaiphas* schafft, ist doch gleich null. Wie ich gehört habe, ankert das Schiff weit draußen, da kann sie nicht einfach hinschwimmen.«

»Das nicht. Aber sie wird es nach Plowdiw schaffen, der Stadt, in der sie und ihre Schwestern dem Mittelsmann der Schleuserbande übergeben wurden.«

»So klein ist Plowdiw doch auch nicht. Wie will sie den Mann denn wiederfinden?«

»Das Haus dieses Mädchenhändlers hatte einen direkten Blick auf das römische Museum. Das ist ein Wahrzeichen von Plowdiw. Yslei wird es finden und kann sich von da aus orientieren. Dann wird sie sich diesen Leuten erneut ausliefern.«

Er schloss die Augen. »Lieber Gott ...«

Sie beugte sich vor und berührte ihn am Arm. »Jens, hör mir zu. Du weißt nicht alles. Es gibt da noch was, über das ich mit dir reden muss ...«

Er lachte bitter. »Noch was? Ich bin jetzt schon bedient, glaub mir. Will ich noch mehr hören?«

»Doch, denn es ist sehr wichtig. Ich will es endlich loswerden.« Ihre Augen wurden feucht. »Wir haben unser Baby verloren. Und ich, ich bin dafür verantwortlich ...«

»Das ist doch Quatsch, Sanni ...«

»Lass mich aussprechen!«, fuhr sie ihm scharf über den Mund.

Jens sagte nichts mehr.

Sie nahm einen neuen Anlauf. »Die Schwangerschaft lief nicht so gut für mich, das weißt du. Meine Stimmungen haben ständig gewechselt. Ich war so fertig, ich hab dann immer wieder heimlich getrunken. Wenn ich das Gefühl hatte, ich bin kurz vorm Durchdrehen. Im vierten Monat gab es Abende, da hab ich sogar zwei oder mehr Viertel getrunken. Ich hab gekämpft und weiß nicht, wieso ich es nicht geschafft habe, mich zu beherrschen. Das war einfach so erbärmlich von mir. Und ...« Sie wischte sich ruppig Feuchtigkeit aus den Augen. »Und ich hab mich dir nicht anvertrauen können ...«

Er sah sie mit Unverständnis an. »Warum denn nicht, Mensch?«

»Weil ich mich so geschämt habe.«

Er beugte sich nach vorne und ergriff ihre Hände. »Komm, ich werd dir deswegen keine Vorwürfe machen. Es war schwierig für dich, keine Frage. Vor allen Dingen nach dem, was mit deiner Schwester passiert ist. Ich bin kein Mediziner, aber ich weiß, dass es viele Gründe, viele Auslöser für einen Abgang geben kann. Es ist gar nicht gesagt, dass dein Weinkonsum dafür verantwortlich ist.«

»Ist vielleicht so«, räumte Susanne ein. »Oder auch nicht. Aber verstehst du, ich habe meinem Kind keine optimale Ausgangsposition verschafft! Und dann ist da immer noch Anneliese im Hintergrund, für dich ich mich auch verantwortlich fühle ...«

»Wer klagt dich denn an? Niemand!«

»Oh doch, ich selbst klage mich an! Und klar weiß ich, dass das irrational ist. Aber nur weil mein Verstand es anders sieht, kann ich das Gefühl nicht einfach ausschalten. Sie ist immer da, die Stimme, die sagt, du kannst dich nicht selbst belügen, du hast einen Anteil an allem, Susanne! Du hast deinen Anteil!«

Jens dachte über das Gesagte nach. Im Grunde war er froh, dass diese Sache jetzt auf den Tisch kam. Es erklärte Susannes Verhalten in der Schwangerschaft. Er hatte sich als Auslöser für ihre Reizbarkeit gesehen, doch sie war viel mehr mit sich selbst im Unreinen gewesen. »Ich glaube, ich hab so eine Ahnung, wie du dich fühlen musst. Das tut mir wirklich leid. Es muss doch etwas geben, was wir für dich tun können ...«

»Oh, das gibt es auch. Nachdem die Schwangerschaft den Bach runter ist, hab ich mich nur noch treiben lassen. Ich hätte mir einfach gewünscht, ich wäre tot. Es gab keine Perspektive, kein Licht am Ende des Tunnels, keine Morgendämmerung mehr. Aber dann kam Yslei. Ich hab sie gesehen, wie sie vor mir aufgetaucht ist im Mukraner Hafen, ein kleines verstörtes Mädchen, das völlig allein ist auf der Welt. Ich hab sie sofort gespürt und wusste: Ich kann mich um sie kümmern! Der Himmel hat sie mir geschickt, damit ich eine neue Aufgabe habe! Yslei braucht mich. Und indem ich für sie sorge, kann ich meinem Leben wieder einen Inhalt geben, verstehst du das nicht? Nur deswegen hab ich dich in diese schlimme Situation gebracht. Mit all den Konsequenzen hab ich nicht gerechnet. Dass du jetzt den Kopf hinhalten musst, ist das Letzte, was ich wollte,«

»Das weiß ich«, sagte er und hatte ihr in diesem Moment vergeben.

Sie schaute flehend in seine Augen. »Wir müssen einen Schlussstrich ziehen, Jens! Stellen wir uns doch der Realität: Ich bin viel zu kaputt für eine Partnerschaft. Du musst dir jemanden suchen, der nicht wie eine Bleikugel an dir hängt und dich nur immer weiter nach unten zieht.« Sie legte ihre Hand an seine Wange.

»Du bist ein wunderbarer Mann, während ich innerlich so mürbe bin, so mutlos. Ich kann dir nicht gerecht werden. Ich liebe dich und ich will, dass es dir besser geht. Weil du es verdienst. Aber das geht nur, wenn du nach vorne schaust. Geh einfach und lass mir meine Würde. Lass mich tun, was ich tun muss, egal, wie irre es klingt.«

Sie machte eine kurze Pause und fuhr dann mit leiserer Stimme fort: »Wenn ich beim Versuch, Yslei zu retten, sterbe, dann geht das für mich in Ordnung!«

Jens sah sie an und spürte, wie sehr er sie liebte und wie ihm das, was sie sagte, das Herz brach. Dann stand er auf, küsste sie und verließ die *Pension Seerose.*

Richard hatte Josef Zepmeisels Smoking angezogen. Er war eine Nummer zu groß und die Säume der Hosenbeine gerieten manchmal unter die hinteren Sohlen der Lackschuhe. Es war nicht zu ändern. Den Nachmittag verbrachte er damit, sich auf der *Kaiphas* umzusehen. Eigentlich hatte er Patrouillen erwartet und Posten, die mit Ferngläsern das Meer sicherten. Aber die gab es nicht. Nur einmal sah er am anderen Ende das Schiffes zwei der Ex-Fremdenlegionäre, die mit Kaffeebechern versehen gelangweilt ihre Route abgingen.

Richards Hände waren feucht, als er das Foyer betrat. Gustl Kohout hatte ihm erklärt, dass das Foyer und die

Red Rooster Bar die Zonen waren, in denen die Zuständigkeit der Stewards endeten. Und dass die Neuen traditionell am ersten Abend eine Runde für die anderen Gäste schmissen. Richard war das sehr unangenehm, er hätte sich gerne komplett im Hintergrund gehalten. Aber es war ihm ebenfalls wichtig, niemandem einen Anlass zu geben, sich über sein Verhalten zu wundern.

Das Foyer war ein runder Saal, der von verchromten Stahlsäulen mit Marmor-Steinfiguren von den Olympioniken der Antike beherrscht wurde. Da standen nackte Speerwerfer, Kugelstoßer und Bogenschützen. Dazwischen fielen dicke rote Samtvorhänge von der Decke, die sich in jedem Zwischenraum üppig bauschten. In der einen Ecke der Halle befand sich die Bar, von der er schon gehört hatte. Sie gab sich nicht mit Spirituosen wie Beefeater Gin, Moskowskaya oder Johnny Walker ab. Hier fand sich nur ausgesuchte Luxusware. Richard konnte von sich behaupten, so manch feinen Tropfen in seinem Leben verkostet zu haben, aber das hier war eine andere Liga. Das meiste, was hier in den Regalen stand, kannte er nicht.

Er blieb stehen und betrachtete die Auswahl. Die Flasche mit dem Grey Goose Vodka war fast leer, die dunkle Farbe des Jack Daniels Gold Medal leuchtete verführerisch, daneben verlockten Appleton Rum, Paolo-Berta-Grappa und eine Flasche seltenen Elsbeerbrandes. So etwas hatte Richard noch nie getrunken. Kohout hatte ihm verraten, dass hier kein Drink unter dreihundert Euro über den Tisch ging. Viele der Spirituosen waren auch deswegen so teuer, weil sie in sehr exklusiven Kristallflaschen abgefüllt und mit Diamanten und Edelsteinen versehen waren oder, wie die Marke Vodka Imperial Collection, im Design eines Fabergé-Eis daherkamen. Auch die

Weine waren ausschließlich erlesene Jahrgänge aus dem letzten Jahrtausend und Richard befürchtete, dass die Runde, die er zu schmeißen hatte, ihn ein kleines Vermögen kosten könnte.

Er schlenderte zum Pokertisch hinüber, wo bereits drei Männer saßen. Aber sie spielten nicht, sondern saßen einfach in ihren Sesseln und rauchten Zigarren. Sein Steward hatte Richard bereits mit allen nötigen Informationen versorgt. Der etwa vierzigjährige Archil Gignieshvili war ein vermögender Georgier, der aus einer Winzer-Dynastie stammte und etliche Weinberge besaß. Seine Gestalt war bullig, seine schwarzen Haare schulterlang und auf den ersten Blick wirkte sein Gesicht einfältig. Gustl Kohout hatte aber behauptet, dass der Mann hochintelligent sei.

Neben ihm lümmelte ein Italiener im Sessel, ein Mann, der schon die Siebzig überschritten hatte. Der weißhaarige Ginero Jacometti war ein Textilfabrikant aus Mailand. Mit Haute Couture hatte er nichts zu tun, er setzte auf Massenware und ließ seine Mode in Dritte-Welt-Ländern nähen. Zudem besaß er laut Kohout mehrere Öl-Raffinerien an der afrikanischen Küste.

Der Dritte im Bunde hieß Didier Blasco. Er war ein übergewichtiger Frankokanadier, dessen kahl rasierter Schädel von Stoppeln überwuchert war. Er hatte ein sympathisches, jung wirkendes Gesicht, war aber, wenn man dem Steward glauben konnte, bereits über fünfzig. Sein Vermögen hatte er mit der Gründung eines Unternehmens gemacht, das seit Jahrzehnten erfolgreich Spiele für Smartphones entwickelte.

Richard trat an die Gruppe heran und fragte auf Englisch, ob er sich dazusetzen dürfe. Die Herren reagierten freundlich und luden ihn jovial ein, sich zu setzen. Als er sie fragte, was sie trinken wollten, lachten sie und verrieten ihm, dass die traditionelle Eröffnungsrunde, auf die die Stewards die Neuankömmlinge einschworen, eine Methode der Veranstalter war, ihren teuren Fusel an den Mann zu bringen. Dass die meisten Männer mit großem Vermögen deswegen so reich waren, weil sie nicht mit ihrem Geld um sich schmissen, hatten die Besitzer der *Kaiphas* übersehen. Es würde hier ein recht gutes Lager-Bier angeboten, das bezahlbar war, ließ man Richard wissen und wenn er davon eine Runde ausgeben wolle, sei es ihm freigestellt.

Während Didier Blasco mit einer goldenen Kreditkarte auf ein paar Krümel Kokain auf dem Glastisch einhackte, reicht Jacometti dem Neuen eine Kiste mit Havannas. Richard nahm lächelnd eine, obwohl er Zigarren nicht mochte. Es schien ihm aber geraten, sich schnell in der Gruppe zu akklimatisieren und erst mal alles mitzumachen. Es folgte entspannter Small Talk. Die Männer hier waren keine Wilden oder Freaks, sie traten überaus kultiviert auf und pflegten einen dezenten Humor. Für Richard, der wusste, dass an diesem Ort bizarre Dinge vor sich gingen, für deren fragwürdigen Genuss diese Herren Höchstpreise zahlten, machte die Situation einen unwirklichen und verstörenden Eindruck.

Jens lief ziellos durch Putbus. Seine Gedanken jagten wie ein Schwarm orientierungsloser Fische durch sein Bewusstsein und suchten verzweifelt nach irgendetwas, an dem er sich festhalten konnte. Er befand sich im freien Fall. Dass Susanne sich von ihm trennen wollte, weil sie glaubte, eine Belastung für ihn zu sein, war grausam. Doch sie lebte in einer Realität, in der das eine kalte Wahrheit war. Egal, was er sagte, er würde sie nicht vom Gegenteil überzeugen, das wusste er.

Als er am *Café Rosengarten* vorbeiging, musste er unwillkürlich lachen. Er hatte nämlich plötzlich Lust auf ein Glas Rum. Richard hatte ihn hier einmal auf ein Glas *Riise Rum* eingeladen. Das war allerdings eine Sorte Schnaps, mit der Jens noch nie etwas hatte anfangen können, da er kaum etwas anderes als Wein oder Bier trank. Aber sein alter Lehrer hatte ihn genötigt, etwas von der Sorte *Royal Danish Navy* zu probieren. Und sie hatte überraschenderweise fantastisch geschmeckt. Bevor er also irgendwo mit dem Kopf gegen die Wand lief, konnte er auch einen tieferen Blick in ein Rumglas wagen.

Er steuerte die Terrasse auf der Rückseite des weißen Gebäudes an und setzte sich an einen der freien Tische. Es wäre gemütlicher gewesen, sich in einen der beiden Strandkörbe rechts und links setzen zu können, doch sie waren belegt. Er bestellte seinen Rum und blinzelte in die grüne Parklandschaft. Jens gehörte nicht zu den Menschen, die Gefallen daran fanden »Leute anzugucken«, doch sein Blick blieb an einem Paar hängen, das vis-à-vis an einem der anderen Tische saß. Er war ein etwa sechzigjähriger Bayer, ein Bajuware wie aus dem Prospekt, mit Schnurrbart, Gamshut und Lodenkleidung, sie eine attraktive blonde Frau, die halb so alt war wie der knorrige Süddeutsche.

Es war ein Moment, der sich zu einer Ewigkeit zu dehnen schien. Denn Jens begriff plötzlich etwas. Puzzleteile, die bisher nicht zum selben Bild gehört hatten, setzten sich zu einem überraschenden Ganzen zusammen. Und dabei blieb es nicht. Er dachte plötzlich an Susanne, an Yslei und an Richard. Etwas geschah mit ihm. War er eben noch ein Verlorener in undurchdringlichem Nebel, durchströmte ihn nun neue Energie. Er hatte nicht nur einen Geistesblitz, es folgten mehrere weitere. Und dann war er so weit. Nachdem er alles noch einmal gut durchdacht hatte, fasste er einen Entschluss. Damit änderte sich seine Seelenlage schlagartig. Innere Ruhe und neue Zuversicht breiteten sich in ihm aus. Er bezahlte seinen Rum, ohne ihn zu trinken, und verließ mit schnellen Schritten das *Café Rosengarten*. Dann zückte er sein Handy und rief in der Polizeiinspektion bei Oberkommissar Freddy Gromball an …

Mike und King saßen mit Luis Todtwalusch zusammen, einem siebzigjährigen Meteorologen, der bis vor einigen Jahren noch für die Wettervorhersagen am Kap Arkona zuständig gewesen war. King kannte den alten Wissenschaftler gut. Bevor er mit der *Black Bee* in die baltische See aufbrach, hörte er sich lieber Todtwaluschs Prognosen an, als auf die Wetterberichte im Internet zu vertrauen.

»Was ist denn das für eine Idee, Arvid? Du willst in einer einzigen Nacht nach Kaliningrad segeln? Wie soll das gehen? Das ist viel zu weit.«

»Das weiß ich selbst. Aber was, wenn ich steifen Westwind habe? Dann macht meine *Black Bee* gut und gerne dreißig Knoten, vielleicht mehr.«

Todtwalusch wiegte seinen ergrauten Schädel. »Du bräuchtest diese steife Brise aber konstant über sieben Stunden. Nicht, dass es so was nicht geben würde, aber das kann man nicht seriös vorhersagen. Und wenn gar kein Wind weht, dann macht die *Black Bee* genau null Knoten, oder?«

»Kann schon sein«, knurrte King.

»Was habt ihr überhaupt vor, da in Kaliningrad?«

»Ist ne kleine Privatwette mit einem Typ, der endlich mal begreifen muss, was für ein dummes Großmaul er ist!«

Todtwalusch lachte. »Arvid, du wirst dich nie ändern!«

King lachte mit, dann wurde er aber ernst. »Hör zu, Luis, es ist nicht ganz so spaßig, wie es sich anhört. In drei, vier Tagen bin ich startklar, wenn Moses Mike hier, so Gott will, endlich lernt, ein Schotstek von einem Achterknoten zu unterscheiden. Aber dann warten wir nur auf dich! Und wenn du sagst ›Leinen los‹, stechen wir in See.«

»Ist ja eine Menge Verantwortung für mich«, meinte der Alte nachdenklich. »Meine Vorhersagen sind eigentlich gut, aber manchmal liege ich auch falsch, das weißt du.«

»Mein Risiko. Also, kann ich auf dich zählen?«, fragte King und reichte Todtwalusch die Hand. Der sah skeptisch darauf, überlegte einen Moment und schlug dann ein.

Susanne war verblüfft, als Jens so schnell wieder vor ihr stand. Für einen Moment dachte sie, dass er vielleicht ihren Alkoholkonsum kontrollieren wollte. Das hätte zu nichts geführt, da sie seit einigen Tagen keinen Tropfen mehr getrunken hatte. Doch Jens wollte etwas anderes, sein Temperament war wie beflügelt, als er sich mit ihr zusammensetzte.

»Bitte hör mir gut zu, Susanne. Ich weiß, so viel Zeit hatte ich nicht zum Nachdenken, aber du weißt, wie es manchmal bei mir ist. Da platzt ganz plötzlich der Knoten und dann weiß ich mit einem Mal, was ich zu tun habe.«

Diese Einführung diente nicht dazu, dass Susanne sich entspannte, sie hatte nämlich nicht die geringste Ahnung, worauf das hinauslaufen würde. Vielleicht auf etwas, was ihr überhaupt nicht gefiel. »Okay«, sagte sie zögerlich. »Schieß los!«

»Deine Rettungsmission. Du willst sie machen. Ich verstehe deine Beweggründe und weiß, dass ich das akzeptieren muss. Du willst dich dem *Riffgeist* und seinem Schiff anvertrauen, damit kann ich leben. Mike ist mit von der Partie, da könnte ich mir Schlechtere vorstellen. Was mir aber nicht gefällt, ist dein Plan mit den Söldnern.«

Sie sah wenig erfreut drein. »Ich werde das nicht mit dir diskutieren, Jens, sorry!«

»Vielleicht doch. Ich würde nämlich gerne mitkommen!«

Das hatte Susanne nicht kommen sehen. Sie brauchte etwas Zeit, um es einzuordnen. »Du willst mit? Jens, komm, das kannst du nicht wirklich wollen. Hast du nicht selbst gesagt, dass wir gute Chancen haben, dabei alle zu sterben? Wieso solltest du das machen?«

»Ich hab verschiedene Gründe. Du, Arvid König, Mike und nicht zuletzt Richard ... ich denke, ihr könntet mich gut brauchen. Ich würde die Mission gerne planen.«

Sie schüttelte den Kopf. »Auf gar keinen Fall. Noch hat Stralsund kein Urteil über dich gefällt. Wenn du bei so einem Unternehmen mitmachst, dann ist es endgültig aus mit deinem Profiler-Traum.«

Er lachte freudlos. »Wem wollen wir was vormachen? Das ist es doch jetzt schon. Ich bin untragbar. Ich glaube, die meisten in Stralsund würden mich behalten wollen, wenn sie es irgendwie könnten, aber sie können es nicht. Das System lässt es nicht zu. Also hab ich nichts mehr zu verlieren. Und du hast recht, wir brauchen gute Männer, die mitkommen. Aber wir sollten keine Söldner anheuern. Das sind unbekannte Größen, jeder von denen ist eine

Wundertüte. Und ohne, dass ich je mit einem von ihnen zu tun gehabt hätte, kann ich dir eines versichern: Das sind Scheißmachos, die nur so lange behaupten, sie würden Kommandos von einer Frau akzeptieren, bis es ihnen plötzlich nicht mehr gefällt. Es ist nicht realistisch, dass du sie anführen kannst und auch nicht Mike.«

Susanne überlegte. Eitelkeit war ihr fremd, weshalb sie einsah, dass ihr Mann vielleicht nicht unrecht hatte. »Gut, ich bin eine Frau. Was denkst du, bringt sie dazu, dir zu folgen? Du kommst von deiner Optik selbst recht harmlos daher, wenn ich das so sagen darf.«

»Oh, da stimme ich dir zu. Ich bin sicher der Falsche für diese Aufgabe. Aber ich habe einen Burschen im Auge, den ich gerne dafür anfragen würde. Und wenn er ja sagt, soll er sich eine Truppe zusammenstellen.«

Susanne ließ es sich durch den Kopf gehen. Wenn es um akribische Planung und durchdachte Vorbereitung ging, war Jens ihr weit voraus. »Gut. Ich wäre damit einverstanden. Aber ich will nicht, dass du dabei bist. Ich will mir nicht auch noch dein Ende aufs Gewissen laden.«

Jens lächelte sie an, weil er das kommen gesehen hatte. »Quid pro quo! Ich lasse dich auf dein Himmelfahrtskommando gehen, auch wenn es mir nicht gefällt, ich erwarte von dir den gleichen Respekt. Du triffst deine Entscheidungen, ich treffe meine.«

Es war Susanne anzusehen, dass diese Gegenseitigkeit ihr gewaltig gegen den Strich ging. Aber Jens konnte sehr überzeugend sein, wenn er wollte.

»Pass auf, Susanne, ich weiß nicht, ob der Bursche, den ich im Auge habe, überhaupt mitmachen wird, aber ich bin recht zuversichtlich, dass ich ihn dafür gewinnen kann. Es gibt nur eine Sache, die du akzeptieren musst.«

»Und die wäre?«

»Das Geld, was du für die *Pension Seerose* bekommst ... Ich werde einen Großteil dafür brauchen, um dem Anführer meiner Wahl einen Anreiz zu bieten, der ihm hoffentlich wichtiger ist, als die geringe Chance, da lebend wieder rauszukommen.«

»Um das Geld geht's mir nicht, darüber kannst du verfügen. Nur kommt deine Initiative jetzt so unvermittelt. Ich weiß gerade nicht, ob ich das alles will ...«

Er nahm sanft ihre Hand. »Susanne, wie haben ein gemeinsames Kind gehabt. Ich glaube, dass es am liebsten sehen würde, dass wir jetzt zusammen sind, was immer wir unternehmen. Denn das ist meine tiefe Überzeugung: Wir gehören zusammen! Wie heißt es in der Kirche immer? In guten wie in schlechten Zeiten! Und das sind jetzt die allerschlechtesten Zeiten von allen ...«

Susanne blickte in seine Augen und musste wider Willen lächeln.

Richard saß in seiner Kabine, die ihm auf diesem Schiff der liebste Ort war. Einmal mehr meldete sein Organismus ihm, dass er nicht endlos belastbar war. Dieser Gedanke wurde automatisch zur Seite geschoben. Richard blickte durch das Bullauge nach draußen auf die See. Über die Räumlichkeiten konnte er nicht klagen. Die Kabine erinnerte in ihrer Ausstattung an ein Zimmer im *Hilton* oder im *Marriot*. Es gab ein französisches Bett, eine kleine Bar mit Erfrischungen und eine Nasszelle. Alles war funktionell und schlicht. Das Einzige, was von etwas individuellerer Natur war, war das Bild von Fjodor Dostojewski über dem Bett.

Richard fiel sofort ein Ausspruch ein, den der berühmte russische Schriftsteller einmal getätigt hatte. »*Das Geheimnis des menschlichen Lebens liegt nicht im bloßen Le-*

ben, sondern im Sinn des Lebens«. So etwas hängten die Betreiber von *Aquarius* hier an die Wände. Wie zynisch das doch war.

Das *Iridium Extreme* gab Laut und Richard blickte auf das Display. Es war Paulas Nummer, die dort angezeigt wurde. Er rang einen Moment mit sich. Wahrscheinlich hatte Susanne die Nummer an seine Freundin weitergegeben. Paula Kirner konnte sehr bestimmt sein, wenn sie ihre Interessen durchsetzen wollte. Obwohl Richard große Angst vor dem hatte, was nun folgen würde, nahm er das Gespräch an.

Werner Lukoschek öffnete die Tür. Hinter ihm stand sein großer Schäferhund, der Jens mit fragendem Blick anschaute.

»Herr Lukoschek, bitte entschuldigen Sie die Störung am frühen Vormittag. Sie werden mich nicht kennen, mein Name ist …«

»Lackner! Polizeiobermeister Jens Lackner. Oder Hauptmeister?«

»Kommissar!«

»Ach ja? Ich kenne Sie natürlich. Sie sind gerade der bunteste Hund der Insel. Also, wie sieht's aus? Haben Sie einen Durchsuchungsbeschluss. Oder einen Haftbefehl?«

»Nein, ich habe nichts davon …«

»Dann ziehe ich es vor, nicht mit Ihnen zu reden.« Der verurteilte Schwerverbrecher wollte ihm die Tür vor der Nase zumachen, doch Jens drückte die Hand gegen die Tür.

»Ist noch was?« Lukoscheks Tonfall veränderte sich und Jens stellten sich die Nackenhaare auf. Er spürte in diesem Augenblick, wie gefährlich dieser Mann war.

»Bitte, Herr Lukoschek, hören Sie mich an …«

»Ich sagte, ich rede nicht mit der Polizei. Das mein ich auch so.«

»Ich bin nicht mehr Polizist. Man hat mich suspendiert. Ich bin privat hier!«

»Kratzt mich nicht.« Damit schlug Lukoschek die Tür zu.

Jens verdrehte die Augen. »Gut!«, rief er laut. »Dann gehe ich zu meinen Kollegen und verrate denen, was Sie hier gerade für ein Ding am Laufen haben. Stichwort: Erpressung im Zusammenhang mit Beischlaf ...!«

Drei Atemzüge später öffnete sich die Tür wieder.

»Lassen Sie mich doch besser reinkommen!«, schlug Jens vor. »Die Nachbarn müssen ja nicht mitbekommen, was wir zu besprechen haben.«

Werner Lukoschek machte widerwillig den Weg frei und Jens betrat seine Wohnung.

»Ich hab nicht angerufen, um dir den Kopf zu waschen, Richard, ich mach dir keine Vorwürfe. Okay, ich bin etwas gekränkt, weil du mir nichts von deinen Plänen gesagt hast. Aber im Grunde meines Herzens bewundere ich deine Courage ...«

Richard setzte sich mit dem Telefon in den Sessel, der in seiner Kabine die einzige Sitzgelegenheit darstellte. »Meine Pläne? Es war bestimmt nicht mein Plan, an diesen Ort zu kommen.«

»Wieso hast du es dann getan?«

Richard fühlte sich elend und rief sich die Augenpartie. »Weil ich Josef in die ganze Sache hineingequatscht habe. Dabei habe ich eigentlich gesehen, dass er komplett überfordert war. Trotzdem hab ich ihn nicht rausgelassen aus der Nummer. Ein Wort von mir hätte genügt und er wäre umgedreht.«

»Mach dir mal nicht zu viele Gedanken. Zepmeisel war erwachsen, er hat gesagt, dass er in seinem Leben mehr erreichen will, als nur Filme zu drehen. Und er war schwer krank. Wie viele Wochen hätte er noch gehabt? Nicht viele.«

»Das versuch ich mir auch immer einzureden. Frei von Schuld spricht es mich trotzdem nicht.«

»Weißt du, was da auf dem Schiff vor sich geht?«

»Nein. Bis jetzt ist es wie ein Club der Geldsäcke, der schwerreichen Exzentriker. Aber heute Abend steht eine Soiree auf dem Plan. Vor der hab ich schon richtigen Horror. Egal, ich muss da durch und dann weiß ich mehr.«

»Ich sag mal viel Glück!«

Sie wollte das Gespräch beenden, Richard spürte das. »Paula?« Er räusperte sich. »Du bist das süßeste Ding, das ich je in meinem Leben getroffen habe.«

»Du alter Charmeur. Du weißt, was Frauen hören möchten.«

»Pass auf dich auf!«

»Dito!«

Werner Lukoscheks Wohnung war ein Verhau. Überall lagen Zeitungen, Klamotten und Hundeutensilien herum, die uralten Tapeten waren gelb vom Nikotin und ebenso fleckig wie die beiden großen Teppiche. Von den überquellenden Mülleimern her müffelte es. An einer gemütlichen Innenausstattung lag dem vorbestraften Mann offenbar wenig. Auf einer verschlissenen Couch rekelte sich Dagmar Kleinknecht alias Ginger. Sie war mit einem Fünfblattjoint zugange und rauchte die fertige Tüte mit Hingabe an. Dem Gestank nach war es stark konzentriertes Haschisch mit Tabak. Die junge Frau hatte in kürzester Zeit die ganze Bude eingenebelt.

»Ich habe Ginger gestern mit einem Touristen in Putbus gesehen, im *Café Rosengarten.* Mit blonden Haaren.« Jens sah hinüber zu der jungen Frau, die nach wie vor ihr Markenzeichen aufwies, neonrot gefärbte Haare.

»Es hat etwas gedauert, bevor ich darauf gekommen bin, dass Sie Perücken benutzen, Herr Lukoschek. Ginger wirft sich an gutsituierte Männer ran und verführt sie. Dabei macht sie Fotos und gemeinsam erpressen Sie Ihre Opfer dann. Ein Kollege aus der Stralsunder Inspektion hat von einem Mann erzählt, der einen Beischlafdiebstahl gemeldet, diese Anzeige dann aber zurückgezogen hat. Die Frau, so sagte er, hätte nussbraunes Haar gehabt. Deswegen hab ich keine Verbindung zu Ginger gezogen. Jetzt aber schon. Also, wie viele Perücken hat Ginger inzwischen eigentlich?«

Werner Lukoschek zündete sich eine Zigarette an. »Lassen wir doch das Rumgeplänkel! Wenn Sie mich nicht verhaften wollen, Kommissar Lackner, wieso sitzen wir noch hier?«

»Weil ich Ihnen ein geschäftliches Angebot unterbreiten will.«

Lukoschek lachte ungläubig. »Ein geschäftliches Angebot? Von einem suspendierten Plattfuß. Das erstaunt mich dann doch.«

»Erlauben Sie mir, dass ich ein wenig aushole, Herr Lukoschek.« Jens zog eine Akte aus seinem Rucksack. Das Dossier hatte Freddy ihm zusammengestellt und die halbe Nacht darauf verwendet, wenn man seinen Worten glauben konnte. »Die *Soko Düne* hat seinerzeit gründliche Arbeit geleistet und eine Menge Wissenswertes über Sie zusammengetragen. Vieles ist gar nicht mehr zum Tragen gekommen, weil Sie entlastet wurden. Nebenbei gesagt, es war ein Beamter der Sonderkommission, der Sie für unschuldig gehalten und den wahren Täter ausfindig gemacht hat.«

»Ja. Das waren Sie, Lackner, ich weiß. Scheiß der Hund drauf.«

Jens zeigte eine lächelnde Grimasse und schaute in sein Dossier. »Die Leute, die Sie kennen, beschreiben Sie als einen harten Jungen. Ein Zeuge behauptet sogar, dass Sie es waren, der den Wachmann beim Überfall auf den Geldtransport erschossen hat.«

»Es gibt auch Aussagen, die das Gegenteil behaupten. Wo führt das hin?«

»Bleiben wir kurz bei dem harten Jungen. Im Knast haben Sie sich nicht unterkriegen lassen. Niemand hat Sie einschüchtern können, Sie haben jeden in die Schranken verwiesen, der Ihnen dumm gekommen ist. Sie waren in insgesamt fünf verschiedenen Justizvollzugsanstalten und haben sich überall behauptet.«

»Ja, schön«, gab Lukoschek gelangweilt zurück. »Schreiben Sie's auf meinen Grabstein.«

Jens ließ sich nicht aus dem Konzept bringen. »Aber ... und das steht hier auch, die Mitgefangenen, die sie gut kannten, sagten übereinstimmend aus, dass sie kein linker Vogel waren, sie galten als ›korrekter Typ‹!«

Lukoschek lachte verächtlich. »Es gibt jede Menge Affen, die als ›korrekt‹ gelten, das Bundesverdienstkreuz bekommen haben und trotzdem sind sie Schweinehunde. Außerdem sollten Sie nicht alles glauben, was Sie in Dossiers lesen, die andere geschrieben haben.«

»Da haben Sie sicher recht, Herr Lukoschek. Es gibt aber eine Recherche, die ich damals selbst durchgeführt habe. Und die hat sich mit Ihrem Bankkonto befasst. Sie haben jeden Monat Geld überwiesen, an ein Konto im Ausland. Selbst als Sie den Job als Hausmeister hatten, ging alles, was Sie nicht unbedingt für ihre eigenen Lebenshaltungskosten brauchten, an dieses Konto.«

»Dauert das hier noch lange?« Lukoschek war das Thema sichtlich unangenehm.

»Wir haben nicht rausgefunden, an wen das Geld schlussendlich ging, aber ich wette, wenn wir das erneut überprüfen, stellen wir fest, dass Sie noch heute alles, was Sie übrighaben, an dieses Auslandskonto schicken.«

»Selbst wenn's so wäre, was kratzt es Sie, Mann?«

»Ich glaube, Sie unterstützen jemanden. Wahrscheinlich eine Person, an der Ihnen viel liegt. Ich tippe mal auf eine oder einen Verwandten. Es ist jemand, für den Sie das letzte Hemd geben würden.«

»Verdammt noch mal, kommen Sie jetzt zum Punkt. Ich bin kurz davor, Ihnen Ihre dumme Fresse zu polieren!«

»Also gut! Ich biete Ihnen eine Million Euro, wenn Sie mit mir und ein paar anderen zu einer Expedition aufbrechen, bei der die Chancen sehr gut stehen, dass wir alle dabei draufgehen.« Jens atmete angespannt und spielte seinen einzigen Trumpf aus: »Und das Geld, das gebe ich Ihnen vorher …!«

Mike sah Linda Todt zu, wie sie im *Café Peters* ihre Bestellung aufgab. Hatte er sie wirklich einmal für unattraktiv gehalten? Gerade hatte sie bei ihm den Status einer Göttin. Doch das behielt er wohlweislich für sich.

»Also«, wandte sich die Bundespolizistin ihm zu. »Wieso wolltest du mich sprechen?«

Mike war sich nicht ganz im Klaren, wie er es anfangen sollte. Doch es war sowieso egal, entweder spielte Linda mit oder nicht. »Du hast doch gesagt, wir sind Freunde. Ich hab das schon öfters gehört, aber das waren in der Regel leere Worte.«

»Da kannst du mal sehen!«, sagte sie lächelnd.

»Ich würde dir gerne etwas anvertrauen, etwas, was du dieser Bundespolizistin, Oberkommissarin Todt, du kennst sie flüchtig, bitte nicht weitererzählst.«

»Ups! Das klingt mysteriös.«

»Was ich dir erzähle, ist nicht nur heikel und völlig verrückt, es verstößt auch mindestens gegen ein Dutzend Gesetze.«

»Wie du siehst, trage ich keine Uniform. Und wenn ich es vor meinem Gewissen vertreten kann, halte ich auch die Klappe. Mehr kann ich dir nicht versprechen.«

»Also gut!« Mike nickte. »Dann mach dich mal auf einiges gefasst …«

Jens blickte zu Ginger hinüber, die auf der Couch lag und sich nicht rührte. Was immer für eine Sorte Hasch sie inhaliert hatte, das THC hatte sie vollkommen weggeballert. Werner Lukoschek war zum Kühlschrank gegangen und hatte sich eine Dose Cola herausgeholt. Er hatte es nicht für nötig gehalten, seinem Gast auch etwas anzubieten. Lukoschek nahm ein paar Schlucke und stellte die Büchse dann vor sich auf den Tisch. Er rang mit vornübergebeugtem Körper seine Hände, um dann zu Jens aufzublicken.

»Ich hab ja schon viel Krampf in meinem Leben gehört, Bulle, aber das, was Sie mir da gerade aufgetischt haben, ist eine neue Dimension von Naivität. Nur, dass wir uns hier nicht missverstehen, weil ich es nicht machen werde, aber nehmen wir mal an, Sie haben keinen Dachschaden und überweisen mir die eine Million. Was tun Sie, wenn ich Ihnen dann einfach den Mittelfinger zeige.«

Mit so einer Frage war zu rechnen gewesen. »Dann gehen wir Ihrer Masche mit der Erpressung nach. Ich denke, Ginger wird schnell reden, wenn wir ihr ihre Spezialmischung wegnehmen. Dann stehen Sie mit einem Schritt im Knast, Herr Lukoschek. Und sagten Sie nicht, damals bei einer Vernehmung mit meinen Soko-Kollegen, dass Sie nie wieder in den Knast gehen? Dass Sie lieber mit einem lauten Knall abtreten?«

Lukoschecks Gesicht verfinsterte sich erneut.

»Aber das interessiert mich alles nicht. Ich habe nicht das geringste Interesse, Sie dranzukriegen«, versicherte Jens.

»Das heißt, wenn ich jetzt ›nein‹ sage, gehen Sie und lassen alles auf sich beruhen.«

»So sieht's aus. Wenn Sie nicht für die eine Million mitmachen wollen, werde ich keine weitere Lebenszeit an Sie verschwenden. Meine Partner werden dann zu ihrem ersten Plan zurückkehren und Söldner aus dem Darknet buchen.«

Werner Lukoschek glotzte fassungslos, schüttelte dann den Kopf und lachte rau. »Söldner aus dem Darknet? Was ist denn das für eine Idee? Und für solche Idioten soll ich arbeiten? Ich müsste ja eine Schraube locker haben.«

Jens verlor die Geduld. »Herr Lukoschek, da sind schon weit verrücktere Sachen passiert. Mir gefällt das alles auch nicht, aber ich habe Gründe, weshalb ich dabei bin. Und jetzt sehen Sie sich mal an: Sie sind im Leben gescheitert. Ein Verlierer, wie er im Buche steht. Mit Ihren Erpressungskinkerlitzchen können Sie noch zwanzig Jahre weitermachen, mehr als Trinkgelder springen da nicht raus. Und hochriskant ist es dazu. Ich biete Ihnen eine Million und im Voraus! Wen immer Sie unterstützen da draußen, Sie hätten die Angelegenheit auf einen Schlag in trockenen Tüchern. Ein besseres Angebot wird nicht mehr kommen.«

Jens hatte es gut auf den Punkt gebracht. Der Schwerverbrecher trank schweigend seine Coke. Dann hob er einlenkend die Hände. »Also gut, tun wir mal so, als wäre ich interessiert. Spielen wir's einfach mal durch ...«

»Sicher. Warum nicht?«

»Wir schippern also mit einem getarnten Segelboot durch das baltische Meer, eine Handvoll Verrückter und wir greifen auf russischem Hoheitsgebiet ein Schiff an, auf dem krumme Dinger ablaufen. Kennen wir denn überhaupt die Position von dieser *Kaiphas*?«

»Ja. Wir kennen ihre Position.«

»Gut. Weiter im Text: Keiner, der bei Trost ist, lässt so einen Kahn ohne Bewachung ankern. Diese Jacht ist zudem fremdes Territorium. Das heißt, wir müssen uns zu kleinen Kindern durchfragen, die da irgendwo eingesperrt sind. Da brauchen wir gar nicht erst anfangen, wenn wir nicht wenigstens den Bauplan von dem Schiff haben. Und ich schätze mal, den haben wir nicht, oder?«

»Nein. Haben wir nicht. Aber dafür konnten wir einen Mann an Bord einschleusen.«

Lukoscheks Augenbrauen hoben sich überrascht. »Einen Mann an Bord einschleusen? Sie haben den Gegner bereits unterwandert?«

»Läuft darauf hinaus, ja. Was immer für Informationen wir brauchen, die meisten wird er uns beschaffen können. Wie viele Männer die haben, wo die Kinder sind, welche Abläufe es da gibt.«

»Hmm ... Sie sehen mich beeindruckt«, gestand Lukoschek. »Vielleicht sind Sie ja doch nicht die Hirnamputierten, für die ich Sie im ersten Moment gehalten habe. Aber gehen wir mal weiter im Text. Wer ist bis jetzt alles mit dabei? Und ich will konkrete Angaben. Keine Sorge, ich bin diskret. Ich würde das alles sowieso nicht gegen

Sie verwenden können, weil Sie die besseren Karten auf der Hand haben.«

Jens überlegte, ob er all diese Informationen preisgeben sollte. Doch eine große Wahl hatte er nicht. Er spürte, dass Lukoschek angebissen hatte, er musste alles auf eine Karte setzen. »Wir haben Mike Kramer, einen Ex-Bullen, Arvid König, einen der besten Bootsbauer auf der Welt, und sein getarntes Schiff, die *Black Bee*, meine Frau Susanne und mich. Ich weiß, das ist mager, aber wir können uns ja noch Leute dazuholen.«

Lukoschek winkte ab. »Also die Kaputniks aus dem Darknet vergessen Sie mal gleich wieder. Mit mir wären das fünf Leute plus unserem Mann auf dem Schiff. Das ist tatsächlich dünn. Aber ich könnte noch einen alten Freund hinzuziehen. Ist ein zuverlässiger Mann. Wenn der mitmachen würde, wären das genug.«

»Moment«, unterbrach ihn Jens. »Heißt das, Sie machen mit?«

Der andere sah ihn ungeduldig an. »Das ist hier kein Einstellungsgespräch. Und ich unterschreib auch keinen Vertrag. Das heißt, ich behalte mir vor, jederzeit auszusteigen. So ein riskantes Unternehmen muss präzise geplant werden. Wir werden Waffen brauchen. Ich muss das Boot sehen. Und ich will mit jedem, der mitmacht, sprechen. Wenn ich sage, der oder die ist raus, dann ist der oder die raus.«

»Ich verstehe das alles«, versicherte Jens. »Nehmen wir mal an, wir bestehen vor Ihren Augen, heißt das, dass Sie die Leitung des Einsatzes übernehmen würden?«

»Macht etwas anderes Sinn?«

»Nein. Natürlich nicht.«

»Also gut. Ich werde erst mal Kontakt mit meinem Freund aufnehmen. Ich will offen sein, ich kenn ihn aus dem Knast. Wenn er dabei wäre, sehen wir weiter. Sollte er gerade im Bau sein, in Timbuktu oder tot, war's das auch für mich.«

»Gut, einverstanden. Dann sollten wir vielleicht jetzt unsere Telefonnummern austauschen ...«

»Ich versteh nur nicht, wie ich dabei helfen kann. Ich meine, im Gegensatz zu Lackner hab ich meinen Job bei der Bundespolizei ja noch und das darf auch gerne so bleiben.« Linda sah Mike ratlos an. »Was erwartest du denn von mir?«

»Ich weiß es selbst nicht. Ich will auf keinen Fall, dass du irgendwas tust, was gegen das Gesetz verstößt oder gegen dein Gewissen. Es ist nur so, wir sind da draußen und wir wissen nicht, was auf uns zukommt. Vielleicht schaffen wir's ja. Wir hätten dann ein Segelboot mit dem, was von uns übrig ist, und, wenn es hochkommt, sogar mit ein paar geretteten kleinen Mädchen. Vielleicht wäre es gut, wenn irgendjemand wüsste, dass wir da draußen sind ...«

Linda lehnte sich mit einem unwilligen Laut zurück. »Ich versteh es immer noch nicht. Egal, was ich täte, es wäre gegen das Gesetz. Schon jetzt bin ich Mitwisserin und mache mich bereits strafbar, weil ich nicht sofort die Behörden informiere. Oh Mann, du bringst mich in Teufels Küche, Mike!«

»Ach hör bloß auf!«, schnauzte er sie ungehalten an. »Wir fahren ja nicht nach Russland, um da zu brandschatzen. Das ist eine Rettungsmission! Auf diesem Schiff sind kleine Kinder, denen sonst was angetan wird. Die sterben da und wir sind ihre einzige Hoffnung. In Teufels Küche, da sind nur diese Mädchen, nicht du!«

Linda schaute zur Seite und dachte nach. »Okay, moralisch gesehen bin ich auf eurer Seite. Aber ich sehe wenig, was ich tun kann.«

»Hör zu!«, versuchte Mike einen neuen Anlauf. »Arvid König, der von dir so sehr geschätzte *Riffgeist,* führt ein Satellitenhandy mit sich. Es ist nicht auszuschließen, dass wir in Not geraten. Es wäre schön, wenn wir dann jemanden anrufen könnten, der nicht komplett uninformiert ist. Wenn wir über Funk bei Adam und Eva anfangen müssen, um unsere Situation zu erklären, wäre das wenig hilfreich.«

»Das wäre es wohl«, gestand Linda zu. Ihr fiel etwas ein. »Also, ganz egal, was passiert, es geht euch ja wohl nicht in erster Linie darum, unerkannt nach Rügen zurückzukehren, ihr wollt einfach nur lebend aus dem russischen Gewässer raus?«

»Ja, das hätte Priorität. Dass wir nachher für alles geradestehen müssen, ist doch klar. Aber was haben wir denn zu verlieren? Wenn uns die polnische Küstenwache aufgabelt und nur ein Kind heil aus diesem Albtraum rauskommt, war's das wert. Jedenfalls für mich.«

Linda Todt sah durch Mike hindurch und überlegte. »Vielleicht kann ich doch was für dich tun, Mike ...«

»Das wäre super!«

»Ich sagte vielleicht. Ich lass dir eine Telefonnummer zukommen, für euren Notruf. Tja, und im Falle eines Falles geht vielleicht jemand ran, der Bescheid weiß ...«

Es waren neue Besucher auf der *Kaiphas* angekommen. Kellan Trafford war ein erst fünfundzwanzigjähriger Amerikaner, der von seinen Eltern ein Industrie-Imperium geerbt hatte, das Raketensysteme und Artillerie produzierte. Er war der Skater-Typ, langhaarig, lässig und laut. Er saß beim Frühstück an Richards Tisch, erzählte, wie ausgeschlafen und clever er war und dass er aus Prinzip ausschließlich Unterwäsche-Models datete. Er war Richard schon zuwider, bevor er irgendwann eine kleine Crackpfeife herausholte und sich etwas reinzog, was so aussah wie Crystal Meth. Danach war er wenigstens eine Weile still.

Ebenfalls neu in der Runde der betuchten Gäste war der asketisch wirkende Koreaner Park Ki-Yeung, ein überaus kleiner Zeitgenosse, der stets freundlich lächelte, aber nicht viel redete. Richard konnte sein Alter nur schätzen: Der Mann war irgendetwas zwischen vierzig und sechzig. Er saß zwar am gleichen Tisch wie Trafford und Richard, aber nahm an der Unterhaltung kaum teil.

Ein weiter Mann betrat die Frühstückslounge. Er war von großer Gestalt, Mitte vierzig und überall tätowiert. Sogar im Gesicht. Neben Spielkarten und Würfeln auf den Wangen trug er unter dem linken Augenlid ein Tränentattoo. Richard hatte einmal gehört, dass dies ein Zeichen dafür war, das man bereits einen anderen Menschen getötet hatte.

»Snake Vanderbilt! Mich laust der Affe!« Kellan Trafford legte die Crackpfeife auf den Tisch, stand auf und ging dem Tattoo-Mann schwankend entgegen. Sie begrüßten sich mit großer Herzlichkeit und machten dabei ein Menge Krawall. Die Krakeelerei ging vor allem von Trafford aus, der, so machte es den Eindruck, gern alle Aufmerksamkeit auf sich zog.

Richard sah auf die Uhr. Gegen zwölf war auf dem Schießstand im Oberdeck ein Kleinkaliber-Wettbewerb angesetzt. Waffen erfreuten sich hier großer Beliebtheit bei den Gästen und, wie Richard von seinem Steward erfahren hatte, fanden auf der *Kaiphas* fast jeden Tag Wettschießen statt.

Trafford lachte laut und gefiel sich wohl in seiner raumgreifenden Präsenz. Richard stand auf und steckte im Gehen die Crackpeife des Amerikaners ein. Sollte die Nervensäge sich ruhig mal ein bisschen den Kopf zerbrechen, wie sie sich ohne die kleine Kugelpfeife die nächste Einheit Crystal zu Gemüte führen sollte.

Jens hatte Susanne über seine Fortschritte mit Werner Lukoschek ins Bild gesetzt. Sie hatte zu allem nur genickt. Richtig überzeugt wirkte sie dennoch nicht. »Wieso traust du dem Typen? Söldner sind sicher keine Heiligen, aber wenigstens keine verurteilten Verbrecher.«

»Das ist bei ihm mehr so eine intuitive Sache. Ich glaube, er ist in Ordnung. Jedenfalls wenn er und Ginger nicht gerade reiche Männer ausnehmen.«

»Gut, okay. Ich bin fein damit.« Susanne stellte keine weiteren Rückfragen mehr.

»Sanni ...«, wechselte Jens das Thema. »Ich organisiere diesen Handstreich für dich, ich möchte was im Gegenzug haben ...«

»So? Und das wäre?«

»Ich will, dass wir danach einen Neuanfang machen. Wir betrauern unser Kind, wir raufen uns zusammen und na ja, wir erfinden uns neu.«

Susanne hatte das nicht erwartet, was ihrem Gesichtsausdruck deutlich zu entnehmen war. »Du meinst, wenn wir von dieser Reise ohne Wiederkehr doch beide zurückkommen sollten.«

»Genau.«

»Dir ist klar, dass ich für Yslei sorgen will. Sie steht allein in der Welt. Niemand wird mir Steine in den Weg legen, wenn ich sie adoptiere. Sie wäre dann mit von der Partie.«

»Ist für mich kein Problem, auch wenn ich die Prognose wage, dass das ganz schön anspruchsvoll werden dürfte. Das Mädchen ist kaputt und hat sicherlich Drama ohne Ende im Gepäck.«

»Ja, das wird hart, ich weiß. Egal.«

»Das heißt, wir haben einen Deal.«

Susanne blickte überrascht zu ihm hoch. Dann stand sie auf und umarmte ihn stumm. Er drückte sie nach einer Weile von sich. »Du hast mich darauf aufmerksam gemacht, dass ich mich manchmal in einen Polizisten verwandele und der Jens dann verschwindet ...«

»Ja, meinte ich auch so.«

»Das mach ich jetzt wieder. Damit will ich sagen, wenn wir da rausfahren, dann sind wir nicht Mann und Frau, wir sind einfach nur Kameraden. Wir fokussieren uns auf die Sache. Keine Küsse, kein Gekuschel, keine Zärtlichkeiten. Kein ...« Er machte eine dramatische Geste. »Schatz, halte aus! Ich komme!«

Susanne schmunzelte. »Da mach dir mal keine Sorgen. Da bin ich ganz bei dir!«

»Ausgezeichnet.«

Der Abend war da und Richards Nervosität nahm zu. Ihm war nicht danach, einen Smoking anzuziehen. Das war Josef Zepmeisels Vorstellung davon, wie man zu einer besonderen Veranstaltung zu erscheinen hatte. Nur waren die anderen sehr leger angezogen und von einem besonderen Dresscode hatte Steward Gustl Kohout nichts verlauten lassen. Da Richard so kurzfristig für Josef hatte einspringen müssen, war er, was die Kleidung betraf, überhaupt nicht auf diese Situation eingerichtet. Alles, was er dabei hatte, waren billige Alltagsklamotten von C & A. Mit handgenähten Schuhen, Edelmarken oder Seidenhalstüchern konnte er nicht dienen, sein einzig standesgemäßes Accessoire war seine Rolex. Besser er nahm Zepmeisels Smoking, der saß zwar auch nicht richtig, aber er bedeutete kein so großes Fragezeichen, wie Richards eigene »Lumpen«.

Um kurz vor neunzehn Uhr machte er sich auf dem Weg zur *Red Rooster Bar.* Diese Lokalität war verschlossen, wenn es keine »Show« gab. Wie Kohout ihm gesagt hatte, sollte er einige von den Casino-Chips aus seinem Koffer mitbringen. Wozu genau, war unklar geblieben. Richard hatte auch nicht nachgefragt. Das wäre verdächtig gewesen. Wenn er die Antwort nicht kannte, wieso war er dann hier?

Der Begriff *Red Rooster Bar* war irreführend, denn einen Ausschank gab es hier nicht. Acht Tische mit je drei Stühlen gruppierten sich um einen grobmaschigen, runden Käfig in der Mitte des Raumes, der einen Durchmesser von vier bis fünf Metern haben musste. Im Käfig verdeckte ein blickdichter Vorhang, was sich innerhalb des Runds verbarg.

Der Mann, der im Nebenraum die Drinks mixte, brachte eine letzte Bestellung herein und bediente das Publikum. Richard setzte sich, flüchtig in die Runde grüßend, an einen freien Platz. Alle anderen Gäste, die er bisher getroffen hatte, waren bereits da. Archil Gignieshvili saß gemeinsam mit Didier Blasco, dem beleibten Frankokanadier, zusammen, während der Modezar Jacometti allein einen Tisch beanspruchte. Ebenso wie er, bevorzugte auch Ki-Yeung, der Koreaner, für sich zu sein. Die beiden Amerikaner Kellan Trafford und Hugh Vanderbilt, der wohl wegen des Schlangenkopf-Tattoos an seinem Hals den Spitznamen »Snake« hatte, saßen dagegen beieinander.

Kurz bevor es losging, betraten zwei weitere Männer den Raum. Es waren dunkelhäutige Männer aus dem arabischen Kulturkreis. Richard kannte sie nicht. Sein Steward hatte auch keine weiteren Neuankömmlinge erwähnt. Einige der anderen Gäste nickten ihnen knapp zu, dann hatten auch sie nebeneinander Platz genommen.

Richard nippte an seiner Cola. Er fühlte sich furchtbar, in der Gewissheit, dass das, was jetzt kam, ihm sicherlich nicht gefallen würde. Er wünschte in diesem Moment, er wäre nicht hergekommen. Dennoch aktivierte er die Spion-Kamera in seiner Rolex und drehte das verborgene Videoauge so, das es auf den Käfig gerichtet war. Das Hantieren mit der Multifunktions-Uhr wirkte selbstverständlich und normal. Niemand würde Verdacht schöpfen.

Der Barkeeper ging und schloss die Doppeltür von außen. Das Licht veränderte sich und wandelte sich zu einem dramatischen Rotton. Musik untermalte das, was ein unsichtbarer Sprecher via Lautsprecher von sich gab. In Englisch begrüßte er die Anwesenden und bat, die Einsätze zu machen. Für *Luanna* kamen die Chips in die rote Vertiefung auf dem Tisch, für *Grischa* legte man seine Jetons in die grüne Schale. Richard spähte nach rechts und links. Die Männer ließen ihre Chips in eines der Spielfelder klackern. Es war völlig egal, welche Farbe Richard wählte, er war ja nicht wegen des Gewinnens da. *Grischa* war der Favorit, die Mehrheit der Besucher setzte also auf grün. Richard schob ein Viertel seiner Jetons auf Rot.

Im nächsten Moment gab es einen akustischen Jingle und kleine Kuppeln aus transparentem Plexiglas verschlossen schnalzend die Setzfelder. *Rien ne va plus*, dachte Richard bei sich. Dann hob sich der Vorhang. In der Mitte der mit Sandspänen versehenen Manege stand eine Gestalt. Er war sich im ersten Moment nicht sicher, ob es sich um ein Mädchen oder einen Jungen handelte. Doch dann richtete sich ein Spot auf das Gesicht des Kindes. Es war ein dürres Mädchen mit ausdrucksloser Miene.

»Luanna!«, rief die Stimme aus den Lautsprechern.

Vanderbilt und Trafford johlten, einige der anderen applaudierten. Richard tat es ihnen gleich. Der Beifall war kurz und mehr eine formelle Geste.

In der Hand des Mädchens lag ein Messer. Die Beschaffenheit der Waffe löste bei Richard Bestürzung aus. Es ging hier also um einen Kampf. Und das etwa zwölfjährige Kind hielt ein einfaches Obstmesser.

»Grischa!«, dröhnte es aus den Monitoren. Im Boden öffnete sich eine Klappe und ein großer brauner Hund stürmte heraus. Eine klare Rassenzuordnung war nicht möglich, aber es war ein scharfer und aggressiver Rüde, der sich sofort auf das Mädchen stürzte. Er verbiss sich in ihrem Arm, während sie schrie und dann versuchte, das Tier mit dem Messer zu treffen.

Richard konnte für einen Moment nicht mehr atmen. Die Grausamkeit, der er hier beiwohnte, war von einer beispiellosen Menschverachtung.

Einige der Männer, Trafford und »Snake« waren unter ihnen, feuerten den Hund an. Wieder fuhr das Tier auf das Mädchen zu und brachte es aus der Balance. Das Kind stürzte und der Kampfhund landete mit seinem ganzen Gewicht auf ihm. Das Mädchen hatte reflexartig den Unterarm vors Gesicht gelegt und der Hund, der optische Merkmale eines Rhodesian Ritchbacks hatte, verbiss sich in dem Gliedmaß. Blutige Fetzen flogen herum, das Tier gebärdete sich völlig wild.

Dann aber gab es ein scharfes Jaulen. Der Hund ließ von dem Mädchen ab. Sein Bauch war aufgeschlitzt und die Eingeweide quollen heraus. Mit einem Schrei des Wahnsinns sprang das blutbespritzte Mädchen auf ihren tierischen Gegner und rammte ihm mit aller Kraft ihr Obstmesser ins Auge. Der Hund sprang mit dem Messer in seinem hässlichen Schädel noch ein paar Mal orientierungslos herum, dann brach er zusammen und verendete.

Teil 3

Der Angriff

»Das ist Harun! Ein alter Freund von mir. Er stammt aus Algier.« Werner Lukoschek hatte die Hand auf der Schulter des dunkelhäutigen Südländers, dessen von Leberflecken gesprenkeltes Gesicht ausdruckslos war. Der schwarzhaarige Mann war älter als Lukoschek, etwas gedrungen, vielleicht Mitte fünfzig. Seine gut definierten Muskelpakete belegten, dass er ein diszipliniertes Workout betrieb.

»Wir haben zusammen ein paar Aktionen durchgezogen.« Lukoschek grinste zu Harun hinüber. »Aber so richtig viel Glück hatten wir nie.« Der Algerier deutete ein minimales Lächeln an, das sofort wieder verschwand. Seine dunklen braunen Augen musterten die Anwesenden. Jens, Mike und Susanne hatten Lukoschek und Harun in der *Seerose* empfangen und begrüßten den letzten Mitstreiter in ihrer Runde.

»Das ist Susanne, das ist ihr Mann Jens und Mike, beide sind Ex-Bullen ...«

Harun nickte allen zu. Seine Lippen bekam er erst mal nicht auseinander. Er wirkte dabei weder zugetan noch feindselig. Jens konnte ihn überhaupt nicht einschätzen. Der Mann machte den Eindruck, als wäre ihm alles gleichgültig.

»Lackner, du sagtest, du hast Neuigkeiten.« Lukoschek sah Jens erwartungsvoll an.

»Das stimmt. Ich hatte telefonischen Kontakt mit unserem Mann auf der *Kaiphas*. Er wurde inzwischen Zeuge von dem, was da an Bord mit den Kindern vor sich geht. Es ist eine Art Gladiatorenshow. Sie hetzen scharfe Kampfhunde auf Mädchen zwischen neun und zwölf. Die haben Messer zur Verteidigung und es geht auf Leben und Tod.«

Werner Lukoschek verzog ungläubig sein Gesicht. Selbst Harun runzelte die Stirn.

»Wie muss ich mir das vorstellen?«, fragte Lukoschek nach. »Wie bei einem Hahnenkampf? Man kann Geld dabei setzen?«

»Ja, du hast es erfasst.«

»Was für ein kranker Scheiß!«

»Das ist leider noch nicht alles. Es gibt auch einen Hauptkampf. Auch auf Leben und Tod, nur kämpfen da dann zwei Mädchen gegeneinander ...!«

Richard hatte die ganze Nacht nicht schlafen können. Die schrecklichen Bilder der sogenannten »Soiree« gingen ihm nicht aus dem Kopf. Gestern Abend waren zwei Mädchen in der Drahtkäfig-Arena gestorben. Eine von ihnen hatte den Kampf gegen einen Mastiff verloren, der Hund hatte sie totgebissen und war dann Minuten später selbst seinen schweren Verletzungen erlegen. Der Hauptkampf war sehr kurz gewesen. Ein Mädchen namens Katka hatte ihrer Gegnerin ihren Dolch nach kurzer Zeit in die Brust gerammt. Damit war der Kampf entschieden. Dann war ein Mann im weißen Kittel gekommen, den Richard im ersten Moment für einen Arzt gehalten hatte. Aber der Mann nahm nur eine Spritze aus seinem Koffer und injizierte dem schwer verletzten Mädchen eine farblose Lösung. Wenig später war es still und rührte sich nicht mehr. Richard konnte es nicht glauben. Man hatte das Kind eingeschläfert.

Dieses bizarre Entertainment wirkte auf die anderen Gäste keineswegs so niederschmetternd wie auf Richard. Kellan Trafford triumphierte, weil er alle vier Kämpfe richtig getippt und gewonnen hatte. Die Älteren gingen schnell zur Tagesordnung über. Im Nebenzimmer starteten sie eine Pokerrunde und einige von ihnen konsumierten ihre Drogen.

Als Richard sich früh verabschieden wollte, lernte er den Gruppendruck der anderen kennen. Sie nötigten ihn, bei der Pokerrunde mitzumachen. Obwohl er sich nach dem gerade Erlebten grauenvoll fühlte, erachtete er es als wichtig, sich einer Integrierung nicht zu verschließen. Mochte er sich auch als Fremdkörper fühlen, die Männer in seiner Gesellschaft brauchten das nicht zu wissen.

Also setzte er sich dazu, verspielte seine Poker-Jetons in kurzer Zeit und verlor nach neun Spielen ein *All-in*. Danach setzte er sich an die Bar und bestellte einen Elsbeerbrand für dreihundert Dollar. Nach seinen Gewinnen bei den Kämpfen konnte er es sich leisten. Der Elsbeerbrand war sicher ein besonderes Tröpfchen, aber in diesem Moment schmeckte er Richard nicht. Nachdem er ausgetrunken hatte, ging er einfach hinaus. Die anderen achteten nicht auf ihn.

Zu Richards emotionaler Schieflage gesellten sich in der Nacht physische Probleme. Er hatte dann immer mehr am Rad gedreht und heftiges Herzklopfen bekommen. Es wuchs sich zu einer lupenreinen Panikattacke aus. Er hatte überlegt, einen Schnaps zur Beruhigung zu trinken, sich dann aber dagegen entschieden. In seiner Not hatte er Jens Lackner angerufen. Der hatte trotz der nächtlichen Uhrzeit abgehoben und mit ihm gesprochen. Die Stimme des Freundes beruhigte Richard dann auch schnell. Er redete sich das ganze Gesehene von der Seele und musste weinen, während er die Ereignisse bei der Soiree schilderte, ohne dabei allzu sehr ins Detail zu gehen.

Die Erschütterung bei Jens war Richard nicht entgangen. Er war froh, mit einer menschlichen Seele zu reden, die noch nicht von Gefühlskälte und Zynismus zerfressen war. Dann hatte sein alter Schüler ihm eröffnet, dass Susanne, Mike und er eine Befreiungsmission planten.

»Aber Jens, das ist Irrsinn!«, stieß Richard hervor. »Das wollt Ihr nicht wirklich tun!«

»Ich kann es dir jetzt nicht erklären, das ist kompliziert. Aber die Würfel sind gefallen. Wir werden versuchen, die Kinder da rauszuholen. Diskutier das jetzt bitte nicht mit mir! Dass du auf diesem Schiff bist, ist schließlich auch kein Indiz für große Weisheit.«

Jens hatte recht. Und nach den grausigen Geschehnissen bei der Abendveranstaltung war Richard sich gar nicht mal sicher, ob der Plan seiner Freunde wirklich so falsch war.

»Ich muss wissen, wie es mit den Sicherheitsvorkehrungen an Bord aussieht«, sagte Jens.

»Na ja, das ist so mittel, würde ich sagen. Sie haben eine Söldnertruppe, ein Dutzend Männer vielleicht. Soweit ich weiß, sind die auch gut ausgebildet und mit Maschinenpistolen bewaffnet. Und natürlich gibt es eine Kameraüberwachung hier an Bord.«

»Kameras sagst du? Wie viele?«

»Hab sie nicht gezählt. Einige. Allerdings kann man da nicht von einem lückenlosen Überwachungsnetz sprechen. Das Schiff ist groß. Die Kameras decken nur die wichtigsten Stellen ab. Aber gut, so zwei Dutzend werden es schon sein.«

»Das ist seltsam«, wunderte sich Jens. »Wie konnte Yslei bei so vielen Videoaugen tagelang unentdeckt bleiben, als sie sich auf der *Kaiphas* versteckt hat?«

Richard lachte. »Das wundert mich gar nicht. Mein Steward hat mir berichtet, dass es auf diesem Schiff kein einziges Sicherheitsproblem gegeben hat, seit die *Kaiphas* hier vor Anker gegangen ist. Die Bord-Security hat sich von dieser Ereignislosigkeit vollkommen einlullen lassen. Die sind so tranig, die gucken weder nach links noch nach rechts. Wozu auch? Selbst die Gangways zum Schiff hoch bleiben Tag und Nacht offen.«

Jens atmete am anderen Ende durch. »Du glaubst gar nicht, wie es mich freut, das zu hören. Trotzdem muss ich dich um weitere Informationen bitten ...«

Jens briefte Richard dahingehend, dass er sich weiter auf der *Kaiphas* umsehen sollte. Vor allen Dingen musste in Erfahrung gebracht werden, wo im Schiff man die Mädchen festhielt. Auch die Korridore der *Kaiphas*, die Verbindungstüren und die Treppen galt es auszukundschaften. Richard sollte möglichst viele Fotos von den Örtlichkeiten machen und diese an Jens schicken.

Richard hatte allem zugestimmt. Doch die neue Aufgabe, die er bekommen hatte, machte ihm Angst. Jetzt war er die *Fünfte Kolonne* der Guten, nur dass niemand gerade in einer schlechteren Verfassung war als er. Richard wusste, dass nun jeder Fehler fatale Folgen für ihn haben konnte.

Harun war nicht mit leeren Händen gekommen. Gleich mehrere Koffer mit Waffen hatte er aus seinem Volvo ausgeladen. Er war mit Arvid und Susanne auf der *Black Bee* hinausgesegelt, um sie auf offener See zu unterweisen. Er trainierte beide im Umgang mit den halbautomatischen Pistolen und den Maschinenwaffen, die lange Feuerstöße abgeben konnten. Auch dabei redete der Algerier nur wenig.

Susanne kam langsamer mit der Handhabung der Faustfeuerwaffen zurecht als der Skipper. Der hatte den Umgang mit der halbautomatischen Waffe im Handumdrehen drauf, obwohl er sichtlich unter dem Einfluss von Kokain und starken Medikamenten stand. Susanne fühlte sich mit der Maschinenpistole von Heckler und Koch nicht besonders wohl, sie kam mit der SIG-Sauer 226, einer kompakten Pistole, deutlich besser zurecht. Das war ein handlicher Rückstoßlader mit immerhin fünfzehn Schuss im Magazin. Der Skipper, der mehr für Budenzauber war, forderte eine Waffe mit höherer Feuerkraft, doch Harun verweigerte sie ihm. Ihm war nicht entgangen, dass er es bei King mit einem hoffnungslosen Junkie zu tun hatte.

Am Nachmittag stand das Nahkampftraining auf dem Programm. Am Ufer in der Nähe von Neuendorf leitete Harun Susanne an, während Mike als Partner assistierte. Jens saß mit Werner Lukoschek etwas abseits auf einer Bank. Sie hatten gerade abgesprochen, auf welchem Weg das Honorar fließen sollte. Als das geklärt war, blickte Jens nachdenklich zum Algerier hinüber. »Ganz schön undurchsichtiger Typ, dein Harun. Und du bist sicher, dass man ihm trauen kann?«

»Ganz sicher kann man sich bei niemandem sein. Aber ich kenne ihn. Er ist einer der Wenigen, der die Balance halten kann.«

»Was bedeutet das? Die Balance halten?«

»Er schafft es, das Risiko auf ein Minimum zu reduzieren und dabei immer noch effektive Ergebnisse zu erzielen. Er macht eben nicht zu viel und nicht zu wenig.«

»Und ihr hab schon zusammengearbeitet?«

»Viermal. Ist nicht viel bei rumgekommen, lag aber nicht an ihm. Manche Dinge sind eben unkalkulierbar.«

Jens war beruhigt. »Okay, wenn er schon viermal für dich gearbeitet hat, dann will ich ihm auch vertrauen.«

Lukoschek drehte seinen Kopf zu ihm. »So ist es nicht gewesen, Kleiner! Es war genau andersherum.«

»Wie jetzt?«

»Es war nicht Harun, der für mich gearbeitet hat, sondern ich für ihn. Eigentlich hat er mich ausgebildet. Er ist einer der Besten, ich konnte viel von ihm lernen.«

»Oh!« Jens begann nun, den Mann aus Algier mit anderen Augen zu sehen.

»Eine Sache wäre da noch«, meinte Lukoschek und zündete sich eine Zigarette an. »Ich hab mit ihnen allen gesprochen. Ich will mal so sagen: Mike und Susanne wären nicht meine erste Wahl, hab aber auch schon Schlechtere gekannt. Aber der Skipper, Arvid oder King, wie ihr sagt, der ist ein Problem.«

»King? Wieso?«

»Glaub mir, ich merk schnell, wenn einer nen Sprung in der Schüssel hat. Der Typ wirft sich außerdem Tabletten ein wie Tictacs und dazu schnupft er reichlich Koks. Besteht eine Möglichkeit, ihn loszuwerden?«

Jens machte ein ratloses Gesicht. »Und wie stellst du dir das vor? Ihm gehört das Schiff und er ist der beste Segler. Ich denk mal, ohne ihn gibt's keine Mission.«

»Hab's mir schon gedacht. Aber merk dir meine Worte: Er wird uns Ärger machen!«

»Machen wir uns nicht jetzt schon verrückt. Ich will keine Fronten, okay?«

Lukoschek grinste ölig. »Ach! Ist das so? Dann wart mal bis heute Abend.«

»Was ist heute Abend?«

»Der Skipper hat angedeutet, dass unser Plan, an die *Kaiphas* heranzusegeln und sie zu entern, nicht funktionieren wird. Er meinte aber, dass er sich eine Alternative überlegt hat ...«

Jens runzelte die Stirn. Das hörte sich in der Tat nach Problemen an.

Richard sollte recht behalten, die Security schenkte ihm kaum Beachtung, als er sich auf dem Schiff in Bereiche vorwagte, die für Gäste eigentlich nicht zugänglich waren. Er blickte geschlagene zehn Minuten durch die Scheibe in die Zentrale der Schiffssicherheit, ehe einer der Bewaffneten ihn bemerkte und schroff aufforderte, sich zurück auf die unteren Decks zu begeben. Aber Richard hatte genug gesehen. In der Zentrale gab es mehrere große Flachbildschirme, auf denen die Ausspielungen der Überwachungskameras wie bei einem Zoom-Meeting angeordnet waren. Man musste schon sehr konzentriert sein, um die Bilderflut im Auge zu behalten, aber nur ein Wachmann war für die Überwachung eingeteilt und der daddelte auf seinem Handy. Er sah in der ganzen Zeit, die Richard vor der Zentrale stand, kein einziges Mal auf.

Auf Deck drei hatte Richard bereits alles erkundet, als er zu einer Tür kam, auf der ein rotes, kreisrundes Warnzeichen mit einem durchgestrichenen Mann angebracht war. Das bedeutete *Zutritt verboten*, jedes Kind wusste das. Bisher hatte er noch keinen Hinweis auf die Unterkunft der verschleppten Mädchen gefunden. Deswegen beschloss er, das Risiko einzugehen und ignorierte das Verbotsschild. Die Security an Bord mochte unkonzentriert sein, aber sie patrouillierten überall auf dem Schiff und wenn Richard heute ein zweites Mal in einer No-Go-Area erwischt werden würde, konnte das eine Aufmerksamkeit auf ihn lenken, die er keinesfalls wollte.

Er blickte er sich unauffällig um. Niemand war zu sehen. Richard drückte die Tür auf und verschwand dahinter. Es gab einen langen Gang, der zu einer Treppe führte, die nach oben ging. Auf einer quer gespannten Kette hing ein Schild mit kyrillischer Schrift. Richard brauchte keinen Übersetzer, um zu wissen, dass auch das *Zutritt verboten* hieß. Mit einem Storchenschritt stieg er über die Kette, was seine Kniegelenke zum Knirschen brachte. Dann ging er die Stufen hinauf. Er erreichte einen weiteren Korridor. Keine Seele war zu sehen. Alle Türen in diesem Flur waren verschlossen, bis auf eine. Der Raum, den man einsehen konnte, entpuppte sich als Kaffeeküche. Richard huschte hinein und machte die Schranktüren auf.

In den Fächern fand er Weißbrot, Konserven und Geschirr. Als er die Schublade neben dem Besteck aufzog, blickte er auf einen Haufen von Schokoriegeln und Keksen. Der untere Schrank stand mit Halb-Liter-Flaschen Wasser voll. Und dann entdeckte er mehrere Pakete mit Damenbinden. Das konnte ein wichtiger Hinweis sein. Bisher hatte Richard weder bei den Besuchern noch beim Personal an Bord irgendeine Frau entdeckt.

Er lief in den Flur zurück und zu der letzten verschlossenen Tür. Diese hatte weder einen Riegel noch eine Klinke, sondern ein Vierkant-Schloss, wie Richard es von den Zug-Klos der Deutschen Bahn kannte. Der Schlüssel für dieses Schloss baumelte an einem schmutzig-faserigen Strick direkt daneben an einem Haken an der Wand. Innen würde demnach wohl kein Schlüssel hängen, so waren die Kinder sicher eingesperrt.

Richard legte sein Ohr an die Tür und lauschte. Eine ganze Weile herrschte Stille, doch dann sprach innen jemand. Er konnte nicht verstehen, was gesagt wurde, war nicht einmal in der Lage, zu erkennen, welche Sprache gesprochen wurde. Doch dann hörte er unvermittelt einen hellen Laut. Einen Laut, der nach einem Kind klang.

Fast gleichzeitig war zu vernehmen, dass jemand die Stufen vom Unterdeck hochkam. Richard eilte schnell zurück. Wenn er denen, die da kamen, nicht in die Arme laufen wollte, brauchte er ein Versteck. Die einzige Zuflucht bot die Kaffeeküche. Als er hineinhuschte, wusste er, dass er in der Falle saß. Zwei Männer, die sich auf Französisch unterhielten, kamen mit schweren Schritten näher. Die waren ohne Zweifel von der Security. Ohne groß nachzudenken, griff Richard in seine Jackentasche und zog die Crackpfeife heraus, die er Kellan Trafford stibitzt hatte. Schnell glitt er zu Boden und lehnte sich mit dem Rücken an die Wand, in der Hand die Kugelpfeife. Dann begann er zu singen. Die französische Unterhaltung im Flur brach ab und die Schritte wurden schneller.

Im nächsten Moment kamen zwei der ehemaligen Fremdenlegionäre herein, die auf der *Kaiphas* als Wachen in Lohn und Brot standen. »Qu'est-ce que tu fais ici?«, rief der Kleinere der beiden. Richard gluckste und grinste dümmlich. Er schwang seine Crackpfeife, sodass keiner sie übersehen konnte, und sang weiter. Für die beiden Bewaffneten war es offensichtlich, dass einer der Gäste sich im Drogenrausch hierher verirrt hatte. Sie nahmen Richard kurzerhand rechts und links am Arm und schleiften ihn mit sich davon.

Man hatte ihm in der Folge klargemacht, dass er seine Kabine nicht verlassen durfte. Er hatte selig dazu gegrinst und den beiden Legionären lässig zugewunken. Als sie fort waren, holte er schnell seine Notizen und trug seine Erkenntnisse über das dritte Deck ein. Er war sich zwar nicht zu hundert Prozent sicher, dass er den Raum gefunden hatte, in dem die Mädchen festgehalten wurden, aber das musste jetzt an Infos reichen. Der Trick mit der Crack-Pfeife funktionierte ganz sicher kein zweites Mal. Er merkte seine Erschöpfung und legte sich aufs Bett. Nachdem er in der Nacht keinen Schlaf gefunden hatte, übermannte ihn nun die Müdigkeit.

King stand im Bootshaus vor den versammelten Mitstreitern der Befreiungsmission und sein Gesicht drückte dabei Entschiedenheit aus. »Ich kann und werde die *Black Bee* nicht direkt an die *Kaiphas* heranfahren. Das Risiko ist einfach zu groß.«

Die anderen sahen sich konsterniert an. Lukoschek fand als erster Worte. »Moment mal! Ich denke, die *Black Bee* würde wie ein Geist aus dem Nichts vor der *Kaiphas* auftauchen. Wie der *Fliegende Holländer*! Waren das nicht deine Worte, Skipper?«

»Ich neige manchmal zu übertriebenen Metaphern. Ich entschuldige mich dafür.«

»Aber das wirft unseren Plan um. Was ist der Grund für diesen Sinneswandel?«, wollte Jens wissen. Auch Susanne neben ihm war nervös geworden.

Der Skipper ließ sich einen Moment Zeit, dann sah er das Paar an. »Die *Bee* ist ein Schiff mit bemerkenswerten Fähigkeiten, ja, ich könnte sie direkt an die *Kaiphas* heransegeln. Aber mein Mädchen ist sehr filigran gebaut, sie ist empfindlich wie ein Schmetterling. Zwar durchaus stabil bei rauer See, aber eine einzige Salve aus einer Maschinenpistole auf eine der neuralgischen Stellen am Schiff könnte bereits zur Manövrierunfähigkeit führen. Also ist die neue Ansage: Wir gehen nicht näher als eine Seemeile an die *Kaiphas* ran.«

»Eine Seemeile?«, rief Harun, inzwischen nicht mehr so schweigsam wie am Anfang. »Das ist deutlich mehr als ein Kilometer. Und wie sollen wir dann auf das Schiff kommen?«

King blieb ungerührt. »Die Teams eins und zwei tauchen rüber! Wenn auf der *Kaiphas* alles klar ist, gebt ihr ein Signal, dann kommen Kommissar Milchbart und ich mit Schlauchbooten für die Evakuierung!«

»Tauchen?«, rief Lukoschek entsetzt. »In der See vor Kaliningrad? In sechzehn Grad kaltem Wasser? Und das über eine Distanz von tausendzweihundert Metern?« Er lachte auf. »Wir werden ewig hinüber brauchen und die Kälte wird uns den Rest geben. Wir werden halb tot sein, bis wir überhaupt ankommen.«

»Werdet ihr nicht!«, widersprach King und stellte dann einen etwa einen Meter langen schwarzen Zylinder auf den Tisch, der an einem Ende mit einem Ring-Propeller versehen war und aussah wie ein kleiner Torpedo. »Das hier ist ein SUEX-Scooter. Ist eine Art Unterwasser-Vespa. Ich nutze die Teile schon seit Jahren. Sehr effektiv. Ihr haltet euch an dem Griff hier fest und die kleinen Ladies ziehen euch in wenigen Minuten zum Ziel.«

Mike trat zum Tisch, auf dem der Scooter lag, und hob ihn an. »Wie funktioniert der? Mit einem Akku?«

»Mit einem Akku, ja. Es gibt zwei Geschwindigkeiten, langsam und schnell. Ich hab sie etwas modifiziert und jetzt liefern sie auch die Geschwindigkeit ›sehr schnell‹. Die Akkus halten das eine halbe Stunde durch. Aber sie haben Zorn und schaffen die Seemeile in vier Minuten und vierzig Sekunden.«

Nun waren auch die anderen nähergetreten und untersuchten den SUEX-Scooter neugierig.

»Was, wenn die anderen Sonar haben?«, gab Harun zu bedenken. »Dann kriegen sie mit, dass wir kommen.«

King blieb entspannt. »Ich bin zuversichtlich, dass ich mit meiner Technologie ihr Sonar stören kann. Ich hab Täuschkörper entwickelt, die dafür sorgen, dass sie auf ihren Bildschirmen entweder gar nichts sehen, wenn es ältere Modelle sind, oder sie haben Hunderte von uns auf dem Schirm. Sieht dann aus wie eine Fehlfunktion.«

»Was ist mit der Ausrüstung?«, fragte Lukoschek. »Die automatischen Waffen, der Sprengstoff und die Munition? Und was ist mit den Panzerwesten und den ballistischen Helmen? Sollen wir mit denen ins Meer springen?«

»Der Ballast ist nicht das Problem, den verpacken wir wasserdicht. Aber die niedrige Wassertemperatur ist natürlich heikel. Das geht nicht ohne Neoprenoutfits.« Er deutete hinüber zu einer fahrbaren Garderobe an der Wand, an der ein gutes Dutzend Taucheranzüge hingen.

Harun sah zu Lukoschek und dann wieder zu King. »Es ist kein gutes Zeichen, den Plan so kurz vor dem Einsatz über den Haufen zu schmeißen. Da kommen jetzt eine Menge Unbekannte in die Gleichung ...!«

»Ja«, schaltete Jens sich ein. »Wer von uns kann denn mit einem Lungenautomaten tauchen? Also Susanne und ich nicht ...«

»Das ist easy, das bringe ich euch im Handumdrehen bei. Ist keine große Sache.« Ohne die geringsten Hemmungen zog sich der Skipper eine Prise Kokain durch die Nase.

»Mann, King! Ich krieg die Krise, wenn ich dich sehe! Du bist so ein krankes Arschloch!«, platzte es aus Lukoschek heraus. »Das alles ist kompletter Wahnsinn! Wenn die auf dem Schiff nur einen Wachposten an der richtigen Stelle haben, dann löschen die uns im Handumdrehen aus.«

Die Worte erzeugten beim Skipper nur ein kühles Lächeln. »Kompletter Wahnsinn war die Nummer von Anfang an. Aber wir haben den Vorteil der Überraschung. Sie erwarten uns nicht. Sie fühlen sich unangreifbar. Wenn wir so vorgehen, wie ich es gesagt habe, ist die Gefahr einer zufälligen Entdeckung deutlich geringer.« Er zuckte mit den Achseln. »Aber ich will hier keinen in irgendwas reinquatschen. Dass es keine Kaffeefahrt wird, ist klar, dachte ich. Wenn ihr nicht wollt, sagt es einfach, okay?« Er lächelte entspannt in die Runde.

»Ich mach's!« Susanne trat vor und legt die Hand auf den SUEX-Scooter. »Ich kann mit der Planänderung leben.«

Mike trat neben sie. »Ja, ich bin auch dabei. Das bisschen Tauchen macht den Kohl nicht fett.«

»Diese Amateure ... das ist doch nicht zu fassen ...«, ereiferte sich Lukoschek und holte zu einer großen Rede aus. Doch sein engster Vertrauter Harun legte ihm die Hand auf die Schulter.

»Als du mich angerufen hast, hast du gesagt, es würde ein Russisches Roulette werden. Im Grunde hat sich nichts geändert. Ich sage, der Plan ist gar nicht so übel. Ziemlich improvisiert, aber von mir gibt es ein Okay.«

Lukoschek war nicht begeistert von dem Vorpreschen seines Freundes. Er seufzte bekümmert. »Alter! Wir sind keine Kampfschwimmer. Die Chancen stehen gut, dass wir alle auf halber Strecke ersaufen.«

King ging um den Tisch herum und baute sich vor Lukoschek auf. »Wenn du solche Bedenken hast, dir die Füße nass zu machen, können wir gerne tauschen. Ich übernehme deinen Platz im Team eins an der Seite von Harun und du kommst mit Lackner auf den Schlauchbooten rübergeschippert. Das ist, wie wenn du auf einer Sänfte ins Einsatzgebiet getragen wirst. Ist deine Wahl! Also, was ist, Mann?«

Richard wusste nicht, wie lange er geschlummert hatte, als es klopfte und er erschrocken hochfuhr. Er schwang die Beine aus dem Bett, machte drei Schritte zur Tür und öffnete. Vor ihm stand Gustl Kohout, sein Steward. »Herr Zepmeisel? Geht es Ihnen besser? Darf ich kurz hereinkommen?«

»Äh sicher!«

Kohout sah ihn sehr ernst an. »Ich habe gerade eine Textnachricht von Direktor Wu bekommen. Sie wurden in Bereichen des Schiffes angetroffen, zu denen Sie keine Zutrittsberechtigung haben.«

»Wie bitte?«, stellte Richard sich dumm. »Welche Bereiche meinen Sie? Sorry, ich hatte irgendwie einen Filmriss. Ich hab mir an Deck ein kleines Pfeifchen gegönnt und dann ... ja, dann weiß ich nichts mehr.«

»Herr Zepmeisel, ich dachte, Sie hätten das Heft mit der Hausordnung gelesen. Es ist Ihnen nicht erlaubt, hier Drogen zu sich zu nehmen! Sie müssen mir bitte Ihre Pfeife aushändigen. Direktor Wu weist darauf hin, dass Sie bei einem weiteren Verstoß die *Kaiphas* verlassen müssen.«

»Warten Sie mal!«, protestierte Richard. »Die anderen nehmen doch auch Drogen. Ganz offen!«

Der Steward lächelte milde. »Wer bereits drei oder mehrere Male bei uns zu Gast war, kommt in den Genuss von besonderen Privilegien und ist berechtigt, zu sich zu nehmen, was immer er möchte.«

»Oh«, sagte Richard einsichtig. »Das wusste ich nicht.«

»Jetzt wissen Sie's. Und ich möchte Ihnen eine gut gemeinte Warnung zukommen lassen: Was immer Sie tun, vermeiden Sie es, beim Direktor in Ungnade zu fallen. Hier sind viele mächtige Männer zu Besuch und trotzdem würde es keinem davon einfallen, Direktor Wu zu verärgern. Das kann, nun, ich sage es lieber direkt, drastische Folgen haben.«

»Okay!«, sagte Richard. »Tut mir leid! Es kommt nicht wieder vor.«

Der Skipper unterwies die anderen im Umgang mit den Sauerstoffflaschen und den SUEX-Scootern. Mike hatte als einziger Taucherfahrung und assistierte King. Wenn man sich an die kleinen Torpedos dranhängte, war man tatsächlich sehr zügig unterwegs. King hatte sich mit seinem Plan durchgesetzt. Nachdem Harun, Jens und Mike sich ebenfalls dafür ausgesprochen hatten, blieb auch Werner Lukoschek nicht länger bei seinem Veto. Er wies einen Tausch mit King allerdings von sich und bestand darauf, mit Harun die erste Angriffswelle zu bilden. Wenn sie das Schiff erreicht hatten, würden sie die Taucherausrüstungen und die SUEX-Scooter im Wasser versenken, die Kinder befreien und mit den Booten zurück zum Segelschiff fahren. So weit die Theorie. Es war allen klar, dass sich die Realität auf der *Kaiphas* ganz anders darstellen konnte ...

Ein weiterer Tag verging und die sechs Mitglieder der Expedition waren bereit. Der Skipper kreuzte mit der *Black Bee* draußen im offenen Wasser und würde die fünf anderen Teilnehmer des Kommandos an Land sofort aufsammeln, sobald die Thermik mitspielte.

»Es sieht im Moment nicht gut aus. Wir stehen immer noch unter dem Eindruck eines Hochdruckgebietes«, sagte Luis Todtwalusch zu Jens, während er auf seine Monitore und Terminals blickte. »Aber wir haben starke Windbewegungen über Skandinavien. Und in zwei Stunden kann das hier ganz anders aussehen. Nur sehr wahrscheinlich ist es nicht.«

»Wir müssen also warten!«

»Sieht ganz so aus. Für eine Partie mit dem Tretboot wäre es perfekt, aber um einen neuen Geschwindigkeitsrekord beim Segeln aufzustellen, reicht es nicht.«

»Gut«, sagte Jens. »Morgen ist auch noch ein Tag.«

Linda Todt und einige Kollegen der Bundespolizei lauschten Hauptkommissar Heinz Garb, der am Whiteboard stand, auf dem sich eine Seekarte des nördlichen Rügen bis hin zum südlichen Schweden mit Trelleborg und Bornholm abbildete.

»Ich weiß nicht, was den *Riffgeist* treibt, dass er sich jetzt mehr oder weniger ständig an einem Ort aufhält. Die *Black Bee* wurde mehrfach östlich von Kap Arkona gesichtet. Wir haben aktuelle Drohnenaufnahmen, das Schiff bewegt sich nur noch in der Tromper Wiek, im Dreieck Juliusruh, Glowe und dem Kap. Ich habe zusätzlich zu unseren Booten noch die *Eschwege* aus Rostock angefordert. Ziehen wir die *Black Bee* endlich aus dem Verkehr!«

Zustimmendes Gemurmel.

»Also gut, besprechen wir unser Vorgehen!«

Es verhielt sich genauso, wie Linda es vorausgesehen hatte. Sie befand sich in einem Interessenkonflikt. Natürlich sympathisierte sie mit dem Vorhaben von Mike und seinem Team aber im Moment sah es eher danach aus, dass sie kein Schiff haben würden, wenn es den maritimen Einheiten der Bundespolizei gelang, die *Black Bee* aufzubringen. Die Oberkommissarin war aber nicht der Typ, der zum langen Grübeln neigte. Sie zog sich in eine unbeobachtete Ecke zurück und wählte Mikes Nummer.

Von dem Meteorologen Luis Todtwalusch war endlich ein *Go* gekommen. Die Wetterverhältnisse hatte sich deutlich verbessert, das Segelschiff mit seinem Enter-Kommando unter Werner Lukoschek konnte zu seiner gefährlichen Reise aufbrechen.

Doch Mike stürmte heran, als man am Ufer die Verladung der Ausrüstung auf die *Black Bee* vorbereitete und wedelte aufgeregt mit den Armen. »Wir müssen abbrechen, Leute!«

»Was ist denn los, Mann?« Lukoschek sah Mike mit irritierter Miene an.

»Mein Kontakt bei der Bundespolizei hat mich gewarnt. Die Küstenwache ist auf dem Weg hierher. Mit gleich drei Motorboten. Sie schnappen unser Schiff, wenn wir jetzt laden und in See stechen.«

»Merde!«, fluchte Werner Lukoschek und nahm sein Telefon zur Hand. »Skipper, zieh dich zurück! Wir haben bald die Wasserbullen hier! Wir müssen verschieben.« Der Mann steckte sein Handy weg und wandte sich an die anderen. »Bringen wir die Ladung aus dem Blickfeld, sonst denkt noch jemand, wir haben was vor.«

Richard versuchte, mit den anderen Gästen der *Kaiphas* Kontakt zu halten. Er ging in die Sauna, saß immer beim Frühstück und machte am Abend gelegentlich bei den Pokerrunden mit. Nach dem Intermezzo mit der Security wollte er möglichst nicht weiter auffallen. Neue Vorstöße in verbotene Bereiche auf dem Schiff hatte er sich nicht mehr getraut. Er zeigte sich nun oft an Deck. Wenn die anderen einen ständig sahen, lullte das deren Aufmerksamkeit ein. Das redete Richard sich jedenfalls ein. Er versteckte sich nicht, um klar zu signalisieren, dass er nichts zu verbergen hatte.

Als er an diesem wolkenverhangenen Tag an der Reling stand und beobachtete, wie eines der Versorgungsschiffe am Steg neben der *Kaiphas* anlegte, trat Gustl Kohout, sein Steward, zu ihm. Er reichte ihm eine Blechröhre mit einer Bauchbinde, eine Zigarre. »Das ist eine Davidoff Oro Blanco, eine ausgesprochen exklusive Zigarre und keineswegs billig. Mit allerbesten Grüßen von Direktor Wu.«

Richard konnte sein Erstaunen nicht verbergen. »Wie komme ich zu der Ehre?«

»Das ist wegen des Vorfalls kürzlich. Direktor Wu möchte nicht, dass schlechte Gefühle aufkommen deswegen. Ein Zeichen des guten Willens, eine Geste der Freundschaft.«

»Das ist wirklich sehr aufmerksam! Ich fühle mich geehrt!«

»Nun«, sagte Gustl lächelnd. »Dann ist ja alles wieder in Butter, wie man so schön sagt.«

Richard erwiderte das Lächeln und deutete dann auf den Anlegesteg. »Ich habe eine Frage. Die Gangway, die vom Anlegesteg hoch zum ersten Deck führt, die sieht aus, als könnte man sie einziehen. Aber sie ist immer offen, sogar nachts. Ist das nicht geradezu eine Einladung für … Spitzbuben?«

Der Steward lachte. »Spitzbuben? Welche Spitzbuben denn? Ich glaube, Sie sind paranoid, Herr Zepmeisel«

»Eigentlich nicht«, erwiderte Richard mit pikiertem Gesichtsausdruck. »Aber ich schätze gesunden Menschverstand.«

Kohout wiegte den Kopf. Er war zu weit gegangen.

»Verzeihung. Sie liegen natürlich nicht ganz falsch. In der ersten Zeit wurde die Gangway tatsächlich über Nacht immer hochgezogen. Auch das Jet-Ski-Modul auf der anderen Seite der *Kaiphas* wurde geschlossen. Aber irgendwann stellte sich die Frage: Wozu der Aufwand? Wer hätte denn ein Interesse, uns hier Ärger zu machen? Was gibt es hier zu holen?«

Richard überlegte einen Moment. »Man könnte hier auf einen Schlag eine Menge Millionäre kidnappen. Und dann Lösegeld für sie verlangen. Nur so als Beispiel.«

Kohout lachte. »Okay. Aber das geht in Cannes, Monte Carlo oder Vegas ebenso und das wäre dann nicht das Hoheitsgebiet der Russischen Föderation. Nein, Herr Zepmeisel, Sie müssen begreifen, dass wir hier gewissermaßen der Elefant in der Savanne sind. In der Oblast Kaliningrad gibt es für uns keine natürlichen Feinde.«

»Und deswegen bleibt die Gangway jetzt immer unten?«

»Oh ja! Es wurde sogar schon überlegt, die Anzahl der Sicherheitskräfte an Bord auf sechs Mann zu reduzieren. Meines Erachtens würde das vollkommen ausreichen, aber Colonel Litvak fand es unprofessionell und Direktor Wu ist seiner Empfehlung gefolgt. Aus diesem Grund kann sich jeder Gast hier auf dem Schiff so sicher fühlen wie in Abrahams Schoß. Sogar ein so überaus besorgter Zeitgenosse wie Sie, Herr Zepmeisel!«

Unten auf dem Steg erschien ein neuer Gast auf der Bildfläche. Gustl kannte den Mann, der soeben der Barkasse entstieg. Seine Name war Dominik Sprüngli, ein Schweizer mit einer runden Nickelbrille. Richard hatte ein regelrechtes Heinz-Rühmann-Dejà-vu und dachte an dessen *Pfeiffer* aus der Feuerzangenbowle. Sprüngli lief federnd die Gangway hinauf und begrüßte die beiden an der Reling, als wären sie alte Freunde. Der Eidgenosse kam als ausgesprochene Frohnatur daher und konnte so ansteckend lachen wie ein Muppet. Er war eindeutig über fünfzig, aber recht jugendlich in seinem Auftreten.

Da Richard der einzige andere Deutschsprachige war, gesellte sich der Schweizer wie selbstverständlich zu ihm.

Sprüngli hatte sich mit Richard für den Abend in der Bar verabredet. Die Unterhaltung lief etwas schleppend an, aber nach einer Zeit taute man auf. Ehe sie sich's versahen, unterhielten sie sich angeregt über die Spirituosen-Auswahl an der Bar. Sie stellten einige Übereinstimmungen fest.

»Das Beste, was ich je getrunken habe, ist Slivovitz von einem Schwarzbrenner, unten aus dem früheren Jugoslawien!«, führte Richard aus.

»Ach, Sie meinen Schliwo?«, fragte Dominik Sprüngli.

»Schliwo! Ja! Kennen Sie das?«

»Einmal getrunken, in Ungarn am Plattensee. Da hatte jemand so eine Flasche mit Selbstgebranntem mit. Werd ich nie vergessen. Der aromatische Geschmack, diese sanfte Schärfe und die Durchschlagskraft nicht zu vergessen. Ich weiß nicht, wie oft ich von dem Zeug getrunken habe, aber irgendwann war Sense.«

Richard lachte. Im Grunde war er froh, jemanden zu haben, mit dem er quatschen konnte. Denn seine Nervosität ging nicht zurück und er fühlte sich, als wäre er kurz vor dem Durchdrehen.

Gestern war Ginero Jacometti abgereist, zwei Tage früher, wie es hieß. Wichtige Geschäftsverpflichtungen hatten ihn seine »Auszeit« abkürzen lassen. Dass das so problemlos ging, hatte Richard nicht erwartet. Er wäre sofort zu seinem Steward gegangen und hätte seine augenblickliche Abreise eingeleitet. Da aber seine Freunde auf Rügen im Begriff waren, eine Rettungsexpedition zu starten, konnte er nicht mehr weg.

»Ich bin erst das zweite Mal hier«, zeigte Sprüngli sich redselig. »Ein Freund hat mir davon erzählt. Ich wollte erst gar nicht herkommen, weil ich das Ganze schrecklich fand. Dann habe ich aber irgendwann eine blöde Wette gegen meinen Kumpel verloren, tja und da war's passiert. Mein Wetteinsatz war, dass ich hierherkomme.«

Richard sagte nicht viel. Er hörte dem Schweizer nur zu und nickte gelegentlich.

»Die erste Soiree, was für ein Albtraum! Ein richtiger Schock. Ich konnte überhaupt nicht schlafen. Und ich wollte auch keine Show mehr sehen. Aber nach zwei Tagen, bin ich dann doch wieder zu den Kämpfen. Es war verrückt, ich war so angewidert, so voll Mitleid mit den Mädchen ... aber es gab mir auch einen Kick! Als ich vom Schiff runter war, habe ich lange daran zurückgedacht. Und schließlich war mir klar, ich musste wieder zurückkommen. Voila!«, lachte Sprüngli. »Da bin ich.«

Richard kriegte die perverse Bühnenshow und das angeregte Geplauder des Eidgenossen nicht zusammen. Da aber sein Tischgenosse das Thema aufgebracht hatte, machte er sich nicht verdächtig, wenn er ein bisschen nachfragte.

»Mir ging es ganz genauso«, bestätigte er den anderen. »Nur bin ich diese moralischen Bedenken noch nicht losgeworden. Kinder müssen um ihr Leben kämpfen und wir sitzen dabei und essen Popcorn?«

»Oh nein, das kann man nicht so eindimensional sehen. Ich habe da eine ganz andere Philosophie!« Sprüngli war nun in seinem Element. »Erst einmal machen diese Mädchen das freiwillig. Und als Gegenleistung für ihren Einsatz werden ihre Familien großzügig mit Geld entschädigt. Das sind tapfere kleine Dinger, die sich heroisch für ihre Leute opfern. Da kann ich nur meinen Hut ziehen!«

»Einen Moment!«, bat Richard. »Die machen das freiwillig? Ihre Familien werden entschädigt? Woher haben Sie das denn?«

»Das hat mir mein Steward erzählt. Und es macht ja auch Sinn. Alles hat eben Licht und Schatten.«

»Licht und Schatten, ich verstehe.«

»Außerdem muss man es ja auch mal so betrachten: Die Welt ist überbevölkert. Der Mensch ist ein Schädling geworden. Je weniger es davon auf diesem Erdball gibt, desto besser.«

Richard konnte seinen Blick nicht von Sprüngli nehmen. Es war unfassbar, von welch bodenloser Schlichtheit dieser Mann war.

»Und noch ein Punkt: Jeden Tag verhungern in der dritten Welt Tausende. Männer, Frauen und Kinder«, verkündete Sprüngli. »Wir sehen sie nicht. Und deswegen haben wir kein Mitleid mit ihnen. Wir helfen ihnen nicht. Was sollte bei den Kämpfen auf diesem Schiff anders sein? Mitleid ist nutzlos. Man muss das Schicksal eines anderen eben respektieren, auch wenn es tödlich endet.

Die ganze Welt funktioniert so. Ja, mein lieber Zepmeisel, das Gesetz des Dschungels lebt ...!«

Die sechsköpfige Gruppe saß am Abend in der Seehütte in der Nähe von Glowe zusammen, die Arvid König als *Basis 2* bezeichnete. Während Jens sich mit Lukoschek unterhielt, hockten die Schulfreunde King und Mike beieinander.

So war die Gelegenheit für Susanne günstig, unter vier Augen mit Harun zu sprechen. Der Algerier war in der Ecke damit beschäftigt, die Panzerwesten und die ballistischen Helme zu überprüfen, als die einzige Frau im Team sich zu ihm setzte. »Harun, kann ich Sie kurz sprechen?«

Er unterbrach seine Tätigkeit. »Klar.«

»Ich habe gesehen, dass Sie auch einige Sprengsätze hergestellt haben, wenn ich da jetzt nicht falschliegen sollte.«

»Liegen Sie nicht. Ich habe einen Satz Bomben vorbereitet, die ich per Funk zünden kann. Wieso fragen Sie?«

»Ich brauche auch eine Bombe.«

In Haruns Miene zeigte sich Überraschung. Dann wurde sein Gesicht abweisend. »Keine gute Idee. Mit Sprengstoff geht man besser nicht um, wenn man keine Erfahrung damit hat.«

»Darf ich Ihnen trotzdem erklären, worum es mir geht? Ich denke, dass das, was ich vorhabe, den i-Punkt auf unsere Mission setzen könnte ...«

»Also gut. Ich höre ...!«

Richard Dreifürst war erstaunt, wie gut es ihm gelang, in seiner Rolle zu bleiben. Nach außen hin verbrüderte er sich mit Dominik Sprüngli und schien aufzublühen, während er innerlich auf allergrößtem Abstand war. Besonders was den Humor betraf, waren der Deutsche und der Schweizer auf einer Wellenlänge. Sie lachten herzlich zusammen, während Richard sich in seinem vertraulichen Verhalten selbst fremd war.

Etwa eine Stunde, bevor die Soiree beginnen sollte und die meisten Gäste im Foyer beisammensaßen, tauchten die beiden Amerikaner Trafford und »Snake« auf. Sie waren in Begleitung von jungen, teuer gekleideten Schönheiten, deren körperliche Attribute von ihren Kavalieren ständig getätschelt wurden.

Richard sah fragend zu Sprüngli, denn der Anblick von Frauen war hier etwas komplett Ungewohntes.

»Das sind Escorts«, half der Schweizer ihm auf die Sprünge.

»Escorts? Was Sie nicht sagen! Die dürfen sich Huren hierher bestellen?«

»Weil sie Privilegien haben. Krieg ich ab dem nächsten Mal auch, denke ich.«

Richard riskierte einen weiteren Blick auf die Frauen. Sie waren jung, rassig und hatten Klasse. Am Nachmittag hatte er draußen einen Hubschrauber gehört. Der musste sie hergebracht haben. Sprüngli glaubte zu wissen, dass sie direkt aus Moskau kamen und kostspielige Edelkurtisanen waren. Und auch hierzu hatte der Schweizer eine Lebensweisheit parat: »Es ist vollkommen idiotisch, sich auch noch Frauen hierherzubestellen. Nur ein Narr häuft ein Vergnügen auf ein anderes. Also, was mich betrifft, ich brauch keine Huren, ich will, dass der Kick hier an Bord absolut rein bleibt!«

Jens fand Mike draußen vor dem Bootshaus. Der ehemalige Kollege saß neben einer Fichte und rauchte eine.

»Na, Mann! Alles senkrecht?«

»Tja, wie man's nimmt, Lackner, wie man's nimmt.«

»Hab ich mir schon gedacht, dass irgendwas mit dir los ist, Alter. Ich meine, so still und ich dich gekehrt kenne ich dich gar nicht.«

»Du weißt gar nichts, Jens Schnee!«

»Komm, witzle es nicht weg, Mike! Du bist nicht der Alte. Deine Körpersprache ist komplett weg. Du weißt schon, so, hier komm ich und mach euch alle platt!«

Es verging ein Moment, ohne das Mike reagierte. »Ich bin aufgewacht, Jens. Ich guck auf die Jahre zurück und denke nur, was für ein Idiot ich gewesen bin. Was mit anderen passiert ist, war mir egal. Nicht mein Problem, hab ich gedacht. Oh, Mann, ich war so ein Arschloch ...«

»Ich widerspreche dir gar nicht«, sagte Jens und setzte sich neben Mike auf den Boden. »Aber dass du ein Arschloch bist, ist beileibe kein Alleinstellungsmerkmal. Ist doch keiner von uns besser.«

»Ich weiß nicht ...«

»Soll ich dir die Wahrheit sagen? Du folgst deinen eigenen Gesetzen und du musst das tun, was du tust. Du kannst nichts für das, was alles passiert ist. Das liegt alles an der Tatsache, dass du eben dumm bist!«

Mikes Stirn bekam Knicke. Dann sah er Jens an und packte ihn mit seiner großen Hand im Genick. Das hatte schon Schraubstockqualitäten.

»Wer ist hier jetzt der Dumme, Freundchen?«

Jens machte sich los. »Du kapierst es einfach nicht. Deine Dummheit gründet darin, dass du es nicht für nötig hältst, dich weiterzuentwickeln. Du bist immer noch vier Jahre, sitzt im Sandkasten und denkst, es gibt nichts Schöneres, als kleinen Kindern Sand ins Gesicht zu werfen.« Er schüttelte mitleidig den Kopf. »Und jetzt fühlst du dich auch noch, als hätte man dir auf den Schlips getreten. Wie kann einer nur so zerknirscht und gleichzeitig so eitel sein?«

Mike schaute genervt. »Okay, hab verstanden. Kommst du noch irgendwann auf den Punkt?«

»Ja. Du sollst dich zusammenreißen, Mann! Als armer Lazarus bist du keine Hilfe für uns. Wir brauchen jetzt das Arschloch, von dem du gerade bedauert hast, es zu sein. Wenn du Frieden mit deinem Schöpfer machen willst, verschieb das ne Woche. Du bist zu wichtig, als dass du dich hängenlassen kannst.«

Mike lächelte schmallippig. »Zu wichtig? Ich? Das hat noch niemand zu mir gesagt.«

»Jetzt hör mal zu«, beschwor ihn Jens. »Du hast vielleicht charakterlich noch Luft nach oben, aber was dein professionelles Verhalten im Dienst betraf, warst du ein Klassemann. Mit dir auf Streife, da hatte ich niemals Angst. Kein Scheiß, da war ein grenzenloses Vertrauen. Du hast diesen Instinkt, weißt du, du musst nicht groß nachdenken, um das Richtige zu tun. Das kann man nicht lernen, das hat man oder man hat es nicht.«

»Hmm …! Susanne hat mir letztens gesagt, ich wäre nur ein großer Junge, der nicht erwachsen werden will. Ich würde keine Verantwortung übernehmen …«

»Sie ist nicht mit dir Streife gefahren. Du warst ein bisschen großkotzig als Bulle, aber ansonsten ist auf dich Verlass. Ich weiß, dass du im Grunde ein Profi bist!«

Es tat Mikes Seele wohl, das zu hören. So viele gute Worte hatte er nicht bekommen in letzter Zeit. »Wenn ich so toll bin, wie du sagst, was willst du von mir?«

»Ich will, dass du deine Büßerkutte ausziehst. Du tätest mir also einen großen Gefallen, wenn du wieder dieses realitätsverachtende Selbstbewusstsein ausstrahlen würdest, das immer deine zweite Haut war. Ich brauch dich, du bist der Einzige, der Lukoschek und Harun was entgegensetzen kann, wenn's hart auf hart geht. Ich will verdammt noch mal, dass du deinen Instinkten folgst ...«

Mike hob die Hand. »Ja, gut. Musst nicht weiterreden.«

»Muss ich nicht?«

»Nein. Ist ne gute Idee. Ich verschieb meinen Weltschmerz um eine Woche.«

Jens hob die offene Hand und Mike klatschte ihn mit einer knappen Bewegung ab.

Es war ein Kommen und Gehen. Erneut hatte der Heli zwei neue Gäste auf die *Kaiphas* gebracht. Es handelte sich dabei um zwei weitere Asiaten. Sprüngli kannte den einen vom letzten Mal, als er da war. Genki Koide war ein weißhaariger Großindustrieller, dessen geschäftlichen Aktivitäten Yakuza-Nähe nachgesagt wurde. Der Japaner, der ihn begleitete, war deutlich jünger. Seinen Namen erfuhr Richard nicht. In der *Red Rooster Bar* waren die Tische nun gut besetzt. Dass Dominik Sprüngli gleich ungefragt neben ihm Platz genommen hatte, konnte Richard verschmerzen. Mit wem immer man hier zusammensaß, es war wie eine Wahl zwischen Pest und Cholera.

»Wie viel haben Sie schon gewonnen, Zepmeisel?«, zeigte Sprüngli sich neugierig.

»Ich weiß es nicht. Ich hab mir keine Gedanken darüber gemacht. Ich bin immer noch dabei, das Gesehene zu verdauen.«

»Oh, ich weiß genau, wovon Sie sprechen. Das macht was mit einem«, sagte er bedeutungsvoll. »Ich verrate Ihnen jetzt mal was ...« Er machte eine Pause, denn er wollte Richards volle Aufmerksamkeit. »Wenn ich bei den Kämpfen setze, setzte ich immer auf das Mädchen, nie auf das Tier!«

»Okay«, sagte Richard, auch wenn er keine Ahnung hatte, welchen moralischen Mehrwert dieses Prinzip barg.

»Ich käme mir unanständig vor, verstehen Sie?«

Sprüngli bekam keine Antwort mehr, denn nun brachte der Barkeeper die letzten Bestellungen. Wenig später wechselte, wie gehabt, das Licht und mehrere gleißende Spots richteten sich auf die Käfig-Zelle in der Mitte. Die Stimme des unsichtbaren Conférenciers ertönte und forderte die Anwesenden auf, ihre Einsätze zu entrichten. Als die kleinen Tischkuppeln sich über den Jetons geschlossen hatten, kündigte die Lautsprecherstimme das erste Match des Abends an. Eine Kämpferin namens *Diana* kämpfte gegen den scharfen Dobermann *Skeffington.*

»Jetzt geht's los!« Vorfreude war aus Sprünglis Worten herauszuhören, während er noch schnell einen guten Teil seines scharfen Cocktails durch einen Strohhalm saugte.

Der Vorhang hob sich und die Konturen einer schmalen Gestalt erschienen. Das war Diana. Durch das grelle Licht war Richard so geblendet, dass er wegschauen musste. Erst als der Hund auftauchte, bekam er einen Blick auf das Mädchen. Richard traf es wie ein Schlag. Es war Yslei …

Der Anruf erreichte Susanne kurz nach dreiundzwanzig Uhr. Als Richard ihr berichtete, dass Yslei ihren Kampf gegen den Dobermann gewonnen und dabei auch nur kleinere Verletzungen davongetragen hatte, wusste die Frau nicht, welches Gefühl in ihr überwog: das Entsetzen darüber, dass die kleine Syrerin wieder in der Hölle angekommen war, oder die Erleichterung, sie noch am Leben zu wissen.

Richard entschuldigte sich, dass er sich erst so spät meldete, aber gerade nach einer Soiree saßen die Gäste traditionell noch lange beisammen und ließen die Aufregungen in sich nachwirken. Es war nicht möglich, sich zu früh zu absentieren. Er fing einen neuen Satz an, brach aber ab und wollte sich verabschieden.

Susanne reagierte misstrauisch. »Richard, warte! Du wolltest noch etwas sagen ...«

»Ich ... äh nein. Das war unwichtig. Ich neige immer wieder dazu, ins Schwätzen zu geraten.«

Sie glaubte ihm nicht. »Jetzt halt nichts hinter dem Berg! Ich fahre da raus. Ich weiß nicht, was da auf mich zukommt, also hab ich es verdient, dass du offen mit mir sprichst. Da ist noch was, oder?«

Richard atmete am anderen Ende, bekümmert, wie es schien. »Der Kampf, den Yslei bestritten hat, war ein sogenanntes Titelmatch. Das heißt, sie steht bei der nächsten Show im Main Event.«

»Was? Main Event? Was bedeutet das?«

»Dann geht es nicht mehr gegen einen Hund.«

Mike rief eine Stunde später bei Linda an. Die war gerade dabei, ihren Ofen zu putzen, und gerne bereit, sich vom Telefon unterbrechen zu lassen. »Hi, Linda, ich wollte nur kurz anrufen und mich bedanken.«

»Ich weiß gar nicht, wovon du sprichst.«

Mike stutzte. Befürchtete sie, abgehört zu werden? Besser er spielte mit. »Na ja, du hast mir doch dieses Buch empfohlen. Dieses spannende. Das mit der Armada, die Sir Francis Drake jagt.«

»Oh, das Buch. Am Ende freut man sich, wenn Francis Drake den Spaniern durch die Maschen geht.«

»Oh ja, da freut man sich.«

»Schön. Lass uns bitte übereinkommen, dass du erst wieder anrufst, wenn Not am Mann ist, okay? Das muss dann wirklich ein lupenreiner Notruf sein, verstanden?«

»Glasklar. Ich hab's gecheckt.«

»Tja, viel Glück dann! Für was auch immer du vorhast.«

»Danke, Linda. Das bedeutet mir viel.«

Sie legte ohne ein weiteres Wort auf. Mike kam sich im Umgang mit dieser Frau einmal mehr vor wie ein Sonderschüler. Aber sie hatte die Gruppe gewarnt, obwohl das mit ihrem Diensteid wohl kaum zu vereinbaren war.

»Jens, hör auf! Wir müssen morgen Abend losfahren. Sonst wird Yslei mit einem anderen Kind um ihr Leben kämpfen müssen. Ich will, dass wir sie da rausholen. Wir können nicht länger warten!« Susannes Gesicht war tränennass und Jens sah, wie sehr sie außer sich war. Er konnte sie besser verstehen, als sie vielleicht dachte, denn er sorgte sich für seinen Teil auch um Richard.

»Ruhig Blut, Sanni!« Jens sah hinüber zum Bootshaus. Er und seine Frau hatten sich davongemacht, um ungestört reden zu können. »Ich bin auf deiner Seite. Aber es hat keinen Sinn, wenn das Wetter nicht mitspielt. Wenn wir Gegenwind haben, brauchen wir dreimal so lange. Und es sind gut zweihundertfünfzig Seemeilen nach Kaliningrad.«

»Gut, aber du hast King doch gehört. Er würde sofort losfahren, weil er meint, dass er mit allen Winden gut zurechtkommt. Wir verlieren hier nur Zeit.«

Jens nahm sie bei den Schultern. »Jetzt mal ruhig, ja? Werner ist der Kommandant, er entscheidet. Du hast es akzeptiert, also vertrau ihm mal.«

»Ich weiß nicht, wieso du so große Hoffnung in ihn setzt. Du weißt kaum was über ihn. Und auch Harun! Ein Typ mit Zuchthausvergangenheit und völlig undurchsichtig. Oder wirst du schlau aus ihm?«

Jens schwieg und sah in die Nacht hinaus. »Ich versteh ihn ein bisschen besser, nachdem Werner mir etwas mehr über ihn erzählt hat.«

Susanne verschränkte gereizt die Arme. »Und? Ist das jetzt ein Wissen nur für die Generäle oder darf ich es auch erfahren?«

»Haruns Vater war schwerer Alkoholiker, der jeden Abend seine Frau verprügelt hat. Bis sein Sohn ihn eines Tages getötet hat. Harun hat seinem Alten mit einem Hammer den Schädel eingeschlagen.«

»Oh mein Gott, wie furchtbar.«

»Mehr als furchtbar: Harun war zu diesem Zeitpunkt erst neun Jahre alt.«

»Du machst dich nicht übel, Alter!«

Mike blieb staunend der Mund offen. Ein Lob von King wegen seiner Segelkünste? Das war eine Premiere. »Du musst mir keinen Honig ums Maul schmieren, Alter. Ich weiß, ich bin eine Niete.«

King grinste. »Ich seh dich mehr als Blindgänger.«

Sie lachten beide. Der Skipper legte ihm die Hand auf die Schulter. »Aber die Liebe fällt, wohin sie will. Ich mochte dich schon immer, Maiki. Du warst wie der kleine Bruder, den ich nie hatte!«

»Das ist sehr schmeichelhaft.«

King nickte und half Mike dabei, die Rah zu trimmen. Sein Gesicht war nun ernst. »Du weißt, dass wir diesen Leuten nicht trauen dürfen, oder?«

Mike hielt in seinem Tun inne. »Diesen Leuten? Wen meinst du damit?«

»Lukoschek und Harun. Sie spielen falsch.«

Mike schaute hinüber zum Ufer, wo die eben Benannten neben dem Bootshaus standen und rauchten. »Ich komm grad nicht ganz mit.«

»Ich hab läuten hören, dass dein Spezi Lackner sie bereits bezahlt hat. Sehr unklug. Warum sollten sie überhaupt nach Kaliningrad wollen? Sie könnten uns einfach alle umbringen, draußen auf See. Wenn sie es gescheit anstellen, findet man uns niemals.«

Mike runzelte die Stirn. »Weißt du, Lackner hat mich daran erinnert, dass ich mal ein ganz guter Bulle war. Hatte ich fast vergessen. Aber er hat recht, es ist wirklich noch in mir drin. Und ich würd mal behaupten, dass ich Verdruss drei Meilen gegen den Wind rieche. Ja, Lukoschek und der Algerier sind schräg, aber die meinen es ehrlich mit uns.«

»Wirklich?«, lachte King. »Und wieso machen sie dann ein Geheimnis daraus, dass Harun Probleme mit seinen Augen hat?«

Mike schaute verblüfft. Er sah erneut zum Ufer hinüber. »Wie kommst du darauf?«

»Ich schau eben gerne genau hin. Harun hat Schwierigkeiten mit dem Gucken. Grüner Star würd ich mal sagen. Wenn du ihn beobachtest, fällt dir auf, dass er oft angestrengt schauen muss, damit er was erkennt.«

Mike warf die Hände in die Luft. »King, du bist paranoid. Mir ist nichts dergleichen aufgefallen. Echt nicht!«

»Er trägt eine Brille. Da sind Abdrücke an den Nasenwurzeln. Wieso hat er sie nicht auf, wenn er mit uns zusammen ist?«

»Gut, dann benutzt er vielleicht eine Lesebrille. Geschenkt!«

»Und warum trägt er eine Uhr ohne Uhrglas? Wieso tastet er den Zeigerstand ab, um zu wissen, wie spät es ist? Und warum benutzt er kein Smartphone, sondern eine Seniorengurke mit extra großen Tasten? Maiki, glaub's mir: Der Typ, der mit uns in den Kampf zieht, ist fast blind!«

Richard überlegte fieberhaft, wie er an Yslei herankommen konnte, doch seit er in der Kaffeeküche des verbotenen Bereichs erwischt worden war, war ihm jeglicher Mumm abhanden gekommen. Die Warnungen von Direktor Wu waren sehr deutlich gewesen. Richard hatte seine Karten als Informant weitgehend ausgereizt. Er war trotzdem zufrieden, denn das Meiste hatte er bereits ausgekundschaftet. Nur eine Sache fehlte noch.

Er schlenderte ganz nach vorne zum Bug, von wo aus man die zweite Brücke sehen konnte, die Colonel Litvak und seinen Legionären als Zentrale diente. Von da aus starteten die Männer ihre Patrouillen und sie endeten dort auch. Richard stand nicht das erste Mal hier am Bug und allmählich kristallisierte sich für ihn ein grober Zeitplan heraus ...

Die Security patrouillierte immer in Zweiergruppen, eine davon war ständig irgendwo auf dem Schiff unterwegs. Besonders fokussiert waren die Ex-Legionäre aber nicht. Sie richteten ihre Aufmerksamkeit so gut wie nie auf das offene Meer. Richard beschloss, es damit gut sein zu lassen. Mehr Informationen konnte er für Jens und die anderen nicht herausholen, ohne sein Leben aufs Spiel zu setzen.

In dem Moment, als er hinuntergehen wollte, um sein Mittagessen einzunehmen, trat ihm überraschend der Colonel entgegen. Jiri Litvak stammte aus Estland, ein großer Mann mit blondem Bürstenkopf. Er hatte jede Menge Kerben in seinem Gesicht, die ihn hart und bedrohlich erscheinen ließen.

»Mein Herr, würden Sie mir bitte folgen! Das ist eine direkte Anweisung von Direktor Wu!« Sein Deutsch kam zwar mit einem herben Akzent daher, war aber grammatikalisch gut.

Der Colonel war in Begleitung eines seiner Männer und wirkte sehr offiziell. Es machte nicht den Eindruck, als wäre das hier etwas, das sich im nächsten Moment als launiges Intermezzo auflösen würde.

Sie brachten Richard in einen fensterlosen Raum und drückten ihn auf einen Stuhl. »Sagen Sie mir, wer Sie sind!«, forderte der Uniformierte ihn auf.

»Ich bin ... Josef Zepmeisel!«

»Nein. Sind Sie nicht!«, widersprach der Colonel. »Josef Zepmeisel ist in Warschau gestorben. Wir haben diese Information erst seit einigen Stunden. Direktor Wu sieht das als eindeutiges Täuschungsmanöver. Also Sie erzählen mir sofort alles, was ich wissen will, angefangen mit ihrer wahren Identität. Widrigenfalls tilgen wir Sie innerhalb einer Stunde von diesem Schiff. Sie kennen mich nicht, aber ich empfehle Ihnen, das wörtlich zu nehmen. Also?«

Richard fühlte sich mit einem Mal elend. Er war aufgeflogen. Das war das Worst-Case-Szenario. Natürlich hatte er dafür gesorgt, dass man auf seinem Handy nichts fand, das ihn würde belasten können, er hatte jedes Foto und jede Nachricht, die er an Jens abgeschickt hatte, sofort gelöscht. Auch in seiner Kabine hatte er keinerlei Aufzeichnungen zurückgelassen. Er konnte nur hoffen, dass er nichts übersehen hatte. Er hob den Kopf und sah Litvak ins Gesicht. »Mein Name ist Richard Dreifürst ...«

Luis Todtwalusch gab seine Einschätzung betrübt weiter. Er hatte Jens am Telefon. »Ich kann nicht mit guten Aussichten dienen: Ihr hättet zwei, drei Stunden kaum Wind und ihr müsstet etwa weitere zwei Stunden kreuzen. Das bläst euch dann direkt ins Gesicht. Tut mir leid, dass ich nichts Besseres melden kann.«

»Nein, Herr Todtwalusch, da muss Ihnen gar nichts leidtun.« Jens steckte sein Handy ein, drehte sich aber nicht zu den anderen um. Er überlegte. Für Susanne drängte die Zeit und wenn Yslei dadurch starb, dass sie nicht rechtzeitig aus den Startblöcken kamen, war das fatal. Jens ließ sich alles durch den Kopf gehen und traf dann eine Entscheidung.

Er drehte sich freudig um und reckte seinen Daumen in die Höhe: »Es kann losgehen! Holpert vielleicht etwas, aber jetzt oder nie!«

Keiner stellte sein Startsignal in Frage. Jeder von ihnen wollte, dass das Warten ein Ende hatte und es endlich losging. In Windeseile wurde die *Black Bee* beladen und zum Ablegen bereitgemacht. Als Susanne Jens mit einem großen Metallkoffer entgegenkam, den er bisher nicht gesehen hatte, blieb sie kurz stehen, als sie auf seiner Höhe war.

»Ich hab noch nie jemanden getroffen, der beim Lügen so unbegabt ist wie du«, raunte sie. »Aber danke!« Dann schleppte sie ihren Koffer weiter.

»Okay!«, rief Werner Lukoschek mit durchdringender Stimme. »Wer jetzt doch noch die Flatter kriegt und umkehren will, geht an Land. Wenn wir unterwegs sind, gibt's kein Pardon mehr.«

Er sah herum. Keiner wollte aussteigen.

Gerade als King das Boot vom Steg abstoßen wollte, war eine Stimme zu hören: »Halt! Wartet!«

Harun griff sofort zum Knauf seiner Waffe, doch Mike legte seine Hand auf den Arm des Algeriers. Denn die Person, die da mit einer prall gefüllten Reisetasche heranhetzte, war niemand anderes als Paula Kirner. »Wartet bitte!« Sie musste keuchend verschnaufen. »Ich ...«, ächzte sie. »Ich will mitkommen!«

Lukoschek sprang auf den Steg zurück und stellte sich Paula in den Weg. »Ich hab keine Ahnung, wer Sie sind. Aber das hier ist kein Vergnügungsdampfer. Treten Sie zurück!«

»Moment«, hechelte Paula. »Ich gehöre dazu. Mein Partner ist auf dem Schiff! Auf der *Kaiphas*! Richard Dreifürst!«

Lukoschek starrte sie fassungslos an. Nach einer Weile drehte er sich zu Jens. »Sekunde! Unser Kontaktmann auf dem Schiff ist Richard Dreifürst? Der Richard Dreifürst aus Garz? Der Typ, der sich mit diesem Geisteskranken Kattow angelegt hat?«

»Und wenn schon. Was ändert das?«, gab Jens zu.

Lukoschek stemmte wütend die Fäuste in die Hüften. »Dreifürst ist doch steinalt! Ich dachte, wir hätten an Bord einen weiteren Mann, der für uns kämpft. Und keinen Krüppel mit Rollator! Wieso hast du mir das nicht gesagt?«

»Weil es unsere Ausgangsposition in deutlich schlechterem Licht dargestellt hätte.«

»Das hätte es allerdings, Kumpel.«

»Wenn ein Mann zu wenig ist, passt es doch, wenn ich einspringe«, brachte Paula sich wieder ins Spiel.

Lukoschek richtete seine Aufmerksamkeit wieder auf sie. »Ist vielleicht gerade nicht so richtig deutlich geworden, Perle, aber du bleibst hier!«

»Ich bin ausgebildete Krankenschwester und Notfallsanitäterin. Was machen Sie, wenn einem von Ihren Leuten was passiert? Man ist schneller verblutet, als die Leute gemeinhin glauben!«

Jens starrte die Drehbuchautorin an. Irgendwie erleichterte es ihn gerade sehr, sie zu sehen. Gleichzeitig hatte er das eindringliche Gefühl, dass sie eine Verstärkung für die Gruppe war, sowohl in emotionaler Hinsicht als auch, was den gesunden Menschenverstand anbetraf. Er legte Lukoschek die Hand auf die Schulter. »Werner, wir nehmen sie mit!« Es war, wenn auch mit sanfter Stimme gesprochen, ein Machtwort und die Sache damit entschieden.

Rügen verschwand hinter ihnen in der Dämmerung. King und Mike segelten das Schiff. Während Susanne und Paula die Köpfe zusammensteckten, suchte Lukoschek das Zweiaugen-Gespräch mit Jens. »Okay, junger Freund, sagen wir mal so: Einen hattest du gut. Die nächsten Entscheidungen, die ich treffe, kippst du nicht über den Haufen. Wenn du's versuchst, erschieß ich dich! Ist kein Witz. Ich tu's!«

»Ho, ho, ho, ruhig Blut!«, versuchte Jens zu beschwichtigen. »Du musst mich nicht erschießen, Werner. Ich hör ab sofort auf deine Kommandos. Aber ich kenne Paula gut. Es ist ihr Typ da an Bord der *Kaiphas.* Sie wird alles tun, damit dieses Unternehmen gelingt. Denn, da hast du sehr recht, Richard wird im Kampfgetümmel kein Faktor sein.«

Lukoschek spähte zu Paula hinüber. »Die etwa? Sieht aus wie eine Pfarrerstochter. Die hat doch noch niemals eine Pistole in der Hand gehabt, geschweige denn was Schwereres.«

»Sie ist cool. Wenn's dir besser geht, zeigt Harun ihr, wie man mit der SIG-Sauer umgeht, das ist kein Hexenwerk.«

Lukoschek gab ein Stöhnen von sich. »Also gut. Dieses eine Mal. Aber kann ich grundsätzlich davon ausgehen, dass wir zwei uns verstanden haben?«

»Ja, Kommandant, haben wir.«

Lukoschek wollte gerade unter Deck, als Susanne ihm in den Weg trat. »Wir müssen reden. Es gibt Neuigkeiten, die Sie wissen müssen, Herr Lukoschek.« Paula war direkt in ihrem Windschatten.

»Was gibt's denn?«

Paula schob sich vor Susanne und ergriff das Wort. »Es ist so: Ich habe seit heute Vormittag versucht, Richard über sein Satellitentelefon an Bord zu erreichen. Vor etwa einer Stunde habe ich es noch einmal probiert. Es wurde abgehoben, aber da war eine andere Stimme dran. Und der Mann hat kein Deutsch gesprochen.«

Lukoschek schaute beunruhigt. »Was hast du gemacht?«

»Ich hab sofort aufgelegt. Ich hatte keine Zeit zum Nachdenken. War das falsch?«

»Nein. Aber das verändert die Lage. Wenn Richard enttarnt worden ist, könnten sie ihn befragen. Und ich meine richtig befragen. Denkst du, er hält einer Folter stand?«

Die Frage ging an Paula und sie schüttelte bestürzt den Kopf.

»Verflucht!«

»Jetzt warten Sie mal, Herr Lukoschek! Selbst wenn sie ihn verhören, die kennen die richtigen Fragen doch gar nicht«, ging Susanne dazwischen. »Sie haben keine Ahnung, dass wir sie angreifen wollen.«

Lukoschek unterbrach sie. »Aber er hat mit jemandem da draußen telefoniert. Das kann seine Frau gewesen sein, aber auch eine ganz andere Person. Sie wären Dilettanten, wenn sie nicht in Betracht ziehen, dass Richard die Vorhut einer feindlich gesinnten Instanz ist. Wenn sie an sein Telefon gehen, müssen sie herausgefunden haben, dass er unter falscher Flagge segelt.«

Susanne sah entschlossen aus. »Richard ist nicht blöd. Er wird sich irgendwas ausdenken. Außerdem weiß er kaum was. Wir haben ihm so gut wie nichts über das erzählt, was wir vorhaben. Also wegen ihm müssen wir nicht aufgeben!«

»Nein«, rief Lukoschek verdrossen. »Müssen wir nicht. Aber die Wahrscheinlichkeit, dass wir durchkommen, ist dadurch nicht größer geworden ...«

Richard hatte jedes Zeitgefühl verloren. Seit einer halben Ewigkeit befragte Colonel Litvak ihn. Sie gaben ihm kein Wasser und der Durst quälte ihn. Er befand sich in dem fensterlosen Raum, in dem er schon einmal gewesen war. Gerade eben hatte der Kommandeur der Bord-Security ein Foto auf seinem Handy aufgerufen, das Paula ihm geschickt hatte. Es zeigte sie in weißer Bluse und schwarzen Jeans und ihr Gesichtsausdruck war durchaus frivol auf diesem Schnappschuss. Warum, zum Teufel, hatte er das nicht ebenfalls gelöscht?

»Das soll Ihre Freundin sein?«

Richard hob erschöpft den Kopf. »Ja. Im Moment schon.«

Ein verächtliches Lachen war die Reaktion. »Die ist doch erste Wahl. Wieso in aller Welt sollte sie sich mit so einer Mumie wie Ihnen einlassen?«

»Ich glaube, ich habe sie mit meinen Cannelloni in Weißweinsoße geknackt.«

Der Schlag des Colonels kam ansatzlos und Richards Lippe platzte auf. »Sie sollten Ihre Situation hier nicht missverstehen, Herr Dreifürst. Sie haben sich für uns in hohem Maße verdächtig gemacht!«

»Wieso denn, Herrgott?«

Litvak hielt ihm das *Eridium Extreme* unter die Nase. »Jeder unserer Gäste hat so ein Satellitentelefon und sie alle haben massig gespeicherte Nummern, Anruflisten und Mailadressen. Nur Sie haben nichts, Herr Dreifürst! Ein geradezu jungfräuliches Handy. Es gibt so gut wie keine einsehbaren Daten, nur das eine Foto von ihrer angeblichen Freundin. Und da fragen wir uns doch: Wieso?«

»Ich hab das Ding ganz neu und noch keine Zeit gefunden, da viel drauf zu speichern.«

Litvak betrachtete ihn kühl. »Ich glaube Ihnen kein Wort. Aber die Entscheidung über Ihr Wohl und Wehe liegt im Ermessen von Direktor Wu. Nur zu Ihrer Information: Es gibt hier keine Gerichtsverhandlung, keinen Einspruch oder eine Begnadigung. Deswegen wäre es gut, wenn Sie endlich den Mund aufmachen. Also, wer ist diese Frau, mit der Sie gesprochen haben?«

Sie waren bereits vier Stunden unterwegs. Alle außer dem Skipper und Paula hatten ein wenig mit Übelkeit zu kämpfen. Dass die Seekrankheit nicht überhandnahm, lag daran, dass der Skipper jedem an Bord ein Scopoderm-Pflaster hinters Ohr geklebt hatte. Der Wirkstoff Scopolamin sorgte dafür, dass das Unwohlsein sich in Grenzen hielt. Jens hatte als Einziger größere Probleme und wies eine ungute Gesichtsfarbe auf.

King war in seinem Element und die *Black Bee* flog förmlich über die Wellen. Zweimal war die Brise von vorne gekommen, aber King war eins mit seinem Schiff und selbst wenn er vor dem Wind kreuzte, war das elegant und vermittelte einem ein gutes Vorankommen.

Susanne setzte sich zu Jens, der damit kämpfte, seinen Mageninhalt nicht durch die Gegend zu spucken. »Was ist denn?«, knurrte er sie an. »Hatten wir nicht gesagt, während der Tour kennen wir uns nicht?«

Sie drückte ihm etwas in die Hand. Es war ein Blister mit zwei Tabletten. »Der Wirkstoff heißt Dimenhydrinat. Wenn dir die Pflaster nicht helfen, dann vielleicht das. Bei mir hat das Mittel immer gut funktioniert.«

Jens überlegte, die Geste zurückzuweisen, aber er fühlte sich so miserabel, dass er es vorzog, auf eine Heldenpose zu verzichten.

»Am besten funktioniert es, wenn man ... halt, warte, um Gottes willen!« Susanne sah ihren Mann entgeistert an. Der hatte soeben eine Tablette aus dem Blister gedrückt und in den Mund geworfen. Nun würgte er sie herunter.

»Wenn man was ...?«, fragte er und sah zu ihr.

»Wenn man den Magen leer hat. Und hast du nicht vorhin noch zwei Butterbrote verdrückt?«

Jens winkte ab. »Entspann dich! Da ist doch jeder anders. Und ich komme eigentlich gut mit ...« Er brach ab. Dann sprang er mit grünem Schimmer im Gesicht auf, stürzte zur Reling und übergab seinen Mageninhalt der See …

Richard konnte sein Glück gar nicht fassen. Während der Befragung durch den Colonel hatte er irgendwann das Bewusstsein verloren, was ihm eine Auszeit von der Folter bescherte. Nicht, dass sie ihn mit scharfen Messern schnitten oder mit Zangen Nägel ausrissen, aber nicht trinken zu dürfen und der Schlafentzug setzten ihm in einer Art und Weise zu, dass die Qualen kaum auszuhalten waren.

Als er wieder zu sich kam, lag er auf einer Liege in einem Raum, der sehr entfernt an eine Krankenstation erinnerte. Das teigige Gesicht, das über ihn gebeugt war, kannte er. Das war der gleiche Mann, der die kleinen Mädchen mit Spritzen erlöste, die ihre Kämpfe in der *Red Rooster Bar* verloren hatten. Der Mann sagte etwas in einer Sprache zu ihm, die Richard nicht zuordnen konnte. Er hob das linke Augenlid des Patienten und leuchtete mit einer Stiftleuchte in die Pupille. »Okay!«, sagte er dann und zog eine Spritze auf. Dann injizierte der Arzt das Mittel in den Arm des nur mit seiner Hose bekleideten Richard.

Der erwartete, im nächsten Moment von bleierner Müdigkeit überfallen zu werden. Doch das genaue Gegenteil war der Fall. Er fühlte sich von Moment zu Moment besser.

»Wasser!«, bat er, in der Hoffnung, dass der Bordarzt nicht in die Folterstrategien des Colonels eingeweiht war. Seine Rechnung ging auf, er bekam ein gefülltes Glas. Er bat um mehr und trank sich den Bauch voll.

Gerade noch rechtzeitig konnte er das Glas wegstellen, als der Colonel die Krankenstation betrat. Er wechselte kurze Worte in einer anderen Sprache mit dem Arzt. Dann befahl er Richard, sich sein Hemd anzuziehen. »Sie werden mit folgen, Herr Dreifürst!«

»Wohin bringen Sie mich?«

»Direktor Wu will Sie sehen.«

Werner Lukoschek verstand nicht viel vom Segeln, doch anders als die anderen an Bord der *Black Bee* hatte er das Gefühl, dass irgendetwas nicht stimmte. Sicher, das Tempo war hoch, doch manchmal stellte sich das Boot quer zu den Wellen, krängte und rollte unkontrolliert auf der Gischt. Lukoschek veränderte seine Position und wählte einen Standort, von wo er einen guten Blick auf den Mann am Steuer hatte. Unauffällig beobachtete er den Skipper, der gerade vom rechten Ruderrad an das linke wechselte. So erkannte der Anführer der Rettungsexpedition das Problem.

Arvid König verfiel immer wieder in einen Sekundenschlaf. Dann verlor er die Kontrolle über das Ruder, das Schiff fiel ab und die *Black Bee* begann zu kränken. Bevor das Boot richtig in Schlagseite zu geraten drohte, fuhr der Skipper wieder aus seinem kurzzeitigen Blackout hoch und korrigierte schnell den Kurs.

Lukoschek fluchte unterdrückt. Der Schiffsführer war ein Wrack, das nur noch eingeschränkt handlungsfähig war. Kein Wunder, so wie der Mann unentwegt Pillen in sich hineinstopfte und nie zu schlafen schien. Dazu kam das Kokain, das er ständig schnupfte, während man ihn so gut wie nie etwas Vernünftiges essen sah.

Lukoschek sah sich um. Sein Blick suchte Mike, der neben Paula Kirner vorne am Bug saß. Er balancierte seitlich hinüber, hatte die Regel »Eine Hand für das Schiff, eine Hand für dich« bereits verinnerlicht und hielt sich bei jedem Schritt gewissenhaft fest. Ohne zu fragen, setzte er sich neben die beiden Mitstreiter. »Mike, King hat dich doch im Segeln einigermaßen ausgebildet, oder?«

»Ausgebildet, hmm ... also für Olympia reicht's sicher nicht.«

»Mann, ich hab keine Zeit für Geplänkel. Kannst du dieses Boot fahren oder nicht?«

»Teufel, nein! King hat selbst gesagt, ich wäre der mieseste Schüler, den er je gehabt hat.«

»Wieso fragen Sie das, Kommandant?«, schaltete sich Paula in das Gespräch ein.

»Ja«, fiel Mike misstrauisch ein. »Wieso fragen Sie? Sollten wir uns auf ein Szenario einstellen, bei dem der Käpt'n kaltgestellt wird?«

Lukoschek schaute perplex. »Kaltgestellt? Unfug! Guck doch mal hin, Alter! Der verfluchte Skipper ist nicht auf der Höhe, der große *Riffgeist* kackt ab. Weil er bis unters Dach vollgepumpt ist mit Drogen. Vielleicht hält er ja wirklich durch, aber wenn nicht, muss jemand anderes ans Ruder. Und das bist du, Mike, oder?«

Mike musterte sein Gegenüber prüfend. »Klar!«, sagte er dann. »Kein Ding, Mann!«

Es gab noch ein sechstes Deck, eine Etage, deren Existenz Richard bis zu diesem Augenblick verborgen geblieben war. Dorthin gelangte man über eine verschlossene Tür und eine weitere Treppe, die in einen kurzen, weißen Korridor mündete. Colonel Litvak führte ihn mit stählernem Griff zu dessen Ende und klopfte an die aus Eisen bestehende Tür, über der eine Kamera angebracht war. Ein Summer ertönte und der Kommandeur der Bord-Security drückte das Schott auf. Er zerrte Richard mit sich und der fand sich in einem Büro wieder, das aussah, als wäre es eine Dependance des Finanzamtes.

Hunderte von Leitzordnern lagen in billigen, aber robusten Baumarkt-Regalen. Es gab ein Modul mit einem Dutzend Monitoren an der rechten Wand. Man hatte darüber nicht nur einen perfekten Blick über die Schlüssellocations an Bord, auch das Wasser um den Ankerplatz der *Kaiphas* war mit Infrarot-Kameras abgedeckt. Richard nahm das mit Bestürzung zur Kenntnis, denn das Schiff mit den Rettern würde sich nicht ungesehen nähern können.

»Sie können gehen, Colonel!«

Aus dem Hintergrund trat eine schmale Gestalt. Es war eine schwarzhaarige Asiatin, die Richard im ersten Moment auf etwa fünfundzwanzig schätzte. Direktor Wu war von einer aparten Schönheit und graziler Gestalt, in ihren Augen jedoch lag Eiseskälte. An ihrer Hüfte trug sie eine Pistole mit einem ungewöhnlichen Griffstück in einem Schnellziehholster. Als die Frau sich hinter den Schreibtisch mit der wuchtigen Lampe setzte, erkannte Richard die vielen kleinen Fältchen in ihrem Gesicht. Ihre Haut war wie Pergament, das drohte, bald zu Staub zu zerfallen. Nein, diese Frau war keine fünfundzwanzig mehr, sie musste die Vierzig weit überschritten haben oder noch älter sein.

»Soll ich ihm Handschellen anlegen, Direktor Wu?«

Die Frau sah Richard an und schüttelte den Kopf. »Er ist nur ein alter Mann. Er wird mir sicher keine Schwierigkeiten machen. Gehen Sie, Colonel!«

Der Mann deutete zackig ein Nicken an und schloss die Stahltür von außen.

Richards Blick fiel auf ein paar Bilder an der Wand. Sie zeigen Direktor Wu als junge attraktive Frau mit Medaillen und Pokalen, während sie mit einer Schnellfeuerpistole posierte. Sogar eine olympische Silbermedaille hing zwischen den Rahmen.

»Die olympischen Spiele, wo Sie Silber geholt haben ... welche waren das? Die in Athen?«

»Sydney. Es war nicht mein bester Tag. Ich hätte Gold holen müssen. Zu dieser Zeit konnte mir keiner das Wasser reichen. Mit der Schnellfeuerpistole war ich eine Macht.« Sie sagte es, als wäre es eine feststehende Tatsache. Richard hatte nicht den Eindruck, dass sie prahlen wollte.

»Sie sprechen Deutsch?« Etwas Besseres fiel ihm nicht ein. Er wollte sich aber nicht wie ein Lamm zu Schlachtbank führen lassen und ergriff lieber die Initiative.

»Sprachen sind wichtig, Herr Dreifürst. Ich wurde als Dolmetscherin ausgebildet und spreche vierzehn Sprachen fließend und noch einmal vier, fünf weitere bruchstückhaft. Ist nicht neu: Wer viele Sprachen versteht, bekommt auch viel mit. Gerade auf internationalem Parkett. Und ich bevorzuge Personal, das ebenfalls vielsprachig ist. Gerade auf diesem Schiff, wo die Gäste aus aller Welt kommen, ist das wichtig.«

»Ich verstehe«, sagte Richard. »Also, wenn Sie erlauben, würde ich gerne auf mich zu sprechen kommen. Ich kann Ihnen versichern, dass das alles hier nur ein Missverständnis ist. Ich hatte zu keinem Zeitpunkt vor, Ihnen oder Ihrem Unternehmen zu schaden ...«

Er redete nicht weiter, denn die Frau hatte die Hand in einer gebieterischen Geste erhoben. »Herr Dreifürst, wir haben Sie überprüft. Sie sind ein Niemand. Ein Mann ohne Machtposition oder ein nennenswertes Vermögen. Sie stellen ein vollkommen bedeutungsloses Individuum dar. Und Sie verbergen etwas. Deswegen werden Sie verschwinden, denn ich pflege jedwedes Risiko im Keim zu ersticken. Wenn ich jetzt Colonel Litvak hereinrufe, werden wir Sie nach achtern bringen und dort werde ich Sie mit einem aufgesetzten Genickschuss töten.«

Richard starrte die Frau vor ihm entsetzt an. »Bitte, das ... das kann doch nicht Ihr Ernst sein! Ich ...«

»Seien Sie beruhigt. Ich bin überaus filigran im Umgang mit der Pistole. Ihr Tod wird schmerzlos sein. Diese Gnade müssen Sie sich allerdings verdienen. Sagen Sie mir, was Ihre wirklichen Absichten auf diesem Schiff sind. Wenn Sie mir weiter mit Ihren Lügengeschichten kommen, lasse ich Ihre Knie zertrümmern und Sie im Maschinenraum verdursten.« Sie lächelte, ohne wirklich zu lächeln. »Sie kennen nun Ihre beiden Optionen. Also, Herr Dreifürst, haben Sie mir jetzt irgendetwas zu sagen?«

Die Fähre und der Frachter begegneten sich im Gewässer nahe der polnischen Küste.

»Wir müssen beidrehen!«, rief Lukoschek zum Skipper hinüber, denn der steuerte genau auf die Lücke zwischen den beiden großen Schiffen zu.

»Beidrehen? Die *Black Bee* will aber nicht beidrehen ...!«, lachte King. »Meine *Bee* will da mittendurch!«

Lukoschek starrte den Mann am Steuer verdattert an. Auch Harun kam herangelaufen. »Fahren wir etwa zwischen den Schiffen durch? Das ist doch Wahnsinn!«

Doch King machte keine Anstalten, den Kurs zu ändern. Lukoschek trat zu ihm. »Sie drehen jetzt bei, Skipper! Sofort!«

»Oder was?«

»Sie tun, was ich sage. Wir fahren nicht zwischen die beiden Schiffe. Das ist ein Befehl!«

King blieb unbeeindruckt. »An Land mögen Sie ja eine große Nummer sein, El Commandante, aber hier draußen habe ich das Sagen. Ich bin der Captain. Also gehen Sie mir aus der Sonne und pinkeln jemand anderen an.« Er grinste breit. »Oder möchten Sie, dass ich Sie kielholen lassen?«

Jens trat zu Lukoschek und sah ihn von der Seite an. »Werner, bleib ruhig. Was soll schon sein? Bringen wir die Mission zu Ende, okay?«

Lukoschek wandte seinen Blick vom Skipper ab, ließ seine Kiefer arbeiten und setzte sich wieder auf seinen angestammten Platz.

Alle blickten zu den großen Schiffen. Die *Black Bee* tanzte nun auf der Bugwelle des Frachters, den das Segelboot gleich eingeholt haben würde. Die Fähre von Kaliningrad nach Sassnitz kam ihnen schnell entgegen. Dann schob sich deren Bugwelle unter den Kiel der *Black Bee.* Das Segelboot wurde zum Spielball der Strömungen und Wirbel und stellte sich unvermittelt quer zur Fahrrinne. Das Segel neigte sich und eine schwere Schlagseite drohte. Als Nächstes war das enthusiastische Geheul des Skippers zu hören, der den Segler wieder nach vorne ausrichtete. »Anluven, du verfluchter Höllenhund!«, brüllte er Mike zu, der sein Bestes gab. Mit einem bedenklichen Schlingern entkam die *Black Bee* dem tödlichen Kanal zwischen den Giganten und schoss mit fünfundzwanzig Knoten weiter nach Osten.

»Das ist mein Mädchen!«, brüllte King und gab ein triumphierendes Heulen von sich. »Das ist meine *Bee*!«

»Ich arbeite für die *Ostseezeitung*. Nachdem uns auf Rügen ein Mädchen zugelaufen ist, dem die Flucht von diesem Schiff gelungen ist, haben wir beschlossen, die *Kai-*

phas zu infiltrieren und einen Bericht über die Vorgänge hier zu schreiben. Wir wollten damit zum Auswärtigen Amt, um Ihnen das Handwerk zu legen.«

Direktor Wu hatte ihre dunklen Augen auf Richard gerichtet und sah ihn durchdringend an. »Einem Mädchen ist von diesem Schiff die Flucht gelungen? Wer soll denn das sein? Mir ist kein Fall von einer Flucht bekannt.«

Richard war im Zwiespalt. Wenn er Yslei preisgab, würde das für sie vielleicht schlimme Konsequenzen haben. Andererseits war sie freiwillig zurückgekommen. Sie jetzt für den Ausbruch in der Vergangenheit zu bestrafen, wäre sinnlos. Und nicht zuletzt war Richards Leben im Moment akut gefährdet, er konnte bei der Erlangung eines Aufschubs nicht wirklich wählerisch sein.

»Der Name des Mädchens ist Yslei Al-Fayed. Als ihr die Flucht gelang, blieben ihre beiden Schwestern hier auf der *Kaiphas*. Wenn Sie Ihre Bücher so führen, wie ich das vermute, dann werden Sie die entsprechenden Aufzeichnungen finden.«

Direktor Wu wog die Möglichkeiten ab. Dann erhob sie sich und ging zu einem Aktenregal. Richard streckte die Hand nach ihrem Glas Wasser aus, denn der Durst war nicht besiegt in ihm. Da federte die schwarzhaarige Frau mit einer behänden Bewegung herum und im nächsten Moment blickte er in die Mündung ihrer Pistole. Sie war gespenstisch schnell mit dem Schießeisen, das musste man ihr lassen.

Als sie sah, dass Richard nach dem Wasser gegriffen hatte, lächelte sie spöttisch und ließ die Pistole mit einer schnickenden kurzen Bewegung in ihrem Schnellziehholster einrasten. »Trinken Sie nur, Dreifürst, durstig stirbt es sich bei weitem nicht so angenehm!«

Dann zog sie einen Aktenordner aus dem Regal ...

Der Wind blies stark und auch noch in die richtige Richtung. Die *Black Bee* fraß die Seemeilen nur so. Die Seekrankheit hatte sich bei den meisten gelegt. Jens saß für sich. Die Übelkeit war im Moment nicht sein Problem. Er fragte sich vielmehr, was er hier machte. Dass er nicht das richtige Know-how mitbrachte, konnte man nicht behaupten, er war an der Polizeischule im Nahkampf ausgebildet worden. Mit Schusswaffen konnte er umgehen, wenn auch kein Kunstschütze mehr aus ihm werden würde. Zudem waren ihm von seinen Ausbildern überdurchschnittliche Führungsqualitäten attestiert worden. Auch die Motive, die er hatte, waren gut. Er half Susanne, Richard Dreifürst und den kleinen Mädchen auf der *Kaiphas.*

Das alles änderte nichts an der Tatsache, dass er Angst hatte. Nichts in ihm wollte auf dieses beängstigende Schiff, um dort mit unbekannten Gegnern auf Leben und Tod zu kämpfen. Dies war der Krieg, in den Jens niemals ziehen wollte. Dabei hatte er noch den leichtesten Part, er würde im Boot zur *Kaiphas* übersetzen, er war nicht bei den Froschmannteams. Er sah zu Susanne und widerstand dem Impuls, sich ihr anzuvertrauen.

Ein Blick auf seine Uhr zeigte ihm, dass es nicht mehr lange dauern würde, bevor sie ihr Zeil erreichen und die Jacht entern würden. Doch nun war ihm das Herz in die Hose gerutscht und in seinem Geist jammerte ein siebenjähriger Jens nach seiner Mama. Er sah seine Pistole an und spielte einen Moment lang mit dem Gedanken, sich durch einen finalen Schuss von allem Irdischen zu befreien. Doch er schob diese Idee beiseite, es musste einen besseren, einen einfacheren Weg geben, um mit einer Panikattacke fertig zu werden.

Werner Lukoschek hatte Paula zu einem Platz vorne am Bug der *Black Bee* geführt. Ein Blick nach hinten zeigte ihm, dass der Skipper stoisch an seinem Steuerrad stand und das Schiff lenkte. Lukoschek musterte Richards Freundin nun mit ernster Miene.

»Ich muss dich mal was fragen, Schätzchen ...«

Sie nickte schnell. »Klar. Was denn?«

»Als du an Bord kommen wolltest, warst du dir schon darüber im Klaren, auf was das hier hinausläuft?«

Paula überlegte kurz. »Ehm ... ja, im Großen und Ganzen schon. Ich weiß, dass es sehr gefährlich werden könnte.«

»Das könnte es in der Tat!«, bestätigte Lukoschek. »Ich habe für unseren Angriff auf die *Kaiphas* mit drei Teams geplant. Harun und ich kümmern uns um die Schiffssicherheit, Susanne und Mike sollen Dreifürst finden. Ich wollte, dass Jens und Arvid sich um die Evakuierung der Kinder kümmern. Aber das wird nicht funktionieren. Der Skipper ist dermaßen strack von all den Substanzen, die er konsumiert, dass er kaum geradeaus laufen kann. Ich kann ihn nicht so auf feindliches Terrain lassen.«

Paula starrte den Anführer mit großen Augen an. »Und jetzt?«, fragte sie, während ein Teil von ihr die Antwort bereits kannte.

»Du gehst an seiner Stelle. Wahrscheinlich werdet ihr auf keine Gegenwehr stoßen. Wir haben ja schon gehört, wie sicher sich die Brüder fühlen.«

Sein Blick ruhte auf ihr und es wurde nun eine Reaktion von ihr erwartet. Aber Paula war gerade kalt erwischt. »Ich habe so was noch nie gemacht«, stammelte sie. »Ich meine ... selbst Soldaten brauchen doch eine Grundausbildung ...«

»Da gibt es kürzere und längere. Diese ist eben kürzer.«

Da Paula keine Antwort gab, drehte er sie an ihren Schultern und zeigte in Richtung Steuer. »Wenn ich unseren *Riffgeist* gehen lassen, schickt er uns alle zu den Fischen. Dir gucke ich in die Augen und seh, dass du einigermaßen klar bist da oben.« Er pochte mit dem Zeigefinger gegen ihre Stirn. »Unsere Chance mit Arvid König sind zwanzig Prozent. Mit dir, grobe Schätzung, achtzig!«

Paula freute das Lob, obwohl die Umstände fragwürdig waren. Dennoch sagte sie nichts darauf.

»Du hast Angst.« Lukoschek machte eine wegwerfende Bewegung. »Mach dir nichts draus. Es gibt niemanden auf der Welt, der keine Angst hat, wenn er ins Feuer muss. Jeder von uns hat die Hosen voll. Aber wir tun trotzdem, was getan werden muss und das so gut wir können. Du schaffst das auch, Süße!«

Paula zauberte ein tapferes Lächeln in ihr Gesicht. »Okay. Und soll ich auch eine Waffe tragen?«

»Schon mal mit einer Kanone geschossen?«

»Mit neun Jahren, im Schwimmbad, ein Super Soaker.«

»Was ist das für ein Modell?«, fragte er irritiert.

Paula kam sich idiotisch vor. »Nichts. Eine große Wasserpistole.«

Lukoschek schaute sie missbilligend an. »Willst du mich verarschen?«

»Nein, sorry, natürlich nicht. Aber ich bin eben ... nervös.«

»Ich frag noch mal: Wenn du damit deinem Freund Dreifürst helfen könntest, würdest du's dann in Betracht ziehen?«

»Zu schießen ...?«

»Zu töten!«

Paula hörte sich nach einer Weile ›ja‹ sagen, aber es kam ihr leer und hohl vor.

Lukoschek zog eine SIG-Sauer aus der Tasche und zeigte Paula, wie sie funktionierte. Damit sie ein Gefühl für das Abfeuern bekam, schraubte er einen Schalldämpfer auf die Waffe und ließ die Frau damit mehrmals in die Dunkelheit schießen. Dennoch sah er, dass sie nicht bereit war.

Er nahm sie erneut bei den Schultern. »Okay, Mädchen! Kein Vorwurf. Jemanden zu töten, ist eine Schwelle, die nicht jeder so ohne Weiteres übertreten kann. Und vielleicht kannst du es nicht. Ist okay für mich …«, versicherte er ihr. »Aber: Jeder Feind muss ausgeschaltet werden! Dazu reicht es meistens schon, wenn du auf die Knie zielst. Ich hab noch kein Gefecht erlebt, in dem einer mit weggeschossener Kniescheibe ein Comeback gehabt hätte.«

Paula hing an den Lippen des Kommandeurs. »Auf die Knie schießen, ich glaube, das krieg ich hin …«, stammelte sie.

»Wenn es nötig wird, was wir einfach mal nicht hoffen. Dann sind wir klar. Du gehst und holst mit dem Greenhorn Lackner diese Kinder da aus dem Dreck!«

Direktor Wu hatte die Eintragungen gefunden. Sie saß hinter ihrem Schreibtisch und studierte die Formulare. »Yslei Al-Fayed … hmm! Hier steht, dass sie unterwegs verschwunden ist. Auf dem Land. Sie hat bei einem unserer Transporte entwischen können …«

»Und das glauben Sie?« Richard lachte abfällig. »So schnell, wie Sie Ihre Pistole in der Hand haben, wäre ich sehr vorsichtig, wenn ich für Sie arbeiten würde und Ihnen berichten müsste, dass mir hier an Bord ein Mädchen abhandengekommen ist. Ist doch klar, dass Ihre Leute es vorziehen, die Verantwortung auf einen anderen Teil der Lieferkette zu schieben.«

»Ich hätte dieses Unternehmen nicht aus dem Nichts aufbauen können, wenn ich in der Auswahl meiner Mitarbeiter leichtfertig gewesen wäre. Ich bin zwar konsequent, aber ich greife nicht zu den Methoden eines Josef Stalin«, konstatierte die Asiatin. »Ich kann mir nicht denken, dass jemand mir wegen so was ins Gesicht lügt.«

»Jedem rutscht mal ein fauler Apfel durch. Überlegen Sie mal, woher hätte Yslei dieses Schiff kennen sollen? Und wissen, dass hier schreckliche Dinge mit Kindern geschehen? Das konnte sie nur, weil sie hier war. Sie hat uns den Namen des Schiffes gegeben, mein Freund und ich haben im Darknet geforscht und da bin ich nun.«

Direktor Wu lehnte sich zurück. »Das alles erscheint mir nicht glaubwürdig. Warum sollten Sie sich auf eine so gefährliche Mission begeben? Sie sind ein alter Mann mit einer künstlichen Hand, Sie sind hinfällig, mit endlicher Lebenserwartung. Nein, ich kaufe Ihnen diese Geschichte nicht ab. Da Sie offensichtlich weiter lügen, schätze ich, Sie wählen doch die Erfahrung mit den zertrümmerten Knien ...«

Richard hatte genug. »Gut, wenn Sie mich umbringen wollen, bringen Sie mich eben um. Aber eins wüsste ich gern: Schlafen Sie gut in der Nacht?«

Die Frau blickte ihn unwillig an. »Ich schlafe ganz ausgezeichnet!«

»Das heißt, Sie sind zu keinerlei menschlichen Gefühlen in der Lage, oder? Wie sonst könnten Sie kleine Kinder in diese pervertierten Kampfspiele schicken?«

Direktor Wu sah ihn ausdruckslos an. »Genau das ist die Verlogenheit der Gutmenschen, die selbst mit allem Komfort leben und sofort einen Zehner spenden, wenn in den Nachrichten wieder von einer humanitären Katastrophe berichtet wird. Aber in jeder Minute, in jeder Sekunde werden auf dieser Welt Hunderte von Kindern getötet. Acht Milliarden Menschen, die meisten davon sind in Not. Das kümmert keinen, weil immer noch das Gesetz des Stärkeren reagiert. Sie können es akzeptieren oder nicht. Der Preis dafür, dass du oben bist, ist immer damit verbunden, dass ganz unten Hunderte leiden. Die Menschen sind eben so. Ich akzeptiere das und spare mir die Krokodilstränen.«

Richard konnte nur den Kopf schütteln. »Wie ist es nur möglich, so zynisch zu sein?«

»Ich bin nur realistisch«, konterte Wu. »Der Mensch wird von vier Motiven getrieben: der Gier nach immer mehr, der Betäubung des allgegenwärtigen Leids, dem Drang nach Vergeltung und schlussendlich der Angst vor dem Tod. Jeder denkt zuerst an sich. Da Gott nicht existiert und es wahre Gerechtigkeit nur in Märchen gibt, lautet die einzige Frage: Willst du zu den Löwen gehören oder zu den Lämmern?«

»Was ist mit der Liebe? Sie haben sie nicht erwähnt. Wieso nicht? Weil Sie keine erfahren haben?«, stieß Richard hervor, während er am ganzen Körper zitterte.

»Die Liebe ist eine Illusion und flüchtig wie Gas ...«, zischte Direktor Wu. »Ich sag Ihnen was, ich scheiß auf die Liebe!«

Die *Kaiphas* war in Sichtweite. Werner Lukoschek sah in die Runde. Er und Harun hatten die Neoprenanzüge angelegt und die Sauerstoffflaschen umgeschnallt. Auch Mike und Susanne wirkten bereit.

Jens stand etwas abseits, abgewandt, und zog sich das Kokain, das er beim Skipper geschnorrt hatte, durch seine

Nüstern. Er hob den Kopf und spürte nach innen. Ja, da veränderte sich etwas. Sein Rückgrat verwandelte sich soeben in ein Gebilde aus Stahl. Mit fast heiterem Interesse sah er nun auf seine Aufgabe. Er packte seine Pistole fester. Das war deutlich besser. Jetzt fühlte er sich bereit.

Doch mit King lag die Sache anders. Der war in schlechter Verfassung, hatte sich während der ganzen Fahrt am Ruder mit Koks gepusht. Dennoch kam er jetzt mit seinem Scorpion Evo 3 Schnellfeuergewehr, das er als Waffe für sich durchgesetzt hatte, herangetrottet, denn von den Gedanken, die der Kommandeur sich über ihn gemacht hatte, wusste er nichts.

Lukoschek sprach mit gedämpfter Stimme. »Wir ändern den Plan. Harun und ich bilden Gruppe eins, wir kümmern uns um die Wachen, das bleibt, wie es ist. Genau wie bei Mike und Susanne. Aber an Bord bleiben wird nicht Paula, sondern Arvid König.«

»Hö?«, machte King erstaunt.

»Paula, du begleitest Jens mit den Booten. Ihr holt Yslei und die anderen Mädchen. Treffpunkt ist das Unterdeck.«

»Was soll das? Wieso gehe ich nicht?«, brachte sich der Skipper ärgerlich ins Spiel.

»Du bist zu wichtig.« Lukoschek sah Arvid direkt in die Augen. »Ohne dich kommen wir nicht zurück. Außerdem brauche ich hier auf dem Boot einen Leader, kein Fußvolk, alles klar?«

Vielleicht war es das Herausstreichen seines besonderen Wertes für die Aufgabe, das weiteren Widerstand bei King unterband. Er überlegte kurz, zuckte dann gleichmütig mit den Achseln und akzeptierte Lukoscheks Entscheidung.

»Gib Paula deine Panzerweste!«, ordnete der Kommandeur an.

Der Skipper fand sich schnell mit dem neuen Vorgehen ab und öffnete seine Weste.

Lukoschek wandte sich an die anderen. »Denkt daran, ihr müsst Gegner ausschalten, wenn ihr keine Kugel in den Rücken wollte. Töten ist das Sicherste ... Und Panzerwesten haben nicht nur wir. Wenn sie nicht fallen, feuert auf Hals oder Kopf!« Er sah prüfend zu Paula, die mit der SIG-Sauer in der Hand dastand und etwas verloren lächelte. »Und vergiss mal dein Erste-Hilfe-Set nicht, Süße!«

Paula reagierte sofort und hängte sich eilfertig die Sanitäter-Tasche um.

Die beiden Tauchteams ließen sich von den beiden Schlauchbooten, die aufgeblasen und längsseits der Bee festgemacht waren, überaus langsam ins Wasser gleiten. Das geschah, um einem Kälteschock vorzubeugen. Zwei wasserdichte Bündel, die mit Gewichten beschwert waren und die Ausrüstung beinhalteten, waren mit Seilen an den Hüften der Kampfschwimmer befestigt. Die Taucher aktivierten nun ihre SUEX-Scooter. Dann verschwanden sie im schwarzen Wasser. Jens und Paula bestiegen die Boote und legten mit Hilfe von King ab. Die Aktion hatte begonnen ...

»Aber ich kann beweisen, dass es stimmt, was ich Ihnen sage!«, rief Richard. »Ich bin keineswegs so unbedeutend, wie Sie denken! Ich bin hierhergekommen, um die Verbrechen, die hier an Bord geschehen, zu dokumentieren. Sie müssen nicht denken, dass es einen Fernsehsender oder eine Zeitung gibt, die sich nicht alle Finger nach den Bilddokumenten lecken, die ich hier angefertigt habe!«

»Sie beginnen, mich anzustrengen. Aber alle Fische zappeln noch etwas, wenn man sie gepackt hat«, stöhnte

Direktor Wu. »Also gut, überraschen Sie mich und zeigen Sie mir Ihren Beweis!«

Richard griff zu seinem Handgelenk und streifte die Rolex ab. »Dies ist keine normale Uhr! Das ist eine Spezialanfertigung. Schauen Sie!«

Direktor Wu nahm die Uhr und sah sie genauer an.

»Sehen Sie, was an dieser Uhr anders ist als an normalen Chronometern?«

»Nein. Ich sehe nichts!«

»Es ist eine Mikrokamera integriert. Warten Sie! Ich leuchte Ihnen!« Richard nahm die Lampe mit dem eisernen Standfuß vom Schreibtisch und leuchtete damit direkt auf die Rolex. »Schauen Sie an die Seite! Jetzt müssten Sie es sehen, das versteckte Objektiv!«

Direktor Wu drehte die Uhr und schaute ganz genau hin. Das war der Augenblick, in dem Richard ausholte und den Lampenfuß mit voller Wucht auf die Hände der Frau schmetterte, die gerade die Rolex untersuchten. Ein dumpfer Knall ertönte und da war die Ahnung eines hässlichen Knackens.

Wu stieß einen klagenden Schrei aus und blickte dann entsetzt auf ihre Finger. Zwei waren unter dem Gewicht des Eisenfußes gebrochen und ragten umgeknickt in die falsche Richtung. Dennoch reagierte die ehemalige Olympionikin geistesgegenwärtig und zog ihre Pistole mit einer blitzschnellen Bewegung. Im nächsten Moment ließ sie die Waffe kreischend fallen. Ihre Finger taugten nicht mehr für einen kontrollierten Griff.

Richard langte nach vorne und packte ihre linke Hand. Mit der Kraft seiner künstlichen Prothese quetschte er Wus ohnehin malträtierten Finger brutal zusammen, was ihr ein weiteres Geheul entlockte. Mit einem Ruck seiner synthetischen Hand zog Richard ihre schmale Gestalt nach vorne, sodass sie bäuchlings auf dem Schreibtisch landete. Dann hob er die Lampe mit dem Eisenfuß erneut und schlug der Asiatin, geflutet vom Adrenalin seiner Todesangst, den Schädel ein.

Mike, der als Einziger Taucherfahrung hatte, schwamm mit seiner SUEX vorneweg, während sein Tauchkompass ihm die Richtung wies. Susanne und Harun folgten, Lukoschek nahm die Position am Ende ein. Das Wasser war kälter als erwartet und drang in jede Ritze. Obwohl sie Neoprenschuhe und -handschuhe trugen, sehnten alle das Ankommen am Ziel herbei. Die Unterwasserscooter hätten sicher ein noch schnelleres Tempo vorgelegt, wenn da nicht die beiden Ausrüstungspakete gewesen wären, die sie abbremsten. Jeder von ihnen hatte eine gelbe Leuchtdiode an seinem Taucherdress, so konnte Mike sehen, dass sie alle noch da waren, als der Rumpf der *Kaiphas* vor ihnen auftauchte. Susanne drückte mit den Fingern die Nasenflügel zusammen, um einen Druckausgleich durchzuführen, denn jetzt ging es tiefer. Sie mussten unter dem Schiff durchtauchen, um das Jet-Ski-Modul zu erreichen …

Richard stand in Direktor Wus Büro vor den Kontrollen für die Sicherheitskameras des Schiffes. Er hatte zwei Boote auf einem Infrarot-Monitor entdeckt, zwei Boote, die näherkamen. Er konnte zwei Personen anhand ihrer Wärmesignaturen ausmachen, aber wer sie waren, vermochte er nicht zu erkennen.

Richard überlegte fieberhaft. Es war zu vermuten, dass die Sicherheit unter Colonel Litvak ebenfalls an das System angeschlossen war. In ihrer Zentrale mussten sie eigene Bildschirme haben, um das Schiff zu überwachen.

Wenn sie die Angreifer entdeckten, konnten sie sie abschießen wie Tontauben. Die Kontrollen waren jedoch hier. Richard war kein Experte, aber er hatte bei der Tonmischung des Filmes »Ein abgelegener Hof« zugesehen, wie der Techniker am großen Mischpult gearbeitet hatte. Das Schaltfeld hier war ähnlich aufgebaut. Richard begann, an Reglern und Knöpfen zu hantieren. Nach einigen Versuchen gelang es ihm, die Blenden der Kameras zu beeinflussen. Er fuhr die betreffenden Regler nach unten, bis die Monitore schwarz waren. Jetzt konnte er nur hoffen, dass Colonel Litvaks Truppe oben in der Zentrale auch nichts mehr sah.

Das vierköpfige Rettungsteam unter dem Kommando von Werner Lukoschek hatte das Schiff wie geplant über das Jet-Ski-Modul entern können, ohne bemerkt zu werden. Entgegen ihrer Befürchtung hatten sie bisher noch keinen Alarm ausgelöst. Sie legten die Neoprenanzüge ab, schlüpften in trockene Kleidung und zogen dann ihre Kampfausrüstungen an. Schweigend und jeden unnötigen Laut vermeidend, schraubten sie Schalldämpfer auf die Maschinenpistolen. Dann machten sie sich auf den Weg. Als sie das zweite Deck erreicht hatten, trennten sich Lukoschek und Harun von Susanne und Mike …

Endlich war vom Schiff das verabredete Lichtsignal gekommen. Jens und Paula hatten sich in der Zwischenzeit der *Kaiphas* mit ihren Booten bis auf dreihundert Meter angenähert und gewartet, so wie sie es vereinbart hatten. Jetzt signalisierte man ihnen, dass die Luft rein war.

»Es geht los!« Jens ergriff sein Paddel und auch Paula begann zu rudern. Er sah zu ihr hinüber. Es erstaunte ihn, wie gefasst sie war. Ähnlich wie Susanne. Die Frauen schienen das kühlere Blut zu haben. Sie kamen der *Kaiphas* immer näher. Vor ihnen erschien die Anlegestelle mit zwei gut vertäuten Barkassen. In wenigen Minuten würden sie am Ziel sein.

Harun zog Lukoschek am Ärmel und bugsierte ihn zum Aufgang. »Jens und die Alte kriegen das hin! Komm!« Die beiden Männer drehten sich um und liefen zur Treppe, die hinauf zum vierten Deck führte. Harun nestelte seine Brille heraus und setzte sie auf. Hätte er das etwas früher getan, wäre ihm die Gestalt sicher nicht entgangen, die an der Reling stand und rauchte. Es war August Kohout, der Steward. Der Schock fuhr dem Österreicher in alle Glieder, als er zwei Unbekannte mit Gewehren und voller Kampfmontur die Treppen hochstürmen sah. Nachdem Kohout seinen Schrecken überwunden hatte, kam Bewegung in ihn.

Jens machte die beiden Boote am Dock fest, als er sah, wie Paula einen schweren Metallkoffer auf den Steg wuchtete. »Was zum Teufel ist das?«, zischte er.

»Keine Ahnung«, antwortete Paula mit gedämpfter Stimme. »Man hat mir nur gesagt, es wird hier gebraucht. Fass lieber mal mit an! Das Ding ist scheißschwer. Und beeilen wir uns!«

Jens half ihr mit dem Koffer. Dann zog er den Plan heraus, den er nach Richards Beschreibung angefertigt hatte. »Komm mir einfach nach!«, raunte er. »Zuerst müssen wir die Treppe da rauf.«

»Okay!«, sagte Paula, während sie ihre Pistole entsicherte.

Die beiden liefen, ihre Waffen im Anschlag, ins Innere des Schiffes.

Richard hatte die Tür von Direktor Wus Büro von innen abgeschlossen und sich dann hinter dem Schreibtisch der Toten verschanzt. Da hatte das Telefon von Direktor Wu das erste Mal geklingelt. Richard hatte der Toten ihre Glock abgenommen und versuchte, die Pistole durchzuladen, was ihm erst nach etwas Gefummel gelang. Dann läutete das Handy erneut. Wenig später hörte Richard Geräusche an der Tür. Colonel Litvak war zurück. Natürlich, die Monitore waren dunkel geworden und Direktor Wu meldete sich telefonisch nicht. Es war klar, dass die da draußen nun eins und eins zusammengezählt hatten.

Richard umklammerte die Glock mit seiner gesunden Hand. Sie zitterte. Natürlich, er gehörte ins Bett und der eine oder andere Tropf mit einer Traubenzuckerlösung wäre auch nicht übertrieben gewesen. Stattdessen saß er einmal mehr in der Vorhölle fest.

Ein scharfes Zischen, dann detonierte eine Sprengladung an der Tür. Im nächsten Moment wurde die Stahltür aufgetreten und Colonel Litvak lief mit angelegtem Sturmgewehr in den Raum. Richard feuerte auf ihn und traf ihn genau in die Brust. Aber sein Gegner schüttelte sich nur und gab dann selbst einen Schuss ab, der Richard das Schlüsselbein zerschmetterte und am Rücken wieder austrat. Sein Körper wurde bei dem Durchschuss nach hinten gefegt wie eine Marionette. Er verlor dabei seine Glock und schlug auf der Leiche von Direktor Wu auf.

Der Colonel kam mit seinem rauchenden Gewehr um den Schreibtisch und legte auf den Verletzten an. Er stutzte einen Moment, da er jetzt erst sah, dass seine Chefin tot war.

Richard blickte nach oben. Sein Leben zog an ihm vorüber. Er dachte an den modrigen Keller von Georg Kattow, wo er bereits einmal in einer solchen Situation gewesen war. Doch so etwas überlebte man nicht zweimal. *Nicht dieses Mal,* dachte Richard. Dann durchbrach ein donnernder Feuerstoß die Stille und zerfetzte seine Gedanken.

Lukoschek und Harun, die sich getrennt hatten, um das erste Deck zu durchkämmen, trafen sich an der zweiten Brücke wieder.

»Und? Kontakt?«, fragte Lukoschek gepresst.

»Einer, neutralisiert«, flüsterte Harun.

Sie wandten sich der Security-Zentrale zu. Da es ein Raum mit zwei Ausgängen war, mussten die Männer sich trennen. Harun schlich sich an die Brücke heran und spähte hinein. Dann gab er Lukoschek ein Handzeichen, wobei die drei mittleren Finger ausgestreckt waren und der Daumen auf dem abgeknickten kleinen Finger lag. Das bedeutete, dass sechs Männer in der Zentrale waren. Mit einem weiteren stummen Handsignal deutete Lukoschek an, dass er von der anderen Seite kommen würde.

Gerade als sein Kamerad davonhuschen wollte, brach plötzlich die Hölle los. Von hinten eröffnete jemand das Feuer auf sie. Werner Lukoschek versuchte noch, Deckung zu nehmen, als eine Salve sein linkes Bein erwischte. Sein Knöchel wurde mehrfach getroffen und er stürzte. Lukoschek brüllte vor Schmerz. Er registrierte nebenbei, dass eine starke Faust ihn an der kugelsicheren Weste packte und ihn mit sich riss. Es war ein Wunder, dass Harun es mit ihm hinter einen Bordkran schaffte, der ihnen als Deckung diente.

Nun kamen weitere Security-Leute aus der Zentrale gerannt und nahmen die beiden Angreifer ins Kreuzfeuer. Harun erwiderte den Beschuss, doch die vorrückende Übermacht zwang ihn augenblicklich wieder in Deckung.

»Scheiße, Alter, die haben uns erwartet! Wir sind am Arsch!«

Jens und Paula, die in eine Sackgasse gelaufen waren und umkehren mussten, sahen sich alarmiert an, als sie die Schießerei hörten.

»Das ist nicht gut!«, rief Jens. »Lukoschek und Harun haben Schalldämpfer. Das müssen die Leute von der *Kaiphas* sein. Und das sind nicht wenige.«

»Was jetzt? Müssen wir ihnen zu Hilfe kommen?«, erkundigte Paula sich bang.

»Ich weiß es nicht. Werner hat mir gesagt, egal, was passiert, wir sollen an unserer Aufgabe festhalten. Sie würden schon mit allem zurechtkommen. Die Kinder wären das Wichtigste.«

»Dann ist doch alles klar!«, erwiderte Paula. »Worauf warten wir dann noch?«

Sie liefen weiter.

Harun streckte den Arm hinter dem Kran heraus und schoss mit seiner Automatik auf die Männer, die sie unter Sperrfeuer genommen hatten. Nicht, dass er damit bei der Übermacht, die sie bedrängte, irgendeinen Schaden angerichtet hätte, aber es hielt die Schiffssecurity davon ab, sie zu stürmen.

»Was ist mit deinen Sprengfallen?«, ächzte Lukoschek, dessen linkes Bein blutüberströmt war.

»Hat keinen Sinn. Ich krieg die nicht auf die Reihe ohne meine Brille.«

»Und wo ist die Scheißbrille?«

»Hab ich grad eben verloren, als die uns in die Zange genommen haben.«

»Verflucht!«

Das Feuer wurde eingestellt.

Lukoschek hob den Kopf. »Sie bereiten den Sturm vor.«

»Ja, das war's dann, Kumpel! Noch irgendwelche letzten Worte?«

»So gute Freunde sind wir auch wieder nicht, Harun.«

Der Algerier schob ein neues Magazin in seine Waffe. »Normalerweise hätten wir einen Ausfall versucht. Aber guck uns an: ein Lahmer und ein Blinder!«

»Jetzt kann ich es ja sagen, Harun, deine Witze waren schon immer kacke.«

»Ich hab wenigstens Humor.«

»Versuchen wir den Ausfall trotzdem!«

»Gut«, stimmte Harun zu. »Sobald sie aus ihrer Deckung kommen und angreifen!«

»Genau!«

Sie mussten nicht lange warten, denn im nächsten Moment erklang ein lauter Befehl. »Attaquer!«

Als Werner Lukoschek und Harun mit ihren Gewehren aus ihrer Deckung kamen, sahen sie einen ganzen Trupp der Schiffssecurity, acht, neun Mann, schießend vorrücken. Das war das Ende, das musste das Ende sein. Doch im nächsten Augenblick erschien eine neue Figur auf der Bildfläche, seitlich hinter den Ex-Legionären. Die Gestalt trug einen ballistischen Helm sowie eine gepanzerte Weste und feuerte mit einer wuchtigen Maschinenpistole. Mit unglaublicher Präzision verpasste der Schütze den vordersten beiden Securitys Kopfschüsse. Sie brachen lautlos in sich zusammen. Dann, in rascher Folge, wurden weitere Sicherheitskräfte von dem Angreifer gefällt, trotz ihrer Panzerwesten. Den Projektilen des treffsicheren Einzelkämpfers hatte der Bleischutz der Schiffskräfte nichts entgegenzusetzen.

Lukoschek konnte die Gestalt mit Helm und Vollvisier, die breitbeinig im Hintergrund dastand und ihnen mit tödlichen Blattschüssen Entlastung verschaffte, nun genauer erkennen. Es war ein großer Mann mit langen weißen Haaren, die unter seinem Helm hervorquollen. Die Security wendeten sich nun gegen den neuen Feind, doch im Gegensatz zu ihm konnten ihre Geschosse seine Panzerung nicht durchschlagen, auch der Helm hielt dem Beschuss stand. Unbarmherzig erschoss er alle Gegner der Reihe nach.

Im nächsten Moment war es vorbei. Steward August Kohout war der Letzte von der Crew der *Kaiphas*, der mit einem Halsschuss ausgeschaltet wurde.

Lukoschek und Harun starrten den Kriegsgott an, der sie gerade vor dem sicheren Tod bewahrt hatte. Der Mann klappte das Visier hoch und grinste sie breit an. »Na, ihr Spacken! Hat euch schon der Kittel gebrannt?«

»Der Skipper!«, rief Harun fassungslos. »Es ist der Skipper!«

»Dachtet ihr wirklich, ich lass mich auf die Reservebank setzen, ihr Pappnasen?« King kam näher und sah sich den Brei an, der einmal Lukoschecks Knöchel gewesen war. »Au! Sieht hässlich aus! War ja klar, dass ihr Blindgänger es verkacken würdet!«

»Kannst du einfach mal die Fresse halten, Mann?«, keuchte Lukoschek. »Du kotzt mich so dermaßen an!«

Ungeachtet dessen untersuchte der Skipper seine Verwundung. »Das müssen wir sofort versorgen. Ich bring dich auf die *Bee.*«

»Schwachsinn! Wir müssen uns an den Plan halten, King!«

»Ich krieg das schon allein hin!«, versicherte Harun und sah den Skipper verlegen an. »Wenn du mir kurz hilfst, meine Brille zu finden ... Müsste irgendwo da vorn auf dem Boden rumliegen ...«

Der Feuerstoß aus Mikes Gewehr hatte Colonel Litvak in den Hinterkopf getroffen und getötet, bevor er Richard den Fangschuss geben konnte. Susanne war sofort bei Richard, der sie verstört ansah, während die Schusswunde unterhalb seines Halses stark blutete.

»Richard, mein Lieber! Halte durch! Wir nehmen dich mit!«

Als Nächster hatte Mike sich über ihn gebeugt und Richard konnte sich nicht erinnern, wann er sich jemals so gefreut hatte, diesen Mann zu sehen. Er wurde vom Boden aufgehoben und Mike schickte sich an, ihn aus Direktor Wus Büro zu tragen. Richard sah noch die Rolex, die auf den Teppich gefallen war, und wollte die Freunde darauf aufmerksam machen. Er hob den Arm, deutete auf die Uhr und wollte etwas sagen, aber da kamen keine Töne mehr aus seinem Mund, nur einige Blutflocken.

Jens und Paula erreichten den Flur, der zu dem Treppenhaus führte, über das man zu den Räumlichkeiten der Mädchen gelangen sollte. Sie blieben stehen und lauschten. Die Schießerei hatte aufgehört.

»Tja ...«, rätselte Paula. »Ist das jetzt gut oder schlecht?«

»Wir erfahren es früh genug.«

»Du bist viel abgebrühter, als ich dachte, Jens, weißt du das?«

Er schaute sie an. »Wir wissen wohl vieles nicht voneinander. Ich hatte zum Beispiel keine Ahnung, dass du Krankenschwester bist. Ich dachte, du wärst nach dem Abitur gleich zur Filmhochschule.«

»Bin ich auch«, gestand Paula. »Aber euer Anführer wollte mich nicht mitnehmen. Irgendwas musste ich ja sagen ...«

»Wie auch immer, du bist jetzt hier.« Im Moment fochten Jens die Probleme, die Paulas Unerfahrenheit eventuell mit sich brachten, nicht an. Er war cool. Dieses Kokain war fabelhaft. Daran konnte man sich wirklich gewöhnen.

»Einer geht vor, der andere deckt«, sagte er. »Willst du die Vorhut sein?«

Paula brauchte nicht lange. »Ich glaube, Vorhut ist nicht so mein Ding!«

»Kein Problem. Pack die Kanone und halt mir den Rücken frei!«

»Ja. Okay.«

Es war Werner Lukoschek vollkommen schleierhaft, wie der Skipper es in seinem desolaten Zustand schaffte, ihn bis zum Modul der Jet-Skis huckepack zu tragen.

»Wir nehmen eins von den Dingern. Ich bring dich damit zur *Black Bee* rüber.«

»Warte!«, rief Lukoschek. »Warum setzt du mich nicht hier ab und gehst den anderen zur Hand?«

»Weil du dann verblutest, Kumpel. Ich bin der Käpt'n und hab noch nie ein Crewmitglied verloren. Ist für unsereinen ein Ehrenkodex! Also, Junge, die erste Bürgerpflicht: Werd mir nicht ohnmächtig!«

Der Skipper begann damit, einen Jet-Ski klarzumachen.

Während Jens ungefähr mit fünfzehn Metern Vorsprung auf Paula vorrückte, folgte sie ihm hochkonzentriert, mit der SIG-Sauer im Anschlag. Sie vergaß dabei nicht, auch immer wieder nach hinten zu sichern.

Jens bog um eine Ecke und sah eine Kamera an der Decke. Für einen Moment war er verunsichert. Er konnte nur hoffen, dass die Leute auf diesem Schiff gerade kein großes Interesse an ihren Überwachungssystemen hatten. Er huschte weiter. So entging ihm, dass Paula stehen geblieben war.

Sie hatte etwas hinter sich gehört. Jemand kam. Dummerweise verschwand Jens in genau diesem Moment aus ihrem Blickfeld. Paula drehte sich in Panik um. Sie konnte ihren Teampartner nicht rufen, ohne die Aufmerksamkeit der Falschen auf sich zu ziehen. Als probierte sie die Klinke der nächsten Tür, die aber verschlossen war. Beim zweiten Verschlag hatte sie Glück, das war eine Wäschekammer. Schnell trat sie ein, zog die Tür zu und sah durch das Milchglas hinaus. Kurz darauf konnte sie zwei Konturen vorbeigehen sehen.

Paula schloss die Augen und verschnaufte kurz. Dann öffnete sie die Tür und trat lautlos zurück in den Flur.

Vor ihr liefen zwei der Bord-Securitys, die mitbekommen hatten, dass irgendjemand vor ihnen auf der Treppe nach oben gegangen war. Einer der beiden hatte eine Maschinenpistole mit elend langem Magazin, der andere lud gerade eine russische Makarow durch. Im nächsten Moment mussten sie die Treppe erreicht haben.

Paula hatte sich im Rücken der Legionäre mit einem Bein auf den Boden gekniet und zielte nun, so gut es ging. Dann schoss sie auf die Feinde. Sie hatte sich gemerkt, dass man mit der SIG-Sauer sehr zügig hintereinander feuern konnte und gab innerhalb kürzester Zeit acht oder neun Schüsse ab. Vier ihrer Projektile trafen ins anvisierte Knie. Doch sie hatte fatalerweise nur den linken Mann gut erwischt, der andere federte, nur leicht verletzt, herum und schoss mit seiner Makarow auf sie. Ein gemein harter Schlag erschütterte ihren Brustkorb. Ehe sie kapierte, dass die Panzerweste den Schuss geblockt hatte, fiel sie bereits unkontrolliert nach hinten. Der Security-Mann war wie ein böser Geist über ihr, um ihr den Rest zu geben, doch ein anderer war noch schneller. Vom Feuergefecht alarmiert, konnte Jens den Feind mit gezielten Kopfschüssen ausschalten, bevor er Paula da treffen konnte, wo ihre kugelsichere Weste sie nicht schützte. Jens stieß die Leiche des Getöteten mit dem Fuß zur Seite und zog Paula vom Boden hoch.

Er grinste ihr ins Gesicht. »Läuft doch wie geschmiert mit uns beiden! Und du lädst besser nach!«

Paula wechselte das Magazin, während Jens sich umsah. »Zwei Wachen! Mehr werden sie hier nicht haben!« Sie liefen den Gang hinunter.

Während Mike Richards Körper keuchend die Stufen hinuntertrug, sicherte Susanne ihn mit ihrer Pistole ab. Doch sie hatten keine Feindberührung mehr, nur einmal lag ein toter Fremdenlegionär quer im Weg. Susanne feuerte mit ihrer schallgedämpften Pistole auf seinen ungeschützten Hals, weil sie eine Finte befürchtete, doch der Feind war bereits tot.

Endlich hatten sie die Anlegestelle mit den Schlauchbooten erreicht, die auf den Wellen tanzten. Mike hievte Richard hinein.

»Komm, wir bringen ihn zur *Black Bee*!«, forderte er Susanne auf, doch die schüttelte den Kopf.

»Nein. Mach das ohne mich! Ich hab noch was zu erledigen.« Sie packte den schweren silbernen Koffer, den Paula auf der Gangway stehen gelassen hatte und lief damit zurück ins Schiff.

Wenige Momente nach den ersten Schüssen, sammelten sich im Foyer der Schiffsbar einige der Gäste. Hugh »Snake« Vanderbilt, Kellan Trafford, Didier Blasco und Genki Koide standen bereits beisammen, als Dominik Sprüngli und die beiden Araber zu ihnen stießen. In ihrem Kielwasser lief Archil Gignieshvili auf. Lautstark redeten die Männer durcheinander. Sie bemerkten nicht, dass eine weitere Person das Foyer betreten hatte.

Harun legte seine MP auf sie an, jetzt wieder mit seiner Brille bewehrt, und machte sich durch einen lauten Zuruf bemerkbar. Als sie ihn anstarrten, warf er ihnen mit der freien Hand ein Bündel Kabelbinder zu. Der Lauf seiner Waffe zuckte in Richtung dieser Kunststoffschnüre. Die Geste war klar, die Männer sollten sich gegenseitig fesseln.

Da breitete »Snake« seine Arme aus. »Ho, ho, ho! Not so fast! Let's talk! We have money! We can get you anywhere you want to go! We are some of the most powerful people on this planet ... you know? And remember, pal, don't fuck with the wrong people ...«

Er kam nicht weiter, denn Harun schoss ihm ein Loch zwischen die Augen und richtete die Waffe dann auf Sprüngli. Er schaute finster. »Ariba, Ariba!«

Dieses Mal funktionierte es besser. Die Männer hatten verstanden, dass dieser Gegenspieler es ernst meinte, legten sich gegenseitig die Kabelbinder an und zurrten die Fesseln akkurat fest. Beim letzten, Sprüngli, legte Harun selbst Hand an. Dann lagen die zahlenden Kunden der *Kaiphas* verschnürt wie Festtagspakete auf dem Boden der Bar. »Gut so«, sagte Harun und verließ den Raum.

Jens öffnete die letzte Tür im Gang, die mit dem Vierkantschlüssel, von dem Richard ihm ein Handyfoto geschickt hatte. Selbst wenn der Vierkant nicht vor Ort gewesen wäre, hätte Jens einen in Reserve gehabt. Mit vorgehaltener Pistole rückte er in den unbekannten Raum vor. Es war ein Schlafsaal mit Doppelbetten, Tischen und Schränken. Fünf Mädchen hielten sich hier auf. Keines von ihnen konnte älter als dreizehn sein. Das Quintett war wach und starrte ihn entsetzt an.

»Yslei!«, rief Jens, als er das syrische Mädchen entdeckte. Doch sie wich zurück, kaum, dass er sich ihr näherte. »Kommt! Kommt mit!« Er winkte den Mädchen zu, aber keines rührte sich von der Stelle.

»Verdammt!«, rief er. »Jetzt macht mich nicht fertig! Kommt, wenn ihr leben wollt!«

»Die sind wie gelähmt vor Angst«, sagte Paula, die neben ihn getreten war.

»Wie kriegen wir sie jetzt hier weg?«

»Keine Ahnung. Ich schätze, ich probiere mal was aus.« Sie bedeutete Jens, den Raum zu verlassen. Er wich zurück, blieb jedoch in der Tür stehen.

Paula ging zu Yslei, lächelte sie freundlich an und verbeugte sich mit vor der Brust zusammengelegten Dürer-Händen vor ihr. Dann nahm sie eine Mullbinde aus ihrem Sanitätsset und befreite sie vom Plastik. Sie umwickelte Ysleis Hand einige Mal damit und drückte dann die Hand des Mädchens zu einem festen Griff um die lockeren Schlaufen. Sie rollte die Binde ab und ging zum nächsten Kind. Wieder verbeugte sie sich und lächelte dabei. Dann umwickelte sie auch die Hand dieses Mädchens. So ging es weiter, bis sie das fünfte und letzte Kind in die kleine Kolonne aufgenommen hatte. Jedes Mädchen hatte bedeutet bekommen, den Mull um seine Hand festzuhalten.

Paula sah sie an und sagte: »Kommt!« Sie zog mit gut dosierter Kraft an dem Mull von Yslei. Das Mädchen setzte sich nun tatsächlich in Bewegung und die anderen folgten ihr.

»Mann!«, stieß Jens erleichtert hervor, als die seltsame Karawane an ihm vorbeilief.

Susanne schleppte sich mit dem schweren Metallkoffer ab, doch das Adrenalin in ihr verlieh ihr zusätzliche Kräfte. Sie holte ein Papier aus der Tasche und faltete es auf. Ihr Ziel war die *Red Rooster Bar.* Der Weg dorthin war nicht allzu kompliziert. Dies war keine Aktion, die mit Werner Lukoschek abgesprochen war, aber Susanne wollte Nägel mit Köpfen machen. Die *Kaiphas* sollte auf keinen Fall nach einer Renovierung ihre Tore für die Perversen dieser Welt wieder öffnen. Dem wollte sie einen endgültigen Riegel vorschieben.

Sie erreichte das Foyer und sah ein groteskes Bild. Überall auf dem Boden lagen gefesselte Männer.

»Help! Help!«, riefen sie, als sie Susanne sahen. Die konnte nur ahnen, wer diese Leute waren, aber sie beschloss, dass sie sich nicht um die Gefesselten kümmern konnte. Sie öffnete den Metallkoffer und hob einen mit einem Zeitzünder versehenen Behälter mit einem Brandbeschleuniger heraus und setzte die Höllenmaschine auf dem Boden ab. Im Anschluss stellte sie die Uhr auf fünf Minuten. Nach Ablauf dieser Zeit würden sich diese verfluchten Räumlichkeiten in ein Inferno verwandeln.

Gerade als sie fertig war und sich zurückziehen wollte, stand plötzlich ein kleiner Asiate vor ihr. Park Ki-Yeung schrie »Jukda!«, und rammte Susanne ansatzlos ein Messer in den Bauch.

Mike hatte Richard mit einem der Boote auf der *Black Bee* abgeliefert, wo King, der bereits Werner Lukoscheks Blutung am Knöchel gestoppt hatte, sich nun um ihn kümmerte und ihm Erste Hilfe leistete. Danach war Mike sofort wieder zurückgerudert.

Kaum war er wieder bei der *Kaiphas* angelangt, als schon Jens, Paula und die Mädchen auftauchten.

»Hey, Yslei!«, rief Mike grinsend, als er das Mädchen erkannte. Die magere Syrerin schaute ihn ungläubig an.

»Kommt, rein in die gute Stube! Los, los!« Die fünf Mädchen kletterten in das Boot, gefolgt von Paula.

»Mike, habt ihr Richard?«

»Ja, aber er hat bös was abgekriegt. Ich hab ihn auf die *Black Bee* gebracht.«

Jens sah sich um. »Und die anderen? Wo sind die? Lukoschek? Harun? Susanne?«

»Susanne hatte noch was vor«, erklärte Mike. »Lukoschek hat's auch erwischt, aber er ist auf der *Bee*. Von Harun weiß ich nichts.«

»Fahrt! Und kommt nicht zurück. Wir anderen nehmen das zweite Boot!« Jens drehte sich um und hetzte davon, während er seine SIG-Sauer nachlud.

Bevor Mike das Ruder in die Hand nahm, holte er das Satellitenhandy hervor, das King ihm überlassen hatte, und wählte eine Nummer, die er einige Stunden zuvor in das Gerät eingespeichert hatte ...

Die ersten beiden Stiche des Koreaners waren an Susannes Panzerweste abgeprallt, doch den dritten Stoß hatte Park Ki-Yeung deutlich tiefer angesetzt und der Messerstahl fuhr Susanne tief und sengend in den Unterleib. Als er erneut ausholen wollte, bekam sie seine Hand zu fassen. Der Asiate war drahtig, doch nicht mehr der Jüngste. Sie merkte, dass er ihrer Körperkraft nicht ganz gewachsen war. Während sie das noch dachte, entwand er sich ihr und sie kassierte einen zweiten tiefen Stich unterhalb der Panzerweste. Da realisierte Susanne, dass sie sterben würde, wenn sie den Mann nicht sofort ausschaltete. Sie sprang mit beiden Beinen nach vorne vom Boden ab, kam über den Asiaten und brachte ihn mit ihrem Gewicht zu Fall. Schwer landete sie auf ihm, wobei einige seiner Rippen krachten. Wieder stieß er mit dem Messer zu, doch dieses Mal schützte sie die schusssichere Weste.

Dann konnte sie endlich ihre gute alte Felfri packen und zog sie aus der Tasche. Wieder spürte sie den spitzen Stahl Park Ki-Yeungs gleißend in ihrem Bauchraum. Mit der rechten Hand packte sie den Schopf des Koreaners, zog seinen Kopf mit einem Ruck nach hinten und trennte ihm mit drei schnellen Schnitten ihrer Gartenschere die Kehle durch.

Harun wartete schon eine geraume Weile. Er hatte sich nicht ohne Grund auf dem dritten Deck verschanzt. Inzwischen schrillte der Alarm unablässig durch das Schiff. Er hatte die Mannschaftsquartiere auf dem vierten Deck als letzte mögliche Bedrohung ausgemacht. Von den Securitys an Bord hatten sie bis auf einen oder zwei alle eliminiert. Dennoch war noch genug Manpower an Bord, um ihnen Schwierigkeiten zu bereiten.

Im nächsten Moment sah Harun sich bestätigt. Geführt von zwei ehemaligen Fremdenlegionären kamen acht der Gäste-Stewards aus den Mannschaftsräumen. Jeder hatte eine Pistole in der Faust. Das waren keine ausgebildeten Kämpfer, aber in ihrer großen Zahl nicht auf die leichte Schulter zu nehmen. Bevor sie ausschwärmen konnten, gab Harun einige schnelle Schüsse auf die Gruppe ab. Er hatte damit gerechnet, dass sie nun erst einmal Deckung suchen würden, doch die beiden Anführer rannten geduckt feuernd auf seine Stellung zu. Genau das hätte der Algerier selbst getan, wenn er an ihrer Stelle gewesen wäre.

Harun wich der Übermacht und zog sich zurück. Die letzten Securitys bellten scharfe Befehle und offenbar verstanden sie ihr Geschäft. Schnell hatten die Gruppe Harun eingekreist und rückte nun schießend gegen seine Deckung vor. Das war das zweite Mal an diesem Tag, dass er eingekesselt war.

Susanne lag auf dem Boden und spürte, wie das Leben aus ihr wich. Die Schmerzen durch die Messerstiche waren wie abgetrennt von ihr. Ohne Bedeutung. Sie sah auf die Brandbombe, die sie aktiviert hatte und die kurz davorstand, zu zünden. Susanne machte sich für ihr Ende bereit. Sie dachte an Anneliese, ihre Schwester, und ihre Mutter. Ob sie sie wiedersehen würde, wenn sie die Grenze zwischen dem Hier und dem Drüben überquert hatte? Und was war mit Yslei? Hatten Jens und Paula sie gefunden? Lebte sie überhaupt noch?

»Susanne!«

Sie wandte sich um und sah ihren Mann heranhuschen. Entsetzt beugte Jens sich über sie und sah die Blutlache, die sich unter ihr gebildet hatte.

»Mensch, geh, du Dummkopf!«, rief Susanne erstickt. »Gleich geht hier alles hoch!«

Jens hatte den Brandsatz entdeckt. Er reagierte blitzschnell und riss seine Frau vom Boden hoch.

»Hatten wir nicht gesagt, kein ›Schatz, halt aus, ich komme!‹«, zeterte Susanne. »War das nicht deine Idee?«

Jens hatte keine Zeit für Debatten. Er wuchtete sich Susannes Körper über die Schulter und taumelte mit ihr aus dem Foyer. Wenige Momente später löste der Zünder die Brandbombe aus.

Harun hatte seine MP5 leer geschossen. Ihm blieb nur noch seine Beretta. Und der Funkzünder für die Sprengsätze, die er im Vorfeld präpariert hatte. Die zehn Männer, die ihn umzingelt hatten und mit ihrem ganzen Arsenal seine Stellung beharkten, ahnten nicht, dass sie genau in seine Falle gelaufen waren. Er löste die Zünder der beiden Sprengsätze über Funk aus und hielt sich dabei das linke Ohr zu. Zwei scharfe Donnerschläge in unmittelbarer Nähe und dann Stille.

Harun verließ seine Deckung. Die kurzzeitige Orientierungslosigkeit der Betroffenen nach einem Einsatz mit seinen Blend-Knallgranaten galt es zu nutzen. Er richtete seine Beretta auf jeden der Gegner, der sich noch bewegte, und tötete sie alle mit präzisen Kopfschüssen.

Paula und Mike sahen von der *Black Bee* aus mit Bestürzung, wie schnell das Feuer auf der *Kaiphas* um sich griff. Dass sich dann noch das Boot mit den letzten Kameraden aus den Rauchschwaden rund um das Schiff herausschälte, registrierten sie mit ungläubigen Gesichtern. Nicht nur Jens und Susanne waren auf dem Boot, auch Harun hatte es rechtzeitig zurück geschafft. Doch der Freude der Mitstreiter auf der *Black Bee* folgte bald Ernüchterung, als sie mitbekamen, wie schwer Susannes Verletzungen waren.

»Na los, hilf ihr!«, herrschte Lukoschek Paula an.

»Wie soll ich ihr helfen?«, fauchte Paula, der der Anführer allmählich auf die Nerven ging. »Sie hat mehrere Stiche in den Bauch abgekriegt ... Selbst wenn ich Krankenschwester wäre, sie braucht einen Chirurgen!«

»Einen Chirurgen braucht sie?«, rief Arvid König und kam mit einem kleinen Koffer. »Na, da hat sie mehr Glück als Verstand!« Er holte eine Spritze heraus, zog sie mit einer Flüssigkeit aus einem kleinen Fläschchen auf und verabreichte sie Susanne. »Bringen wir sie runter. Dann flick ich sie zusammen!«

»Nein!«, rief Lukoschek. »Das tust du nicht. Setz die verdammten Segel und bring uns hier weg.«

Aber King ignorierte ihn, während er und Jens Susanne nach unten trugen. Jetzt erst wurde sie von Yslei erkannt, die bestürzt nähertrat, als sie sah, wie schwer ihre Gönnerin verletzt war. Dann zog Harun das Kind wieder zurück zu den anderen.

Lukoschek, der mit einem dicken Verband um seinen Unterschenkel versehen war, starrte Paula finster an. »Notfallsanitäterin, wie? Sag mir, wieso ich dich nicht erschießen soll, Mädchen?«

Paula, die froh war, dass sie das Schlimmste überstanden hatte, ließ sich nun nicht mehr unterkriegen. »Ich bin vielleicht keine Krankenschwester. Aber als ich auf der Hinfahrt mitgekriegt habe, dass der Skipper ganz oben auf Ihrer Abschussliste steht, hab ich mich neben ihn gestellt und mir genau angeschaut, was er macht. Ich denke, *ich* segle jetzt das Schiff!« Sie sah den Kommandeur schnippisch an. »Oder doch lieber erschießen?«

Als Lukoschek die Antwort schuldig blieb, winkte sie Mike und sie machten gemeinsam die *Black Bee* klar.

Die *Podeswa* dümpelte an der Grenze zur Russischen Föderation im Wasser. Leutnant Marek Swiderski von der polnischen Wojska Ochrony Progranicza, der Grenzschutzeinheit Polens, wandte sich seiner deutschen Kollegin Linda Todt zu. »Wo bleiben Sie denn? Müssten sie nicht schon hier sein?«

»Ich weiß es nicht! Mein Kontaktmann hat bei seinem Anruf nur gesagt, dass sie dringend ärztliche Hilfe benötigen.«

»Ärzte haben wir, aber sie sind nicht hier. Und ich kann hier auch nicht ewig warten, ma Chère. Man wird mir Fragen stellen, sehr unangenehme Fragen.«

Linda kannte Marek von ihrer gemeinsamen Zeit bei der deutsch-polnischen Dienststelle Pomellen, die seit 2016 zwischen den beiden EU-Staaten aus Amtshilfegründen eingerichtet worden war. Hier arbeiteten die deutsche Bundespolizei und der polnische Grenzschutz in gemischten Teams zusammen. Dabei hatten Leutnant Swiderski und Linda eine kurzzeitige Affäre gehabt, die sie beendet hatte, wie jede der wenigen intimen Beziehungen, die sie zu Männern unterhalten hatte. Dennoch war der Draht zueinander noch gut und als Linda mit ihrer außergewöhnlichen Bitte um Hilfe gekommen war, hatte Marek Swiderski nicht lange gezögert und alles in die Wege geleitet.

Ein junger Uniformierter eilte heran und redete auf Polnisch auf den Leutnant ein.

»Was sagt er?«, wollte Linda wissen. Ihre polnischen Sprachkenntnisse waren zwar gut, ab der Grenzschützer hatte zu schnell gesprochen und nuschelte dabei auch noch.

»Wir haben ein Schiff geortet«, übersetzte Marek. »Ist aus dem Nichts aufgetaucht. Der Kennung nach ist es die *Black Bee*!«

»Wirklich?«, fragte Linda ungläubig. »Heißt das, das Boot hat seinen AIS-Transponder aktiviert? Das sieht der *Black Bee* gar nicht ähnlich.«

»Wie auch immer«, gab der Leutnant zurück. »Das Boot bewegt sich nur nicht vom Fleck. Die sind nicht mal weit weg, nur zwei Seemeilen etwa.«

»Aber wieso kommen sie nicht, Marek? Verstehst du das?«

»Windstille?«, knurrte Lukoschek den Skipper ungläubig an. »Was reden Sie denn da? Sie sind doch sonst ganz groß, wenn's um Tricks und Kniffe bei Segeln geht. Können Sie nicht irgendwas tun?«

»Flaute ist Flaute! Nur Supermann kann in einem Segelboot sitzen und es durch seine Superpuste antreiben. Auch wenn es, physikalisch gesehen, Quatsch ist.«

»Und jetzt?«, stellte Paula die Frage, die allen unter den Nägeln brannte.

»Und jetzt?«, wiederholte Lukoschek höhnisch. »Nachdem Susanne die *Kaiphas* in eine Fackel verwandelt hat, die man bis nach Mordor sehen kann, ist es nur eine Frage der Zeit, wann die ersten russischen Marineaufklärer hier eintreffen.«

»Nehmen wir die Paddel!«, schlug Mike vor.

»Sinnlos!«, kommentierte Harun die Idee, griff aber im gleichen Moment selbst nach einem Ruder.

»Das kann ich nicht tun, ma Chère! Ich kann doch nicht einfach in russisches Militärgebiet hineinfahren! Wir würden damit einen internationalen Zwischenfall auslösen! Das ist dir doch klar!«

»Wenn wir es jetzt machen, wenn wir es schnell machen, merken sie es nicht!«

»Sie merken es nicht? Natürlich merken sie's! Wir haben schließlich auch einen Transponder! Die haben uns schon lange auf dem Radar und wundern sich, wieso wir so dicht an ihrer Grenze kleben.«

»Wir sind Schiffbrüchigen zu Hilfe gekommen. Daraus kann man uns keinen Strick drehen.«

Marek stöhnte auf. »Aber sie sind nicht schiffbrüchig.«

Linda sah entschlossen aus. »Dann versenken sie eben ihr Boot!«

»Was?« Marek Swiderski raufte sich die Haare. »Schluss jetzt, Linda! Aus, vorbei! Wir kehren um.«

Sie legte die Hand auf seinen Arm und er blieb augenblicklich stehen. »Marek, mein Lieber, du erzählst mir doch immer, wie gerne du unser Sylvesterfest von vor vier Jahren in Mielno noch einmal wiederholen möchtest ... oder nicht?«

»Bitte?«

»Unser Sylvesterfest. Du hast mich damals ein ›sehr, sehr böses Mädchen‹ genannt!«

Der Pole atmete tief ein. »Oh ja! In der Tat.«

Sie lächelte. »Fahr zur Black Bee und das ›böse Mädchen‹ kehrt für einen einmaligen Bonus-Auftritt zurück.«

Der Leutnant war nun wie zur Salzsäule erstarrt und starrte Linda elektrisiert an. »Wie? So richtig? Du und ich ... das ... ganze Programm?«

»Was denn sonst?«

»Ich höre ein Schiff. Eine Motorbarkasse, schätze ich ...«, rief der Skipper. »Könnte natürlich auch ein Kanonenboot sein.« King sah schrecklich aus, seine Augen waren blutunterlaufen und seine Bewegungen wirkten abhackt und epileptisch.

»Was immer von Kaliningrad kommt, es ist nichts Gutes«, ächzte Lukoschek, der sich geweigert hatte, als King ihm ein Sedativ für seinen zerschmetterten Knöchel hatte injizieren wollen.

»Da!«, rief Paula und deutete in den Nebel. Im nächsten Moment war die *Podeswa* heran.

»Ahoi!«, schrie Jens in wilder Erleichterung.

»Mike!«, rief Linda Todt so durchdringend, wie sie konnte.

Der Angerufene hob die Hand.

»Mike, alles zu uns rüber! Schnell! Und dann versenkt das Schiff!«

Arvid König starrte die Kommissarin baff an. »Ich glaub's nicht! Die verschissene blonde Bundes-Hexe!«

Jens und Paula verloren keine Sekunde, stiegen nach unten ins Innere des Segelboots, um die Verletzten hochzuholen und zu evakuieren, während Harun ihnen half.

Linda sah zum Skipper hinüber. »Schnell! Versenken Sie das Schiff! Wir haben keine Zeit zu verlieren!«

»Verfluchtes Teufelsweib!«, schrie King. »Die *Black Bee* versenken? Das hast du dir fein ausgedacht! Aber das kannst du vergessen! Mein Baby rührt keiner an!«

Im nächsten Moment verschwand er hinter seinem Ruder. Ehe jemand reagieren konnte, kam er zurückgehetzt, mit seiner Scorpion Evo 3, die er sofort auf Linda Todt anlegte. »Okay, jetzt versuch mal, Hand an mein Schiff zu legen, du verdammtes Miststück!«

»Skipper! Machen Sie keinen Blödsinn, verdammt!«, rief Lukoschek King zu.

»Herr König! Sie müssen das Schiff versenken, damit wir uns auf Seenotrettung berufen können. Sonst sind wir widerrechtlich in russisches Staatsgebiet eingedrungen. Und wir kommen in allergrößte Schwierigkeiten!«, rief Linda mit einem Megafon zur *Black Bee* hinüber.

»Dreh sofort ab, dreckiges Bullenluder!«, schrie der Skipper und richtete seine Waffe auf die Bundespolizistin. »Sonst knall ich dich ab, ich schwör's bei Gott!«

»Mann, komm endlich zur Vernunft!«, rief Lukoschek King zu.

Der Skipper hatte seine Waffe nach wie vor auf Linda Todt gerichtet, während sein Gesicht sich weiter verzerrte. »Dann fahr zur Hölle, du Hexe ...!«

Von irgendwoher kam das Geräusch eines knackenden Astes und dann prangte auf dem Nasenrücken des Skippers ein schwarzes Loch. Es trat an dieser Stelle kein Blut aus, dafür strömte es im nächsten Moment aus Kings Nasenlöchern, als hätte jemand einen Hahn aufgedreht. Er hörte auf zu reden und drehte irritiert den Kopf. Dann kippte er zur Seite und fiel über Bord.

Alle blickten geschockt zu Mike, der mit seinem schallgedämpften Gewehr den tödlichen Schuss abgefeuert hatte. Der sah ihnen grau in die Gesichter. »Habt ihr nicht gehört? Wir evakuieren! Und dann versenken wir dieses verdammte Schiff!«

Das Universitätskrankenhaus *Pogotowie Ratunkowe* in Gdansk hatte einen hervorragenden Ruf. Doch trotz des aufopferungsvollen Einsatzes der hiesigen Ärzte schwebten Susanne und Richard immer noch in Lebensgefahr. Jens und Paula, die beide keine Schramme abbekommen hatten, verließen die Aufenthaltsräume der Intensivstation nicht. Die anderen Unverletzten, Mike und Harun, wurden vom polnischen Grenzschutz verhört, Mike, weil er vor allen Augen Arvid König erschossen hatte, Harun, weil er Marokkaner war. Werner Lukoschek lag im *Szpital Etermed*, einem Hospital, das einen ausgewiesenen Spezialisten für komplizierte Gelenkoperationen hatte.

Hinter den Kulissen gab es ein Zusammentreffen der Diplomaten aller drei beteiligten Länder. Der Abgesandte der Russischen Föderation, Grigorij Michailowitsch Parnas, trat zuerst sehr bestimmt auf, in der Annahme, dass die Polen und Deutschen sich für die Verletzung russischen Territoriums zu rechtfertigen hatten. Als ihm die Aufnahmen der fünf geretteten Mädchen vorgespielt wurden, die von ihrer Zeit auf der *Kaiphas* berichteten, beeindruckte ihn das wenig. Doch es gab noch einen weiteren Film. Susanne war Richards kraftloser Versuch, auf die Rolex am Boden von Direktor Wus Büro hinzuweisen, nämlich nicht entgangen. Die Uhr war beim Kampf zwar beschädigt worden, die Datenträger aber noch intakt. Der Film zeigte, wie zwei Mädchen sich bis zum Tode bekämpften. Danach war auch der Russe bereit, eine gemeinsame Lösung für das Drei-Staaten-Problem zu suchen.

Intern hatte es auf polnischer Seite für Leutnant Marek Swiderski ernste Konsequenzen gegeben, denn seine Eigenmächtigkeit in der Causa *Kaiphas* war von einer unerhörten Missachtung sämtlicher Regularien im Umgang mit dem Hoheitsgebiet der Russischen Föderation geprägt. Er war seines Postens enthoben worden und sah einer Anklage des Militärgerichts entgehen.

Auch Linda Todt drohte im ersten Moment ein ernstes Nachspiel. Als ihre Vorgesetzten aber hörten, dass es durch ihr Mitwirken gelungen war, fünf Kinder vor dem sicheren Tod bei einem barbarischen Gladiatorenritual zu retten, änderte das einiges. Dazu kam die Tatsache, dass die *Black Bee* auf den Grund der baltischen See gesunken und ebenso wie der *Riffgeist* selbst Geschichte war. Unter diesen besonderen Umständen sah man bei der Bundespolizei von disziplinarischen Maßnahmen gegen Oberkommissarin Todt ab.

Nach verschiedenen Anhörungen und der Sichtung der Beweise kam der Russe Grigorij Parnas zu der Erkenntnis, dass es am besten war, wenn nichts von der ungeheuerlichen deutschen Rettungsaktion in russischem Gewässer an die Öffentlichkeit kam. Parnas versicherte den anderen Unterhändlern glaubhaft, wie entsetzt er von dem sei, was sich jahrelang auf der *Kaiphas* abgespielt hatte.

Im endgültigen Protokoll der drei Staaten über die Vorfälle vor Kaliningrad war dann nur von einem Brand auf der *Kaiphas*, mit ungeklärter Ursache die Rede und von einem Schiffbruch verirrter deutscher Urlauber, die durch die aufmerksame polnische Küstenwache vor dem Ertrinken gerettet worden waren.

Damit waren alle Personen, die auf der *Black Bee* gefahren waren, rehabilitiert und konnten wieder auf freien Fuß gesetzt werden.

Es gab einen weiteren, inoffiziellen Beschluss der drei Unterhändler. Die Bilder über den Brand der *Kaiphas* und den damit verbundenen Feuertod von neun zahlenden Gästen des Unternehmens *Aquarius* wurden ins Darknet eingespeist, um allen potenziellen Kunden für die Zukunft zu signalisieren, dass eine Buchung dieser speziellen Dienstleistung ein großes Risiko beinhaltete.

Richard war als Erster über den Berg. Paula hielt seine Hand, als er aufwachte. Er blinzelte sie an, etwas verständnislos und sagte dann: »Ist nicht wahr! Ich bin noch am Leben?«

Paula lächelte, während ihr Tränen über die Wangen rollten. »Ist doch gut!«, hauchte sie ergriffen, denn es war alles andere als klar gewesen, dass sie noch mal mit ihm würde sprechen können.

»Du ... du warst mit dabei?« Richard hatte das irrige Gefühl, dass sie die ganze Zeit präsent gewesen war, nachdem er angeschossen worden war. Dabei hatte sie ihn erst auf der *Black Bee* wiedergetroffen.

»Es war eine blöde Entscheidung«, gab sie zu. »Müssen wir nicht drüber diskutieren. Ich weiß, das ist normalerweise nur so ein Spruch, aber ich meine es ernst: Ich mach das bestimmt nie wieder!«

Er sah sie genauer an. »Was hast du getan? Oder besser, was musstest du tun?«

Paula wusste gar nicht, ob sie es ihm erzählen sollte, tat es dann aber doch. »Ich musste zwei Männer ausschalten. Ich hab von hinten auf ihre Knie gefeuert, aber erwischt hab ich nur einen. Der zweite ist dann auf mich los. Ich hatte Glück, Jens kam in letzter Sekunde. Aber na ja ... wenigstens musste ich keinen umbringen.«

Richard streichelte mitfühlend ihre Hand. »Was ist mit den anderen?«

»Susanne hat's übel erwischt. Wir wissen immer nicht, ob sie durchkommt. Die anderen sind mehr oder weniger okay.«

»Jens auch?«

»Hat nichts abgekriegt, der Glückspilz. Genauso wie Mike und ich. Nur Arvid König ist tot. Hast du ihn gekannt?«

»Arvid König? Eigentlich nicht. Ich bin ihm nur einmal begegnet, auf dem Segelschiff, aber ich war so hinüber, ich erinnere mich kaum ...«

»Ich weiß nicht, wie sie es geschafft hat!«, war die Übersetzung dessen, was der polnische Arzt über Susanne gesagt hatte. »Das, was der Käpt'n auf dem Segelschiff da mit ihren vielen Bauchwunden angestellt hat, war eine medizinische Glanztat. Gleiches gilt für den Alten. Bei seiner Konstitution waren die Überlebenschancen nach dem Schuss in die Brust eigentlich gleich null.«

Jens betrat das Krankenzimmer seiner Frau und sah, dass sie die Augen offen hatte. »Was ist mit Yslei?«, war Susannes erste bange Frage.

»Yslei ist in Sicherheit. Mit den anderen Mädchen. Wir haben sie alle gefunden und rechtzeitig auf die *Black Bee* gebracht. Rein physisch sind sie okay, was allerdings ihre seelische Verfassung angeht, steht auf einem anderen Blatt.«

»Und Marua? Ihre kleine Schwester?«

»Als die Mädchen auf der *Black Bee* waren, habe ich Yslei nach Marua gefragt. Da hat sie mit dem Daumen nach unten gezeigt. Ich nehme an, das Mädchen ist in der Zwischenzeit bei den Kämpfen getötet worden, bevor ihre Schwester zurückgekehrt ist.«

Es schmerzte Susanne sehr, das zu hören. Dann, nach einer Weile, hatte sie sich wieder gefangen und sah Jens an. »Sag, Jens, komm ich durch? Oder nicht? Sag mir die Wahrheit!«

Er sah sie an und musste lachen. »Denkst du, die hätten Besuch erlaubt, wenn du nicht über den Berg wärst. Es war haarig, aber grad im Moment sieht's gut aus.«

Sie griff matt nach seiner Hand. Er erwiderte ihren Druck. »Gott, in was habe ich dich reingeritten, Jens? Ich stand ... die ganze Zeit so dermaßen neben mir. Verzeih mir ... bitte!« Sie schluchzte.

»Sanni, hör auf. Ich hab jetzt gar nicht so viele Dinge in meinem Leben getan, die wirklich wichtig waren. Aber dass wir das gemacht haben, war gut. Dass wir die *Kaiphas* ausradiert haben! Das ist auf den Punkt gewesen. Ohne dich hätte ich so was niemals gewagt.«

»Ich liebe dich, Jens!«

»Ich liebe dich auch, Sanni!«

Zwei Tage später schaute Jens bei Werner Lukoschek vorbei, der in einem anderen Krankenhaus untergebracht war. Sein Fuß war nicht mehr zu retten gewesen, die Amputation unausweichlich. Der nun verkrüppelte Mitstreiter sah verdrossen aus, als Jens sich zu ihm setzte. »Was willst du?«, schnauzte Lukoschek gereizt. »Ich bin nicht auf dein Mitleid angewiesen.«

»Ich hab gar kein Mitleid«, entgegnete Jens gelassen. »Ich weiß eigentlich gar nicht, wie dieses irrsinnige Unterfangen hätte noch besser laufen können.«

»Wie bitte? Hast du sie noch alle? Es war eine einzige Katastrophe ...« Lukoschek lachte gallig. »Eigentlich war es wie jedes Mal, wenn ich mit Harun ein Ding gedreht hab. Irgendwann lief alles schief.«

»Wovon redest du, Werner?«, fragte Jens irritiert. »Das war ein voller Erfolg! Wir sind mit sieben Leuten los und wir wären mit sieben Leuten zurückgekommen, wenn King nicht am Ende noch den Verstand verloren hätte.«

Lukoschek lachte bitter. »Dieser Narr. Ich konnte ihn vom ersten Augenblick nicht ausstehen. Und dann erscheint er aus dem Nichts und holt unsere Ärsche vom Grill. Ich hasse es, das zu sagen, aber ohne diesen Geisteskranken wäre niemand von uns zurückgekommen.«

»Ja, das ist wohl so.«

»Er hat wenigstens seinen Job gemacht.«

»Wir haben alle unseren Job gemacht, Mann.«

»Kleiner!«, stöhnte Lukoschek ungeduldig. »Du verstehst es einfach nicht!«

»Was verstehe ich nicht?«

»Na, ich war der Kommandant! Ich hab das Ding geleitet. Und soll ich dir was sagen? Nicht einer meiner Befehle wurde durchgeführt! Nicht ein einziger!«

Jens rieb sich den Kopf. »Hä! Hab ich überhaupt nicht mitgekriegt …«

»Ach, hast du nicht? Du, der kleine Schlaukopf, der das Gras wachsen hört?«, redete Lukoschek sich in Rage. »Auf diesem Kahn hatte doch jeder eine andere Idee. Der Scheiß-Skipper hat mir was gehustet, du hast meine Entscheidungen einfach gekippt, weil dir gerade danach war, die schwarzhaarige Tussi hat mir dreist ins Gesicht gelogen und das Erste, was Harun und ich auf dem Schiff gemacht haben, war, direkt ins offene Messer zu rennen. Die ganze Nummer da war eine einzige Demütigung!«

Jens lachte nun, was ihm einen bösen Blick von Lukoschek einbrachte.

»Was ist so lustig, du kleiner Pisser?«

»Das ist dein Problem, Werner? Eitelkeit? Du hast nicht gut ausgesehen, gleich am Anfang einen Fangschuss kassiert und konntest nicht mehr mitspielen. Wenn also irgendwann Lieder über diese Befreiungsaktion geschrieben werden, wirst du es wohl kaum in den Refrain schaffen. Ist es das, was dich wurmt?«

Lukoschek schaute nur finster und wechselte das Thema: »Die Quacksalber sagen, ich werd nie wieder richtig laufen können!«

Jens sah ihn entspannt an. »Ich weiß nicht, was du willst! Du bist am Leben und hast eine Million auf dem Konto!«

»Ich hab gar keine Million«, maulte der große Mann. »Nur die Scheiß-Hälfte.«

»Wie? Ich hab dir den Betrag eigenhändig überwiesen, eine Million Euro …«

»Harun. Ich hab mit ihm Halbe Halbe gemacht.«

Jens zeigte sich überrascht. »Warum hast du ihm so viel gegeben?«

Lukoschek verwunderte die Frage. »Weil er es wert ist. Ich beleidige keinen Mann, indem ich ihn unter seinen Wert zu handeln versuche.«

»Oh, da stimme ich dir zu! Harun war eine brillante Wahl! Ich hab gehört, dass er schon weg ist. Hat er sich von dir verabschiedet?«

Lukoschek verdrehte die Augen. »Gott, Lackner, du bist so ein Chorknabe, dass es wehtut. Der Harun und ich, wir arbeiten manchmal zusammen, okay? Wir sind keine Brieffreunde oder so was«

»Nun krieg mal keinen Herzinfarkt. Kann sein, dass dir bei dieser Mission ein Zacken aus der Krone geknickt ist, aber ich bin, nachdem, wie es gelaufen ist, mehr als zufrieden. Vor allem über meine Einschätzung, dass du kein verkehrter Bursche bist. Ein bisschen verbittert vielleicht und ohne jeden Humor, aber ansonsten blick ich echt zu dir auf.«

»Du bist ein Schwätzer, Lackner!«, seufzte Lukoschek resignierend. »Deine Sorte war mir schon immer zuwider. Besoffen von ihrem eigenen Gutmenschentum und immer bereit, andere mit warmen Worten ins Nirvana zu quatschen.«

»So, Werner, jetzt mal die Karten auf den Tisch! Für wen hast du das alles auf dich genommen?«

Es war nicht so, dass diese Aufforderung Lukoschek in bessere Laune versetzt hätte, aber dann begann er, wenn auch widerwillig, zu reden. »Ich hab eine Tochter. War mehr ein Unfall, mit der Freundin eines Freundes, mit der ich eigentlich gar nichts hätte anfangen dürfen. Den Bro-Code bricht man einfach nicht. Weil mein blöder

Schwanz es wollte, hab ich aber. Dabei ist ein Mädchen rausgekommen, Samira. Bei der Geburt hatte sie zu wenig Sauerstoff oder so. Kurz, sie ist nicht besonders helle. Sie lernt schwer, kann sich nichts merken. Also, wir reden da nicht von einer Behinderung oder so, aber sie ist sehr schlicht gestrickt. Wenn sie Förderprogramme bekommt, hilft das, dann hat sie plötzlich sogar Erfolgserlebnisse. Aber das kostet eben alles eine Menge Geld ...«

»Und du hilfst ihr seit Jahren, stimmt's?«, sagte Jens ihm auf den Kopf zu. »Und was macht das aus dir? Ich sehe einen Vater, dem sein Kind nicht egal ist. Der sogar nach Russland direkt in einen Höllenschlund fährt, damit seine Kleine ausgesorgt hat. Ist das nur Sentimentalität oder steht sie dir wirklich so nah?«

Wenn Lukoschek bewegt war, ließ er es sich nicht anmerken. »Ich war ganz genauso wie Samira. Ich hab in der Schule nichts geblickt, ich war einfach von Haus aus doof. Es gab da aber diese eine Lehrerin, die hat irgendwas in mir gesehen. Die war echt nicht ganz sauber, so wie sie mir geholfen und mich aufgebaut hat. Ohne sie wäre ich auf dem Brettergymnasium gelandet und hätte gar nichts gepackt. Aber die Alte wollte einfach nicht lockerlassen. Durch sie hab ich kapiert, ich bin nicht so blöd, wie alle es mir immer eingeredet haben.« Lukoschek machte eine Pause. »Ich will einfach, dass meine Kleine die gleiche Chance kriegt wie ich damals. Das ist schon alles.«

Jens legte dem Älteren die Hand auf die Schulter. »Sie sollte dich mal treffen. Dann kriegt sie ein richtiges Vorbild, Mann! Das wünsch ich ihr!«

Werner Lukoschek musste lachen. Über sich selbst und weil dieser bauernschlaue Bulle ihn am Ende doch noch mit seiner Süßholzraspelei eingewickelt hatte.

Mike traf Linda im *Pup up'n Balken*, was inzwischen so etwas wie ihre private Stammkneipe geworden war. Als er an den Tisch trat, an dem sie bereits auf ihn wartete, stand sie auf und applaudierte. Dann umarmte sie ihn. »Herzlichen Glückwunsch, Mike! Was ihr da geschafft habt, das find ich ganz groß. Mein ich so!«

»Danke«, sagte er lächelnd. »Ja, wir haben die Kinder da rausgeholt. Ich dachte nicht, dass wir es schaffen.«

Lindas Lächeln verschwand. Sie nahm seine Hand. »Wir müssen über deinen Freund reden.«

»King?«

»Ja, King. Du hast ihn erschossen, weil du mich schützen wolltest.«

»Hab ich das?«

»Sah von da, wo ich stand, jedenfalls so aus.«

»Ich hab nicht nachgedacht. Glaub mir, es ist einfach passiert.«

Linda schüttelte ratlos den Kopf. »So was passiert nicht einfach.«

Mike legte die Stirn in Falten. »Lackner hat gesagt, ich wäre ein guter Bulle. Weil ich im Ernstfall nicht nachdenken muss. Ich mach automatisch, was getan werden muss. King war am Ende. Der war gar nicht mehr bei sich. Er hätte geschossen. Wie ich schon sagte: Ich hab nicht nachgedacht.«

Linda nickte bedächtig. »Trotzdem war er dein Freund. Ist das nicht schwer für dich?«

Mike lachte hohl. »Was denkst du denn? Am Ende steht unterm Strich, dass ich erst sein Leben versaut hab und zum Schluss blas ich ihm auch noch das Licht aus.«

Linda tätschelte seinen Arm und er registrierte ihre Berührung sehr genau. Sagte man nicht, wer einen anderen anfasst, der wolle ihn ganz? »Was ist mit dir, Frau Kommissarin? Hängst du nicht auch ziemlich tief mit drin?«

»Also mein polnischer Amtskollege Swiderski, der hat deutlich schlimmere Probleme. Eigentlich stand er schon vor dem Rausschmiss. Bei der Befragung hat er nicht überzeugend begründen können, wieso er mit seinem Schiff ausgerechnet an dieser Stelle in der Danziger Bucht geankert hat, für annähernd eine Stunde ...«

»Sieht fast so aus, als hätte er auf was gewartet ...«

»Ja. Es sieht nach dem aus, was es war. Und jeder ahnt natürlich, dass ich nicht zufällig an Bord war und ein entscheidender Tipp von mir gekommen sein muss.«

»Dass sie dich in Polen mit Glacé-Handschuhen anfassen, erstaunt mich nicht, aber was ist mit deiner eigenen Behörde?«

Linda nippte an ihrem Caipirinha, einem nicht ganz harmlosen Drink, wie Mike registrierte.

»Es gefällt vielen nicht, dass ich auf eigene Faust gehandelt habe. Aber sie alle wissen, dass wir nie zu dem gleichen Ergebnis gekommen wären, wenn ich meine Dienststelle eingeweiht hätte. Deswegen hat es nur ein, zwei Gespräche gegeben, in denen man mir unmissverständlich klargemacht hat, dass das hier nicht der Auftakt für weitere hanebüchene Kommandounternehmen sein darf.«

Mike lachte und winkte der Bedienung. Er bestellte zwei weitere Caipirinhas.

»Oh«, staunte Linda. »Wir feiern?«

»Du machst mir gerade den Eindruck, als würdest du dich vielleicht hinreißen lassen.«

»Da könntest du recht haben.«

Sie lächelte ihn an und es lag Verlockung darin.

Er hob die Hand. »Linda, sag mal, wir haben doch eine klare Regelung getroffen, also über das, was so alles zwischen uns beiden stattfinden könnte, rein theoretisch.«

»Wirklich?« Linda trank ihren Drink leer. »Ich kann mich gar nicht mehr erinnern.«

»Was ist denn jetzt anders? Bin ich plötzlich wieder in der Verlosung?«

»Ohne dich wäre ich vielleicht tot. Du bist mein Held. Du hast dich überhaupt verändert, in deinem ganzen Wesen ...«

»Oh bitte! Jetzt komm mir nicht so! Was soll denn groß mit mir passiert sein in drei Wochen? Sag mir das mal!«

Linda sah ihn ungerührt an und fuhr mit dem Zeigefinger das Rund ihres Glases ab. »Irgendwie bist du erwachsen geworden. Der dumme Junge ist Geschichte. Du bist jetzt ein richtiger Kerl. Doch, das ist so.«

Mike schwieg, bis die Bedienung kam und die Caipirinhas ablieferte. Sie stießen an und tranken.

»Ja, vielleicht hast du recht. Ich fühl mich ein bisschen mehr mit beiden Füßen auf dem Boden. Aber ganz ehrlich, Linda, ich will auch nicht dein Spielzeug sein. Also pack deine Brüste besser wieder ein.«

Sie überging die Derbheit mit einem freundlichen Blick. »Mike, vielleicht lerne ich ja auch noch dazu. Und im Moment könnte ich mir vorstellen, mit dir eine Beziehung anzufangen.«

Er setzte seinen Drink ab und konnte es kaum glauben. »Das ist dein Ernst, oder?«

»Ja, schon. Frauen sind sprunghaft. Oder, wie ich es nenne: flexibel. Also, was sagst du?«

»Ich hab keine Ahnung, ob das schlau ist von uns beiden, aber ich würde dafür glatt mit meinem Blut unterschreiben.«

Sie lachte beschwipst. »Es gibt allerdings einen Vorbehalt. Ist etwas albern, aber ich muss zwischendurch noch mit einem anderen Typen in die Kiste hüpfen.«

Mike machte ein verständnisloses Gesicht. »Wie bitte? Was für ein Typ? Und wieso?«

Linda wiegte den Kopf. »Sagen wir so: Spielschulden.«

»Spielschulden?«

»Ist eine komplizierte Geschichte. Aber ohne meinen Spieleinsatz ständen wir beide jetzt nicht hier.«

»Oh!«

»Aber dann machen wir's eben fair«, kam Linda ihm entgegen. »Du darfst vorher auch noch mal irgendwo jemanden abschleppen ...«

Er wollte etwas entgegnen, doch da ertönte ein Signal von seinem Handy. Eine SMS war eingegangen. Er las sie und das Lächeln wich aus seinem Gesicht. Er sah erschüttert zu Linda auf. »Das ist eine Nachricht vom Sana-Klinikum in Bergen. Vero Hoogestraat ist dort eingeliefert worden. Sie hat versucht, sich umzubringen.«

»Vero Hoogestraat? War das nicht die Frau vom *Riffgeist*?«

»Ja. Wir kennen uns seit der Schulzeit. Ich muss zu ihr ...«

»So weit ist es nicht zur Klinik. Soll ich mitkommen?«

Mike überlegte kurz. »Nein, besser nicht. Ich bin nicht so multi-tasking. Eine Frau zur Zeit, sonst komm ich ins Schleudern. Ich ruf dich an, okay?«

»Heute noch?«

»Ich weiß es nicht.«

Als Susanne ihren Fuß zurück auf deutschen Boden setzte, ging ein leidensreicher Weg für sie zu Ende. Die Verletzungen durch die Messerstiche auf der *Kaiphas* waren schwerwiegend gewesen und die Genesung war nicht ohne Phasen starker Schmerzen über die Bühne gegangen. Bei der physischen Heilung allein sollte es nicht bleiben. Es gelang Jens und Susanne auch, gemeinsam um ihr Kind zu trauern.

Überall waren Details über ihre Rettungsmission durchgesickert und das Gerücht hielt sich hartnäckig, dass irgendjemand verschleppte Kinder von einem *bösen Schiff* befreit hatte. Jens und Susanne wurden damit in Verbindung gebracht, man hatte ja nur eins und eins zusammenzählen müssen. Das Positive daran war, dass sie mit äußerster Zuvorkommenheit behandelt wurden. Die polnischen Ärzte taten alles, damit es Susanne an nichts fehlte.

Dennoch gab es keine Presseverlautbarungen, in denen etwas anderes als die bisher verbreiteten Narrative von einem tragischen Brand auf einer Jacht und der Seenot einiger vorwitziger deutscher Segler zu finden war.

Entgegen der Erwartung kam von der polnischen Obrigkeit die Anweisung, die Verhöre der *Black-Bee*-Crew einzustellen. So genau wollte man es an amtlicher Stelle und in der hohen Diplomatie offenbar gar nicht wissen. Protokolle, die aufzeigten, was sich auf der *Kaiphas* tatsächlich zugetragen hatte, wurden in staubigen Archiven abgelegt. Jens verstand das sogar, denn die Behörden aller beteiligten Staaten hätten bei einer wahrheitsgetreuen Schilderung schlecht ausgesehen. Helden wären allein die Sieben gewesen, die mit der *Black Bee* nach Osten gesegelt waren.

Die *Pension Seerose* gab es noch, doch der Besitzer hatte gewechselt. Susanne war es gelungen, eine vorteilhafte Klausel im Kaufvertrag unterzubringen. Sie hatte jetzt noch über eine Restfrist von vier Wochen die Option, in der Funktion einer Geschäftsführerin der Pension erhalten zu bleiben. Und sie zog diese Option. Das bedeutete, dass sie auch für eine symbolische Miete weiter dort wohnen bleiben konnte. Susanne fühlte sich trotz ihrer Rekonvaleszenz gut genug, um den Job wieder in Angriff zu nehmen, auch wenn Jens warnte, dass sie es nicht übertreiben sollte. Doch seine Frau hatte ihren Lebenswillen wiedergefunden.

»Glaubst du, dass sie uns Yslei wirklich geben werden?«

Jens sah Susanne verwundert an. »Was denkst du denn, wie viele sich um so ein derart belastetes Kind reißen? Ich glaube, wir sind da als Anwärter völlig konkurrenzlos. Ich kann mir jedenfalls nichts anderes vorstellen, als dass das Mädchen zu uns kommt.« Er grinste. »Wir haben schließlich nachgewiesen, dass wir uns mit ›gesundem Engagement‹ für sie einsetzen.«

Susanne lächelte und wagte dann, nach einer Weile, einen zögerlichen Vorstoß. »Sag mir mal, wieso du mich nicht in die Klapse gebracht hast? Alles, was ich getan habe, war nur noch irre und abgedreht. Das war nahe an einer Psychose. Wieso hast du diesen Wahnsinn unterstützt?«

Jens lachte auf. »Weil du ein dominantes Biest bist und immer mit dem Kopf durch die Wand willst. Ich dagegen bin so einer von diesen typischen Waschlappen, die es wie eine sanfte Sommerbrise empfinden, wenn ihre Frauen sie tyrannisieren.«

»Hu! Das war jetzt gemein.«

»Dann sind wir quitt.«

Vero wirkte gut zehn Jahre älter, als sie war. Man hatte sie nach der Erstversorgung im Sana-Klinikum auf der Intensivstation behalten, weil man sie weiterhin als selbstmordgefährdet ansah. Als Mike eintrat, lag sie apathisch im Bett, eine traurige Gestalt, nur Haut und Knochen. Ihre Handgelenke waren dick verbunden und sie hatte nun weißes Haar. Es war erschreckend, was Kings Tod in der kurzen Zeit mit ihr angestellt haben musste. Erst erkannte Vero ihn gar nicht, so verwirrt war sie. Aber dann setzte sie sich auf und schlang die Arme um ihn.

»Maiki! Mein Lieber! Bitte, bitte bleib ein bisschen ... nur kurz, ja?«

»Vero, ich bleibe, so lange du willst. Ich hab Zeit mitgebracht.«

»Oh, das ist schön. Ich fühle mich so allein, weißt du.«

»Ich bin ja da, Vero!« Er drückte sie vorsichtig an sich.

Sie aber löste sich. »Sie sagen mir nicht, was passiert ist, da draußen auf See. Erzähl du's mir!«

»Wir haben es geschafft. Wir haben fünf kleine Mädchen von diesem schlimmen Schiff befreit. Ohne King wäre nichts davon passiert und wahr ist auch, dass keiner von uns noch leben würden, wenn es ihn nicht gegeben hätte.«

»Aber jetzt ist er tot ...«

»Ja, er ist tot.«

Vero sah ins Leere. »Ich habe vor diesem Tag immer Angst gehabt. Der Tag, an dem er nicht zu mir zurückkommen würde ...«

Mike sammelte sich. »Es gibt da noch etwas, was du wissen musst, Vero ...«

Die Frau legte schnell ihren Finger auf seine Lippen. »Nein, lass. Ich muss nichts mehr hören. Arvid hat sich all die Jahre so gequält. Am Ende hat er die Gefahr geradezu gesucht. Er wollte den Tod. Diese Mission mit dem Schiff vor Kaliningrad, die hat ihn elektrisiert. Es sollte endlich alles vorbei sein. Und nun hat er seinen Frieden … Jetzt ist alles gut für ihn.«

»Aber was ist aber mit dir?«

Sie sah ihn an und brach in Tränen aus. »Wieso kann ich nicht tot sein, Maiki?«

Er nahm sie an den Händen. »Warum willst du das, Vero?«

Hilflos blickte sie auf ihre Hände. »King hat sein Schiff am Ende mehr geliebt als mich, aber du darfst nicht denken, dass er mich je im Stich gelassen hat. Er war immer für mich da. Weißt du, als ich ihn damals als Schülerin in der Psychiatrie besucht habe, da wollte ich ihm helfen, ihn retten, weil ich mich schuldig gefühlt habe. Aber dann bin ich ihm völlig verfallen. Ein, zwei Jahre, da waren wir glücklich, von dieser Zeit haben wir bis zum Schluss gezehrt. Seine Liebe zu mir mag erkaltet sein, trotzdem hat er mich niemals fallen lassen. Weil ich ihm nicht das geben konnte, was er wollte, hat er die *Black Bee* gebaut. Sie war perfekt. Ich mache ihm keinen Vorwurf, aber ich weiß nicht, was ohne ihn werden soll. Er war vielleicht verrückt, aber er war mein Halt …«

Sie schluchzte und Mike nahm sie behutsam in die Arme. »Warum hat man mich gerettet? Was soll ich hier noch?«

Er überlegte nur kurz. »Und was ist, wenn ich mich um dich kümmere?«

»Du?« Vero sah zu ihm auf. »Warum solltest du das tun?«

»Weil du mir viel bedeutest, Vero!«

Sie war nicht überzeugt. »Sieh mich an, Maiki, ich bin eine notorische Alkoholikerin. Ich bin chronisch depressiv. Ich schaffe es nicht allein. Und es nützt mir nichts, wenn jemand alle zwei Wochen mal für ein Stündchen vorbeischaut. Ich brauche jemanden, der wirklich da ist.«

Mike nahm ihre Hand zwischen seine Hände und streichelte sie. »Ich kann diese Person sein, wenn du nur willst.«

Vero schaute ihm unsicher ins Gesicht. »Wie meinst du das?«

»Ich könnte zu dir ziehen. Mit dir leben. Mich um dich kümmern. Ich sorge dafür, dass immer genug Eiswürfel für deine Drinks da sind.«

Vero musste lachen. »Du ziehst mich auf.«

»Gut, das mit den Eiswürfeln war nicht ganz ernst gemeint. Das andere schon.«

Sie schaute ihm in die Augen, skeptisch. »Du würdest wirklich zu mir ziehen? Mit mir unter einem Dach leben?«

»Was wäre daran so verkehrt?«

Vero überlegte genau und dachte dann einen Schritt weiter. »Ich möchte nicht, dass du so eine Entscheidung unter falschen Voraussetzungen triffst ...«

»Falsche Voraussetzungen? Was heißt das?«

»Ich weiß nicht, ob ich mit dir intim werden will. Oder ob ich es kann. Ich werd das wahrscheinlich nicht hinkriegen ...«

»Denkst du, darum geht's mir, Vero?« Mike sah ihr amüsiert in die Augen. »Weißt du, so ganz ohne Anteil bin ich nicht an dem, was in all den Jahren mit euch beiden passiert ist. Ich würde gerne für dich da sein. Das bin ich King schuldig. Ich bin es dir schuldig und nicht zuletzt mir selbst. Ich will einfach nur, dass du lebst und auch leben willst. Und wenn das klappt, indem ich zu dir ziehe, dann ist das für mich ein guter Deal.«

Veros Augen füllten sich mit Tränen. Dann umarmte sie ihn erneut. »Ich werd mir Mühe geben, Maiki, das verspreche ich …«

Er erwiderte die Umarmung, dachte an Linda und fühlte Trauer darüber, dass aus ihrem Plan, eine Beziehung aufzubauen, nun nichts werden würde.

Yslei war unverändert, als eine Betreuerin sie Susanne und Jens übergab, ein schweigsames, finster dreinblickendes Menschenkind. Seit der Rettung waren über sechs Wochen vergangen und als sie in der *Pension Seerose* ihren neuen Pflegeeltern gegenüberstand, verzog das Mädchen keine Miene. Erst als die Betreuerin ging und sie nicht wieder mitnahm, fiel bei Yslei der Groschen. Doch sie war so fest davon überzeugt, dass ihr im Leben nichts Gutes widerfahren könne, dass sie es bezweifelte, selbst als es geschah.

Der erste Abend mit ihr gehörte Susanne allein. Die beiden Frauen im Haus mussten erst einmal miteinander warmwerden. Jens verabschiedete sich und fuhr nach Garz. Es war Zeit, Richard zu besuchen.

»Ihr heiratet? Nicht euer Ernst!« Richards ehemaliger Schüler war richtig geschockt.

Paula legte den Kopf schief. »Wow, das ist ja mal wahre Begeisterung.«

»Oh warte, ich brauch nur eine Minute.« Jens war seine Bemerkung nun peinlich. »Ich … ich freue mich für euch beide …! Wirklich!« Es war trotzdem absurd und er musste plötzlich lachen, während er Paula ansah. »Was willst du mit einem Mann, den du mit einer Briefmarkenpinzette anfassen musst, damit er nicht auseinanderbröselt?«

»Jens Lackner! Dich sticht wohl der Hafer!«, tadelte Richard. Im nächsten Moment holte er die Flasche Schliwo, die Addi, der Mechaniker, ihm vorbeigebracht hatte. »Kommt, die brechen wir an!«

Paula war nicht so trinkfest wie Richard. Er und Jens schauten auf einen spärlichen Rest vom guten Schliwo, während sie auf dem Chaiselongue schon eingedöst war.

»Wir teilen uns den Rest«, schlug Richard vor.

»Salomonisch. So kenn ich dich«, pflichtete Jens bei.

Sie gossen den Rest des feinen Tropfens ein und prosteten sich zu.

»Wie geht's dir und Susanne?«

»Ganz gut. Sie ist allerdings von ihrer Persönlichkeit ein heftiges Kaliber. Manchmal denke ich, ich bin ihr nicht gewachsen. Aber nachdem, was wir alles zusammen durchgemacht haben, bin ich ganz optimistisch für unsere Zukunft. Und was ist mir dir? Gestern noch auf stolzen Rossen, heute durch die Brust geschossen ...?«

»... morgen in das kühle Grab!«, vollendete Richard. »Das ist aus *Morgenrot*. Hatten wir das damals nicht im Unterricht?«

»Ja. Und jetzt sag, wie bist du wirklich dran?«

»Was soll ich sagen? Die Schussverletzung spielt keine so große Rolle. Da ist was anderes, was mich deutlich mehr beschäftigt. Daran muss ich unentwegt denken ...«

»Was denn?«

Richard fiel es nicht leicht, fortzufahren, weil wieder diese Bilder sein inneres Auge drängten. »Ich habe einen Menschen mit bloßen Händen umgebracht. Auf eine denkbar barbarische Art. Und ich habe immer noch keine Ahnung, wie ich das bei mir einordnen soll. Dieser Moment lässt mich nicht mehr los ...«

Jens sah auf den Schliwo und wünschte, es wäre noch eine Flasche davon da. »Mike, Susanne und ich ... ich glaube, es geht jedem von uns so. Wir alle haben auf dem Schiff Menschen getötet. Ist schon komisch, ich hab einen Mann erschossen und fühle mich selbst traumatisiert ...«

»Ja, das trifft es. Es traumatisiert einen.«

Jens nickte in Richtung der schlafenden Paula. »Und wie schlägt sie sich? Für sie war die Fallhöhe doch am größten.«

Richard schmunzelte. »Sie hat ja nur ein paar Knie erschossen. Außerdem ist sie ein anderer Typ. Ich glaube, sie ist emotional viel stabiler als du und ich. Sie kommt klar.«

»Und warum heiratest du sie jetzt?« Jens konnte sich die Frage nicht verkneifen.

»Na hör mal. Paula hat ihr Leben für mich aufs Spiel gesetzt. Natürlich ist das nur passiert, weil sie einen gehörigen Vogel hat!« Er drehte mit dem Zeigefinger Kreise an seiner Schläfe. »Sie ist eine unverbesserliche Romantikerin und verrückt nach Richard Dreifürst, einem der letzten großen Abenteurer unserer Zeit ...«

»Ich will überhaupt nichts dagegen sagen, aber wie lange soll das denn gutgehen?«

Richard zeigte ein breites Grinsen. »Siehst du, junger Schüler, da habe ich meine Haltung geändert. Auf der *Kaiphas* habe ich dem Tod einmal mehr ins Auge geblickt. Und in solchen Momenten wird einem klar, was für einen immensen Wert das Leben ist. Jeder Moment davon. Du solltest jede Chance auf etwas Gutes ergreifen und nicht darüber sinnieren, ob es übermorgen oder in zwei Monaten auch noch gut ist. Sieh es mal so: Unser ganzes Leben ist eine Abfolge von Entscheidungen und egal, wie vernünftig wir sie auch treffen, vieles läuft nicht wie geplant.

Wenn unsere Ehe also schiefgeht, geht sie schief. Dann korrigieren wir das. Könnte aber auch gutgehen. Also hab ich den denkbar unromantischsten Augenblick abgewartet und Paula gefragt, ob sie meine Frau werden will.«

»Und?«

»Es war ein vollendeter Moment. Weißt du, es kommt bei so was aufs Timing an, mein lieber Jens! Als ich ihr die Frage stellte, hat sie ja gesagt, und zwar im perfekten Timing. Sie hat sich genug Zeit gelassen, die Frage zu verstehen, und keine Sekunde damit verschwendet, über das Für und Wider nachzudenken. Es war ein Ja aus dem Bauch heraus. Und jetzt heiraten wir.«

»Schöne Geschichte, Mann! Darauf trinke ich!« Jens stürzte den letzten Rest vom Schliwo für dieses Jahr hinunter.

Die Faktenlage war eindeutig. Jens hatte auf Anweisung seiner Vorgesetzten eine genaue Schilderung der *Kaiphas*-Mission abgeben müssen. Es hätte keinen Sinn gehabt, Halbwahrheiten und Auslassungen zu bemühen, denn man wollte nicht in die Situation kommen, dass die Aussagen anderer seinen eigenen Lügen widersprachen. Und so stellte die Lektüre von Jens' Bericht die Befreiungsmission als das dar, was sie gewesen war: unverantwortlich und selbstmörderisch. Eine Visitenkarte, die auf Jens' Seriosität hätte hindeuten können, war das nicht. Aber um die Vorfälle im baltischen Meer ging es nicht. Das Video des Pistolenmädchens im Mukraner Hafen war der Beweis, der ihm am meisten Sorge bereitete.

Susanne hatte Jens zu seinem schweren Gang begleiten wollen, doch der hatte abgelehnt. »Das wird deprimierend genug, Sanni. Lass es mich allein durchstehen. Danach kann ich immer noch nach Hause kommen und dann hier weinend zusammenbrechen. Aber vor dem Ausschuss muss ja nicht jeder das Chaos in mir mitkriegen.«

Im kleinen Konferenzraum der Polizeiinspektion Stralsund hatten sich der Oberstaatsanwalt Dan Novotny und Polizeirat Konrad Kramer eingefunden, dazu die Kommissare Christian Renner, Isabell Nettelbeck und Catrin Hanfstaengl. Freddy Gromball stellte sich ebenfalls ein, er hatte darum gebeten, dieser Sitzung als Zuschauer beiwohnen zu dürfen. Den Vorsitz der Kommission hatte Polizeirat Konstantin Grewe übernommen. Jens kannte ihn bereits von der gemeinsamen Arbeit in der *Soko Düne*. Er war mit ihm, dem Chef der Stralsunder Kriminalpolizei, nie aneinandergeraten und hatte den Eindruck, sich Grewes Wohlwollens sicher sein zu können.

Konrad Kramer hatte neben Jens Platz genommen, als Personalchef in Stralsund war es ihm ein Anliegen, den suspendierten Kommissar nicht allein da sitzen zu lassen. Freddy Gromball hatte einen Stuhl an der Seite und verhielt sich mucksmäuschenstill, denn er wollte auf gar keinen Fall rausfliegen.

Drewe, der mit seinem faltigen Hush-Puppy-Gesicht immer ein wenig wie jemand wirkte, der zu wenig aß, eröffnete die Sitzung. »Ich begrüße die Anwesenden, insbesondere unseren geschätzten Oberstaatsanwalt Dan Novotny. Es geht bei der heutigen Kommissionsverkündung um die Vorwürfe wegen diverser Dienstvergehen gegen Kriminalkommissar Jens Lackner.«

Er warf dem Beklagten einen neutralen Blick zu und fuhr fort: »Das gewichtigste Wort in dieser Sache liegt bei der Staatsanwaltschaft. Deswegen möchte ich jetzt Herrn Novotny das Wort erteilen.«

Der erschlankte Oberstaatsanwalt nahm eine Mappe und legte sie vor sich hin. »Ich habe hier die Abschrift des Berichtes von Kollege Lackner über die Vorgänge im baltischen Meer. Und ich muss zugeben, ich habe diese Seiten zweimal gelesen. Eine Zeitlang dachte, ich hätte mich in ein unbekanntes Frühwerk von Jules Verne verirrt.« Er blickte zu Jens, der dieses schwächelnde Bonmot des Juristen mit einem gequälten Grinsen kommentierte.

»Die Haltung des Innenministeriums dazu ist eindeutig. Das Segelschiff *Black Bee* hat in dem Gewässer der Russischen Föderation Schiffbruch erlitten. Es ist gegen keine der beteiligten Personen ein Strafverfahren anhängig. Da Kommissar Jens Lackner zu diesem Zeitpunkt als Polizist suspendiert war und in dieser Affäre weder seine Dienstwaffe benutzt, noch von Vorteilen Gebrauch gemacht hat, die ihm erwachsen wären, wenn er Amtsmissbrauch betrieben hätte, sehe ich keinen Grund für juristische Schritte gegen ihn. Ich muss allerdings dazu bemerken, dass ein Verbleib seiner Person im Polizeidienst für mich nur sehr schwer vorstellbar ist.« Damit endete Novotny und erhob sich. »Aber an dieser Stelle würde ich mich gerne entschuldigen. Ich möchte nämlich meinen wohlverdienten Urlaub antreten, der eigentlich bereits vor drei Tagen begonnen hat!«

Novotny winkte kollegial in die Runde und marschierte zur Tür hinaus.

»Gut!«, rief Kriminalrat Drewe. »Keine Anklage gegen unseren Kollegen Lackner. Das konnte man zwar erwarten, ist aber trotzdem erfreulich.«

»Nicht erfreulich genug, was mich betrifft!«, schaltete sich die blonde Kommissarin Catrin Hanfstaengl ein. »Was Herr Lackner sich hier in den letzten Wochen geleistet hat, verhöhnt doch jede seriöse Polizeiarbeit! Wo kommen wir denn hin, wenn sich bald jeder seine Freiheiten herausnimmt, nur weil's bei der Ermittlung gerade so passt? Der Kollege Lackner hat sich in dieser Hinsicht nicht das erste Mal negativ hervorgetan.«

»Na, mal halblang, Frau Kollegin!«, ging Kriminalrat Kramer ärgerlich dazwischen. »Wenn ich auf diese Geschichte schaue, Frau Hanfstaengl, denn sehe ich zuallererst einmal fünf kleine Mädchen, die vor einem sicheren und grausamen Tod gerettet wurden.« Er machte eine wischende Bewegung in der Luft. »Und dann kommt erst mal lange Zeit gar nichts und dann, irgendwann, interessiert es mich, was Jens Lackner sich alles für diese Rettungsmission herausgenommen hat. Der Junge ist jedenfalls aus dem richtigen Holz, was ich von Ihnen nicht sicher sagen kann ...!«

»Jetzt beruhigen wir uns doch wieder, Freunde, das ist hier schließlich kein Basar.« Drewe schob seine Unterlagen zur Seite. »Herr Lackner, wir haben hier lange über Sie beraten. Sie wissen, dass wir Sie schätzen, doch wir haben leider keinen Ausweg gefunden. Sie haben bemerkenswerte Ermittlungserfolge aufzuweisen, das ist unbestritten, doch kleine und mittlere Skandale begleiten Sie ständig. Wenn ich nur an Putbus denke und die Scharade, die Sie da mit Mike Kramer und seinen krummen Geschäften aufgeführt haben. Sie sind hier kein Mehrwert für uns, wenn Sie immer nach Gutdünken handeln. Sie unterlaufen die Vorschriften und bringen Unruhe in den Laden. Es ist, als erwarteten Sie eine *Jus Lackner,* eine gesonderte Rechtsprechung für Ihre Person. Nein, wie ich schon sagte, wir haben keinen Ausweg gefunden, der Sie hier bei der Kriminalpolizei bleiben lässt.«

Für Jens war es keine Überraschung, er hatte sich diesen Ausgang an drei Fingern abzählen können. Das war's also. Ade, Polizeimarke. Er war erleichtert und froh. Er hatte sich eben einfach für den falschen Job entschieden. So was passierte und jetzt wurde der Irrtum korrigiert.

»Trotzdem ist das noch nicht das letzte Wort in dieser Angelegenheit«, ergriff Hauptkommissarin Isabell Nettelbeck das Wort. »Wir haben uns nämlich weitere Gedanken über Sie gemacht, Herr Kollege Lackner. Ich habe mit der Zustimmung von Direktor Drewe einige Telefonate geführt und mit Kollegen besprochen, wie wir in Ihrer Causa verfahren könnten. Und da hat sich dann eine Möglichkeit finden lassen, die Sie nicht komplett vom Karussell stößt. Dieses Szenario würde ich Ihnen hiermit gerne vorschlagen ...«

Jens' Stirn lag in Falten, er hatte nicht im Entferntesten eine Ahnung, wohin es jetzt laufen würde. Es war auch egal, er hatte mit der Polizei ohnehin abgeschlossen. Die Almosen, die er jetzt auf sich zurollen sah, würde er ausschlagen müssen. Das wäre eine Demütigung zu viel.

Isabell Nettelbeck hatte ihre Brille aufgesetzt und frischte anhand ihrer Notizen kurz ihr Gedächtnis auf. »Wir möchten Sie gerne zum Landeskriminalamt nach Rostock versetzen. In ihrem Personalbogen würde das als *disziplinarische Versetzung* dokumentiert werden.«

Zum LKA nach Rostock? Jens kam gedanklich nicht hinterher.

»Sie würden dann für die kommenden fünf Jahre in der OFA arbeiten ...«

»In der OFA?«, entfuhr es Jens entgeistert. »Einen Moment, das ist doch die Operative Fallanalyse ...«

»Das stimmt«, bestätigte Isabell Nettelbeck. »Ich hatte aufschlussreiche Gespräche mit Hauptkommissarin Dr. Itter. Sie hat Ihren beruflichen Weg mit Interesse verfolgt, seit Sie sich damals in der *Soko Düne* begegnet sind. Sie würde sich sehr freuen, wenn Sie zu ihrer Abteilung stoßen.«

Jens schwindelte. Er war in der Annahme gekommen, endgültig rausgeworfen zu werden, und nun reichten sie ihm das, was immer sein unerreichbar scheinendes Ziel gewesen war, auf einem silbernen Tablett? Aber vielleicht hatten sie sich missverständlich ausgedrückt. Er musste sichergehen. »Was bin ich dann? Kommissar? Zivilist? Ich versteh's nicht ...«

Isabell Nettelbeck sah auf ihre Notizen. »Sie sind ... warten Sie, ich hab's gleich ... *Additive Consultant.*«

»Additive Consultant? Davon hab ich noch nie was gehört.«

»Es heißt in etwa, dass du dort bis auf Widerruf hospitierst und Mädchen für alles bist«, gab Christian Renner seinen Senf dazu.

Diese komplette Kehrtwendung der Dinge war immer noch nicht richtig bei Jens angekommen.

Renner beugte sich vor. »Ist doch nicht so schwer zu verstehen! Die Ausbildung zum Fallanalytiker geht über fünf Jahre. Du wirst in die Arbeit der Abteilung eingebunden, lernst dabei den Job und kannst auch beratend bei Ermittlungen mitwirken. Normalerweise schickt man neue Leute überall in Deutschland herum, damit sie eine Übersicht über das Netzwerk bekommen. Wenn das alles gut laufen sollte, und Frau Dr. Itter ist da ebenso zuversichtlich wie wir, könnte nach der Ausbildung die Übernahme als offizieller Fallanalytiker erfolgen und der Status als Kommissar würde reetabliert.«

Jens saß belämmert da und wirkte, als hätte man ihm gerade eine Holzlatte über den Kopf gezogen.

»Wie entscheiden Sie sich?«, fragte die Nettelbeck.

Jens schwirrte Kopf. Das Ganze ging ihm viel zu schnell. Hatte er sich nicht gerade innerlich alles so zurechtgelegt, dass es für ihn eine Erlösung sein würde, aus dem Polizeidienst auszuscheiden? War es nicht ein Missverständnis gewesen, diese fixe Idee, unbedingt Profiler werden zu wollen? Eine Kopfrosine aus Teenagerzeiten? Wieso schrie dann alles in ihm »Ja! Ja! Ja!«?

Jens fasste sich und schaltete nun um. »Ich nehme das an. Gerne!«, sagte er mit fester Stimme. »Also, meine Antwort ist ja!«

Die Hochzeit von Richard und Paula fand in der *Pension Seerose* statt. Erst waren sie auf dem Standesamt in Putbus gewesen, wo Jens und Susanne die Trauzeugen für das Brautpaar waren. Nach der Reisdusche vor dem Amt waren sie hupend und tutend hinunter nach Neuendorf gefahren, wo die Pension sich von ihrer besten Seite zeigte. Es fehlte nicht am Buffet und nicht an Getränken. Große Reden hatten Richard und Paula schon im Vorfeld gebannt, sie hatten keine Lust auf Peinlichkeiten und vorprogrammierte Fälle von Fremdscham.

Eigentlich war eine familiäre Feier im bescheidenen Rahmen geplant gewesen, aber am Ende hatte sich doch wieder die ganze Blase versammelt. Freddy war da, Christian Renner, Konrad Kramer und Isabell Nettelbeck. Auch Bert Rusnak und Chris Sinkiewicz vom Bergener Revier waren gekommen. Addi, der Mechaniker, hatte von irgendwoher noch eine, zugegeben, bereits angebrochene Flasche Schliwo besorgt und mit einem Knall vor Richard abgestellt. Auch Manuel Dreifürst, Richards jüngerer Bruder, der bei den Ereignissen mit dem Massenmörder Georg Kattow eine nicht unwesentliche Rolle gespielt hatte, war da und dazu seine Ehefrau, sein etwas verbiestert dreinschauender Hausdrachen Melitta. Natürlich war auch Marion, Richards Ex-Frau, mit ihrem Mann gekommen und sie hatten überraschend Richards Tochter Annika mit dabei. Es wurde ein überaus harmonisches Wiedersehen.

Zum Schluss trafen noch zwei weitere Paare ein. Paula hatte sie kurzerhand auf die Einladungsliste gesetzt. Es waren zum einen Werner Lukoschek und Ginger. Der Haudegen hatte immer noch Schwierigkeiten mit seiner Fußprothese. Die tat am Stumpf weh und die Phantomschmerzen in den Zehen kamen dazu. Dennoch war er erstaunlich guter Dinge, ein Mann, den alle eher als verdrießlichen Dickschädel kannten. Er konnte davon berichten, dass er sich mit seiner Tochter Samira getroffen hatte, was besser gelaufen war, als er erwartet hatte, und ihm ein spätes Glück bescherte.

Das zweite Paar bestand aus Mike und Vero. Jens wusste, dass sein ehemaliger Kollege hoch ans Kap gezogen war und jetzt seit Längerem im Seehaus lebte, das einst Arvid König gehört hatte. Vero, eingehakt bei Mike, leuchtete von innen. Sie trug ein leichtes Sommerkleid und hatte dezentes Make-up aufgelegt. Sie und Mike gaben ein schönes Paar ab, wirkten harmonisch und vertraut.

Der alte Polizeirat begrüßte seinen Neffen besonders herzlich. Seit er von Mikes Rolle bei der Befreiung der *Kaiphas*-Kinder erfahren hatte, war wieder alles in Butter zwischen ihnen, mehr noch, Konrad Kramer hätte nicht stolzer auf Mike sein können.

Nachdem die Feierlichkeiten schon vorgerückt waren, übergaben Jens und Susanne ihre Pflegetochter Yslei in die Obhut von Mike. Das syrische Mädchen zeigte nun einige Veränderungen. Es konnte auch mal lächeln, wirkte eine Spur lockerer und ihr allgegenwärtiges Misstrauen hatte sich ein wenig gelegt. Mit Mike konnte sie jedenfalls gut und trat ihn zur Begrüßung frech-vertraulich vors Schienenbein.

Ysleis frischgebackene Pflegeeltern zogen sich in ihre privaten Räumlichkeiten zurück, weil sie noch ein Gespräch führen mussten.

»Weißt du, ich verstehe, dass die Operative Fallanalyse für dich ein Traumangebot ist«, begann Susanne. »Du solltest es machen und ich finde sogar, du musst es machen. Das ist doch keine Frage!«

»Trotzdem stehen wir vor einem Problem, wenn mein Lebensmittelpunkt in Rostock ist und deiner hier in Neuendorf. Und das für fünf Jahre.«

»Ja, gut, aber was ist schon einfach?«

»Ich würde natürlich an den Wochenenden kommen, ist ja klar, aber wenn ich beim LKA bin, ist das bestimmt zehnmal intensiver als mein Job in Stralsund. Wollen wir das wirklich durchmachen? Ständig akzeptieren müssen, dass die Priorität meiner Arbeit immer höher ist als die unserer Beziehung?«

»Was wäre denn die Alternative?«

»Dass du und Yslei mit mir zusammen nach Rostock gehen.«

Susanne dachte kurz darüber nach. »Nein«, war ihre knappe Antwort. »Ich werde hier in Neuendorf bleiben. Ich bin jetzt eine Art Mutter, da will ich keine Veränderung in meinem Umfeld. Außerdem löst es das Problem nicht. Auch wenn wir nach Rostock gehen würden, wärst du kaum zu Hause. Nein, das macht den Kohl nicht fett.«

Er sah sie lange an, dann stellte er die Frage: »Susanne, ist es so, dass du denkst, wir sollten uns trennen?«

Sie schaute erstaunt auf. »Trennen? Wo denkst du hin? Ganz und gar nicht.«

»Ganz und gar nicht?«

»Jens, es gibt doch keinen Masterplan für unser Leben. Wir beide müssen erfüllt sein. Du von deiner Arbeit, ich versuche mit Yslei einen Neustart. Und ja, unsere Paarbeziehung hätte viel weniger Raum, aber es liegt doch an uns, wie gut wir diese Zeit nutzen.«

»Was ist, wenn wir uns auseinanderleben?«

»Also, ich leb mich nicht auseinander«, sagte Susanne. »Was du tust, musst du selber wissen.«

Er konnte nicht anders, als zu lachen. »Ich verrat dir was: Ich hab ständig das Gefühl, vom Leben überfordert zu sein. Außer du bist da. Ich weiß gar nicht, wie ich in Rostock ohne dich zurechtkommen soll.«

»So wie immer: gut. Du wirst deinen Weg schon machen. Und ich drücke dir alle Daumen, damit du als Profiler die Schweine an die Wand drückst, dass es nur so kracht.«

»Ja.« Jens lächelte. »Weißt du, mir ist inzwischen auch klargeworden, dass Fallanalyse genau mein Ding ist, ich bin einfach dafür gemacht!«

»Und wenn es bei den Fällen wieder blutig und abartig wird?«

»Na ja, ich hab keinen besonders guten Magen für den Job, aber ich werd's denen schon zeigen.«

»Hört sich doch an wie ein guter Plan!«

»Ja. Vielleicht ist es das.«

Danksagung

Mein Dank geht an die Oberkommissarin Uta Blum von der Bundespolizei in Stralsund und an den Hauptkommissar Gerhard Gulden von der Kripo Ansbach für die fachkundige Beratung. Ich bedanke mich des Weiteren bei Regisseur Lars Büchel aus Kiel, der mich auf seinem Segelschiff in die Grundlagen der Nautik eingeführt hat, und bei meiner Frau und Muse, Sibylle Meyer, die mich auffängt, wenn ich wieder mal aufgeben will. Mein ganz besonderer Dank geht an meine ehemalige Verlegerin bei Piper, Frau Eliane Wurzer, ohne die es »R. P. Hahn« und insbesondere den vorliegenden Roman gar nicht geben würde.